KB104091

시스터

시스터

SISTER

이두온

미스터리 스릴러

고즈넉
이엔티!

시스터

개정판 2쇄 발행 2022년 8월 9일

지은이 이두온
펴낸이 배선아
편 집 박미애
디자인 엄인경
펴낸곳 (주)고즈넉이엔티

출판등록 2017년 3월 13일 제2021-000008호
주소 서울특별시 중구 청계천로 40, 1203호
대표전화 02-6269-8166 **팩스** 02-6166-9199
이메일 gozknockent@gozknock.com
홈페이지 www.gozknock.com
블로그 blog.naver.com/gozknock
페이스북 www.facebook.com/gozknock
인스타그램 www.instagram.com/gozknock

© 이두온, 2022
ISBN 979-11-6316-143-1 03810

표지/내지이미지 Designed by Freepik, Getty Images Bank

잘못된 책은 구입하신 서점에서 교환해 드립니다.
이 책은 저작권법에 따라 보호받는 저작물이므로 무단 전재와 복제를 금합니다.
이 책의 전부 또는 일부 내용을 재사용하려면 사전에 저작권자와 본사의
서면 동의를 받아야 합니다.

차례

1부

옆자리에 앉은 두루뭉술한 남자는 초조한 듯 에너지 드링크를 들이켜고 있었다. 내가 본 것만 해도 댓 병이 넘었다. 그는 전날 수면 유도제를 먹었는데 그때까지도 약이 깨지 않는다고 했다. 남자는 빈 병을 비닐 팩에 담은 후 몽롱한 얼굴로 '어떡하지. 배까지 아픈데' 하고 중얼거렸다. 그리고는 황급히 화장실로 달려갔다. 나는 고개를 저었다.

사람들은 내게, 그것이 도중에 팬티를 내리거나 욕을 하지만 않으면 통과하는 면접이 될 거라고 했다. 모든 면접이 그런 것은 아닐 것이다. 그러나 나는 한 달 전에 본 교정직 공무원 필기시험에서 최고점을 기록한 상태였다. 체력 시험 결과도 괜찮았다. 당일의 면접을 위해 잠도 푹 자두었다.

모든 게 다 괜찮았다. 면접 대기실에서 5분 스피치와, 제시

된 문제들에 대한 답안을 작성할 때도 그랬다. 질문들은 예상 범주에서 크게 벗어나지 않았다. 연습한 대로라면 무난한 답변이 가능할 터였다. 면접 관리자가 내 이름을 호명하고, 화장실에 다녀온 남자가 신경질적으로 젖은 손을 털어댈 때도 나는 침착함을 유지하고 있었다. 면접장에 들어설 때까지도 그랬다.

문과 마주 보게 놓인 긴 책상 건너편에는 남자 둘과 여자 둘이 앉아 있었다. 창가에는 중년 여자 하나가 팔짱을 낀 채 서 있었다. 면접관이 네 명이라고 들었는데 한 명이 더 늘어난 모양이었다. 모두의 시선이 나에게로 쏠렸다. 나는 그들과 눈을 맞추고 가벼운 미소를 지을 생각이었다. 입가가 경직된 탓에 웃음이 경련처럼 번졌다. 목례를 마치고 고개를 들었다.

다시 웃자. 미소 띤 얼굴로 면접관들에게 좋은 인상을 주자. 그때 나는 보았다. 면접관들의 얼굴에 비웃음이 번졌다. 그들이 나를 위에서 아래로 훑어 내리고 있었다. 누군가의 시선은 나의 얼굴에, 누군가는 가슴에, 누군가의 시선은 허리와 골반라인, 종아리에, 그들의 눈이 다시 다리를 타고 올라가 내 음부에 가 멈췄다.

면접관들이 입을 열어 토의를 시작했다.

"못생겼군."

"아니, 나는 마음에 들어. 저 웃지 못하는 꼴을 보라고. 웃음을 살살 흘리는 예쁜 애들은 남자나 꼬시려고 하지 일은 제대로 못해. 난 헤퍼 보이는 애는 딱 질색이야."

"음, 난 생긴 것도 나쁘지 않아. 눈썹 정리를 하면 좀 괜찮을 것 같지 않아? 저기서 머리도 좀 기르고 살짝 웨이브를 넣으면 되겠어. 코끝도 조금 높이고. 조금만 신경 쓰면 예쁠 것 같은데."

"아니, 너무 말랐어. 밥을 새 모이처럼 먹게 생겼다고."

"난 웃지 않는 여자는 무서워. 남자를 손가락으로 부리려 하지. 기도 좀 세 보이고."

"눈이 예쁜데. 가슴도 마음에 들어. 이게 성추행이라고 생각해? 이봐, 나는 너를 칭찬한 거라고."

"강퍅한 인상인걸. 저런 애를 어디다 써먹겠어? 사근사근한 맛이 있어야지."

"이렇게 애써서 뽑아놓으면 뭘 해. 시집가면 끝일걸. 이봐, 결혼을 해도 일을 계속 할 생각인가?"

"생긴 게 뭐가 중요해? 나는 젊은 애들을 볼 때 그 애들의 엉덩이가 들소같이 펑퍼짐한지 아닌지를 봐. 들소들은 애를 잘 낳아. 그리고 들소처럼 일하지. 그러다 나중에는 고기까지 주고 떠나간다고. 물론 늙은 들소는 질기고 맛이 없어서 싼 값에 팔려. 하지만 그건 그다지 중요치 않아. 중요한 건 그들이 우리에게 평생 충성한다는 사실이야. 우리에게 필요한 건 그런 애 아닌가? 엉덩이를 봐, 엉덩이를!"

"모르겠는걸. 요즘은 속임수가 너무 많아. 벗겨보지 않고는 모르지. 하자가 있는 상품인지 아닌지."

"벗어보라고 할까?"

"난 찬성."

"나도 찬성."

"나도 찬성!"

"만장일치인가?"

"수험번호 27번, 윤선이 씨지요?"

물론 이것은 내 환상이었다. 그러나 환상이란 걸 알면서도 그로부터 자유로울 수 없다는 게 문제였다. 나는 딱딱하게 경직됐다. 그리고 그 순간 모든 게 변했다. 내가 앞으로 고꾸라져버린 것이다. 술에 취한 것처럼 내 고개가 앞으로 꺾였다. 면접관 하나가 물었다.

"괜찮습니까?"

"네, 괜찮습니다."

실은 괜찮지가 않았다. 몸을 가누기가 힘든 상태에서도 '네, 괜찮습니다' 하고 나오는 대답에 화가 치밀었다. 내 입이 다시 한번 '조금만, 괜찮습니다' 하고 중얼거렸다. 그러나 순간 눈앞이 빨갛게 변했고 나는 듣기 싫은 신음을 내뱉기 시작했다. 내 입에서 흘러나온 침이 무릎 위로 떨어졌다. 고개를 가누기 위해 손으로 바닥을 짚었지만 그 역시 흔들리고 있었다. 참을 수 없는 어지럼증이 밀려왔다.

그때 나를 향해 누군가가 걸어오는 소리를 들었다. 나는 고개를 들어 그 사람을 바라보려 했다. 눈을 깜빡였다. 검고 빨갛게 보이는 칙칙한 화면이 계속되고 있었다. 팔을 뻗어 내게 다가오는 상대를 저지했다.

그자는 그것을 무시한 채 내게 손을 뻗었다. 나는 그 손을 피하기 위해 어깨를 틀었다. 상대가 내 팔을 움켜잡았다. 나는 몸부림을 쳤다. 아무것도 보이지 않았다. 그자가 뒤를 돌아보며 덤덤히 말했다. 안정적인 중년 여자의 목소리였다.

"쇼크가 온 것 같은데요."

"놔요."

"몸을 좀 눕힙시다."

"놓으라고요."

그녀가 내 목에 손가락을 가져다댔다. 나는 고개를 들어 여자의 가슴팍을 밀쳤다. 여자가 뒤로 물러섰다. 그 틈을 이용해 간신히 몸을 일으켰다. 일으킨 듯했지만 다시 무너져 내렸다. 모두가 나를 지켜보고 있었다. 이래봬도 체력장에서 늘 1급을 받던 몸이었다. 열심히 몸을 단련해왔다. 이대로 무너질 수는 없었다.

나는 다시 몸을 튕기며 일어나 그 반동으로 달리기 시작했다. 형편없는 달리기였다. 면접장을 나서 복도를 지나는데 다시 어지럼증이 밀려왔다. 화장실에서 나오던 드링크남이 놀란 듯 나에게 손을 뻗었다. 그것을 밀쳤다. 바닥이 일어나기 시작했고, 나는 그 위로 곤두박질쳤다. 내가 기억하는 것은 그것이 다다.

* * *

눈을 뜨고 싶지 않았다. 그것이 또 다녀갔다. 나는 맞서지 못했다. 지난번에도 무너졌고, 이번에도 무너졌다. 늘 그러했듯. 비참함이 발끝까지 퍼져 몸을 움직일 수가 없었다. 죽고 싶었다. 사라져버리고 싶었다. 그러나 또 홀로 중얼거리는 것이다.

어서 눈을 떠. 아마도 넌 모든 걸 망친 것 같다. 그러나 눈을 감고 있는다고 해서 망가진 것들이 돌아오는 건 아냐. 눈을 뜬다고 해서 상황이 달라지는 것도 아니지만. 다 망해버렸어. 모두가 널 떠났어. 그러니까 괜찮아. 눈을 떠.

경련을 일으키는 눈꺼풀을 들어 올렸다. 온몸이 뻣뻣하게 굳어 통증을 호소하고 있었다. 이를 악물며 주변을 둘러보았다. 나는 하얀 간이침대에 누워 있었다. 나일론 방염 소재의 회색 가림막이 침대 양옆을 가로막고 있었다. 아무래도 인근의 병원인 듯했다.

침대 곁에는 면접장에서 본 중년 여자가 서 있었다. 창가에서 있던 사람이었다. 그녀는 반쯤 열린 내 가방을 지그시 내려다보고 있었다. 나는 가방에 손을 뻗어 그것을 여몄다. 날렵해 보이는 여자는, 쌍꺼풀이 굵고 조금은 피곤해 보이는 눈을 들어 올려 겸연쩍은 듯 웃었다.

내가 물었다.

"면접은 끝났나요?"

"그런 것 같더군요."

몸부림치던 나를 부여잡던 목소리였다. 면접장에서 나를 진정시키려 했던 사람인 듯했다. 그런데 '그런 것 같더군요' 라니. 이상한 대답이었다. 여자는 곤란한 듯 잠시 윗입술을 물었다. 나는 보다 정확한 대답을 듣고 싶었다.

교정직 공무원이 되기 위해 이 년을 버텼다. 그리고 그것이 눈을 감고 있던 사이에 어이없이 끝나버렸다. 사실을 알아야만 했다, 그것이 실패일지언정. 나를 살피던 여자가 말했다.

“가벼운 쇼크가 맞았어요. 수액을 맞고 돌아가면 된답니다.”

팔에 꽂힌 주사 바늘을 바라보며 내가 듣기에도 바보 같은 목소리로 물었다.

“저는 떨어진 건가요?”

“몰라요. 왜 교도관이 되려고 하죠?”

면접의 연장인 건가. 딱히 이유는 없었다. 공무원이 돼서 안정적인 월급을 받고 싶었다. 교정직은 그 중에서도 월급이 센 축에 속했다. 나는 원했다. 누구도 나를 함부로 잘라낼 수 없는 자리를. 내가 옳다는 믿음 속에 있을 수 있는 자리를 말이다. 그 때문에 내 주변이 범죄자로 채워진다 하더라도 나는 개의치 않을 생각이었다. 내가 대답을 하지 않자 여자는 고개를 저었다. 그녀는 침대 깃을 만지며 다른 이야기를 시작했다.

“제가 아는 교도관은 수감자 때문에 아내를 잃었어요. 범인이 수감 기간 내내 ‘여길 나가면 네 부인 얼굴을 그어버릴 거야’ 하고 노래를 불렀다더군요. 교도관은 그걸 농담으로 받아들인 모양이에요. 그런데 범인이 출소를 해서 정말 그 짓을 해버린 거죠. 얼굴만 그었으면 다행인데 녀석은 여자의 장기를 엉망으로 만들어놓았어요. 현장은 뭐라고 말할 수도 없을 만큼 끔찍했고요. 범인은 그런 짓을 한 후 인근 공원에서 빵을 먹고 있더군요.”

시험에서 떨어진 걸 위로하려는 건가. 그렇다고 하기에는 내용이 지나치게 험악했다. 게다가 타인의 불행을 들어 하는 위로는 무의미했다. 불행 경쟁을 하자는 것도 아니고. 여자가 하고자 하는 말이 무엇인지 가늠이 되지 않아 그녀를 물끄러미 바라보았다. 여자가 말을 이었다.

"범인에게 그렇게까지 한 이유를 물었죠. 그러니까 녀석은 웃더라고요. 교도관을 엉망으로 만들어주고 싶었다고 하면서 말이에요. 그럼 죽은 여자에게는 무슨 잘못이 있느냐고 물었죠. 범인은 교도관의 아내인 게 잘못이라고 하더군요."

여자가 말을 이었다.

"교도관은 결국 일을 그만뒀어요. 한밤중에도 울며 찾아오는 그에게 저는 견디라고 말했어요. 그가 견디면 괜찮아지는 거냐고 물었는데 그 질문이 칼날처럼 느껴지더군요. 그의 물음에 도저히, 괜찮아질 거라고 대답할 수 없었어요. 결국 그는 떠나버렸죠. 모든 수감자들이 그런 건 아니지만 힘든 직업이에요."

교정직 공무원 일이 고되다는 건 이미 알고 있는 사실이었다. 그런 이야기에 겁을 먹었다면 시험에 응시하지도 않았을 것이다. 그녀는 나를 힐끔 쳐다본 후 말을 이었다.

"저만 해도 이사만 열두 번을 했어요. 보복을 당할까 봐. 제가 검거했던 범인들이 딸의 학교 이름을 대면서 죽이겠다고 말하는데 버틸 재간이 있나요. 옳은 일을 하고 있다는 마음이 모든 걸 구원하는 건 아니에요."

"교도관이신가요?"

여자가 고개를 저었다. 그리고 내게 명함을 건넸다. 거기에는 강력계 소속 형사라는 직함이 적혀 있었다. 내가 몸을 일으키자 그녀가 편히 누우라는 듯 손짓을 했다.

"쓸데없이 말이 길어졌군요. 사실 윤선이 씨한테 볼일이 있어서 왔습니다."

"무슨 일이죠?"

형사가 작게 한숨을 쉬며 말했다.

"조사차 나왔어요. 단도직입적으로 물을게요. 선이 씨, 여동생하고 연락이 되나요?"

"여동생이요?"

"윤장이 말이에요."

오래간만에 듣는 이름이었다. 그래서 하마터면 모르는 이름이라고 대답할 뻔했다. 내가 고개를 젓자, 형사는 알고 있는 사실이라는 듯 표정 변화가 없었다.

"윤장이 학생과 함께 살지 않는 건 알고 있어요. 그런데 아무래도 장이 학생이 위험한 일에 휘말린 것 같습니다."

"위험한 일이요?"

"우리는 장이의 행방을 알아야 해요."

“그걸 왜 저한테 물으시죠?”

* * *

동생은 예쁜 아이였다. 어떻게 하면 사랑을 받을지, 사랑받는 게 무엇인지 잘 아는 아이 말이다. 그러나 예쁜 아이들이 모두 그것을 잘 아는 것은 아니다. 일례로 어렸을 때 우리는 쌍둥이처럼 닮았다는 이야기를 많이 들었다. 그러나 나는 동생이 받는 것과 같은 찬탄 속에 있어 본 일이 없다. 같은 유전자에 비슷한 얼굴을 물려받았음에도 그랬다.

이를테면 이런 것이다. 낯선 누군가가 나에게 호감 어린 미소를 보낸다. 얼마든지 그럴 수 있다. 그러나 나의 경우는, 딱 거기까지였다. 그 상황이 나에 의해 진전된다거나 관계가 발전되는 경우는 거의 없었다. 딱딱한 내 태도가 전염되듯 상대도 경직된 얼굴로 내게서 멀어지는 게 보통이었다. 그러나 동생은 달랐다. 그녀는 삼십 분 후면 호감을 보인 자의 무릎에 앉아 볼을 부비고 있었다.

늘 그랬다. 그것은 아마도 성정의 문제였다. 그리고 그것이 동생이 가진 매력일 터였다. 덕분에 누군가는 그 아이에게 다정한 마음을 품었고, 누군가는 동생의 환심을 사기 위해 선물을 남발했다. 누군가는 동생에게 홀로 애정을 쏟은 후 돌아오지 않는 마음에 분노를 표현하기도 했다. 그건 옆에서 볼 때는 부럽기도 하고 조금은 징글맞게 느껴지는 재능이었다.

문제는 그 재능이 우리 집에서 그다지 아름답게 사용되지 않았다는 데 있다. 어머니와 아버지는 늘 사랑을 받기에 바빴지, 뭔가를 베풀 줄 아는 사람들이 아니었다. 상대가 자식이라 하더라도 예외는 없었다.

부모님은 한때 브라운관의 잘나가는 청춘스타였다. 그 점이 그들의 인색한 성정과 얼마만큼 연관 관계가 있는지 나는 잘 모르겠다. 그러나 내가 '비가 오니 우산을 가져다 달라'고 하면 그들은 '스타는 그런 일을 하는 게 아니다', '귀신이 나올 것 같아서 무섭다, 안아달라'고 하면 '나는 TV에 나가야 하는 사람, 밤에는 피부 건강을 위해 자야 한다'고 응대하곤 했다.

그렇다고 해서 부모님이 자신들이 말하는 것만큼 대단한 스타는 아니었다. 떴던 별은 지다 못해 화석이 되어버렸다. 동생이 태어날 무렵 부모님의 삶은 그들의 얼굴만큼이나 많이 망가진 상태였다.

과거의 연줄로 배역이 들어올 때가 있기는 했다. 어머니에게는 유부남을 꼬시는 화류계 여성 역할이, 아버지에게는 감당 못 할 짓을 저질러 모두를 위기에 빠뜨리는 양아치 역이 말이다. 그 때문인지 어머니는 우리를 혼낼 때 자주 콧소리를 냈다. 강원도 출신인 아버지는 말다툼을 벌일 때마다 억양이 센 남도 사투리를 사용하곤 했다. 그 때문에 나는 그들이 진짜로 화를 내는 건지 연기를 하는 건지 알 수 없을 때가 많았다.

부모님은 젊은 시절 누렸던 행운을 제대로 간수하지 못한 채 흘려보냈다. 물론 흘려보내도 된다. 모든 사람들이 자신의 성공을 관리하고 유지해 나갈 수 있는 것은 아니니까. 그러나 문제는 내 부모님의 삶의 기준이 그 과거에, 그 흘러가버린 빌어먹을 찰나의 과거에 고정되어 있다는 데 있었다. 현재의 삶을 불만족스럽고 비참하게 만드는 '번쩍이는 진짜 삶'이 그 과거에 있었다.

처지는 같아도 현실에 대응하는 부모님의 방식에는 차이가 있었다. 어머니는 집 밖으로 나가지 않았다. 그녀는 오랜 친구들을 집으로 불러들여 음주가무를 즐기는 데 골몰했다. 아버지의 경우는, 밖으로 돌았다. 그는 TV 출연이 있든 없든 항상 방송국에 갔다. 방송국에 가지 않으면 방송국이 있는 동네라도 갔다. 그 안에 있으면 마치 그곳 사람이 되는 것처럼.

어머니는 아버지가 방송국에서 헛된 술대접과 의미 없는 약속들로 돈과 시간을 허비하고 있다고 말했다. 그러면 아버지는 '네가 네 입에 처넣는 것들을, 남들 입에 처넣는 건데 그게 뭐 그리 큰 잘못이냐'고 응수하곤 했다. 그러면 어머니는 얼굴이 벌겋게 되어 아버지에게 달려들었고, 아버지는 액션 스쿨에서 배웠다는 할리우드 액션으로 어머니를 제압했다. 과거의 피비 케이츠는 과거의 테리우스 밑에 깔려 울부짖었다.

그렇다고 해서 내가 처한 삶이 생각만큼 끔찍한 것은 아니었다. 태어나서부터 보아온 것이 그런 모습이었기 때문이다. 아버지와 어머니는 서로에게 육아를 미뤘고, 나는 따뜻한 밥 한번 제대로 먹은 일이 없었고, 용돈은 늘 부족했고, 집에는 사시사철 술판과 울음판이 벌어지고 있었고(가끔은 도박판도), 동생은 늘 이웃 사람들에 의해 발견되었고, 옷은 구깃구깃 더러웠으며, 집에는 수준에 맞지 않는 사치품이 넘쳐났지만 그런 삶은 내게 일상이었다. 당연하고도 익숙했다.

그러나 어쩌면, 삶은 늘 나빠진다. 더 나빠질 게 있을까 싶을 때 더 나빠진다. 그리고 더 이상 나빠질 수 없을 때 뒤지고 마는 건지도 모른다.

나는 수백 번이고 생각한다. 그때 그 일이 일어나지 않았더라면 어땠을까. 우리는 추하고 천박하지만 그런대로, 우리가 그런 줄도 알지 못한 채 그렇게 살아갈 수 있지 않았을까.

그날, 아버지는 흥분한 채로 집에 돌아왔다. '이제 됐어! 이제 됐다고!' 하면서 말이다. 어머니가 '술에 취했느냐?'고 물었을 때 그는 '기대에 취했다'고 대답했다. 그리고는 아는 프로듀서의 연출로 〈밀리언달러 키즈〉라는 프로그램에 들어가게 되었다고 말했다.

밀리언달러 키즈 시리즈는 당시 큰 인기를 누리고 있던 리얼리티 프로그램이었다. 그것은 '육아에 서툰 연예인 부모가 아이와 함께 오지나 무인도 같은 극한의 상황에 떨어진다. 부모는 위험으로부터 부모의 역할을 배우고, 아이는 부모와의 유대를 확인한다'는 제작 의도를 내세우고 있었다. 그러므로 그것은 부모역의 연예인이 이미지를 세탁하기에 좋고, 그들이 연예계에 자녀의 발판을 마련하는 데 적절한 방송이었던 셈이다.

인기를 누리고 있는 예능인 만큼 〈밀리언달러 키즈〉로부터 얻을 수 있는 부가수익도 쏠쏠했다. 쏟아지는 CF 섭외와 협찬, 얼굴을 알림으로써 얻을 수 있는 이익들이 넘쳐났다. 그것은 아이가 있거나 재기를 꿈꾸는 연예인들이 욕심을 내지 않을 수 없는 방송이었다.

그런데 그 기회가 아버지에게 굴러 들어온 것이다.

고무된 아버지가 집으로 돌아와 처음 한 일은, 동생과 나를 나란히 세우는 것이었다. 그는 생선을 고르듯 우리를 살폈다. 옷을 벗어보라고 하기도 하고 입어보라고 하기도 했다. 웃어보라고 하기도 하고 울어보라고 하기도 했다. 동생과 내가 입을 벌려 충치 유무를 확인받고, 깜찍한 표정을 짓고, 화난 얼굴을 하고, 카메라 단독 샷을 위한 큰 발성을 연습하고, 아버지가 던져주는 대사를 소화하는 일은 그 후로도 몇 시간 동안 계속되었다.

어머니는 그 옆에서 팔짱을 끼고 서 있었다. 그녀는 '애들이 못생겼어. 내 전성기 때만 못해' 하고 말하며 혀를 찼다. 그러나 그녀 역시 들떠 보이기는 마찬가지였다.

그때 아버지의 눈은 계속 동생에게로 가 머물렀다. 그러나 그가 최종적으로 선택한 것은 나였다. 당시 나는 열한 살, 동생은 다섯 살이었다. 아버지 말에 의하면, 동생 쪽이 귀엽기는 하나 자신과 합을 맞추기에는 내가 적절하다고 했다. 그리고 그는 내게 '넌 내 덕분에 엄청난 기회를 얻은 거야. 잘해야 한다. 내 인생이 너한테 걸렸어' 하고 말했다.

행복한 시간이었다. 녹화 전 며칠 동안 나는 부모님의 사랑과 관심 속에 있었다. 그것은 이전에도 이후에도 받아본 일이 없는 애정이었다. 그들은 나를 끌어안았고, 나를 보며 웃었고,

내게 사랑한다고 외쳤다. '사랑한다! 사랑해! 너는 우리에게 주어진 축복이야!' 하고 말이다. 당시에는 그것이 나를 향한 것이라고 믿었지만 이제는 안다. 그것은 결코 나를 향한 게 아니었다. 그들의 광채 어린 눈동자는 나라는 거울에 부딪힌 후, 자신들에게로 돌아갔다.

그때 나는 머리털이 나고 처음으로 아버지와 동네 뒷산에 갔다. 우리는 그곳에서 독성이 있는 식물을 캐기도 하고 불법 점화도 하며 생존 연습을 했다. 그렇게 자주 웃는 아버지는 본 일이 없었다. 그는 내 실수에도 화를 내지 않았다. 시시때때로 알 수 없는 말들이 그의 입에서 흘러나오곤 했지만 말이다. '아이쿠, 이 녀석! 아빠가 늘 불을 조심해야 한다고 했잖아' 같은 말들. 대체 언제? 나는 다섯 살 때부터 가스레인지 불을 혼자 켰는데. 나는 그의 연기가 이미 시작되고 있음을 몰랐다. 아버지 안의 카메라가 불을 번쩍이고 있었다.

아직도 기억한다. 녹화 당일, 그 토할 것 같던 아침, 공항에서의 지루한 시간들, 눈앞에서 흔들리던 카메라와 무거운 마이크, 지나치게 많은 낯선 사람들, 내 손을 아프게 쥐고 있던 아버지의 젖은 손, 처음 탔던 비행기, 내려다보았던 구름, 아프게 눈을 찔러오던 빛, 계속 창밖을 바라보자 '쾅' 하고 블라인더를 내리던 뒷사람의 마른 손, 비행기가 솟아오르던 때 귀가 찢어질 듯 아팠던 감각, 기내식을 먹으며 잘난 척을 하던 아버지, 처음 타보았던 배, 요란한 뱃고동, 부서지길 거듭하던 파도, 내가 쥐고 있던 과자를 향해 달려들던 갈매기들, 갯벌 때문에 물컹대며 흔들리던 땅, 평상시와 달리 자주 내 몸을 감싸 안던 아버지의 크고 두터운 팔, 몸을 웅크린 채로 서 있던 다른 아이들.

그리고 나는 거기에서 모든 것을 망쳐버렸다.

* * *

"학생 하나가 죽었어요."

멍하니 형사를 바라보았다.

"누가요?"

형사는 낯선 소년의 사진을 보여주었다. 선이 얇고 깔끔한 얼굴이었다. 학창 시절에 한 번쯤은 짝사랑을 했을 법한 교회 오빠 같은 얼굴이었다.

"서윤재라는 아이인데, 아세요?"

나는 고개를 저었다. 처음 접했는데 그는 이미 죽고 없는 사람이라니. 이상한 느낌이었다. 형사에게 물었다.

"제 동생은 왜 찾으시죠?"

동생이라는 말을 할 때마다 입가에 어색함이 감돌았다. 그 단어를 입에서 황급히 떼어버리고 싶었다. 형사는 나를 지그시 바라보며 말을 이었다.

"저희는 이 사건을 살인사건으로 보고 있습니다."

"살인이요?"

"피해 학생이 죽기 전에 윤장이 학생을 만났던 것 같아요."

"……왜죠?"

"저희도 그 이유를 찾고 있어요."

"범인은 누군가요?"

"아직 모릅니다."

나는 형사를 바라보았다. 그리고 고개를 저었다.

"전 모릅니다. 동생이 어디 있는지도 모르고요. 아마 어떤 질문을 던져도 제가 아는 건 없을 거예요."

형사는 어깨를 으쓱하며 말했다.

"선이 씨, 제가 지금 취조를 하러 온 것 같나요? 선이 씨한테 도움을 받으러 온 거예요. 동생과 연락이 닿을 방법을 찾아야 합니다."

할 말이 없었다. 망설이다 핸드폰 주소록을 뒤져 동생의 번호를 찾았다. 통화 버튼을 누르자 결번이라는 안내 음성이 흘러나왔다. 이를 지켜보던 형사가 고개를 저으며 말했다.

"바뀌기 전 번호로군요."

"동생과 연락을 하지 않은 지 오래됐어요."

"언제부터?"

고개를 저었다. 기억이 나지 않았다. 지금 저장되어 있는 동생 번호 역시 어떻게 갖게 된 것인지 잘 기억이 나지 않았다. 형사에게 물었다.

"아버지는요?"

"아버지요?"

"아버지가 동생과 내내 함께 살았어요."

형사는 고개를 저었다. 아버지의 행방 역시 알 수가 없다고 했다. 그 때문에 나에게 찾아온 것이라고 말이다.

"아직 미성년자인데 장이 행방을 알 만한 사람이 없나요?"

"네, 잘……."

"이건 거의 방치 수준인데요."

수첩으로 침대 머리를 치던 형사가 고개를 저었다. 그녀는 내게 더 나올 게 없다는 사실을 깨달은 듯 몇 가지 질문과 당부를 늘어놓은 후 떠나갔다.

나는 형사가 이야기를 할 때 내내 고개를 숙이고 있었다. 자격지심인지 몰라도, 그녀의 태도에는 묘한 질책이 담겨 있었다. 어린 동생이 살인사건에 휘말려 사라질 동안 너는 연락도 뭣도 없이 대체 뭘 하고 있었냐, 하고 말이다. 나는 그런 시선에 어떻게 반응해야 할지 몰랐다. 무심했던 건 사실이다. 아니 의도적으로 관심을 끊고 살았다. 그러나 내게 연락을 해오지 않은 건 아버지나 동생 역시 마찬가지였다.

* * *

아버지와 함께 섬에 갔던 나는 최선을 다했다. 아버지가 내게 '잘해야 한다'고 거듭 당부했기 때문이다. 그러나 그는 '우리의 미래가 너에게 달려 있다'고 말하지 않았다. '나의 배우 인생이 너에게 달려 있다'고 말했다. 지금 와서 생각해보면, 그 말에 모든 진실이 담겨 있었다.

책임감에 짓눌린 내가, 카메라 앞에서 다른 아이를 밀치고 다치게 하는 과잉 경쟁심을 발휘했을 때 아버지는 외마디 비명을 내뱉었다. 그리고 그는 나를 지나쳐 밀쳐진 아이에게로 달려갔다. 그가 아이를 부둥켜안으며 말했다. '미안하다, 미안하다. 우리 아이가 너한테 나쁜 짓을 했구나' 하고 말이다. 그리고 그는 화가 난 얼굴로 나를 돌아보며 '사과하라'고 말했다.

나는 억울했다. 낯선 아이를 다치게 한 건 내 잘못이었다. 그러나 열심히 하라고 했던 건 그가 아니었나? 그런데 그걸 나쁜 짓이라고 말하나? 내가 그의 말을 듣지 않고 버티자 아버지는 내 뒷덜미를 움켜쥐었다. 내가 몸부림을 쳤다. 그는 내 목을 거머쥔 채 질질 끌어 다친 아이에게로 갔다. 내 목덜미에 그의 손톱이 박혔다. 그는 내 목을 졸라 바닥을 향해 눌렀다. '미안하다고 말해. 친구가 얼마나 아팠겠어?' 하면서 말이다.

그것은 얼핏 보면 거칠지언정 아이를 가진 아버지가 할 수 있는 상식적인 행동으로 보였다. 그러나 비행기 대신 배와 버스를 타고 집으로 돌아오는 길에 아버지는 '괜한 년을 다치게 했어. 너는 배우가 되기는 글렀구나' 하고 경멸하듯 중얼거렸다. 그걸로 모든 게 끝이었다.

내가 밀친 아이는 골절상을 입었다. 방송국에서는 나의 하차를 요구했다. 아버지의 말에 의하면, 프로듀서의 밑구멍을 열심히 핥은 덕에 본인은 살아남을 수 있었다고 했다. 나 대신 동생을 프로그램에 영입하는 조건으로 말이다. 장이는 아버지의 손에 붙들려 무인도로 떠나갔다. 그리고 그것은 엄청난 반향을 불러일으켰다.

그 일은 너무나도 순식간에 일어났다. 동생이 〈밀리언달러 키즈〉에 출연했던 이 년 동안 프로그램은 평균 시청률 20%대를 유지했다. 그녀가 길 잃은 친구들과 함께 캠프로 돌아오는 에피소드가 방송된 날, 쇼는 자체 최고 시청률을 갱신했다.

동생은 가는 곳마다 사람들에게 휩싸였다. 모두가 '장이야, 장이야' 하고 친근하게 동생의 이름을 불렀다. 대부분의 사람들이 동생을 알고 있었다.

그 무렵 언젠가였던가, 가족끼리 외식을 한 일이 있었다. 드물게 함께 하는 시간이었지만 부모님은 다른 사람들과 어울리느라 나와 동생을 잊은 상태였다. 그들은 이미 다른 테이블에서 취한 채 해롱대고 있었다. 당시 나는 사춘기가 시작되고 있었기 때문에 그런 사실들이 좀 견디기 힘들었다. '엄마 아빠가 좋아하는 건 낯선 사람뿐이야. 부모님은 우리를 사랑하지 않아. 이용하는 거야' 하고 말이다.

그 사실에 북받친 나는 밥을 먹다 화장실에 가서 몰래 울었다. 그런 후 자리로 돌아오다 이상한 상황에 맞닥뜨렸다. 우리 테이블에 낯선 남자가 있었다. 근육질에 달라붙는 흰 티셔츠를 입은 중년 남자였다. 그는 동생의 맞은편에 앉아 있었다. 그의 큰 덩치에 가려 동생이 전혀 보이지 않았다. 이리저리 몸을 기울이자 남자 너머로 파랗게 질려 있는 동생의 얼굴이 언뜻 드러났다. 가까이 다가가자 남자가 나직한 목소리로 속삭이는 소리가 들렸다.

"빨리 먹어."

동생이 고개를 저었다.

"어서."

"먹기 싫어요."

남자가 동생의 머리에 손을 얹었다.

"다 먹기 전까지는 안 보내준다."

동생이 겁에 질린 목소리로 물었다.

"누구세요?"

남자가 충격적인 말을 들었다는 듯 큰 손을 들어 자신의 얼굴을 비볐다. 그리고는 고개를 동생에게 들이대며 물었다.

"날 몰라?"

"누구세요?"

"김성국이라고. 날 몰라?"

"……몰라요."

"따라해봐. 김성국."

"김성국."

"나는 네 팬이야. 매일 방송국 게시판에 너를 응원하는 말을 올려."

동생은 입을 벌린 채 남자를 올려다보았다.

"앞으로 잊어버리지 마. 그럼 용서 안 해."

그가 다시 물었다.

"내가 누구라고?"

"김성국."

"그래, 잘했어. 그런데 장이야, 너는 편식을 너무 많이 해. 그래서 아저씨가 장이를 만나면 혼내주려고 벼르고 있었어."
"네?"
"어서 먹어."

남자는 동생에게 부추를 먹으라고 강요하고 있었다. 동생에게는 부추 알레르기가 있었다. 어렸을 때 그것을 잘못 먹었다가 발진이 나고 기도가 막혀 응급실에 실려간 일도 있었다.

동생이 울며 고개를 저었다.
"못 먹겠어요."
"먹어."
"먹으면 아파요."
"먹으라고."
"안 돼요."
"안 먹어?"
남자는 위협하는 얼굴로 동생을 내려다보았다. 흐느끼던 동생은 콧물이 얼룩진 얼굴로 부추를 먹기 시작했다. 레스토랑 통유리에는 동생을 보기 위해 온 사람들이 매달려 있었다. 그러나 그들이 선 자리에서는 동생이 처한 상황이 보이지 않았다.

나는 장이에게로 가 그녀가 쥔 포크를 바닥에 내던졌다. 남자는 화가 난 얼굴로 그것을 주워들었다. 나는 동생을 가로막고 섰다.

"아저씨가 뭔데 제 동생한테 이래라저래라예요?"

남자는 포크를 손에 쥔 채 나를 훑어보았다. 그의 시선이 내 목에 꽂혔다. 나는 황급히 고개를 돌려 부모님을 찾았다. 애타게 그들을 불렀지만 아버지와 어머니는 내 목소리를 듣지 못했다. 남자가 우리에게 다가왔다. 그가 쥔 포크가 내 목을 향해 있었다. 장이가 울음을 터뜨렸다. 남자는 두어 걸음 거리에 멈춰선 후 너털웃음을 터뜨렸다. 부모님은 그제야 우리를 돌아보았다. 남자는 장이에게 '편식을 하면 안 된다, 지켜보겠다'는 말을 남긴 후 유유히 사라졌다.

나는 그날 집으로 돌아오는 차 안에서 동생의 손을 잡았다. 인정한다. 당시 나는 뭐랄까, 감정의 과잉 상태였다. '내가 장이를 구했어. 내가 언니라고. 가족들은 나를 거들떠도 보지 않지만 장이를 구한 건 나야' 하고 말이다. 그 기분에 도취되어 조금은 눈물이 날 것 같기도 했다.

그러나 취한 건 나뿐이었다. 동생은 내게 잡힌 손을 슬그머니 비틀어 뺐다. 그리고는 그것을 핑크색 레이스 치마에 문질러 닦은 후 등 뒤에 감췄다. 내가 동생을 바라보자 그녀는 창밖으로 고개를 돌렸다.

몇 차례 그런 일들이 있었다. 우리의 관계는 이미 많이 달라진 상태였다. 가정은 동생을 중심으로 돌아갔다. 나는 더 이상 그녀의 역할 모델이 아니었다. 실패하고 돌아온 무능한 언니, 아빠가 싫어하는 아무 짝에도 쓸모없는 언니, 엄마가 괜히 낳았다고 말하는 언니, 그것이 나였다. 어린 동생은 나를 필요로 하지 않았다.

* * *

형사에게 얻은 주소로 찾아간 집은 낯설지 않았다. 역에서부터 한참을 걸어 들어가야 했지만 길을 헤매지도 않았다. 내가 태어나서 열세 살 때까지 산 연립주택이었기 때문이다.

그렇게 많은 돈을 벌었으면서 왜 여태 그곳을 벗어나지 못했나. 도대체 그들은 지난 십 년 동안 뭘 하고 살았던 건가. 화가 치솟았다.

초인종을 눌렀다. 현관문에는 나와 동생이 했던 낙서가 그대로 남아 있었다. 혹시나 했지만 역시나 응답이 없었다. 문에 비해 지나치게 크고 화려한 도어록을 내려다보았다. 잠시 고민하다 여섯 자리 조합의 숫자를 눌러보았다. 숫자들이 기억

속에 남아 있는 게 오히려 신기했다. 그러나 비밀번호는 일치하지 않았다. 다섯 차례 실패를 하고 나니 잠금쇠가 요란한 소리를 내며 빛을 잃었다.

나는 주택을 나와 인근 열쇠집으로 갔다. 주인아저씨가 그대로였다. 우리는 과거, 퍽이나 자주 만나던 사이였다. 술을 마시고 열쇠를 잃어버리는 부모님 때문에, 열쇠공이 와야만 끝이 나는 격렬한 싸움 덕분에, 열쇠를 주지 않은 채 집을 비우는 가족들 때문에 나는 그와 얼굴을 마주칠 일이 많았던 것이다. 그의 얼굴을 보자 집으로 돌아왔다는 실감이 났다. 나는 예전처럼 고개를 숙인 채로 말했다.

"대문이 잠겼어요."

"열쇠는?"

"도어록인데 번호를 몰라요."

그는 찬찬히 나를 바라보았다.

"오래간만이구나. 다른 가족들은?"

"동생을 보러 왔는데 아무도 없는 것 같아요."

"연락은 해봤고?"

"받지 않아요."

그는 잠시 팔짱을 낀 채 생각에 잠겼다. 그리고는 이 층에 있는 아들을 불렀다. 아들이 계단을 내려오면서 힐끔 나를 바라보았다. 과거에 오다가다 본 적이 있는 얼굴이었다. 이제는 완연히 청년이 되어 있었다.

열쇠공 아저씨가 말했다.

"가게를 좀 보고 있거라."

청년은 대꾸를 하지 않은 채 계산대에 섰다. 열쇠집 아저씨는 예전에도 그랬던 것처럼 장비를 챙겨 앞장섰다.

잠금쇠를 만지던 아저씨는 고개를 저었다.

"요즘 것들은 해체가 까다로워. 제조사에서 나오지 않는 이상 도어록을 부숴야 할 거요. 나쁜 놈들이 그렇게 만들어놨어."

"그럼 부숴주세요."

주인아저씨는 말없이 고개를 끄덕였다. 나는 그의 도움으로 게이트맨을 부순 후 현관문을 열었다.

* * *

인기가 많아지다 보면 일곱 살 아이에게도 안티가 생긴다. 동생이 아이 같지 않아 징글맞다는 이야기, 그녀가 다른 아이들에게 양보를 하지 않는다는 증언들, 게다가 지나치게 카메라를 의식한다는 말들이 서서히 몸피를 키우기 시작했다. 웅크리고 있던 그것이 노골적으로 모습을 드러내기 시작한 건

〈밀리언달러 키즈〉 100회 특집이 나가고 난 후였다.

서울 외곽, 피동의 조현산이 특집화의 무대였다. 400미터 정상의 조현산에는 석축 산성이 자리하고 있었다. 800미터 남짓 이어지는 산성에는 북문, 동문, 남문터 세 개가 남아 있었는데 동문터에서 남문터로 이어지는 길에 깊고 넓은 수구(水口)가 있었다. 습기가 자주 차는 지형에 파놓은 배수관이었다. 그것은 2미터 깊이로, 성인 남자 열 명은 수용할 것 같은 넓고 평평한 구덩이 모양을 하고 있었다.

산 정상에 이르기까지는 가짜 짐승과 트랩이 넘쳐났다. 새로운 과제도 주어졌다. 아이들은 산에 숨겨진 일곱 개의 보물을 찾아 캠프에 도착해야만 했다. 평상시와 다른 점이 있다면 그 여정이 오로지 아이들만으로 구성된 팀으로 진행된다는 점이었다.

그때 부모들은 무엇을 하고 있었나. 그들은 캠프에 앉아 위험에 처한 아이들을 응시했다. 몰래 카메라로. 그러나 그들이 아무것도 하지 않은 것은 아니다. 그들은 반응할 수 있어야 했다. 좋은 부모라면 그런 상황에서 어떤 표정을 보일까. 어떤 말을 할까. 울어야 할까. 웃어야 할까. 어떤 표현들이 그 상황을 좀 더 극적으로 만들까. 그것은 결코 단순한 일이 아니었다.

아이들의 경우는 더 어려웠다. 그들은 연출진이 만들어둔 위험을 간파해야 했고, 서로 경쟁해야 했으며, 그 와중에 귀엽고 사랑스러워야만 했다. 사람들은 팔짱을 낀 채 기다렸다. '자, 우리가 너희를 사랑할 수 있게 해다오' 하고 말이다.

진행자가 시작을 알리는 말을 했다. 평균 연령이 열 살인 아이들은 얼굴을 날고기처럼 열어젖힌 채 검은 숲 안으로 걸어 들어갔다.

괜히 100회 특집이 아니었다. 그동안의 경험은 헛된 게 아니었다. 아이들은 비교적 차분히 과제를 수행했다. 그들은 지혜를 발휘해 지도와 무기를 얻었고, 용감히 짐승의 가면을 쓴 인간과 맞서나갔다. 덕분에 여섯 개의 보물을 찾아내는 엄청난 성과를 올렸다.

마지막 보물은 수구에 숨겨져 있었다. 그곳에는 아이들의 안전을 위해 고운 모래와 사다리가 장치되어 있었다. 그 안으로 들어가서 숨겨둔 음식을 찾아내면 끝이 나는 게임이었다. 그러나 모험은 계획대로 흘러가지 않았다.

벌박사라는 칭호를 가지고 있던 아이 하나가 날아가는 벌을 보고 만 것이다. 그는 꿀벌을 말벌로 오인하는 실수를 범했다. 아이들은 혼비백산했다. 벌박사는 '저 벌에 쏘이면 우리는 죽어! 죽는다고!' 하고 흥분해서 외쳤다. 아이들은 정신없이 달리기 시작했다. 녹화 테이프를 갈고 있던 카메라맨들은 그들을 놓쳤다.

카메라 없이 달아난 아이들은 결국 보물이 숨겨진 수구에 도착했다. 우연에 의해. 그러나 누구도 수구 입구에 매달린 줄사다리를 보지 못했다. 아이들이 흙을 타고 미끄러져 내렸다. 겁에 질린 누군가는 그 과정에서 사다리를 치워버렸다. 자신이 그것을 치운 줄도 모른 채로 말이다.

수구에는 이미 숨겨둔 카메라들이 설치되어 있었다. 아이들은 그것을 깨닫지 못했다. 자신들이 새로운 무대에 진입한 줄도 알지 못한 채 혼란에 휩싸였다. 누군가는 흐느꼈고 누군가는 화를 냈다. 누군가는 주저앉은 채로 넋이 나갔다. 누가, 아이들은 카메라 앞에서 연기를 하지 않는다고 했던가. 캄캄한 무대 안에서 아이들 본연의 얼굴이 튀어나오기 시작했다.

그때 무대 바깥에 있는 아이가 하나 있었다. 장이였다. 출연진 중 가장 어렸던 그녀는 무리에서 처진 채로 달렸다. 지친 나머지 넘어지기까지 했다. 모두가 구덩이에 빠질 때 그녀는 엎드린 채로 숨을 죽였다. 동생은 그렇게 홀로 살아남아 아이들이 있는 구덩이 앞으로 다가갔다.

장이는 검은 구멍을 내려다보았다. 아이들도 동생의 존재를 깨달았다. 그들은 자신을 빼내달라고 아우성을 쳤다. 동생은 가지고 있던 손전등을 들어 참호 안을 유심히 살폈다. 누군가는 그녀가 도움닫기를 할 만한 홈을 찾고 있는 거라고 생각했다. 또 누군가는 그녀가, 친구들과 고난을 함께하기 위해 구덩이에 뛰어들 거라고 생각했다.

숨겨진 카메라는 동생의 얼굴을 비추지 않았다. 그러나 그녀의 목소리만은 또렷이 담고 있었다. 장이가 말했다.

"거기 카메라 있어?"

"없어! 빨리 우리 좀 꺼내줘!"

"찾아봐."

아이들은 숨겨진 카메라를 찾지 못했다.

"없다니까! 정말로 없어."

"정말로 없어?"

"없다고!"

"그래?"

"장이야! 도와줘, 장이야!"

동생은 대답을 하지 않았다. 그녀는 비명 같은 부름을 뒤로 한 채 혼자 캠프로 달아났다. 거기까지만 해도 이해의 여지가 있었다. 동생은 어렸고, 그녀에게는 아이들을 구할 힘이 없었다. 겁이 난 거겠지, 그런 거겠지. 착하고 사려 깊은 장이가 어른들을 찾아가 도움을 요청하려는 거겠지, 그런 거겠지.

그러나 동생이 캠프로 돌아가 취한 행동은 뜻밖의 것이었다. 그녀는 평소에 하듯 어른들에게 애교를 떨기 시작했다. 카메라가 그 얼굴을 담았다. 창백한 얼굴로 교태를 부리는 어린 아이의 모습은 괴이하기 짝이 없었다.

상황을 알고 있는 어른들이 '다른 아이들은? 무슨 일이 있었던 것은 아니냐?' 하고 장이의 고백을 유도했지만 그녀는 모른다며 고개를 저었다. 방송국은 기고만장해지는 아버지에 대한 경고였는지, 그게 시청률에 도움이 될 거라고 생각한 건지, 동생의 모습을 그대로 방송에 내보냈다. 그것이 사람들의 혐오를 자극했다.

아버지는 자신의 인생을 망친 게 동생이라고 말했다. 그러나 그 말은 사실이 아니다. 〈밀리언달러 키즈〉가 방송되던 시기, 아버지에게는 배역이 들어온 적이 있었다. 주말 드라마였고 꽤 비중 있는 조연이었다. 〈밀리언달러 키즈〉의 유명세가 있었기 때문에 가능한 일이었다. 그러나 아버지의 연기는 누구에게도 언급되지 않았다. 차기작도 들어오지 않았다.

아버지는 그때 처음으로 자신이 주연이 아니라는 사실을 깨달았다. 드라마에서도, 〈밀리언달러 키즈〉에서도 마찬가지였다. 아마도 그는 그 사실을 견디지 못했다. 그는 종종 장이에게, 초등학교에도 들어가지 않은 동생에게 시시껄렁한 삼류 연기를 하고 있다며 화를 냈다. 그리고 장이가 위기가 처했을 때 몰락의 급행열차를 운전한 것은 바로 그였다.

아버지를 보는 눈은 더 이상 호의적이지 않았다. 위기에 처한 친구들을 버려둔 채 달아나는 아이의 아버지는 누구인가. 아이를 아이답지 않게 기른 건 대체 누구인가. '자식 팔아 돈 버는 놈'이라는 말에 발끈한 아버지는 술집에서 폭력을 휘둘렀다. 눈을 맞아 시력에 문제가 생긴 피해자는 소송을 불사하겠다고 나섰다. 그 덕에 아버지는 〈밀리언달러 키즈〉에서 하차해야만 했다. 동생에게는 재기의 기회가 주어지지 않았다.

재난은 그것으로 끝이 아니었다. 그 무렵 아버지와 다투고 집을 나간 어머니가 운전을 하다 교통사고를 당했다. 즉사였다.

사고가 있고 얼마 후, 외할머니와 외할아버지가 우리를 찾아왔다. 나는 그때 외조부모의 얼굴을 처음 보았다. 그들은 지나치게 늙고 지쳐 보였다. 그 안에 뭐가 담겨 있는지 알기 힘들 만큼 주름진 얼굴이었다.

외할아버지는 무뚝뚝하고 거친 목소리로, 어머니와 오랫동안 연락을 하지 않고 지냈다고 말했다. 그러나 일이 이렇게 된 마당에 절연이 무슨 소용이 있느냐고 말이다. 그리고는 자신 없는 얼굴로, 나와 동생을 맡고 싶다고 말했다. 외할머니는 아무 말도 하지 않은 채 할아버지의 뒤편에 조용히 서 있었다.

그것은 아버지에게는 반가운 제안이었을 것이다. 그러나 그는 할아버지의 말에 선선히 응하지 않았다. 또 심술이 도졌던 건지도 모른다. 둘 중 하나가 남으면 써먹을 데가 있을 거라고 생각했던 건지도 모른다. 주방에 기대 술잔을 돌리고 있던 아버지는 '한 명만 골라가슈' 하고 입을 열었다. 그리고는 곧 '둘 다 별 쓸모는 없지만' 하고 덧붙였다.

외할머니와 외할아버지는 그 말에 항거할 기력도 없는 듯했다. 그들은 우리를 '둘 다' 데려가는 방법을 너무 쉽게 포기했다. 동생과 나는 또다시 나란히 서서, 좌판에 놓인 생선이 되었다. 그리고 나는 그때는 알고 있었다. 사람들이 어떤 생선을 원하는지, 팔려나가기 위해서는 무엇을 해야 하는지 말이다. 간단했다. 팔딱이면 된다. 싱싱한 척을 해야 하는 것이다.

노인들의 시선이 몇 차례 동생에게 머물렀다. 그러나 그 무렵 동생은 이미 넋이 나가 있었다. 나는 잡고 있던 동생의 손을 놓았다. 그런 후 그 손으로 외할아버지의 옷깃을 잡았다. '저를 데려가주세요' 하고 말이다.

아버지는 더 이상 동생을 안아주지 않을 것이다. 나를 안아주지 않았던 것처럼. 나 역시 동생을 안아주지 않을 것이다. 그래야 선택 받을 수 있을 테니까. 일곱 살의 장이는 아버지 옆에 서서 멀어져가는 나를 바라보았다.

그게 우리의 마지막이었다.

* * *

기시감은 거의 느낄 수 없었다. 집 내부가 많이 달라져 있었다. 과거에는 정말이지 엉망진창이었다. 부엌과 거실 바닥은 늘 제대로 청소가 되지 않아 양말이 달라붙을 정도로 끈끈했다. 방들은 어수선했고 수납공간이 절대적으로 부족했다. 부모님은 정리정돈은 할 줄 모르면서 물건을 사들이기만 했다.

그러나 근 십 년 만에 마주하는 집은 그렇지 않았다. 신발장은 가지런했으며, 가구 배치가 간결하고, 벽지와 장판은 산뜻했다. 모르는 사람이 집에 들어선다면 평범한 가정집이라고 생각할 법한 그런 집이었다. 나는, 동생과 아버지가 그런 식으로 살림을 꾸리며 살아왔다는 사실이 잘 이해가 되지 않았다.

TV와 장식장, 소파와 장판으로 이루어진 평범한 거실을 지나 동생 방을 열었다. 옷장과 책상, 침대만으로 이루어진 단출한 방이었다. 침대 위에는 남색 시트와 회색 이불이 놓여 있었고, 가구들은 모두 목재로 이루어져 있었다. 대체적으로 차분하게 가라앉은 방이었다. 이상했다. 남색이나 회색은 동생이 좋아하던 색이 아니었다. 자라면서 좋아하는 색이 바뀔 수는 있었다. 그러나 그것은 열일곱 살의 여고생이 좋아할 법한 색이 아니었다.

그곳은 마치 유행을 경멸하는 엄격한 부모가 꾸며놓은 방 같았다. '요란한 건 질색이야. 여긴 내 집이고. 백년 만년 쓸 수 있는 가구가 아니라면 내 집에 들일 수 없다'고 말하는 부모들 말이다. 책장 측면에 교복이 걸려 있지 않았더라면 그곳이 여고생의 방이라고는 생각지 못했을 것이다.

책상에는 학습 목표를 적은 단기 계획표와 메모들이 다닥다닥 붙어 있었다. 하루 동안 공부할 분량을 적고 그것을 지워나간 흔적들도 보였다. 공부를 하는 학생의 책상이었다. 책상 위와 벽을 훑어보았지만 그 흔한 포스터나 사진 한 장 보이지 않았다.

동생의 방을 나와 내가 머무르던 방으로 갔다. 방문을 열었을 때 나는 흠칫 놀랐다. 아무것도 없는 텅 빈 방이었다. 내가 미처 가지고 가지 못한 물건들은 모두 처분해버린 모양이었다. 그러나 바뀌지 않은 것도 있었다. 방의 벽지와 장판만은 내가 쓰던 때 그대로였다. 방 안을 가득 채우고 있는 축축한 냄새는 거의 관리되지 않은 벽지와 장판에서 나오는 것인 듯했다. 바닥과 벽에는 내가 쓰던 때는 없던 칼자국이 나 있었다. 커터 칼로 사방을 벅벅 그은 모양이었다.

걸음이 조금 빨라졌다. 안방으로 갔다. 원래대로라면 아버지의 흔적이 그곳에 있어야 했다. 그러나 방에는 옷장과 침대, 컴퓨터뿐이었다. 옷장에는 아버지의 옷들이 차곡차곡 걸려 있었다. 그것은 내게도 익숙했다. 십 년 전 아버지가 즐겨 입던 옷들이었다. 지금은 유행이 한참 지나 형편없이 낡아버린 옷들이었다. 그렇게 옷 입는 데 관심이 많던 사람이 예전 옷들만 입고 다녔다고? 아버지가 좋아했던 감색 벨벳재킷에 코를 가져다댔다. 천 삭은 내와 나프탈렌 냄새가 지독하게 뒤섞여 있었다.

옷장을 닫고 휑뎅그렁한 침실을 둘러보았다. 노란색 침대 시트는 그대로였다. 집이 그렇게 변했는데 부모님이 쓰던 시트는 십 년 동안 그대로였다. 거기에 손을 얹었다가 습하고 퍼석퍼석한 감촉에 놀랐다. 침대보를 들어 올리자 숨겨져 있던 곰팡이들이 드러났다. 쾌쾌한 냄새가 훅하고 올라왔다. 구역질이 치밀었다.

예전의 안방은 결코 그렇지 않았다. 내 기억 속의 그곳은, 부모님이나 그들의 친구들이 밤새 너저분하게 뭉개고 있는 곳, 과자 부스러기와 술병이 나뒹구는 곳, 어머니와 아버지가 흐트러진 차림으로 누워 자질구레한 지시를 내리던 곳, 달콤한 목소리와 함께 거칠게 닫히던 곳, 그때를 제외하고는 누구나 함부로 들어갈 수 있는 그런 공간이었다.

내가 자란 집은 평범한 가정과는 거리가 멀었다. 언젠가는 친구네 집에 초대를 받은 일이 있었다. 열네 살 무렵이었던 것 같은데, 그것은 살면서 처음 받아본 초대였다. 나는 그곳에서 놀다가 곯아떨어진 친구를 버려둔 채 혼자 안방에 들어갔다. 그것은 내게 매우 자연스러운 일이었다. 우리 집 안방은 누구에게나 개방되어 있었기 때문이다.

나는 친구 부모님의 침대에 누워 과자를 먹으며 TV를 봤다. 그때는 그것이 예의 없는 짓이라는 것도 알지 못했다. 우연히 방에 들어온 친구의 아버지는 당황한 얼굴로 나를 내려다보았다. 나는 '오셨어요?' 하고 말하며 그에게 고개를 까딱였다. 그 후 다시 그 친구 집에 초대받은 일은 없었다.

다른 아이들이 자연스럽게 알고 있는 규범과 질서들을 나는 어렵게 다시 배워야만 했다. 내 부모님이 내게 그것을 알려주지 않았던 까닭이다. 그런데 돌아온 집에는 질서가 있었다. 사람의 흔적이 사라진 대신 그것이 있었다.

나는 다시 동생의 방으로 갔다. 옷장을 열었다. 비싼 소재로 만들어진 수수한 옷들이 열을 갖춰 늘어서 있는 것을 보았다. 전부 꽤나 가격이 나가는 브랜드였다. 그것들에 코를 가져다 대자 섬유유연제 냄새가 났다.

옷을 하나 꺼내 찬찬히 들여다보았다. 이상했다. 하나를 더 꺼냈다. 그 역시 이상했다. 나머지 옷들을 꺼내 모두 침대 위에 늘어놓았다. 동생은 자라지 않은 건가? 옷들이 작았다. 열일곱 살 여자아이의 옷이라고 하기에는 지나치게 작은 감이 있었다.

자세히 보니 옷은 큰 사이즈의 아동복이었다. 아주 없는 일은 아니었다. 가끔 아동복을 입는 성인들을 본 적이 있었다. 주로 체격이 작은 사람들이었다. 그들이 비싼 브랜드의 옷을 살 때 더 싸게 살 수 있다는 장점 때문에 그렇게 하는 듯했다.

나는 동생의 교복을 가져다 평상복 옆에 나란히 놓았다. 교복은 라지 사이즈로 눈에 띄게 컸다. 한 사람이 이 두 가지 옷을 같이 입는다고?

옷장을 닫고 주방으로 갔다.

냉장고에는 식단표가 붙어 있었다. 하루 섭취량이 1,000칼로리도 안 될 것 같은 식단이었다. 이 정도면 초절식이 아닌가? 냉장고를 열었다.

그곳을 채우고 있는 식자재들을 바라보았다.

대부분의 재료들이 유기농 상표를 달고 있었다.

샐러드와 닭가슴살.

싹이 자라기 시작한 한손 고구마.

요거트.

달걀과 두부.

버섯.

저지방 우유와 두유.

훈제 연어.

실곤약과 묵곤약.

바라보고만 있어도 입이 퍽퍽해지는 다이어트용 식재료들이었다.

야채 칸을 열었다. 그 안에는 아무렇게나 퍼먹다 남은 생크림 케이크 한 판이 들어가 있었다. 생크림이 너무 오래되어 딱딱한 기름 상태로 스펀지 빵 위에 들러붙어 있었다. 그 옆에는 케이크가 묻은 숟가락이 떨어져 있었다. 케이크를 들어 올리자 그 밑에 먹다 남은 초코바가 드러났다. 이상했다.

냉장고 문을 닫다 실수로 흰 계란 하나를 떨어뜨렸다. 알이 크고 싱싱한 노른자가 바닥 위로 미끄러졌다. 손가락으로 눌러도 그것이 터지지 않았다.

* * *

무엇을 해야 할지 가늠이 잘 되지 않았다. 그래서 주택에 오래 산 이웃들에게 무턱대고 동생을 본 일이 있느냐고 물었다. 그녀에 대해 알고 있는 사람은 없었다. 그들에게 아버지를 본 일이 있느냐고도 물었다. 모두가 짠 것처럼 고개를 저었다. 아니, 문을 열고 답을 해주면 다행이었다.

시간만 허비한 후 집으로 돌아왔다. 늦은 오후, 혹시나 해서 외할머니에게 전화를 걸었다. 수화기를 집어든 할머니는 대꾸가 없었다. 그녀는 양손으로 전화기를 잡고 몸을 웅크린 채 떨고 있을 터였다.

"할머니, 선이예요."

안심한 듯 그녀가 입을 열었다.

"선이냐."

외할머니는 전화를 무서워했다. 전화뿐만 아니라 사람도 무서워했다. 할머니에게는 가족을 제외한 모든 사람들이 잠정적인 범죄자였다. 따라서 그녀에게 적이 아닌 자는 나와 외할아버지뿐이었는데, 그건 결코 합당한 사고방식이 아니었다. 왜냐하면 할머니에게 가장 큰 피해를 입힌 건 할아버지였기 때문이다.

할아버지는 가끔 할머니를 때렸다. 과거에는 하루에도 몇 번씩 폭력을 휘둘렀는데, 나이가 들고는 체력이 떨어져서 간격이 늘어난 거라고 했다. 할아버지는 할머니에게 '너와는 말이 통하지 않는다'며 그녀를 때렸다. 그러나 그건 내가 보기에는 틀린 말이었다. 할머니는 적어도 내가 하는 말이 뭔지 알아듣기는 했다. 그러나 그는 그조차도 몰랐다.

대학 시절, 나는 할머니와 함께 나와 살려는 시도를 한 일이 있었다. 자취방을 구해 그녀를 데려올 계획이었다. 할아버지에게 당하고만 있는 할머니가 측은했기 때문이다. 물론 쉬운 일은 아니겠지만 아르바이트를 늘리면 불가능한 일도 아닐 터였다. 그러나 그 계획은 실패로 돌아갔다.

나는 할머니가 그렇게 격렬히 저항하는 것은 처음 보았다. 그녀는 자신을 내버려두라고 말했고, 할아버지를 사랑한다고 말했다. 나로서는 이해가 불가능한 말이었는데 그랬다. 그렇게 그녀가 내게 원하는 것이 '그저 하소연을 들어주는 상대' 정도라는 사실을 깨달은 후 나는 홀로 조부모의 집을 나왔다.

결과만 놓고 보면 나도 내 어머니와 다르지 않았다. 내가 나가던 날, 할아버지는 흰자위를 드러낸 채 나를 노려보았다. 할머니와 할아버지 입장에서 보면 나는 배은망덕하기 짝이 없는 머리가 검은 짐승이었다.

“할머니, 여쭤볼 게 있어서 전화했어요.”

“뭐냐. 이럴 때만 전화를 하지. 널 데리고 오는 게 아니었어.”

“그런 말 마시고요. 몸은 좀 어때요?”

“물어볼 게 있어서 전화했다면서 또 입에 발린 소리를 하는구나. 이런 모습이 제 어미를 꼭 닮았지. 너희들은 거짓말밖에 할 줄 아는 게 없어. 아무짝에도 쓸모없는 것들.”

전화를 끊어버리고 싶었다. 평상시 같으면 받아줄 수도 있는 익숙한 말들이었으나 그때는 마음의 여유가 없었다. 대꾸를 하지 않자 할머니가 하소연을 시작했다.

“요즘은 무릎이 아파. 다리가 불타는 것 같아서 노인정도 갈 수가 없어. 너희 할아버지는 집으로 돌아오지도 않아. 뭘 하고 돌아다니는지 알 게 뭐냐. 평생을 그랬는데. 밤에는 다리가 아파서 잘 수가 없어. 누가 내 다리 좀 잘라줬으면 좋겠다.”

“병원에 가보시지 그래요.”

“병원비는 하늘에서 떨어진다던?”

“다음에 저랑 같이 병원에 가요.”

“됐다, 됐어. 무슨 일이냐?”

"할머니, 아버지와 연락한 일이 있어요?"

"냉정 맞은 년. 이제 내가 늙었다고 너희 아버지에게 돌아가겠다는 거냐?"

"그게 아니에요. 아버지한테 물어볼 게 있어서 그래요."

"없다."

"마지막으로 연락한 적은요?"

"없다고!"

"알았어요. 그럼 전화 끊을게요."

"잠깐만. 그러고 보면 한 번 있었던 것 같기도 하고."

그녀는 외로워하고 있었다.

"언제요?"

"모르겠어. 돈을 달라고 했었어. 큰 건을 잡아서 곧 갚을 수 있을 거라고."

"할머니는 안 꿔줬겠죠?"

"그 놈팽이가 언제 갚을 줄 알고 돈을 꿔주냐."

"비난하는 게 아니에요. 그때가 언제였는지 알고 싶어요."

"몰라. 십 년은 된 것 같아. 네가 교복을 입은 지 얼마 지나지 않았을 때였어. 너한테 들어가는 교복 값이며 학비가 얼마인데 그 놈팽이가……. 네 엄마가 그 놈팽이를 만나서 인생을 망쳤어. 그놈을 안 만났으면 그렇게 죽지도 않았을 거야."

"십 년 전쯤인 것 같네요. 알았어요."

"끊을 거냐?"

"네, 지금 해야 할 일이 있어요."

"영감이나 너나 늘 해야 할 일이 있지. 나한테 들이는 시간은 금덩어리라도 된단 말이냐?"

"아니에요. 정말 해야 할 일이 있어요. 또 전화 드릴게요."

할머니는 투덜대며 전화를 끊었다. 그녀는 아버지와 십 년 전에 연락이 닿았다. 소득이랄 수도 없는 소득이었다. 아버지가 집을 나간 거라면 가출 신고 내지는 실종 신고가 되어 있는 게 아닐까 해서 경찰서에 전화를 해보았다. 신고된 일은 없었다.

하룻밤만 묵고 돌아가자. 그곳에 있는 게 힘들었다. 부모님과 함께 살던 집도, 외조부모의 집도, 마음 편히 있었던 적이 단 하루도 없었다. 고시원 방 한 칸일지언정 홀로 있을 수 있는 곳이 좋았다. 내게 외로움이란 최상의 상태임을 뜻했다.

형사 놀이는 그만하자. 내가 여기에서 대체 무엇을 할 수 있단 말인가. 차라리 돌아가서 경찰의 연락을 기다리는 편이 나을 거라고, 나는 홀로 생각했다.

결심을 하고 나니 마음이 한결 편했다. 다시 안방으로 갔다.

옷장에서 아버지의 옷들을 꺼내놓았다. 자신을 꾸미는 데 최선을 다했던 남자, 밖에서만 우리에게 친절했던 사람. 무능하고, 이기적이고, 주변 사람을 이용하려 드는 얄팍한 사람. 그런 인간은 결혼을 하지 않는 편이 낫다. 그의 재킷을 몸에 걸쳤다. 아버지의 곁에 서면 나던 지독한 향수 냄새는 이미 사라지고 없었다.

그러다 컴퓨터 의자에 앉았다. 컴퓨터는 얼핏 보기에도 신형 모델이었다. 뭐라도 해야겠다는 마음에 컴퓨터를 켰다. 바탕화면에 깔린 아이콘들을 살펴본 후 인터넷 즐겨찾기 화면을 열었다. 이름만 봐서는 알 수 없는 사이트들이 꽤 됐다. 그것을 살펴보려는데 벨이 울렸다.

"누구세요?"

대답이 없었다. 현관문 구멍으로 바깥을 살폈다. 그곳에 열쇠집 청년이 서 있었다.

"무슨 일이에요?"

"전할 말이 있어서 왔어요."

문을 열자 청년이 시선을 피하며 말했다.

"도어록을 고장 내서 위험할 거라고. 아버지가 수리해주라고 보냈어요."

"아, 괜찮아요. 아저씨가 긴급 조치는 해주셨어요."

인사를 하고 문을 닫으려는데 문이 닫히지 않았다. 청년이 현관문 틈에 발을 집어넣은 채 움직이지 않고 있었다.

"아버지가 보내서……."

"그럴 필요 없는데. 가보셔도 됩니다."

청년이 문고리를 잡았다. 조금 화가 났다.

"뭐 하시는 거죠?"

내 등 뒤로 집 안을 휘휘 둘러보던 청년이 나와 눈을 맞췄다. 그가 나를 뚫어져라 바라보며 미소 지었다. 그가 물었다.

"그런데 동생은 어디 갔어요?"

"네?"

"동생은 왜 며칠 동안 안 보이냐고요."

"제 동생을 알아요?"

"아니요."

"지금 무슨 의도로 이런 말을 하는 거죠?"

나를 지그시 바라보던 청년이 씨익 웃은 후 문고리에서 손을 뗐다. 그리고 말했다.

"그냥 궁금해서요."

그는 필요 없다면 돌아가 보겠다고 말한 후 등을 돌렸다. 나는 멀어지는 그를 바라보았다. 문을 고치겠다고 온 자가 맨몸이었다.

* * *

미친 짓이지만 그 후 나는 청년의 뒤를 밟았다. 동생에 대해 뭔가를 알고 있는 듯한 거의 최초의 사람이었다. 그는 그 사실을 감추려 들지도 않았다. 하는 행동도 묘하게 위협적인 것이 불쾌하기 짝이 없었다. 돌아갈 때 돌아가더라도 우선은 녀석을 뒤쫓아보자. 나는 주방에 있던 밀대를 등 뒤에 숨긴 채 그를 쫓기 시작했다.

인근 편의점에 들어선 청년은 맥주 두 캔과 감자 칩 한 봉지를 사들고 나왔다. 그는 편의점 노천 테이블에 앉아 감자 칩을 먹기 시작했다. 감자 칩부터 먹은 후 맥주를 따 그것을 단번에 들이켰다. 그러고는 빈 맥주 캔을 바닥에 놓고 홀로 발장난을 했다. 그러다 그게 진력이 난 듯 남은 맥주를 들고 다시 걷기 시작했다.

그가 향한 곳은 새로 생긴 듯한 오피스텔 촌이었다. 앞을 향해 걷던 그가 힐끔 뒤를 돌아보았다. 그와 충분히 떨어진 거리였지만 나는 고개를 숙인 채 벽에 붙어 섰다. 그때 가로등 조명이 켜졌다. 깜짝 놀라 몸을 숙였다. 여태 그런 일을 해본 경험이 없었다. 순간 내가 바보 같다는 생각이 들었다. 혼자 무슨 짓을 하겠다는 건가.

늦은 거리에는 청년과 나, 둘뿐이었다. 남자는 가던 길을 멈추고 주머니에서 휴대전화를 꺼내들었다. 나는 조심스럽게 그에게 다가섰다. 그는 고개를 숙인 채 휴대전화를 들여다보느라 내가 다가가는 것을 눈치채지 못했다. 그는 누군가와 통화를 시작했다. 청년은 '아니, 내일 보자. 걔는 안 나올 거야' 따위의 말들을 늘어놓고 있었다.

그가 말하는 '걔'는 누구일까. 통화 내용을 듣고 싶었다. 조심스럽게 움직여 남자와 1미터 남짓 떨어진 전봇대에 가 붙었다. 그리고는 하얗게 드러난 그의 목덜미를 잠시 바라보았다. 그는 '응, 아니, 몰라' 따위의 말들을 중얼거리고 있었다.

그때였다. 그가 조용히 웃으며 전화 상대에게 말했다.

"안 돼. 걔 언니가 지금 나를 미행하고 있어."

나는 달렸다. 그가 나를 쫓아오기 시작했다.

녀석이 내 머리채를 낚아챘다. 그리고는 팔을 뻗어 내 목을 조였다. 몸부림을 치는 과정에서 그의 핸드폰이 바닥에 떨어졌다. 숨이 막혔다. 그는 가슴팍을 내 등에 밀착한 채 거친 숨을 뿜어내고 있었다. 나는 허리 뒤에 끼워두었던 밀대로 손을 뻗었다. 그것을 짧게 쥔 채 남자의 복부를 찔렀다. 남자가 억, 하고 무너졌다. 그의 가슴을 발로 걷어차 그와의 거리를 벌렸다.

그때였다. 고개를 숙이고 있던 그가 불시에 캔 맥주를 던졌다. 그게 내 왼쪽 이마에 맞았다. 충격을 이기지 못해 나도 뒤로 넘어졌다. 쓰러지며 밀대를 놓쳤다. 그것을 다시 잡으려 했다. 그러나 남자가 더 빨랐다. 밀대를 주워든 남자가 나에게로 다가왔다.

"왜 나를 쫓아오지?"

대꾸를 하지 않자 그가 밀대로 내 어깨를 갈겼다. 나도 모르게 비명이 새어 나왔다. 그에게 물었다.

"그 집에 왜 왔던 거지?"

그가 내 어깨를 다시 한번 갈겼다. 뼈와 나무가 부딪치는 소리가 났다. 치밀어 오르는 고통에 숨이 막혔다. 몸을 앞으로 숙이자 녀석이 밀대를 들어 올려 내 척추를 갈겼다. 온몸이 찌릿하고 찢어지는 느낌이었다. 위험한 놈이었다. 녀석이 다가와 다시 내 머리채를 움켜잡았다. 화가 났다. 척추를 맞는 것보다도 머리채를 잡히는 것이 더 고통스러웠다. 그는 내 고개를 뒤로 젖힌 채 나를 훑어보고 있었다.

발밑에는 내 이마를 맞고 떨어진 맥주 캔이 있었다. 찢어진 캔에서 맥주가 새어 나오고 있었다. 그가 밀대로 내 가슴을 찔렀다. 기회는 한 번뿐이다. 맥주 캔을 움켜쥔 채 자리에서 뛰어올라 그의 눈에 남은 맥주를 뿌렸다. 남자가 잠시 주춤하는 사이 그의 목을 물었다. 그가 비명을 내지르며 사지를 버둥댔다.

그가 밀대를 들어 올려 내 등을 쳤다. 미치게 아팠다. 입안에 피 냄새가 가득 퍼졌지만 조인 이를 풀지 않았다. 살이 으깨지는 소리가 났다. 남자가 푸들거리며 밀대를 놓쳤다. 나는 그의 머리채를 잡아 쓰러뜨린 후 맥주 캔의 찢어진 면으로 그의 상처를 눌렀다. 남자가 비명을 지르며 발버둥을 쳤다.

입에 고인 피를 뱉으며 말했다.

"가만히 있어."

그가 무릎 아래에서 거친 숨을 내뿜으며 나를 노려보았다. 나는 내 쪽으로 굴러온 밀대를 잡았다. 그것으로 남자의 배를 후려갈겼다. 남자가 비명을 내뿜었다.

"엄살 부리지 마."

"아파, 아프다고!"

"좀 전에 왜 우리 집에 왔었지?"

남자는 코웃음을 쳤다.

"갑자기 나타난 건 너야."

"내 동생에 대해 뭘 알고 있어?"

"몰라. 아무것도 몰라."

"몰라? 모른다고?"

밀대로 청년의 배를 후려갈겼다.

"아까 전화 통화는 뭐야?"

"뻥이야. 그냥 통화하는 척한 거야."

그의 배를 다시 한번 갈겼다.

"악! 믿지 못하겠으면 확인해봐!"

그에게 전화기를 주워 오게끔 했다. 그의 말대로 애초에 통화 따위는 없었다. 나를 인적 없는 곳으로 유인하기 위한 수작에 불과했다. 녀석이 킬킬거리며 말했다.

"네가 나타나기 전까지 우리는 재미있었어."

"우리?"

"누구겠어? 네 동생과 나지."

"무슨 재미?"

"하나도 모르는 모양이구만. 거기 사는 년이 얼마나 재미있는지."

"닥쳐."

"왜, 말하라고 할 때는 언제고. 아침 6시가 되면 그 계집애가 늘 창가 옆에 서. 그러고는 보란 듯이 옷을 갈아입지. 옷을 갈아입는 시간은 오전 6시, 집을 나서는 시간 6시 50분, 집으로 돌아오는 시간 오후 5시, 다시 옷을 갈아입는 시간 5시 10분. 흥, 되바라진 년이 남자 맛을 알아가지고."

"너 스토커냐? 그게 왜 남자 맛을 아는 게 되지?"

"나 보라고 그런 거 아냐."

"뭐?"

"혼자 살면서 그런 식으로 남자를 꼬시는 거야. 모르겠어?"

"그게 어떻게 꼬시는 게 돼?"

"나만 보면 웃는다고. 벗겨달라고."

"범죄를 저지르고는 참 뻔뻔하구나."

"범죄가 아냐."

"아냐?"

"나는 매번 창가에 있는 벽돌에 돈을 끼워놓고 나온다고."

밀대로 나도 모르게 녀석의 머리를 쳤다. 녀석이 숨을 헐떡였다. 다시 한번 내려쳤다. 이마가 터졌다. 다시 한번 쳤다. 녀석이 죽을 수도 있겠다는 생각이 들었지만 멈출 수가 없었다. 그에게 물었다.

"말해, 여자애가 혼자 살았던 게 확실해?"

남자가 끙끙대며 대답했다.

"확실해."

"어떻게 증명할 수 있지?"

대답이 없어서 다시 밀대를 들어 올렸다. 남자가 간신히 입을 열었다.

"일 년 동안 계속 지켜봤어. 개 주변에는 아무도 없어."

청년의 말을 모두 믿을 생각은 없었다. 그러나 너무나도 화가 났다. 동생은 알 수 없는 곳으로 가 있었다. 그리고 내가 알지 못하는 사람이 되어버린 건지도 몰랐다. 상관은 없었다. 그렇다 하더라도 잘 살고 있으면 되니까.

그런데 왜 동생의 주변에는 그런 놈이 맴돌고 있는 건가, 왜 이웃들은 알지 못하는 사실을 저런 놈에게서 알아내야 하는 건가, 아버지는 대체 어디로 가서 미성년자를 그 따위로 방치해둔 건가, 동생이 연루되었다는 살인사건은 대체 뭔가, 나는 왜 그동안 연락 한번 하지 않은 건가, 빌어먹을, 대체 무슨 마음으로 연락 한번 하지 않은 건가. 화가 나서 견딜 수 없었다.

집으로 돌아와 형사에게 전화를 걸었다.

"동생이 휘말려들었다는 일이 뭔지 정확하게 이야기해주세요."

"시간을 잡아 한번 뵙죠."

"그리고 드릴 말씀이 있어요. 동생은 아버지와 같이 살지 않았던 것 같아요. 근래에는 계속 혼자였어요."

황급히 몰아쉬듯 내뱉었다.

"그 건에 대해서는 저도 할 이야기가 있습니다. 선이 씨 아버지를 찾았는데, 한번 만나보시겠어요?"

* * *

동생이 태어나기 전의 일이다.

옆집 아이와 장난감을 가지고 놀다 싸움을 벌인 일이 있었다. 억울한 쪽은 나였다. 장난감은 내 것이었는데 함께 놀던 아이가 그것을 빼앗은 채 돌려주지 않았다. 나는 울음을 터뜨렸다. 분노와 호소가 뒤섞인 울음이었다. '이건 부당해, 빨리 여기 와서 내 장난감을 찾아줘!' 하고 외치는 그런 울음 말이다.

그때 내 어머니는 빈 거실에 혼자 있었다. 딱히 다른 일을 하던 것도 아니었다. 그녀는 함께 놀던 친구들을 모두 돌려보낸 후 소파에 앉아 있었다. 내가 십 분을 울어도 어머니는 나타나지 않았다. 나는 시계를 바라보며 울음을 쥐어짰다. 더 울어보자, 오 분만 더 울어보자, 하고 말이다. 나는 그렇게 이십 분을 홀로 울었다.

그러다 지친 내가 자리에서 일어나 거실로 나가자, 어머니는 나를 힐끔 쳐다보며 말했다. '운다고 되는 일이 있는 줄 아니?' 하고 말이다.

예전 집에서 자니 그때의 꿈을 꿨다. 어머니는 그렇게 나와 동생에게 울지 않는 방법을 가르쳤다. 나는 감정적으로 받아들여져 본 일이 없기 때문인지 거절과 실패를 두려워하는 사람으로 자랐다. 그러나 어떤 부분에서는 어머니가 옳았는지도 모른다. 운다고 해결될 것은 아무것도 없었다.

* * *

남자는 벌거벗고 있었다. 그것이 취미에 맞았다. 그는 옆구리에 와 닿는 볕을 느끼며 그가 좋아하는 장소를 향해 갔다. 그곳에는 하교를 하는 아이들이 쏟아지고 있었다. 그들을 보는 건 남자의 큰 즐거움이었다. 당장 그에게 관심을 보이는 아이는 없었지만 누구 하나가 그에게 반응하기 시작하면 곧 그들은 벌떼가 되어 그를 둘러쌀 것이다.

그 찬탄과 경악에 찬 비명들. 누군가는 거품을 문 채 기절을 할지도 모른다. 그 아이에게는 다가가서 키스를 해야지. 그렇게 좋아서 자지러질 정도라면 내가 너에게 친히 내 타액을 나눠주마. 그는 마른 입술을 핥으며 돌담의 덤불 사이로 몸을 숨겼다.

그의 시선이 고개를 숙인 채 홀로 걸어 나오는 작은 여자아이에게로 가 꽂혔다. 여자아이는 땅만 보며 걷느라 점차 그에게 가까워지고 있었다. 팔만 뻗는다면 여자아이를 낚아챌 수도 있을 것이다. 그러나 그가 원하는 것은 그런 보잘것없는 팔을 낚아채는 게 아니었다.

"영감, 영감, 여기 봐!"

덩치가 큰 남자아이 넷이 담장 끝에 서서 그에게 손을 흔들고 있는 게 보였다. 남자는 그의 작은 즐거움을 잠시 뒤로 미뤄두어야 할지도 몰랐다. 그의 얼굴이 겁에 질렸다. 소년들 중 하나가 손가락을 까딱이며 그를 불렀다. 그가 고개를 젓자 소년은 손으로 칼날을 만들어 목을 긋는 시늉을 했다.

망설이던 남자는 등을 담장에 댄 채 게다리로 움직였다. 그가 담장 끝에 이르자, 목을 그어 보였던 곱슬머리가 남자의 머리를 치며 말했다.

"빨리빨리 움직이란 말이야, 병신아."

소년이 남자의 목덜미를 잡아 그를 담장 밖으로 끌어냈다. 남자는 나오지 않으려 몸을 버둥댔으나 소년들의 발길질에 곧 저항을 포기했다. 뒤에 서 있던 소년 하나가 제자리 뛰기를 해서 남자의 몸에 담요를 둘렀다. 남자는 양손으로 그것을 여몄다. 짧은 무릎 담요였기 때문에 남자의 몸을 모두 가리기에는 역부족이었다.

소년들은 남자의 맨 엉덩이를 운동화를 신은 발로 차며 소를 몰 듯 그를 몰았다. 그들은 후미진 길을 돌아 학교 뒤편의 공터로 갔다. 주변을 둘러보던 곱슬머리가 사람이 없다는 사실을 확인한 후 턱짓을 했다. 소년들이 남자의 몸에 둘렀던 담요를 채갔다. 남자는 몸을 웅크린 채 벌벌 떨기 시작했다. 곱슬머리가 말했다.

"누워."

남자가 쭈뼛대자 키가 남자의 반만 한 소년이 그의 무릎을 걷어찼다. 도토리처럼 귀엽게 생긴 녀석이었다. 남자는 무릎을 꿇고 양손으로 성기를 가린 채 몸을 움츠렸다. 소년들은 그 모습을 보며 키들댔다.

곱슬머리가 뒤에 서 있는 아이들에게 손짓을 했다. 소년 둘이 남자의 양 팔을 잡고 그를 억지로 바닥에 눕혔다. 남자는 길고 마른 팔을 버둥대다 금세 체념한 듯 몸을 늘어뜨렸다. 곱슬머리가 말했다.

"시작하자."

그 말에 도토리가 남자에게 다가섰다. 도토리는 남자의 몸 위에 올라탔다. 그리고는 그의 팔과 다리, 가슴팍과 허리, 목과 성기에 노끈을 감기 시작했다. 그 모습을 지켜보던 곱슬머리가 메고 있던 큰 배낭을 풀어 그것을 거꾸로 흔들었다.

아이들은 가방에서 쏟아진 것들을 한 움큼씩 손에 쥔 채 노끈에 매달기 시작했다. 남자의 몇 남지 않은 머리카락에 그것들을 묶었다. 퍽 오랜 시간이 흘렀다. 남자의 몸에 족히 백 개는 되어 보이는 폭죽이 매달렸다. 남자는 누운 채로 멀뚱멀뚱 소년들을 바라보고 있었다.

일이 끝나자 곱슬머리는 고기를 가르듯 남자의 몸을 네 등분으로 나눴다. 아이들의 눈에 광기가 어렸다. 소년들은 제각기 주머니에서 라이터를 꺼내들었다. 남자는 혼탁한 눈으로 아이들을 바라보고 있었다. 소년들이 남자에게 달라붙어 라이터를 딸깍이기 시작했다. 준비된 화약들에 빛이 들어왔다. 남자는 홀린 듯 타닥거리며 빛나기 시작하는 자신의 몸을 내려다보았다.

근래 남자의 몸을 누군가가 그렇듯 만져준 일은 없었다. 아이들의 손은 서툴렀지만 작고 부드러웠다. 남자는 저항할 수 없었다. 그리고 불꽃이 만들어내는 온기가 남자의 몸 안으로 스며 들어오는 것을 느꼈다. 그리고 곧 남자의 살갗들이 화를 내기 시작했다. 참을 수 없는 고통이 남자를 휘감았다. 그는 몸을 일으켰다. 사지를 흔들며 털었지만 폭죽들은 좀처럼 떨어지지 않았다. 벌거벗은 남자는 비명을 지르며 달려나갔다. 소년들은 깔깔대고 웃으며 남자를 쫓았다.

남자는 학교를 향해 달렸다. 집으로 돌아가던 아이들은 더 이상 그를 등한시하지 않았다. 모두가 괴성을 내지르며 그에게 길을 비켜주었다. 그들은 그로부터 가까워지지도 않았지만 그로부터 크게 멀어지지도 않았다. 이미 그에게 매료당했기 때문이다.

남자는 운동장을 향해 달려 들어갔다. 경비원이 잠시 남자를 막아섰지만 그로서는 역부족이었다. 터지는 불꽃에 몸을 던질 수 있나? 그런 자가 아니라면 결코 남자를 가로막을 수 없었다.

남자는 타닥타닥 온몸을 타고 흐르는 불꽃 속에서 마침내 자신이 바라던 것을 찾았다. 모두가 그를 바라보고 있었다. 환호하고 있었다. 원이 되어 그를 감싸고 있었다. 남자는 머리카락을 타고 오르는 불길을 내버려둔 채 운동장 한가운데로 뛰어들었다.

곧 방범대원들이 들이닥쳤다. 남자는 자신의 불을 잃고 싶지 않았다. 그는 방범대원들을 피해 달아났다. 빨갛게 부풀어 오른 자신의 살갗을 쥐어뜯기 시작했다. 누군가가 남자의 몸에 대고 소화기를 분사했다. 또 다른 누군가는 등 뒤에서 그를 덮쳤다. 남자는 고통에 찬 괴성을 내질렀다. 그러나 무엇보다도 남자를 슬프게 한 것은 이제 더 이상 불꽃이 남아 있지 않다는 사실이었다. 남자를 빛나게 하던 것들이 모두 꺼져버리고 없었다. 그 사실을 깨달은 남자는 저항을 포기한 채 훌쩍이기 시작했다.

눈물을 훔치던 남자는 문득 고개를 들었다. 그는 운동장 트랙에 서서 자신을 바라보고 있는 젊은 여자를 보았다. 여자의 눈에는 아무런 감정도 담겨 있지 않았다. 남자는 모멸감을 느꼈다. 방금 전까지 사람들이 환호하고 사랑하던 내게 저런 눈빛을 보내다니. 누군지는 모르지만 없애버려야겠다.

방범대원들이 울보 남자에게 잠시 한눈을 파는 사이, 남자는 여자에게로 다가갔다. 여자는 남자를 피하지 않았다. 눈을 깜빡이지도 않은 채 벌거벗은 남자를 바라보고 있었다. 남자가 여자 앞에 섰다. 그는 무표정한 여자의 얼굴을 찢기 위해 양손을 들어 올렸다.

여자가 입을 열어 말했다.

"아빠."

* * *

요양사가 턱과 볼에 연고를 발라주었다. 그가 거울을 건넸다.

"잘못하면 흉터가 남을 수도 있겠어요."

나는 고개를 끄덕였다. 거울 속의 상처 난 얼굴이 혼란스러운 표정으로 나를 바라보고 있었다.

아버지는 강원도에 있었다. 이해할 수 없는 일이었다. 서울에서 강원도라. 담당 요양사의 말에 의하면 아버지가 병원에 머문 지 칠 년이 되었다고 했다. 그가 자신의 이름조차 알지 못해서 행려 번호를 받은 지도 딱 그만큼 되었다고 말이다.

내가 이해할 수 없다고 말하자, 담당자는 머리를 다쳐 그곳까지 흘러오는 사람들이 종종 있다고 말했다. 하지만 나는 그 말을 믿을 수 없었다. 아버지는 귀소본능이 뛰어난 사람이었다. 그는 술에 취해 사람을 알아보지 못하던 때도 집으로 오는 길만은 귀신 같이 기억해냈다. 아버지의 몇 안 되는 특기가 음주운전과 음주 길 찾기였던 것이다. 요양사는 머리 다친 사람들을 우습게보지 말라며 고개를 저었다.

요양사의 말에 의하면 아버지는 인근 초등학교에 가 아이들을 놀래주는 걸 좋아한다고 했다. 멍하니 걷는 아이들을 낚아채 들고 뛰거나, 그들의 가방을 빼앗는 식으로 말이다. 아직까지 누군가에게 상해를 입힌 적은 없었다. 그러나 시도 때도 없이 요양원을 탈주해 인근 학교를 찾는 건 분명 위험한 일이었다. 학부모들의 항의가 빗발쳤다. 요양원에서도 그 때문에 골머리를 썩고 있었다.

다른 문제도 있었다. 그날처럼 아버지에게 해코지를 해오는 아이들도 있는 모양이었다. 그러면 지능이 떨어지는 그는 속수무책으로 당할 수밖에 없었다. 가장 좋은 방법은 그를 요양원에 잡아두는 것이었지만 그 역시도 어려운 일이라고 했다. 아버지가 탈주하기 위해 사용하는 루트조차 아직 파악이 되지 않는 상황이라고 말이다.

요양사는 아버지를 이 년 동안 돌봐왔다고 말했다. 그는 아버지가 어떤 사람인지 알지는 못하는 모양이었다. 그럴 만도 한 게 이제 아버지의 얼굴에 과거의 흔적이 더는 남아 있지 않았다. 날렵하던 그의 얼굴은 방종한 삶에 무너졌고, 총명하던 특유의 표정들은 이완된 얼굴 근육에 매몰되어버렸다.

내가 아버지를 만나게 해달라고 하자 요양사는 괜찮겠냐고 물었다. 그는 아버지가 뭔가를 기억할 거라는 기대를 버리라고 말했다. 나는 고개를 끄덕였다. '아빠'라고 그를 불렀을 때 보였던 그의 반응에서 가늠할 수 있는 것들이 있었다. 그는 나를 몰랐다. 자신조차도 모르고 있는 듯했다. 그럼에도 나는 그에게 묻고 싶은 것들이 있었다. 그가 대답할 수 있는 처지든 아니든 물어야만 했다.

아버지는 벌거벗은 상태가 아니면 나와 만나지 않겠다고 고집을 부렸다. '악의는 없다'며 조심스럽게 말해오는 요양사에게 나는 상관하지 않는다고 고개를 저었다. 이제와 악의가 있는지 없는지, 그의 행동의 진위까지 파악하고 싶은 마음은 없었다. 눈을 감은 채 그를 기다리고 있을 때였다. 누군가가 '으아아아' 하고 괴성을 지르며 면회실 문을 걷어찼다. 치료를 마친 나체의 아버지였다.

그는 살갗이 벗겨지고 그슬려 형편없는 몰골이었다. 내가 그를 가만히 바라보자 그는 화가 난 듯 내 맞은편에 있던 의자를 내동댕이쳤다. 내가 자신에게 반응을 보이지 않아서 못마땅한 듯했다. 아버지는 의자를 면회실 구석으로 끌고 가 나를 등지고 앉았다.

그에게로 다가가 말했다.

"묻고 싶은 게 있어요, 아버지."

뜻밖에도 그가 등을 돌린 채 대꾸했다..

"나는 할 말이 없다."

"제가 누군지 아시겠어요? 아버지, 저 좀 보세요."

아버지는 천천히 등을 돌렸다.

"기억 못 할 이유가 없지 않니. 하지만 난 하고 싶은 말이 없어."

"대체 왜 여기에 와 있는 거예요? 장이랑은 언제 헤어졌는지 말해주세요."

"너희 엄마에게 가봐라."

"엄마요?"

"그 여자가 나를 죽이려고 해. 나는 너희가 원하는 대로 해줬어. 그런데 돌아온 게 대체 뭐냐? 늘 불평불만뿐이지!"

"엄마요?"

"그 여자가 내 차를 조작했어. 브레이크가 망가진 차를 운전해본 일이 있냐?"

웃음이 터져나왔다. 내가 웃음을 터뜨리자 아버지는 기쁜 듯 나를 올려다보았다. 이제야 감이 왔다. 그는 드라마 대사를 읊고 있었다. 어린 시절 우리를 상대로 연습을 거듭하던 대본이었다. 헛웃음이 멈추지 않았다. 그는 자신을 알아보는 이 없는 이곳에서도 본인의 싸구려 연기를 계속하고 있었다.

그 때문이라고 말할 수만은 없었지만 내가 사람들 앞에 서지 못하는 것은 아버지의 영향이 컸다. 게다가 그는 어린 동생을 사람들에게 팔다가 그것이 여의치 않자 그녀를 떠났다. 그리고는 이제 대화의 문마저도 닫아버린 상황이었다. 무책임하게. 그러면서 내게 요구하기를 포기하지 않는 것이다. 놀랍지도 않은 그의 몸부림에 대하여 놀람과 찬탄을 보내달라고. 자신을 바라봐달라고. 나는 순간 욕지기를 느꼈다. 그에게 말했다.

"그 뒷이야기는 기억이 나요?"

아버지는 고개를 저었다.

"당신은 아내한테 죽는 게 아니라 동네 사람들한테 맞아 죽어요."

아버지는 겁에 질린 얼굴로 나를 올려다보았다.

"왜?"

"몰라요."

"왜 몰라?"

"아버지가 죽는 편을 일부러 보지 않았거든요. 그때는 그걸 보면 안 된다고 생각했어요. 그걸 보면 아빠가 진짜로 죽게 될까 봐 무서웠어요. 그래서 저는 그 신이 방송되는 날 방 밖으로 나가지 않았어요. 이불을 뒤집어쓰고 상상만 했죠. 어떻게 죽을까, 죽지 않으면 안 되는 걸까. 그 시간이 너무 무서워서 울었던 기억이 나요. 그런데 차라리 볼걸 그랬네요. 그걸 봤었어야 했어요."

아버지는 자기 안에 입력된 대사를 찾듯 눈동자를 굴렸다. 나는 그것을 기다려주고 싶은 마음이 없었다. 자리에서 일어나 문을 열고 나왔다. 문 안에서 아버지가 무어라고 이야기를 하고 있었지만 그것은 더 이상 내 귀에 들리지 않았다.

* * *

해결되지 않은 의문들이 있었다. 열 살이 채 되지 않은 아이가 어떻게 혼자 살 수 있었을까? 해마다 내야 하는 재산세와 소소한 공과금들, 생활비, 청소, 빨래, 밥, 분리수거, 쇼핑과 반상회 모임, 계절이 바뀔 때마다 요구되는 집안일들, 새 학기마다 되풀이되었을 여러 가지 과정들을 동생은 대체 어떻게 거쳐온 걸까?

그 중에서도 도돌이표처럼 돌아가게 되는 가장 큰 문제는 돈이었다. 대체 어디에서 돈을 구한 걸까? 은행 거래 내역을 찾아보지 않을 수 없었다. 놀랍게도 동생의 통장에 일정 금액이 꼬박꼬박 입금되고 있었다, 아버지의 이름으로. 그러나 그것은 결코 아버지가 보낸 돈이 아니었다. 이미 요양사에게도 확인한 사실이었다. 그렇다면 돈을 보낸 사람은 누구인가? 왜 그 사람은 아버지의 이름으로 돈을 보낸 걸까? 아니, 대체 왜 보낸 건가?

하나 더, 동생은 왜 칠 년 동안이나 아버지가 사라진 사실을 신고하지 않은 걸까? 이해할 수 없는 일 투성이었다. 다시 동생의 방으로 들어갔다. 그녀의 침대에 누웠다. 피로가 몰려왔다. 눈을 반쯤 감은 채 그 낯선 방을 둘러보았다. 너는 왜 혼자였냐. 어디로 가버린 거냐. 네가 말하고 있는 게 대체 무엇이냐. 그대로 누워 있다가는 잠이 들어버릴 것 같았다. 자리에서 일어나 책장으로 갔다. 꽂혀 있는 책들을 살피다 책장 제일 아래 칸에 감춰져 있는 두꺼운 앨범을 꺼내들었다. 앨범 페이지를 한 장 한 장 넘기는 동안 나는 이상한 기분에 사로잡혔다.

가족들이 함께 살았던 초창기를 제외하고, 동생의 사진 속에는 사람이 전혀 등장하지 않고 있었다. 입학사진, 졸업사진 같은 판에 박힌 사진들이 없는 것도 아니었다. 그러나 그 안에 사람이라고는 오직 그녀뿐이었다.

특히 인상적인 사진들이 있었다. 마치 동생의 성장을 기록하기 위함인 듯 동생의 방 안 침대 위, 같은 구도, 같은 자세, 빛의 양으로 보아 아마도 같은 시각에 찍은 듯한 동생 사진들이 한 달 단위로 거듭되고 있었다. 삼각대를 세워두고 찍은 듯했다.

그 사진들 속에서 동생은 자라고 있었다. 머리를 허리까지 길렀다가, 숏컷 수준으로 잘랐다가, 앞머리로 눈을 가렸다가, 없앴다가, 살이 조금 붙었다가, 앙상하게 말랐다가, 귀걸이를 했다가, 뺐다가, 시시때때로 그 모습이 달라지고 있었다. 최근 얼굴은 어깨까지 아무렇게나 기른 단발에, 얼굴 살이 조금 붙은, 앞머리를 내린 모습이었다.

물끄러미 동생의 얼굴을 바라보았다. 사진 속 그녀의 표정은 한결같았다. 부드럽게 웃고 있는 눈, 양 눈꼬리를 향해 당겨져 있는 예쁜 입술. 그 사실이 조금 괴이하게 느껴졌다. 그 표정 때문에 그녀가 무슨 생각을 하며 사진을 찍은 건지 도리어 알 수가 없었다.

여러 가지 의문들이 머릿속을 떠돌았다. 이 사진들을 본인이 찍고 본인이 인화했다고? 자기가 자라는 모습을 보고 싶어서? 나르시시즘 때문에? 스스로를 기록해 두려고?

앨범을 넘기다 거기에 끼워져 있는 건강검진 기록을 보았다. 동생의 것이었다. 그 역시 과제를 해내듯 반년마다 빠짐없이 행한 검사들이었다. 안과, 청력, 치과, 우울 평가, 모발 미네랄, 흉부 엑스선과 폐 기능, 심전도와 스트레스, 혈압 측정, 신체계측과 체지방 분석, 복부 초음파, 혈액, 골반 초음파 검사 결과들이 세세하게 기록되어 있었다.

결과만 봐서는 건강에 딱히 문제가 있어 보이진 않았다. 그런데 이 모든 걸 혼자서 해냈다고? 그 비싼 비용을 들여서? 대체 왜? 동생에게 건강 염려증이 있어서? 혼자 사는 자신을 지키기 위해?

나는 몸을 일으켜 책상에 붙어 있는 동생의 학업 계획표와 메모들을 다시 살피기 시작했다. 계획표는 목차별로 분리시킨 문제집의 페이지 수와 과목별 공부량을 적어둔 평범한 것이었다. 그런데 예전에는 다짐으로만 읽었던 메모들이 이상하게 눈에 띄었다.

공부할 때 목을 많이 굽힌다. 자세를 바르게 할 것.

화요일 수영 강습, 잊으면 안 된다.

윤재가 너에게 말을 거는 것은 너를 이용하고 착취하기 위함이다.

밥 먹을 때 지저분하게 쩝쩝거리지 마라.

넌 너무 크다. 어른이 되면 안 돼.

살을 뺄 것.

시기와 질투를 그만해.

턱에 난 뾰루지가 너무 크다. 못생겼어.

오후 6시까지는 귀가할 것.

오늘 학교에서는 무슨 말을 했지?

얼핏 보면 다짐 내지는 혼잣말 같지만 여기에는 미묘한 지점들이 있었다. 자신이 공부할 때나 음식을 먹을 때의 모습이 어떤지 알 게 뭔가. 마치 누군가가 동생을 지켜보고 있다가 그

부분에 대해 지적을 한 것처럼 말이다.

윤재는 대체 누구지?

게다가 '크다'는 건, 정말로 상대적인 개념이었다. 무엇과 비교해서 그녀가 크다는 걸까. 왜 어른이 되어선 안 된다는 거지? 커지니까? 이상한 말이다.

사진 속의 그녀는 결코 뚱뚱하지 않았다.

누구에 대한 시기와 질투인가?

6시, 그녀는 왜 그렇게 일찍 귀가해야 하지?

학교에서 무슨 말을 했는지는 또 왜 중요한가? 그런 자기 검열은 대체 뭘까?

고개를 들어 주변을 둘러보았다. 차분한 남색 커튼과 침대보를 보자 울컥 짜증이 치밀었다. 꺼내놓은 앨범을 동생의 침대 위에 던졌다. 그것을 원래 자리에 곱게 놓아두고 싶은 마음은 없었다. 몸을 일으켜 아버지의 침실을 향해 움직였다.

* * *

2007년 8월 3일 금요일 날씨: 맑음

아침에 일어났더니 너무 덥고 배가 고팠다. 아빠는 오늘도 안왔다. 집에 아무도 업써서 수돈물을 마시고 잤다. 자도자도 졸렸다. 그래서 어제는 지각을 했다. 선생님은 게을러서 마니 자는 거라고 했다. 나는 왜 맨날 게을를까? 선생님 말처럼 일찍 자고 일찍 일어낫으면 조켓다.

선생님도 장이가 일찍 자고 일찍 일어났으면 좋겠구나.

2007년 8월 7일 화요일 날씨: 맑음

오늘은 기분이 좋다. 아빠한테서 전화가 왔기 때문이다. 아빠는 일이 있어서 멀리 나와 있는데 조금만 있으면 집으로 돌아올꺼라고(거라고) 했다. 언제 오느냐고 물어봤다. 아빠는 조금만 기달리면(기다리면) 알려준다고 했다. 나는 빨리 알려달라고 말했다. 그래서 아빠가 화가 났다. 내가 미않(안)하다고 하니까 너는 멍청해서 자꾸만 나를 화나게 한다고 했다. 내가 멍청하지 안(않)았으면 좋겠다. 아빠가 빨리빨리 왔으면 좋겠다.

선생님도 장이 아버지가 빨리 돌아오셨으면 좋겠구나.

2007년 8월 15일 수요일 날씨: 몰름(모름)

하루종일 집에만 있었다. 광복절이기 때문이다. 우리나라가 독닙을 한(독립을 한) 날이라고 했다. 독닙(독립)은 혼자 살 수 있게되는 것이다. 혼자 살라면 돈이랑 집이 필요하다. 나는 집이 있으니까 돈만 있으면 댄다.(된다) 그런데 나는 돈을 마니(많이) 버러쓸때도(벌었을때도) 있었다. 아빠가 집에 오면 그거를 달라고 해야겠다. 독닙(독립)을 하면 옷하고 먹을거슬(먹을 것을) 살 것이다. 짝꿍이 자꾸만 나한테서 냄새가 난다고해서 화가 난다.

선생님도 장이가 얼른 독립을 했으면 좋겠다. 짝궁 말에 많이 화가 났겠구나.

2007년 8월 22일 수요일 날씨: 모름

방학이다. 선생님은 일기를 꾸준히 써야된다고 했다. 근데 나는 쓰기가 싫타. 선생님은 맨날 마지막에 밋줄을 그꼬 똑갓이 말한다. 내가 모를줄알고? 앞으로는 일기를 쓰는척하고 칸만 채울 생각이다. 이러케 말해도 선생님은 내가 일기를 쓰는줄 알겠지. 마춤법도 엉망으로 할거시다. 바보 메롱, 약올라 죽겠지.

참! 잘했어요

2007년 8월 23일 목요일 날씨: 모름

문방구아주머니가 고양이밥을 훔쳐 머그면 경찰을 불른다고 했다. 나는 불르라고 했다. 문방구아줌마는 나한테 아주 싹퉁바가지가 업다 고했다. 내가 배가고파서 싹퉁바가지가 엄는거라고 하니까 아줌마는 그런것가따고 하면서 웃었다. 아줌마는 공원에가며는 꽁짜로 밥을 먹을수있다고 했다. 그러면서 아빠나 엄마는 어디인냐고 물어밨다. 나는 몰른다고했다. 문방구 아줌마는 고양이한테도 밥을 주니까 나한테도 줬으면 좋겠다. 아줌마는 실타고 하면서 너희 아빠랑 엄마가 어디 있는지 아라야 한다고 했다. 내가 몰른다고 말햇는데도, 너무너무 화가 났다. 그러니까는 고양이 밥을 계속 먹을거시다.

2007년 8월 25일 토요일 날씨: 비

오늘은 일어나서 공원에 갔다. 꽁짜로 밥을 먹을라고 하는 사람들이 서 있었다. 나도 줄을 섰다. 줄이 아주 길엇다. 나는 배를 잡고 서 있었다. 그런데 큰 일이 낫다. 거기에 잇는 할아버지가 나보고 장이가 아니냐고 했다. 나는 아니라고 했다. 할아버지는 아무리 봐도 장이가 맞는데? 이러케 조꼬멧어? 하고 말했다. 그런데 사실대로 말하면 나한테 먹을것을 준다고했다. 내가 장이가 맛다고 하니까 내일 여길로 오면 먹을것을 마니 준다고했다. 나는 할아버지가 거짓말을 하고 있는 것 갓았다. 그래서 나는 작전을 하나를 짯다. 내일 공원에 숨어있다가 할아버지한테 먹을꺼가 만으면 나가서 달라고 하는 거시다. 윤장이 천재! 음하하하하

2007년 8월 29일 수요일 날씨: 모름

나는 죽고싶다. 죽으려면 어떠헤 해야하지. 내가 죽고나면 아무도 내 장래식에 오지도 못하게할거시다. 장래식에 올라고하면 하늘에서 몰래 지켜보고 있다가 번개를 쏘고 비를 내리게해가지고 아무도 못오게 할거시다. 나는 혼자 주어버릴꺼다.

* * *

이틀 만에 형사와 다시 만났다. 오전의 한적한 카페였다. 내가 다가가자 형사가 나를 차분히 훑어보며 말했다.

"많이 수척해지셨네요."

고개를 저었다. 수척해지거나 말거나 그것은 관심사가 아니었다. 나는 바로 본론으로 들어가고 싶었다. 내 마음을 눈치챈 듯 형사가 물었다.

"아버지는 만나보셨나요?"

"요양사 말로는 아버지가 칠 년 동안 그곳에 있었다는군요. 그는 동생의 행방을 몰라요."

"동생이 갈 만한 곳이나 친인척은요?"

"없어요. 외할머니 댁밖에. 동생이 거기로 갔다면 할머니가 저한테 연락을 하셨을 거예요."

"흠."

형사는 수첩 위에 얹어둔 볼펜을 딸깍이며 나를 바라보았다. 같은 이야기를 반복하려고 나온 것은 아니었다. 나는 그녀에게 할 말이 있었다. 테이블을 잠시 내려다보다 그녀에게 물었다.

"동생이 납치됐을 가능성은 없나요?"

"그 사실도 무시할 수 없겠죠. 지금은 가출에 비중을 두고 있지만요."

"왜죠?"

"인근 블랙박스에서 장이 학생이 혼자 배낭을 메고 가는 모습이 포착됐어요."

나는 고개를 저었다. 그리고 형사에게 USB를 내밀었다.

"이게 뭐죠?"

"확인해보세요."

목소리가 떨려서 나왔다.

지난 밤 나는 아버지의 침실로 갔다. 그리고 곧 그곳에서 느꼈던 위화감이 무엇인지 깨달았다. 아버지와 어머니의 DVD 컬렉션이 사라져 있었던 것이다. 정말이지 멍청했다. 그 사실을 그제야 눈치채다니. 부모님은 자신들이 출연했던 드라마와 영화를 찬장에 진열해뒀었다. 그리고 사이가 좋은 날이면 저녁마다 함께 그것을 봤다. 2초, 3초, 단역으로 나왔던 작품이라도 말이다. 백 편이 넘는 작품이 그곳에 있었다. 그들이 누군가를 유혹하고 매료시킬 수 있다고 믿었던 순간들이었다.

그것은 대체 누가 치운 건가? 장이인가?

우선은 컴퓨터 의자에 앉아 PC를 켰다. 지난번에 확인하지 못한 것들을 살펴볼 생각이었다. 그때였다. 실행된 윈도우 바탕화면 하단에 '자동 저장이 실행됐다'는 알림이 떴다 사라졌다. 이상한 말이었다. 뭐가 저장되고 있다는 거지? 전날 컴퓨터를 켰을 때는 보지 못했던 말이었다. 그것을 클릭하자 제목이 날짜명인 파일들이 떴다. 동영상이었다. 예감이 좋지 않았다. 최근 날짜를 클릭했다.

영상 속에서는 젊은 여자가 머리에 수건을 두른 채 방으로 들어서고 있었다. 그러다 침대에 털썩 주저앉았다. 그녀는 수건을 비집고 나온 머리에서 물이 뚝뚝 떨어지는 것도 알지 못한 채 손을 들어 올려 얼굴을 감쌌다. 한동안 그렇게 앉아 있던 여자가 벽시계를 바라보며 시간을 확인했다. 그리고는 자리에서 일어나 상의를 벗었다. 그녀는 속옷만 입은 채 열려 있는 캐리어에서 티셔츠를 잡았다. 그것을 대충 몸에 걸쳤는데 티셔츠는 뒤집힌 상태였다. 그녀는 그것도 깨닫지 못한 채 다시 침대에 앉았다. 그러고는 깊은 한숨을 내쉬었다. 한동안 그렇게 앉아 있던 그녀는 다시 시간을 확인했고 몸을 일으켰다. 여자가 바지를 벗을 때 나는 동영상을 껐다.

그건 나였다. 그날 아침, 아버지를 만나러 가기 전의 나였다. 떨리는 손으로 나머지 파일들을 확인했다. 온통 나였다. 내가 영상을 가득 채우고 있었다. 처음 집에 들어서던 때부터 시작해 방들을 헤집고 다니고, 주방을 서성이고, 동생의 침대에 누워 냄새를 맡고, 잠을 자고, 무표정한 얼굴로 거울을 물끄러미 바라보고, 동생의 사진이 든 액자를 거칠게 탁자에 내던지고, 화장실에 들어가고, 속옷 차림으로 무언가에 골몰하고 그리고 그 시각, 컴퓨터를 보고 있는 내 앞모습과 뒷모습, 옆모습까지 모두 실시간으로 녹화되고 있었다.

갑자기 욕지기가 치밀었다. 욕실에 들어가 구역질을 하며 빈속을 게워냈다. 속이 미친 듯이 매스꺼웠다. 한동안 변기를 붙들고 있다가 얼굴을 가린 채 욕실을 나섰다. 한 걸음 한 걸음을 내딛는 게 끔찍하게 느껴졌다. 머리카락 틈으로 조용히 거실을 훑었다. 천장과 벽면에 붙어 있는 소형 카메라를 찾아냈다. 그것을 거칠게 뜯어 바닥에 던졌다. 녹화되고 있던 화면 하나가 사라졌다.

방을 돌아다니며 카메라들을 차례차례 떼어냈다. 장이의 방에 네 대, 안방과 내 방에는 두 대씩, 거실과 주방에 한 대씩, 한눈에 보기에도 비싸 보이는 것들이 열 대가 나왔다.

혹시나 해서 화장실로 갔다. 욕조를 살피다 눈을 질끈 감았다. 샤워 커튼, 변기, 천장과 거울에 소형 카메라가 붙어 있었다. 그것을 떼어내는 과정에서 나도 모르게 한 대를 부수고 말았다. 그걸로 대체 뭘 찍은 건가? 그곳에 붙어 있던 카메라는 열 대의 카메라와는 다른 기종의 것이었다. 장착되어 있는 기능이 다른 건지 뭔지 알 수 없었다.

거실 바닥에 그것들을 전부 모았다. 보통 가정집에 카메라를 이렇게 많이 붙여두고 사나? 대체 누가 그것을 설치한 건가? 동생이 스스로? 나는 그 말에 동의할 수 없었다.

나는 다시 컴퓨터로 갔다. 카메라는 동생의 모습 역시 낱낱이 기록했을 터였다. 그러나 저장된 파일에 동생은 없었다. 자동으로 삭제되었거나 누군가가 의도적으로 이전 파일들을 없애버린 게 틀림 없었다. 그 집에는 누군가가 있었다. 동생의 삶을 관찰하고 지배하는 누군가가 있었다.

발견한 카메라가 담긴 배낭을 탁자 위에 올렸다. 그리고 형사에게 말했다.

"집에 저런 카메라가 열네 대가 있었어요. 욕실에도요. 동생은 스스로 집을 나간 게 아니에요. 아니, 스스로 나갔다 하더라도 그게 본인의 의도는 아닐 거예요."

형사는 미간을 찌푸린 채 팔짱을 꼈다. 고민하던 그녀는 결심한 듯 바탕화면에 띄워진 동영상을 하나 클릭했다.

"이걸 좀 보시겠어요?"

"이게 뭐죠?"

"저희가 새로 수집한 증거예요. 우선 보고 판단하세요."

영상은 오후의 빈 교실을 비추고 있었다. 카메라 앞에는 벌거벗은 소년과 소녀가 서 있었다. 소년은 알 수 없었지만 소녀는 장이가 틀림없었다. 움직이는 영상으로 그녀를 본 것은 처음이었다. 가슴에 묵직한 돌이 떨어지는 것만 같았다.

어렸을 때는 화려한 이목구비를 자랑하던 동생은 수수하고 눈에 띄지 않는 아이로 성장해 있었다. 드러난 몸은 통통하고 예뻤다. 작은 가슴과 적당히 살집이 붙은 아랫배와 하체, 숱이 적은 음모 같은 것들이 눈에 띄었다. 어깨에서 간당거리는 머리카락은 그녀의 얼굴을 가리고 있었다. 그래서 그녀의 감정을 가늠하기란 쉽지 않았다.

반면 소년은 겁에 질린 듯했다. 키가 크고 곱상하게 생긴 소년이었다. 그는 큰 눈으로 초조한 듯 카메라 너머를 바라보고 있었다. 누군가의 지시를 기다리고 있는 것 같기도 했고, 벌거벗은 여자아이 때문에 눈 둘 곳을 몰라 하는 것처럼 보이기도 했다.

옆에서 머뭇대는 소년을 보며 무표정하던 장이의 눈이 잠시 가늘어졌다. 근시인 사람들이 눈을 그렇듯 게슴츠레하게 뜨는 것을 본 일이 있었다. 그것은 찡그린 듯, 웃고 있는 듯 묘한 표정이었다. 작은 표정만으로 수수하던 얼굴이 화사하게 변했다.

그때였다. 카메라 너머에서 사인이 떨어진 듯 소년과 소녀의 시선이 잠시 같은 곳에 머물렀다.

벌거벗은 소년이 장이에게 손을 뻗었다. 장이는 사시나무처럼 떨고 있는 소년의 손을 내려다보았다. 소년이 소녀의 어깨를 어색하게 쓰다듬기 시작했다. 더 갈 곳이 없다는 듯 어깨만을 거듭 쓰다듬었다. 남자아이는 눈을 뜨지 않고 있었다. 그때 카메라 너머에서 탁, 신경질적으로 뭔가를 치는 소리가 들려왔다. 남자아이의 손이 장이의 가슴으로 내려갔다. 그것이 그 주변을 어색하게 맴돌기 시작했다. 장이는 무표정한 얼굴로 그것을 내려다보고 있었다.

아무리 봐도 야하거나 원색적인 느낌은 들지 않았다. 아이들은 몹시 추워 보였다. 카메라 너머에서 거칠게 의자가 넘어지는 소리가 났다. 카메라가 내려가며 바닥을 비췄다. 카메라에 벌거벗은 남자아이가 바닥에 쓰러지는 모습이 잡혔다.

형사가 영상을 멈췄다. 테이블을 내려다보다가 그녀에게 물었다.

"뭘 하고 있는 거죠?"

"포르노를 찍으려고 했다는군요. 장이가 유명한 아역 출신이라 높은 가격에 팔릴 거라고요."

"누가요?"

"다 같은 학년의 아이들이에요."

"……장이가 동의한 일이었나요?"

"그들 말로는 그렇다더군요."

"영상 속의 그녀는 그래 보이지 않는데요."

형사는 말이 없었다.

"선이 씨……."

"전부 없애버릴 겁니다. 감옥에 처넣어버릴 거예요."

"네, 아마 가능할 거예요. 한 명 빼고."

형사를 노려보았다. 그녀가 볼펜으로 화면 속 벌거벗은 남자아이를 가리켰다.

"이번 사건의 희생자예요."

고개를 저었다. 이제는 물어야 했다. 형사가 왜 그렇게 장이를 애타게 찾고 있는지.

"누가 죽인 거죠?"

"모르겠어요. 범인을 찾는 것도, 고소를 하는 것도 장이 학생이 나타나야 가능할 것 같군요."

"남자아이를 죽인 게 장이라고 생각하시는 건가요?"

"속단할 수 없는 문제예요. 장이 학생이 주요 참고자긴 하죠."

미지근한 물을 들이켠 후 물었다.

"희생자는 어떻게 죽은 겁니까?"

"부검 중입니다. 아직 말씀드릴 수 없어요."

"그럼 이 카메라 뒤에 있는 놈들은 누군가요?"

형사는 고개를 저었다.

"아직은 수사 단계입니다. 자중해주세요."

"자중이요?"

코웃음이 나왔다. 형사에게 말했다.

"한 가지만 물을게요."

"네."

"장이가 가출한 거라고 생각하시나요?"

"네, 일단은."

"그럼 제가 발견한 카메라들은요?"

고개를 저었다. 형사는 내가 내놓은 카메라를 살피며 말했다.

“두 사건 사이에 연관 관계가 있는 것인지 조사를 할 필요가 있겠죠.”

“연관이 없으면요?”

“담당 부서로 사건이 넘어갈 겁니다.”

“동생에게 아버지 이름으로 매달 돈이 들어와 있어요. 그런데 아버지는 동생한테 돈을 보낼 수 있는 상황이 아니에요!”

“조사야 해보겠지만 아직 확답을 드리긴 어려워요.”

“오늘 제가 들은 확답이 대체 뭐죠? 구역질나는 동영상 말고요.”

“선이 씨는 처음 봤을 때와는 인상이 좀 다르시네요. 흥분을 가라앉히실 필요가 있어요.”

‘지금 제가 흥분 안 하게 생겼어요?’ 하고 말하는 대신 형사를 물끄러미 바라보았다. 그녀가 한 말은 그런 의도가 아니더라도 내게는 모든 게 다 비난으로 들렸다. 십 년 동안 연락도 없이 살다가 이제 와서 격분하고 있다고 말이다. 그럴 거면 애초에 방치를 하지 말았어야 하는 것 아니냐고 말이다. 형사는 피로한 듯 흘러내린 머리를 쓸어넘겼다.

“형사님, 저는 아버지에 대한 애정은 남아 있지 않아요. 동생과도 그리 좋은 기억이 없어요. 하지만 동생이 제 발로 집을 나간 건 아닐 거예요. 본인 집에 카메라를 열네 대나 설치해두고 자신을 관찰하는 변태는 없어요. 확실한 건 제 동생이 위험에 처해 있다는 사실이에요. 그런데 저는 그녀와 너무 오랫동안 떨어져 살아서 대체 무슨 일이 일어나고 있는 건지, 그녀를 위협하는 상대가 누구인지, 그 가닥조차 잡을 수가 없어요. 한 가지만 묻겠다는 말은 하지 않을게요. 저로서는 계속 물을 수밖에 없어요. 형사님, 카메라 너머에 있는 아이들은 누군가요?"

"학교 측과 상의해서 조만간 만날 자리를 마련할 생각……."

"누군가요?"

나를 지그시 바라보던 형사는 푹, 하고 한숨을 쉬었다. 그녀는 수첩에 카메라 너머에 있던 이들의 학년과 반, 그들의 이름을 적어주었다. 형사가 말했다.

"아직 감일 뿐이지만, 복잡한 사건이에요. 모두가 침착해야 합니다."

나는 대답을 할 수가 없어서 그녀를 바라보기만 했다. 형사의 말대로 침착하고 싶었다. 그러나 그럴 수 있을지 의문이었다. 나는 종이를 접어 가방에 넣었다. 그들을 만나러 갈 생각이었다. 더 이상 지체할 시간이 없었다.

* * *

2007년 9월 7일 금요일 날씨: 맑음

오늘은 너무 기운이 업서서 학교에 안갔다. 하루종일 집에 누워있으니까 눈물이 났다. 근데 엄마는 오는걷도 가는걷도 혼자라고 말했었다. 근데 나는 엄마가 보고십엇다. 어제는 언니한테 전화를 걸엇는데 업는 번호라고 전화기 속에서 이상한 아줌마가나와서 게속 말했다. 언니는 나한테 화가 마니 낫다. 그래서 전화를 안바꺴다고 말해서 아줌마가 엄는 번호라고 게속 나한테 뻥을 치는걷 갓았다. 나는 아줌마한테 미안하다고전해달라고 게속 말했는데 아줌마가 게속 뻥을쳐서 성질이나 죽을 것 갓았다.

2007년 9월 8일 토요일 날씨: 모름

오늘도 학교에 안갔다. 아무도 그걸 몰를거시다. 근데 개란후라이를 할라고 햇는데 가스가 끈어저서 불이 나오지를 안았다. 나는 너무 성질이 나서 개란을 그냥 먹었다. 텔레비전에서 보면 가수가 될라고 하는 사람이 개란을 생으로 먹기 때문이다. 나는 가수가 되는 게 실다. 근데 그냥 배가 고파서 먹었다. 근데 자꾸만 꾸루룩거리는 소리가 나고 배가 아파서 죽을뻔했다. 개란은 생으로 먹으면 않된다.

2007년 9월 11일 화요일 날씨: 맑음. 좋은날. 반짝반짝.

오늘은 아빠가 전화로 까쓰비랑 전기세랑 이것저것을 냇따고했다. 근데 나는 개란이 썩엇다고 말하는 걸 깜박하고 안말했다. 근데 핸드폰이 다시 되는 것은 조다. 나는 오랜만에 핸드폰을 충전을 했다. 문짜가 와 있나 밨는데 문짜가 와 있었다. 이러케 신기할 수가. 근데 그게 엄마한테서 온거였다.
나한테는 엄마가 업는데 엄마한테 문짜가 와 있었다. 장이야, 잘 지내고 있니? 하고 분명이 그러케 와 잇었다. 나는 너무 신기해서 엄마냐고 답짱을 보냇다. 엄마가 그래 나는 네 엄마야, 하고 답짱을 했다. 나는 화가 나서 미친년아 거짓말 하지마, 하고 답짱을 했다. 근데 장이야, 엄마 맞아. 엄마가 나중에 연락 할게. 하고 답짱이 왓다. 나는 성질이 나서 개가튼 년이, 하고 답짱을 하고 핸드폰을 침대에 지버던젔다.

2007년 9월 12일 수요일 날씨: 맑음

나는 인제는 아홉 살이다. 거짓말을 해도 속지 안는다. 오늘 그래서 미친년한테 "니가 내 엄마라고? 사진 좀보내봐." 하고 문짜를 보냇다. 그러니까는 답짱으로 사진이 왓다. 근데 그게 우리 엄마 사진이었다! 내가 "미친년. 우리 엄마가 아니다. 땡." 하고 보내니까는 또 답짱이 왓다.
나는 심장이 바닥에 떨어저내리는줄 알았다. 나는 머리가 너무너무

어지러워서 폰을 침대에 던져버렷다.

2007년 9월 13일 목요일 날씨: 맑음

오늘도 문자가 왓는데 나한테 매일을 열라고 햇다. 나는 메일을 열었다. 나는 그걸 종이로 뽑앗다. 나중에 내가 죽으면다들 내 일기를 볼꺼니까는 여기다가 부쳐논는다.

엄마는 장이가 보고 싶단다. 그런데 엄마는 멀리 있어서 장이를 만나러 가지 못해. 엄마의 사정이 나아지고, 장이가 커서 엄마를 이해하게 되면 장이를 만나러 갈 생각이다. 그러니까 지금은 문자로 많이 대화하도록 하자.

오늘은 장이가 엄마 딸이라는 증거를 하나 더 알려줄까? 장이는 복숭아랑 부추를 못 먹지? 그걸 먹었다가 예전에 응급실에 실려 간 적도 있지?그건 엄마도 그래. 우리 집 사람들은 부추를 먹으면 호흡 곤란이 오고 두드러기가 난단다. 할아버지도 그랬단다. 할아버지는 지금 캐나다에 계셔. 엄마와 만나게 되면 할아버지, 할머니 이야기를 실컷 해줄게. 할아버지도 장이를 많이 보고 싶어 하신단다. 장이한테 주고 싶은 선물이 많다고 말씀하셨어.

장이야, 그런데 오늘은 엄마가 할아버지 대신 장이가 좋아하는 것들을 집에 보냈어. 택배 아저씨가 그리로 갈 거야. 그러니까 모르는 아저씨가 벨을 누르면 '택배는 문 앞에 놔두고 가세요' 하고 말하렴. 그리고 아저씨가 가고 난 다음에, 상자를 집 안으로 들이도록 해. 혼자 있을 때 사람들에게 문을 열어주는 건 위험한 일이다.
지난번에도 공원에서 무서운 할아버지를 만나서 혼이 났었지?엄마는 장이를 늘 지켜보고 있어. 지켜볼 수 없을 때에도 장이 생각만 한단다. 우리 장이, 외로워하지 말고 힘내렴. 곧 보자.

-엄마가

나는 큰 충격을 받았다. 정말로 우리 엄마엿다니. 그러지 안으면 내가 복숭아랑 부추를 못먹는걸 어떠헤 알지?
근데 전에도 무서운 아저씨가 부추를 먹으라고 막 화를 낸적이 잇다. 나는 너무 무서워서 몸이 떨렷었다. 나는 정말로 엄말까? 하면서 고민을 하고 있는데 그때 띵동하고 벨이 울렷다. 그래서 문 구멍에 눈을 갇다 대고 택배는 놓고 가세요, 하고 말했다. 그러니까는 아저씨가 장이가 엄마 말을 잘 듣는구나, 하고 말한 다음에 인사를 하고 갓다. 나는 깜작놀랏다. 정말로 문자를 보낸 사람은 우리 엄말까?
택배를 집 안으로 가지고 들어왓을 때에는 그 안에는 내가 조아하는개 잔뜩 들어있었다. 과자랑 쪼꼴랫이 마났다. 나는 조았지만 화가난 얼굴로 그것들을 침대미테 꾸구려박앗다. 그리고 엄마한테 문자를 보냈다.

뻥치지마 개가튼 년아.

그러니까는 바로 답장이 왓다.

장이야 그렇게 험한 말은 하는 게 아니야. 장이가 그런 식으로 말하면 엄마는 답장을 보내지 않을 거야.

나는 다시 또 문자를 보냈다.

삥치지마. 병시나.

그러니까는 엄마는 답짱을 보내지 안았다. 나는 콧방구를 끼고 쪼꼴랫이랑 과자를 잔득 먹엇다.

* * *

너무 졸렸다. 소년은 근래 기면증을 의심할 만큼 잦은 졸음을 경험하고 있었다. 지난번에는 버스에서 선 채로 잠이 들었다. 그래서 맞은편에 앉은 아주머니의 무릎에 머리를 박은 일이 있었다. 아주머니는 소년의 머리를 양손으로 받친 채 비명을 질렀고, 소년은 그 소리에 번뜩 잠에서 깼었다. 그런 일을 겪고도 소년의 잠은 좀처럼 사그라지지 않았다.

수업 시간이나 등하교 시간은 말할 것도 없었다. 심한 날은 아침에 일어나 등교 준비를 마친 후 침대에 앉은 상태로 잠이 들기도 했다. 그 때문에 결석을 한 적도 있었다. 어머니는 날이 너무 더워서, 소년이 더위를 먹은 거라고 말했다. 오, 불쌍한 우리 아기.

어머니는 자구책으로 소년을 실어 나르는 방법을 택했다. 등하교를 할 때도, 학원을 오갈 때도 그녀는 직접 운전을 해서 소년의 편의를 도왔다. 소년은 그것을 당연하게 여겼다. 그 해 여름, 열일곱 살의 소년은 잠에 취해 있었고 그의 곁에는 늘 어머니가 있었다. 그날도 그랬다.

어머니는 몸보신을 시켜주어야겠다고 말하며 졸고 있는 소년의 이마를 쓸었다. 소년은 대꾸하지 않았다. 흔들리는 차 안에서는 잠이 더 잘 왔다. 거기에서 내려야 한다는 사실이 괴롭게 느껴질 만큼 그 안에서의 잠은 달콤했다. 어머니는 늘어져 있는 소년의 몸을 흔들어 깨웠다.

"팔목 좀 봐. 왜 이렇게 말랐니. 급식 시간에 자지 말고 밥 꼭 챙겨 먹어. 졸려도 밥 먹고 자고."

그녀는 고등학생에게는 지나치다 싶은 당부의 말을 거듭했다. 소년은 무거운 눈꺼풀을 들어 올려 멍한 눈으로 학교를 바라보았다.

"밥 꼭 챙겨 먹어. 그리고 오늘 오후에 엄마 못 오는 거 알지?"

"왜?"

"약속이 있다고 했잖아."

"누구랑?"

어머니는 '알 것 없어' 하고 말하며 웃었다. 그리고는 소년의 머리카락을 부드럽게 쓸었다. 소년은 잠에 취한 눈동자로 어머니를 바라보았다. 어머니는 다정하고 단단한 얼굴로 소년과 눈을 맞췄다. 소년은 눈을 내리깐 채 차에서 내렸다. 학교로 향하는 그의 걸음이 잠시 비틀댔다.

교실에 들어선 소년은 책가방을 가방 걸이에 건 채 곧바로 엎어졌다. 중간중간 누군가가 소년을 찾는 듯했지만 그는 몸을 일으킬 수가 없었다. 그의 어깨를 찔러오는 지시봉이나 요란한 소음에도 그는 깨지 않았다. 그는 잠든 채로 생각했다. 왜 이렇게 졸린 걸까.

결국 어머니의 당부도 잊은 채 소년은 점심시간을 건너뛰었다. 점심뿐만이 아니었다. 수업과 종례 역시 마찬가지였다. 소년이 잠에서 깼을 때는 이미 모두가 돌아가고 난 후였다. 누구도 소년을 깨우지 않았다. 아니 깨웠지만 그가 일어나지 않은 건지도 몰랐다.

소년은 빈 교실에서 홀로 배를 잡은 채 으으, 하고 신음성을 내뱉었다. 하루 종일 엎드려 있었던 탓에 장기가 앞으로 쏠려 배가 조이듯 아파왔다. 근래에는 자주 그랬다. 지난 주말, 소년은 24시 독서실에 엎드린 채로 열아홉 시간을 잤다. 그때는 밥을 먹고 잤던 까닭에 배 속에서 난리가 났었다. 소년의 내장들은 그런 식으로 꺼져 내리고 있는 건지도 몰랐다.

시간은 오후 6시를 지나가고 있었다. 소년은 무거운 머리를 흔들며 학교를 나섰다. 그는 정문에 선 채로 잠시 어머니를 기다렸다. 전화를 걸었지만 그녀는 전화를 받지 않았다. 소년은 '너무 늦네' 하고 생각하며 휴대전화로 시간을 확인했다.

그때 소년은 고개를 들다 옆에 서 있던 젊은 남자와 잠시 눈이 마주쳤다. 남자는 누군가를 기다리고 있는 듯했다. 그는 평온하고 조금은 지루해 보이는 얼굴로 하교하는 아이들을 바라보았다. 눈이 마주치기는 했지만 소년에게 딱히 관심을 보이는 것 같지도 않았다.

십 분 정도 어머니를 기다리던 소년은, 뒤늦게야 그녀가 오지 않는다는 사실을 깨달았다. 병신, 아침에 한 말을 그새 잊어버리다니. 잠이 조금 깼다. 간만에 찾아온 자유였다. 소년은 학교 앞 편의점으로 갔다.

편의점에서 라면과 김밥, 후식으로 어육 소시지와 젤리를 먹었다. 그곳에서 건전지 두 개와 새로 나온 잡지를 샀다. 그러고 나니 딱히 할 일이 떠오르지 않았다. 집에나 가자. 소년이 편의점을 나설 때도 남자는 정문에 몸을 기댄 채 서 있었다. 소년은 그를 지나쳐 주택가로 향하는 오르막길을 걸었다.

버스를 타면 몸이야 편하겠지만 정류장에서 서성이는 시간을 포함하면 대충 십오 분, 걸어서 돌아가면 이십 분, 버스를 타나 안 타나 집까지 걸리는 시간은 비슷했다. 게다가 소년은 버스에서 잠이 들까 두려웠다. 낯선 곳에 가서 혼자 눈뜨고 싶은 생각은 없었다.

소년이 이상한 낌새를 느낀 것은 언덕을 반쯤 올라갔을 때였다. 길 왼편에는 도로 반사경이 있었다. 무심코 그것을 바라본 소년은 그 안에서 남자를 보았다. 정문에 서 있던 사람이었다. 남자는 바지 주머니에 손을 넣고 고개를 숙인 채 걷고 있었다. 그러던 그는 소년의 시선을 눈치챈 듯 고개를 들어 반사경을 힐끗 쳐다보았다. 그들의 눈이 마주쳤다.

소년의 얼굴이 순간 겁에 질렸다. 요 며칠, 소년을 찾은 사람은 많았다. 그러나 남자는 처음 보는 얼굴이었다. 학교 앞에서 기다리던 사람은 만나지 못한 걸까? 단순히 집으로 돌아가는 길인 건가? 내가 과잉반응하는 걸까? 남자는 볕에 그을린 까무잡잡한 피부에 장난기가 많아 보이는 얼굴이었다. 짧게 자른 머리카락 덕인지 얼핏 보면 소년 또래처럼 보이기도 했다. 그는 소년의 시선을 개의치 않은 채 성큼성큼 보폭을 넓혀 걷기 시작했다.

거리는 조용했고 지나가는 사람도 없었다. 당분간 그런 주택가가 계속될 터였다. 소년은 걸음을 늦췄다. 남자를 앞질러

보내버릴 생각이었다. 어쩐지 기분이 이상했다. 그는 다시 힐끔 남자를 돌아보았다.

그때였다. 남자와 소년의 눈이 다시 마주쳤다. 이번에는 남자가 소년의 눈을 피하지 않았다. 그가 달리기 시작했다. 소년은 엉겁결에 뒷걸음질을 쳤다. 남자가 소년의 코앞까지 다가왔다. 그리고 소년을 지나치는가 싶더니 그가 갑자기 팔을 뻗었다. 남자의 손이 소년의 목을 움켜잡았다. 그것은 조용하고 자연스럽게 일어난 일이었다.

숨이 막힌 소년은 가는 팔다리를 퍼덕이며 몸부림을 쳤다. 그리고 주머니에 들어 있던 건전지를 냅다 남자의 얼굴에 던졌다. 남자는 비명도 없이 코를 잡은 채 몸을 굽혔다. 소년은 그 틈을 놓치지 않았다. 그는 껑충껑충 달아나기 시작했다. '살려주세요! 살려주세요!' 하는 비명이 소년의 목에서 터져나왔다.

조금 있으면 해가 질 터였다. 거리에는 누구도 나타나지 않았다. 도움을 청하던 소년은 그 외침 자체가 남자를 부르는 호각 소리라는 사실을 깨닫고 입을 다물었다. 더 빨리 달리려 했지만 좀처럼 몸에 힘이 들어가지 않았다. 소년은 겁에 질렸다. 자고 싶었다. 현실을 꺼버리고 싶었다. 그러나 근래 소년을 괴롭혔던 졸음은 이미 흔적도 없이 사라진 상태였다.

요 며칠, 소년은 사람들 앞에서 잘못했다고 자주 울었다. 어른들은 소년이 돌이킬 수 없는 실수를 했다고 말했다. 누군가는 그것이 실수가 아니라고 했다. 명백한 잘못이라고 말이다. 그러나 소년은 사실 가늠이 잘 되지 않았다. 겁에 질려 울기는 했으나 사람들의 말을 제대로 알아들을 수 없었다.

그것은 실수인가, 잘못인가. 캠코더를 다룰 줄 아는 소년이 친구들의 부탁으로, 혹은 재미로, 혹은 악의로, 동학년의 남자아이와 여자아이가 벌거벗은 채로 엉켜드는 장면을 찍었다. '아, 이거 쩐다. 큰일이다' 싶으면서도 멈추지 못했다. 충격적이고 짜릿했기 때문이다. 그 과정에서 누가 울고 누가 웃었는지는 모르겠다. 다만 큰일이다 싶으면서도 그건 정말 끝내주는 경험이었다. 그 과정에서 누군가는 폭력이 있었다고 했고 또 누군가는 없었다고 했다.

어머니는 매일같이 변호사를 만나러 다녔다. 그러나 그 내용에 관해서는 소년에게 자세히 말하기를 꺼렸다. 왜? 그녀는 무턱대고 그것이 소년의 잘못이 아니라고 했다. 왜? 그리고 소년에게 매일같이 엄마가 시키는 대로 말하라고 했다. 뭘? 그리고 어머니는 소년에게 사랑한다는 말을 덧붙였다. 그래 사랑은 그런 것이지.

그것은 실수인가, 잘못인가. 생각을 하려 하면 졸음이 밀려왔다. 어쨌거나 남자아이는 죽었다. 여자아이는 사라졌다. 솔직히 말하면 소년은 아무 생각도 하고 있지 않았다. 실수라거나 잘못이라거나, 그 일의 결과가 크게 와닿는 것도 아니었다. 남자아이가 죽었다고는 하지만 그 시체를 본 것도 아니었고. 후회가 안 되는 것은 아니지만 뭐랄까, 본심을 말하자면 조금 멍했다.

잘못했습니다, 악의는 없었습니다, 선처를 해주십시오, 제가 하는 일이 뭔지 저는 잘 몰랐습니다. 고개를 숙이고 또 숙였다. 앞으로의 처우가 어떻게 될지는 알 수 없었다. 그 잘못의 대가는 아직 소년에게 도달하지 않은 상태였다. 소년은 나른하고 몽롱한 유예의 시간 속에서 집과 학교를 오갔다. 그런데 난데없이 남자가 나타나 소년의 울대를 움켜쥔 것이다.

주택가가 끝나는 길목에 내리막길로 이어지는 계단이 있었다. 그 계단을 지나 조금 더 달리면 대로가 나올 것이다. 소년은 남자와 둘이 마주하고 싶지 않았다. 겁에 질린 나머지 등줄기가 오싹오싹했다. 그것은 캠코더를 들어 올렸을 때의 감각과 비슷했다.

어쨌거나 사람이 많은 곳으로 가야만 했다. 남자의 뜀박질 소리가 가까워지고 있었다. 소년은 거친 숨을 내뿜었다. 달콤한 냄새가 코끝을 맴돌았다. 인근에 작은 과자 공장이 있었다. 어렸을 때는 친구들과 그 계단에 앉아 과자 냄새를 맡다 집으로 돌아가곤 했다. 낡고 허름한 우리의 작은 동네, 그 안에 윤재와 장이가 있었나? 함께 과자 냄새를 맡았나? 모르겠다. 지금도 충분히 어렸지만 문득 그때 생각이 났다.

소년은 계단을 두 개씩 내려가기 시작했다. 그때였다. 계단 끝에 젊은 여자가 나타났다. 사람이다. 사람이었다. 젊은 여자였지만 그래도 없는 것보다는 나았다. 소년은 여자에게 안기듯 달렸다.

"살려주세요!"

여자가 놀란 눈으로 소년을 바라보았다.

"무슨 일이니?"

"이상한 남자가 쫓아와요!"

여자가 소년의 뒤쪽을 바라보았다. 살 수 있을지도 모른다. 그러나 소년의 기대를 비웃듯 남자의 발소리가 가까워지고 있었다. 소년은 겁에 질렸다.

"경찰에 신고해주세요!"

여자가 소년을 바라보았다. 소년은 마지막 계단을 디뎠다. 계단 끝에 서 있던 여자가 고개를 숙였다. 소년은 여자가 가방에서 휴대전화를 꺼내고 있는 거라고 생각했다. 그때였다. 여자가 전화를 꺼내는 대신 소년을 향해 한쪽 발을 뻗었다. 여자의 발이 소년의 발목 앞에 걸쳐졌다. 소년의 몸이 앞으로 기울었다. 그의 얼굴이 경악에 찬 채로 콘크리트 바닥에 처박혔다.

바닥에 무방비하게 부딪친 소년의 팔과 이가 부서지는 소리가 났다. 소년은 '아아아악!' 하고 온몸의 세포를 깨우는 비명을 내지르기 시작했다. 여자는 무표정한 얼굴로 소년을 내려다보고 있었다. 소년 앞에 도착한 남자는 여자를 바라보았다. 누구도 소년의 비명에 반응하지 않았다. 소년은 앞으로 결코 잠들지 못할 첫 번째 밤에 드디어 첫 발을 내디뎠다.

* * *

2007년 9월 14일 금요일 날씨: 모름

꿈을 꿨는데 엄마가 나왔다. 나는 엄마한테 나랑 살자고 햇다. 그러니까는 엄마가 나는 니 엄마가 아니야, 하고 말햇다. 그래서 가만히 봤더니 엄마가 얼굴은 똑같은데 빠마를 하고 잇었다. 그리고 표정이 달랐다. 무서운 표정을 하고 있었다. 그래서 내가 도망갈라고 하니까 엄마가 웃으면서 자꼬만 나한테 백화점에 가치 가자고 햇다. 내가 실타고 하니까 엄마가 웃었다.

나는 너무 무서었는데 그냥 엄마랑 같이 백화점에 갔다. 꿈속에서는 백화점이 너무 환애서 눈이 부셨다. 엄마는 자꼬만 내 손을 잡앗고 나는 너무 무서워서 오줌을 쌌다. 꿈에서 깨니까는 내가 진짜로 오줌을 싸고 있었다. 나는 어떠하지? 하고 울다가 침대에 신문지를 올려노코 그 위에 누웠다.

너무 축축했다. 그래서 침대미테 갔는데 과자가 남아 있었다. 그걸 먹으면서 막 울엇다. 우리 엄마는 진짜 살아인는지도 몰른다. 언니는 알고 있을 것 가타서 언니한테 전화를 했다. 근데도 언니는 화가 안풀려서 전화를 안 받았다. 나는 쫌 전화좀 바드라고! 미안하다고! 하고 말하면서 막 울엇는데 자꾸만 안 받았다. 인제는 언니랑 안 말 할 거다. 너무너무 무섭다. 죽을껏같다.

2007년 9월 16일 일요일 날씨: 맑음

아빠가 일요일에는 온다고 해노코 안왔다.

2007년 9월 17일 월요일 날씨: 비

오늘은 일기장을 학교에 안 갔고 가서 선생님한테 혼낫다. 근데 나는 안 갔고 갈꺼다. 내가 선생님은 일기도 안보잔아요, 하면서 막 화를 내니까는 선생님은 본다고 막 거짓말을쳤다.

나는 뻥치지 말라고 말하니까 선생님은 나한테 바께 나가서 서있으라고했다. 두 시간이 지난는데도 선생님은 날 안불렀다. 다리가 아파서 죽을껏 같았는데 선생님은 내가 게속 서있는거를 보고나서 깜짝놀란 표정을 지었다. 내가 나를 이져버렸던거죠? 하고 말하니까는 선생님은 아니라고 말하면서 들어오라고화를 냈다. 나는 다리가 끈어질것같았다. 그래서 책상에 업드려서 조금 울었는데 아무도 나한테 아는척도 하지안았다.

2007년 9월 19일 수요일 날씨: 비

오늘은 놀라고 바께 나갔는데 게속 비가왔다. 그래서 아무도 업었다.

2007년 9월 20일 목요일 날씨: 비

오늘은 너무 심심했다. 바께 나갔는데 전에 공원에서 만났던 할아버지를 만났다. 할아버지가 장이야, 장이야! 하고 말하면서 막뛰어왔다. 나는 너무 무서워서 막 도망쳤다. 집으로 뛰어와서 막 울었는데 창문으로 보니까는 할아버지가 게속 바깟에서서 창문을 처다보고 있었다

2007년 9월 21일 금요일 날씨: 맑음

오늘은 할아버지가 게속 바깟에서 있었다. 나는 학교도 안갔다. 운동

회를 한다고 했는데 나는 달리기를 잘한다. 근데 할아버지가 게속 바깟에 서 있어서 할아버지 몰래 학교를 가볼라고 햇는데 갈수가 업었다. 너무너무 무섭고 화가났다.

2007년 9월 22일 토요일 날씨: 맑음

* * *

"타요!"

남자가 차 문을 열며 말했다. 나는 움직이지 않았다.

나도 모르게 발이 나가고 말았다. 당황한 마음에 아이의 발을 걸기는 했으나 낯선 자의 차에 탈 마음은 없었다. 남자가 나를 물끄러미 바라보았다. 내가 넘어뜨린 아이는 비명을 지르고 있었다. 고개를 들자 계단 위에 있는 이층집 창문이 닫히는 게 보였다.

인적이 없다지만 그곳은 주택가였다. 그 소동을 피웠는데 목격자가 없을 거라고 낙관하기 힘들었다. 나는 조용한 장소에서 아이에게 묻고 싶은 것이 있었다. 아이가 살려달라고 외치기 시작했다. 모든 계획이 틀어졌다. 입술을 문 채 아이를 내려다보았다. 그때 나를 살피던 남자가 물었다.

"운전할 수 있어요?"

나는 망설이다 고개를 끄덕였다. 그는 황급히 차에서 내려 아이의 상체를 들고 그를 뒷좌석에 싣기 시작했다. 나는 발버둥치는 소년의 다리를 차에 욱여넣었다. 남자가 아이와 함께 뒷좌석에 오르며 차 문을 닫았다. 나는 잠시 머뭇댔으나 결국 운전석으로 가 앉았다. 운전 경험이라고는 주행시험 이후 할머니의 차로 마트를 몇 번 오간 게 다였다. 그럼에도 불구하고 낯선 자의 차를 움직이기 시작했다.

시내를 달리며 사이드 미러로 뒷좌석을 살폈다. 소년은 저항을 포기한 상태였지만 겁에 질려 있었다. 남자는 소년을 주시한 채 말이 없었다. 그러다 시선을 눈치챈 듯 나를 힐끗 쳐다보았다. 쌍꺼풀이 없는 큰 눈에는 핏발이 서 있었다. 그가 소년에게 말했다.

"이범준."

소년이 흐느끼며 고개를 저었다. 차가 신호등에 걸렸다. 남자는 소년이 차에서 뛰어내릴 것을 대비해 소년의 부러진 팔을 움켜쥐고 있었다. 대체 뭘 하고 있는 거지? 머리가 지끈거렸다. 위험한 일에 휘말려버린 건지도 몰랐다. 나는 남자의 신경이 소년에게 쏠려 있는 틈을 타 조용히 핸드폰 녹음 버튼을 눌렀다.

"이범준."

소년이 다시 고개를 저었다. 아이는 거짓말을 하고 있었다. 나 역시 그가 이범준이라는 사실을 알고 그를 찾아왔다. 남자는 이미 바깥을 향해 휘어진 소년의 팔을 비틀었다. 소년이 인간이 내는 거라고는 믿기 힘든 비명을 내질렀다. 그 소리를 듣고 있으니 온몸이 떨려왔다. 남자가 고저 없는 목소리로 말했다.

"그럼 넌 누구지?"

"맞아요! 이범준이에요! 제발 살려주세요."

남자가 소년의 팔을 한 번 더 비틀었다. 나도 모르게 눈을 질끈 감았다. 남자가 말했다.

"다시 한번 거짓말을 하면 팔을 뽑아버릴 거야."

마른 소년이 흐느꼈다.

"팔은 하나만 있어도 살 수 있겠지."

"아니에요. 제발 살려주세요. 거짓말하지 않을게요."

이런 방식의 취조를 원한 건 아니었다. 너무나도 위험했다. 내가 경솔했다.

남자는 묵묵히 소년을 바라보았다. 그러나 그는 내게는 정작 아무것도 묻지 않았다. 내가 누구인지, 왜 소년의 도망을 저지했는지, 어째서 그의 차에 타서 운전대를 잡고 있는지 말이다. 나는 조수석 밑에 놓인 망치를 힐끗 내려다보았다.

예전이라지만 꽤 오래 살았던 동네였기 때문에 경찰서가 어디 있는지 정도는 알고 있었다. 조금만 더 가면 파출소가 나올 것이다. 그곳까지 천천히 차를 몰았다. 남자가 말했다.

"그날 무슨 일이 있었지?"

"무슨 날이요?"

"알고 있잖아. 넌 시치미를 떼는 데 너무 많은 시간을 낭비하고 있어."

소년이 흐느끼듯 숨을 토해냈다. 그가 멀쩡한 손으로 이마를 감쌌다. 그의 이가 두려움에 딱딱 부딪치는 소리가 났다. 남자는 소년의 침묵에 창밖으로 시선을 돌렸다.

알고 있었다. 결코 옳은 행동이 아니었다. 남자와 나는 차 안에 소년을 가둔 채 그를 겁박하고 있었다. 그것이 나를 나중에 궁지에 몰 수 있다는 사실도 알고 있었다. 그러나 남자의 질문은 내가 던지고 싶은 것이기도 했다. 남자의 얼굴을 다시 바라보았다. 그가 누구인지 어렴풋이 알 것 같았다. 오 분만 더 가면 파출소가 나올 터였다.

흐느낌을 멈춘 소년이 입을 열기 시작했다.

"전부 고정권 탓이에요."

"고정권?"

"네."

고정권은 형사가 메모에 적어준 이름 중 하나였다.

"정권이가 아침에 저를 불렀어요."

"왜지?"

"캠코더를 다룰 수 있지 않냐고. 그래서 제가 할 수 있다고 하니까 걔가 같이 재미있는 걸 찍어보자고 했어요."

"뭘?"

"포르노. 포르노요."

"왜 포르노였지?"

"재미로. 돈을 벌 수 있을지도 모른다고."

남자의 짧은 구레나룻에 땀이 어려 있었다. 이미 모두 알고 있는 이야기였다. 그럼에도 불구하고 운전대를 잡고 있는 손가락이 뻣뻣하게 굳어 잘 움직이지 않았다. 남자가 물었다.

"너는 촬영감독이었나? 배우는?"

"정권이가 좋은 애들 둘이 있다고 했어요. 거절할 수 없을 거라고요."

"누구?"

"서윤재랑 윤장이."

"왜 거절할 수 없다는 거지?"

"서윤재는 정권이 밥이었고요, 윤장이는 잘 모르겠어요."

남자는 입을 다물었다. 소년은 자신의 대답이 부족하다는 사실을 깨달은 듯 재촉을 하지도 않았는데 다급히 말을 시작했다.

"두 달 전인가, 정권이가 서윤재를 애들 앞에서 때린 적이 있거든요. 그때 윤장이가 그걸 한 번 막아줬었어요. 그래서 정권이가 그때부터 윤장이를 졸라 싫어했어요. 찐따 년이 찐따 새끼를 좋아하는 거냐고."

해가 지고 있었다. 남자와 소년의 얼굴이 제대로 보이지 않았다. 남자의 머리털에 어린 땀만이 선명히 보였다. 나는 조수석 아래의 망치를 내려다보았다. 남자가 조용히 읊조렸다.

"찐따 새끼?"

"솔직히 좀 그랬어요."

소년이 멀쩡한 손으로 무릎을 초조하게 두드렸다. 나는 조수석 아래의 망치를 다시 바라보았다. 저 무릎을 망치로 깨버릴 수 있다면 좋을 텐데. 아니 저 상황 파악도, 가치 판단도 제대로 하지 못하는 쓸모없는 머리통을 깨버릴 수 있다면 좋을 텐데. 두 블록만 더 가면 경찰서가 나올 터였다.

그때 사이드 미러를 통해 남자가 나를 바라보고 있는 것을 알았다. 내가 그를 쳐다보자 남자는 내 눈을 피하지 않았다. 내가 소년에게 물었다. 처음 던진 질문이었다.

"고작 그 이유가 다였어?"

"정권이가 괜찮을 거라고 했어요. 저런 애들은 어차피 어른이 되면 제일 먼저 포르노부터 찍는다고. 그 전에 우리가 먼저 해도 상관없다고. 저는 아무것도 몰랐어요."

소년이 숨을 헐떡이며 말했다.

나는 액셀러레이터를 밟아 속력을 높였다. 경찰서를 지나쳤다. 소년은 자신이 무엇을 놓친 줄도 알지 못한 채 홀로 신음하고 있었다. 나 역시 돌이킬 수 없는 짓을 해버린 건지도 몰랐다. 입을 열어 소년에게 물었다.

"윤장이가 그랬나? 어른이 되면 포르노를 찍을 거라고?"

소년은 대답을 하지 않았다.

"그때 상황을 자세히 이야기해."

"제가 아는 건 그게 다예요."

"네가 본 것들을 하나도 빠뜨리지 말고 이야기하란 말이야!"

남자가 내 말에 동의한다는 듯 소년의 팔을 꺾었다. 소년은 누구도 들어주지 않는 비명을 내질렀다.

우리는 소년의 입을 통해 고정권이 오랫동안 서윤재를 괴롭혀 왔다는 사실, 서윤재와 윤장이가 친밀한 사이였다는 사실, 윤장이가 서윤재에 의해 사건에 휘말려들었을 거라는 이야기를 들었다.

나는 영상을 봤지만 그것만으로는 채울 수 없었던 그림을 머릿속에 그릴 수 있었다.

교실 문은 잠겨 있었고 유리창도 두꺼운 보드지로 막힌 상태였다. 누구도 학교에서 그런 일이 계획되고 있다고는 생각지 못했다. 이범준이 교실 문을 두드렸다. 정권은 범준의 얼굴을 확인한 후 문을 열었다. 그 안에 정권의 친구인 이수혁도 있었다. 서윤재와 윤장이는 교실 모서리에 함께 붙어 서 있었다.

서윤재가 고정권에게 말했다. 집에 가야 한다, 가방을 돌려 달라고 말이다. 정권은 약속된 말과는 다르지 않냐고 말하며 서윤재를 때렸다. 그러는 동안 이범준은 카메라를 조작했고 이수혁은 교실 문을 막은 채 망을 봤다.

윤장이는 막힌 창문을 바라보며 등을 돌리고 서 있었다. 서윤재는 비명을 질렀다. 윤장이는 등을 돌려 집에 돌아가겠다고 말했다. 고정권과 이수혁이 윤장이를 막아섰다. 어림도 없는 소리 하지 말아라, 찐따 년아, 하는 말들이 오갔다. 윤장이가 반항을 했다. 그들은 윤장이를 힘으로 제압한 채 옷을 벗겼다. 그 이후에 찍은 것이 내가 본 동영상이었다.

동영상은 끝까지 찍지 못했다. 동영상을 찍던 중 영상에서 본 것과 같은 트러블이 있었다. 서윤재가 맞고 있는 사이 윤장이가 달아났다. 고정권은 이범준에게 윤장이를 잡으라고 소리쳤다. 그러나 이범준은 머뭇거리다 그녀를 놓쳤다. 윤장이는 가방과 옷을 모두 내던진 채 사라졌다. 그것이 그들이 본 그녀의 마지막이었다.

동생은 벌거벗은 채 어디로 갔던 걸까. 장이의 행방을 물었을 때 소년은 아는 바가 없었다. 나는 그 이야기를 듣기 위해 생애 처음으로 서울외곽순환고속도로를 탔다. 톨게이트를 지나고 내 멋대로 돈을 내는 동안에도 남자는 아무 말도 하지 않았다. 세 시간 가량을 달렸다.

남자가 물었다.
"고정권은 어디 있지?"
"모르겠어요. 저도 며칠 동안 보지 못했어요."
"넌 아는 게 대체 뭐냐."
"엄마가 그때 놀았던 애들이랑 다시 만나면 안 된다고……."
"이번에는 엄마 핑계?"

"고정권을 마지막으로 본 게 언제야?"

"몰라요. 모르겠어요."

"그래, 모르겠지. 모르는 게 약이겠지!"

소년은 더듬거리고 흐느끼며 이야기를 거듭해야만 했다. 남자와 나는 이야기가 조금 어긋난다 싶으면, 말을 끊고 같은 이야기를 계속 반복하게끔 했다.

소년은 나와 남자의 정체를 묻지도 않은 채 '잘못했습니다, 악의는 없었습니다, 선처를 해주십시오, 제가 하는 일이 뭔지 저는 잘 몰랐습니다' 하고 말하며 고개를 숙이고 또 숙였다. 우리는 누구도 그 말에 대꾸하지 않았다. 나는 소년이 벌레처럼 느껴졌다.

나중에는 모두가 말이 없었다. 남자는 몸을 빼 조수석으로 몸을 기울였다. 그곳에는 망치가 있었다. 나는 놀란 나머지 갓길에 차를 세웠다. 그러나 남자를 막지는 않았다. 엄청난 유혹이 나를 휘감고 있었다. 남자가 그런 나를 힐끗 쳐다보았다. 그러나 그는 망치 대신 글러브 박스를 열었다. 그곳에서 붕대와 테이프가 나왔다.

남자는 차에서 내려 어디선가 부목이 될 만한 나무토막을 구해 왔다. 그것을 소년의 팔에 대고 붕대를 감았다. 소년은 진이 빠진 듯 멍하니 말이 없었다. 우리는 구리 휴게소에 도착했고 그곳에서 잠시 한숨을 돌렸다. 운전 실력이 비약적으로 늘었다. 하나도 기쁘지 않았다. 남자가 휴게소에서 크림빵을 사왔다. 그것을 소년에게 쥐여주었다. 소년은 먹지 못했다. 내가 말했다.

"그만 출발하죠."

소년이 뒷좌석에 앉아 멀뚱멀뚱 우리를 바라보았다. 그때 남자가 소년을 향해 입을 열었다.

"내려."

내가 고개를 저었다.

"그러지 마세요."

남자가 나를 노려보았다.

"집에까지 안전하게 모셔다줄 생각입니까?"

"누가 그런다고 했나요?"

나는 남자를 무시한 채 차를 몰았다. 그렇게 불암산 근처까지 달렸다. 그리고 인적이 없는 고속도로 갓길에 차를 세웠다. 검은 산이 우리를 바라보고 있었다. 소년이 산을 등지고 있었기 때문에 내 얼굴은 그에게 검게 보였을 것이다. 나는 소년에게 말했다.

"벗어."

"네?"

"벗으라고."

소년은 멀쩡한 팔로 몸을 감싸며 나를 노려보았다.

"내가 벗겨줄까? 내가 할 때는 네 팔이 남아나지 않을 줄 알아."

소년이 황급히 차 문을 향해 손을 뻗었다. 나는 문을 잠갔다. 그리고 조수석 아래에서 망치를 꺼내들었다. 손이 떨렸다.

"벗어. 안 그러면 널 죽일 거야."

"살려주세요."

"지금 죽인다고는 안 했어. 벗지 않으면 널 죽인다고 했지."

소년이 머뭇댔다. 그가 도움을 청하듯 남자를 바라보았다. 짜증이 치밀었다. 나는 남자에게 휴대전화를 던졌다. 그리고 말했다.

"찍으세요."

나를 바라보던 남자가 핸드폰을 세우며 말했다.

"동영상으로 찍겠습니다."

"당연하죠."

차의 실내등을 켰다. 소년은 울먹였다. 그러고는 체념한 듯 옷을 벗기 시작했다. 속옷도 남겨두지 않았다. 모두 벗겼다.

그 과정을 휴대전화 동영상으로 낱낱이 찍었다. 소년이 울려고 하면 망치를 휘두르며 울지도 못하게 했다. 내가 망치를 휘두를 때는 남자가, 남자가 휘두를 때는 내가 동영상을 찍었다.

화면이 흔들리는 것도 용서할 수가 없었다. 그래서 다시, 다시, 다시 화면이 흔들리지 않을 때까지 동영상을 찍었다. 그 모든 과정이 끝났을 때 남자가 내 어깨를 쳤다. 나는 고개를 저었다. 그가 자신을 믿으라는 듯 뻗은 손을 치우지 않았다. 나는 들고 있던 망치를 그에게 건넸다.

남자가 망치를 든 채 소년에게 다가갔다. 소년이 기겁을 했다. 그는 소년의 옷을 빼앗아 그 안에서 지갑과 휴대전화를 꺼냈다. 지갑은 본인의 주머니에 넣었다. 휴대전화는 문밖으로 가지고 나갔다.

그는 그것을 갓길에 놓고 망치를 들어 올렸다.

모든 일은 그렇게 마무리되는 듯했다. 그때였다. 남자가 내리치려던 망치를 멈춰 세웠다. 그가 차 문을 열었다. 그러고는 소년의 휴대전화를 내게 건넸다.

"고정권이 문자 메시지를 보냈어요."

동영상 들고 오늘 밤 12시까지 학교 앞으로 와. 꼭 와. 안

오면 안 돼.

내가 남자에게 물었다.

"동영상이요? 이 아이들이 찍은 영상을 말하는 건가요?"

남자는 고개를 저었다. 내가 물었다.

"그게 왜 필요한 거죠? 이미 가지고 있을 텐데."

"이범준, 여기서 말하는 동영상이 뭐지?"

"모르겠어요. 제가 찍은 테이프 원본을 가지고 오라는 말인가 봐요. 그 외에는 뭘 말하는 건지 모르겠는데."

"원본이 너한테 있어?"

"아뇨. 경찰 아줌마한테 드렸어요."

그것이 이범준에게 있을 리 없었다. 테이프 원본을 요구하는 거라고 해도 이해가 잘 되지 않았다. 이미 복사본을 가지고 있을 텐데, 테이프 원본에 원본의 의미가 있다고 할 수 있을까? 남자가 휴대전화를 소년에게 내밀며 말했다.

"답장해."

소년은 선선히 휴대전화를 받아, 12시에 학교 앞으로 가겠노라고 답장을 보냈다. 남자는 다시 휴대전화을 빼앗았다.

남자는 가방에서 사진 한 장을 꺼냈다. 그것을 이범준에게 건넸다.

"인터넷에 유포해도 좋고, 찢어도 좋고, 불태워도 좋아. 나한테는 수천 장이 있으니까."

사진을 본 소년이 그것을 받지 않으려 했다.

"받아."

소년이 입을 막은 채 고개를 저었다.

"지금 받지 않으면 너희 집 담벼락을 이 사진으로 도배할 거야."

소년이 흐느꼈다.

"네가 죽인 아이의 얼굴이다. 기억해도 좋고 안 해도 좋아. 나한테는 이 사진이 수천 장이 있다고 했잖아."

이범준이 머리를 감싸 쥐었다.

얼핏 본 사진 속에는 낯선 소년이 죽어 있었다. 뇌가 튀어나온 채로 말이다. 나도 모르게 주먹을 쥐었다. 남자는 소년을 채근하지 않았지만 우리 모두가 알고 있었다. 그는 결국 소년에게 사진을 쥐여줄 것이다. 소년이 사진을 받아야만 그 상황이 일단락될 터였다. 이범준이 손을 떨며 사진을 움켜쥐었다.

남자가 말했다.

"내려."

파랗게 질린 소년은 곧바로 차에서 내렸다. 남자가 차 문을 닫으라고 손짓을 하자 그가 문을 닫았다. 남자가 내게 '출발하죠' 하고 말했다. 나는 시동을 걸었다. 우리는 소년은 남겨둔 채 달리기 시작했다.

사이드 미러로 멈춰 서 있는 소년의 허여멀건한 몸이 보였다. 그가 가진 것이라곤 손에 쥔 사진 한 장뿐이었다. 그에게 별다른 동정심은 생기지 않았다. 도움을 청할 입이 있고, 두 발이 있고, 그를 데리러 올 사람이 있는 한 그는 집으로 돌아갈 수 있을 것이다. 그러나 그를 내 손으로 제자리에 돌려두고 싶지는 않았다. 말없이 앉아 있던 남자는 망치를 떨어뜨린 후 양손으로 눈을 감쌌다. 그가 오열하기 시작했다.

* * *

"배가 고프네요."

울음을 멈춘 남자가 예상보다 담담한 목소리로 말했다. 우리는 다시 서울에 들어섰다. 그리고 눈에 띄는 편의점 골목에 차를 세웠다. 누구도 입을 열지 않은 채 편의점에서 햄버거라든가 삼각김밥, 컵라면 따위를 사들였다. 허겁지겁 그것을 먹었다. 며칠 만에 먹는 밥이었다. '그런 짓을 해놓고 음식을 먹고 있다니, 참 인간 같지도 않다'는 생각을 하며 라면 국물을 마셨다.

음식을 다 먹은 후 소프트 아이스크림을 샀다. 노천 테이블에 앉아 멍하니 그것을 먹었다. 남자는 입술로 아이스크림을 둥글게 굴려 먹고 있었다. 나는 그 모습을 바라보았다. 앞으로 어떻게 해야 할 것인가. 남자가 입을 열지 않는 이상 내가 말을 하는 수밖에 없었다.

나는 남자에게 애초에 던졌어야 할 질문을 했다.

"제가 뭐라고 불러야 할까요?"

"윤재 아빠입니다."

어느 정도는 확인 차원에서 했던 질문이었다. 그러나 예상은 보기 좋게 빗나갔다. 기껏해야 피해자의 큰형일 거라고 생각했다.

서른은 되었을까. 초등학교 때 애를 낳기라도 했다는 걸까. 남자는 녹아내리기 시작하는 아이스크림을 물끄러미 쳐다보고 있었다. 어딘가 소를 연상시키는 맑은 눈이었다. 그의 왼쪽 볼에는 보조개 주름이 패여 있었다. 짧은 머리에 플란넬 체크 셔츠를 걸치고 있는 남자는 대학생이라고 해도 믿을 만큼 앳된 얼굴이었다.

남자는 내가 의구심 어린 얼굴로 바라보고 있다는 걸 알면서도 별다른 설명을 해오지 않았다. 그가 내 아이스크림을 가리키며 말했다.

"녹아 흐르네요."

가방에서 휴지를 꺼내 손을 닦았다. 아이스크림을 모두 먹은 후 콘을 쓰레기통에 넣었다. 끈끈한 손등을 쓸며 남자에게 물었다.

"저는 누군지 아시나요?"

"네, 윤장이 학생 언니가 동생을 찾고 있다는 말을 김경희 형사님께 들었습니다."

고개를 저었다.

"그걸로는 설명이 되지 않아요."

"동생과 닮았다는 소리를 듣지 않나요? 어쨌거나 장이 학생을 찾고 있는 이상, 그 언니도 곧 보게 될 거라고 생각했어요."

분명하게 와닿는 대답은 아니었다. 남자가 콘을 다 부숴 먹은 후 손을 내밀었다.

"서해순입니다."

나는 손을 잡지 않은 채 말했다.

"윤선이입니다."

남자가 손을 주머니에 넣으며 말했다.

"만나 뵙고 싶었어요."

말없이 그를 바라보았다. 그는 나에게 조금 부담스러운 상대였다. 나는 동생의 행방에 희망을 걸고 있었지만 그의 아들은 이미 죽고 없었다. 그런 그에게 대체 무슨 말을 할 것인가. 마음이 무거웠다. 그러나 언젠가는 만나야 할 사람이었다. 계획보다 조금 일찍 만난 것뿐. 그에게 물었다.

"범인을 찾고 계신 건가요?"

"네."

"경찰 쪽에서는 뭐라고 하던가요?"

"모르겠어요. 제대로 된 정보를 주려 하지 않아요."

"이 일에 대해서는 얼마만큼 알고 계신 거죠?"

그가 고개를 저으며 나를 바라보았다.

"모릅니다. 주먹구구식으로라도 부딪쳐볼 생각이에요. 그런 의미에서 저는 윤장이 학생을 만나야만 해요. 선이 씨의 도움을 구하고 싶은 것도 그 때문이고요."

"도움이요?"

"정보 공유가 이루어졌으면 좋겠어요. 함께 조사를 하면 같은 일을 반복하지 않아도 되니 시간도 훨씬 절약되겠죠. 장이 학생을 찾는 일 역시 촌각을 다투는 일이라고 생각하는데요."

나쁘지 않은 제안이었다. 그러나 나는 그날 그를 처음 만났다.

"제가 서해순 씨를 어떻게 믿죠?"

"믿을 필요는 없어요. 나도 당신을 못 믿는걸요. 제 기본적인 신원은 김경희 형사님이 보증해주실 겁니다. 제 말은, 각자의 목적을 향해 가자는 겁니다. 저는 윤재를 누가 죽였는지 알아야 하고, 선이 씨는 장이 학생을 찾아야 해요. 이 두 사건은 공교롭게도 같은 날, 같은 시기에 일어났어요. 그래서 헛다리를 짚으며 시간을 낭비하지 말고 정보를 공유하자는 겁니다. 경찰이 정보를 나눠주면 좋겠지만 그들은 아마 그렇게 하지 않을 거예요. 그래야 할 이유도 없고요. 선이 씨와 저는 각자가 할 수 있는 선에서 협력을 하는 수밖에 없어요."

합당한 말이었다. 그럼에도 불구하고 그의 제안이 썩 와닿지 않았다. 내가 대답을 하지 않자 해순이 나를 바라보며 물었다. 생각했던 것보다 훨씬 더 날카로운 눈이었다.

"윤장이 학생이 범인일까 봐 그런 건가요?"

나도 모르게 그를 노려보았다. 내가 무시하려 했던 불안을 그는 정확하게 지적하고 있었다. 만에 하나, 장이가 사건의 용의자임이 분명해진다면 나는 가장 위험한 사람을 옆에 둔 것이 된다. 그런 위험 부담을 안고 그와 협력해야 할 필요가 있을까. 해순이 말했다.

"장이 학생이 범인이라고 생각하나요?"

"함부로 말하지 마세요."

"그녀가 분초를 다투는 위험에 처해 있는 거라면?"

"그건 저와 경찰이 걱정해야 할 문제겠죠."

해순이 화가 난 얼굴로 나를 바라보았다. 나 역시 그의 눈을 피하지 않았다. 그리고 깨달았다. 그의 얼굴 자체가 내 불안을 자극하고 있었다. 그와 함께 있으면, 장이가 했을지도 모르는 살인에 대해 나는 끊임없이 의심하고 생각해야만 할 것이다. 그 상황이 나를 괴롭힐 거라는 사실을 알고 있었다.

그러나 동생을 찾는 일이 그것을 무시한 채 이루어질 수 있는 호락호락한 일인가? 아마도 아닐 터였다. 부서지지 않을 믿음이 있다면 좋았겠지만 나는 오랫동안 동생과 만나지 못했다. 확신에 차서 '장이는 살인을 하지 않았어!' 하고 외치기에는 그녀와 내 관계가 너무나도 소원했다. 그렇다면 오히려 가능한 모든 상황을 염두에 두어야 하는 건지도 모른다. 그 안에서 돌파구를 찾는 편이 나을지도 모른다.

해순은 고집스럽게 나를 바라보고 있었다. 그래서 나도 피해갈 수 없는 질문을 던졌다.

"만일 제 동생이 아드님을 죽인 거라면 어떻게 하실 거죠?"

고개를 숙인 채 말이 없던 그가 입을 열었다.

"모르겠어요. 목숨을 걸고 복수하려 들겠죠."

나는 고개를 끄덕였다. 소용이 없는 말이라는 것을 알면서도 덧붙였다.

"참고로 말하면 아까 차 안에서 있었던 일들은 전부 녹음했어요. 지금도 그렇고."

해순이 코웃음을 치며 말했다.

"마음에 드네요."

어떤 식으로 조사를 진행해왔느냐는 내 물음에 해순은 당시 사건 현장에 있었거나, 윤재와 원한 관계가 있는 사람들을 만나 실마리를 모으고 있다고 말했다. 이전에는 고정권의 친구인 이수혁을 만났지만 별다른 정보를 얻을 수 없었다, 그래서 이범준을 찾아왔다고 말이다.

"별다른 진척은 없어요. 범인은 범행을 위장하기 위해 윤재를 15층 아파트 옥상에서 떨어뜨렸어요."

"CCTV는요?"

해순은 고개를 저었다.

"계획적으로 카메라가 없는 곳을 찾아간 것 같아요. 철거를 앞둔 아파트였습니다. 목격자도, CCTV도 없어요."

"자살일 수도 있지 않나요?"

내 질문에 해순의 눈이 순간 빨개졌다. 분노 때문인지 슬픔 때문인지 알 수 없었다. 그가 나를 바라보며 말했다.

"범인은 아마 모르고 있었겠죠. 윤재는 심한 고소공포증이 있었어요. 녀석은 육교도 제대로 오르지 못해서 한동안 정신과 치료를 받았습니다. 그런 아이가 투신을 했다고 보기는 어렵죠."

"아까 그 사진을 볼 수 있을까요?"

해순은 무표정한 얼굴로 아들의 사체 사진을 내밀었다. 그것을 수천 장 가지고 있다는 말이 거짓이 아닌 듯했다.

"이건 어디서 난 거죠?"

"훔쳤습니다."

어디에서 훔쳤느냐고 묻기도 겁이 났다.

사진을 바라보았다. 얼핏 보았던 사진임에도 그것을 마주했을 때는 구역질이 치밀어 올랐다. 눈을 질끈 감았다. 사진 속에는 푸른빛의 남자아이가 뇌 속을 드러낸 채 쓰러져 있었다. 두피가 충격에 의해 완전히 박탈되고 만 것이다. 그 안으로 빨갛고 물컹한 인간의 진짜 속살이 무방비하게 그 모습을 과시하고 있었다. 해순은 고저 없는 목소리로 사진을 설명했다.

"추락 과정에서 탈뇌가 됐고요. 두피 안쪽에서 초록색 시멘트가 발견됐습니다. 사고 현장에서는 초록색 시멘트가 발견되지 않았어요. 법의관의 말에 의하면 다른 곳에서 1차 충격을 얻은 후 아파트로 옮겨졌다고 하더군요. 뇌 좌상이 두 개라고요. 범인은 아마도 윤재가 1차 피해 때 죽었다고 판단한 후 그를 아파트로 데려간 모양이지만 완전히 죽은 건 2차 충격 때라고 합니다. 살 기회가 있었다는 거죠."

"초록 시멘트요?"

"네, 제1 사건 현장에서 묻은 것이죠. 수사 결과, 그 장소가 장이네 집 옥상이라는 사실이 밝혀졌고요. 살인사건이 일어나기 전에 옥상에 페인트칠을 했는데 그게 마르지 않은 상태였던 거죠."

"이게 장이가 사라진 그날 일어난 일이란 말이죠?"

"네."

나는 물끄러미 사체의 사진을 내려다보았다. 정보 공유라고 한다면, 그에게 집 안에 있던 CCTV와 내 가정사에 대해서도 이야기를 해야 하는 것일까. 그에게 내가 아는 것을 어디까지 이야기해야 하는지 가늠이 잘 되지 않았다. 나는 우선은 입을 다물기로 했다. 짐작일 뿐이지만 남자 역시 내게 말하지 않은 사실이 있었다.

해순이 손목을 들어 올려 시간을 확인했다. 밤 11시를 향해 가고 있었다.

"더 자세한 이야기는 나중에 하도록 하죠. 차에 탑시다."

"고정권은 처음 보는 건가요?"

"네, 며칠 동안 집 앞에 잠복을 해도 녀석을 만날 수가 없었어요."

"경찰 쪽에서도 찾고 있겠군요."

해순이 자동차 열쇠를 꺼내들었다. 나는 그에게 손을 내밀었다. 아직 완전히 그를 믿는 게 아니었다. 해순이 열쇠를 내게 던졌다. 그가 조수석에 타며 중얼거렸다.

"경찰들보다 녀석을 빨리 만났으면 좋겠는데……."

"그것도 그렇지만 대체 왜, 무슨 동영상을 필요로 하는지 알고 싶네요."

해순이 고개를 끄덕였다. 시동을 걸었다. 긴 밤이 시작되고 있었다.

* * *

해순은 가방에서 소년의 증명사진 한 장을 꺼냈다.

"고정권입니다. 이걸로라도 확인하세요."

고정권은 콧대가 높고 얼굴이 긴 소년이었다. 진한 속눈썹 때문에 작고 차가운 눈이 두드러져 보였다. 길고 두꺼운 목은 사진에 나오지 않은 그의 몸이 크고 다부질 거라는 걸 짐작케 했다. 이게 열일곱 살 소년이라고? 이런 남자아이를 상대해야 한다고? 오싹 소름이 끼쳤다. 늦은 밤, 그를 알아볼 수 있을지도 걱정이었지만 알아본다 하더라도 과연 그에게 원하는 이야기를 들을 수 있을지 의문이었다.

"그가 순순히 우리와 이야기하려고 할까요?"

"모르죠."

"경찰에 연락을 해둬야 하지 않을까요."

"우선은 상황을 지켜봅시다. 바깥에서 보기에 위험한 상황인 것 같으면 선이 씨가 알아서 해주세요."

"알겠습니다. 고정권이 선선히 대화를 하려 할지 걱정이네요."

"거짓말을 합시다. 우리에게는 이범준이 맡긴 동영상이 있는 겁니다. 그게 우리 손에 있는 한 녀석도 쉽게 대화를 포기할 수 없을 거예요. 그 영상이 뭔지 모르겠지만."

해순이 차에서 내렸다.

"연락하겠습니다."

"네, 40분에 정문으로 갈게요."

해순이 고정권과 대면하면 나는 차 안에서 그들을 지켜보기로 했다. 만에 하나 고정권을 뒤쫓아야 할 일이 있을지도 몰랐다. 그럴 시에는 내가 빠른 추적원이 되어야 했다. 약속 시간까지 사십 분가량의 여유가 있었다. 나는 학교를 돌며 그 주변을 탐색했다. 근처의 지리를 파악해둘 필요가 있었다.

학교는 본관 시계 등을 켜둔 상태였다. 그러나 빛은 희미했다. 서늘한 어둠이 근처 어디선가 끊임없이 울컥울컥 솟아오르고 있는 것만 같았다. 어슴푸레하게 보이는 운동장 한 켠에는 양궁 과녁들이 버려져 있었다. 양궁으로 이름을 날리는 학교였다. 어릴 적 그곳을 지나다닐 때마다 양궁부 소년 소녀들이 활을 쏘는 걸 멀리서 지켜보던 기억이 났다. 동네 어른들은, 그곳에 잘못 들어갔다가는 활에 꿰여 죽을 테니 절대 들어가지 말라고 당부하곤 했다.

조부모를 따라가지 않았다면 나 역시 그 고등학교에 입학했을 터였다. 내가 중학교 1학년 때는 동생이 초등학교 1학년, 내가 고등학교 1학년 때는 동생이 초등학교 4학년, 내가 성인이 되었을 때야 동생은 비로소 중학교에 입학했을 것이다.

계속 함께 살았다 하더라도 우리는, 크게 말이 통하는 사이가 되지는 않았을 것이다. 고등학생과 초등학생이 공유할 수 있는 대화에는 한계가 있었다. 그러나 그렇게 함께했을 수도 있는 작은 시간들이 있었다. 그 시간들을 나는 전부 놓쳤다. 아니 버렸다.

학교를 보니 잊고 있던 기억들이 떠올랐다. 내가 친구들과 놀고 있을 때마다 학교 앞까지 마중 나와 우리를 지켜보던 동생의 모습이라든가, 내 친구들의 관심을 사려고 기를 쓰던 그녀의 행동들 말이다. 나는 그럴 때마다 동생이 짜증스러워 견딜 수 없었다. 나는 '너는 내 것을 전부 다 빼앗아 갈 속셈이야?' 하고 매몰차게 동생을 떨쳐냈었다.

해순으로부터 정문에 있다는 문자가 도착했다. 나는 고정권의 사진을 다시 들여다보았다. 그는 이범준과는 다를 것이다. 고정권은 더 악질이고, 더 교활할 터였다. 그렇지 않은 이상 열일곱 살 소년이 포르노를 찍어 유포할 계획을 짜기란 쉽지 않았다.

일반화인지는 몰라도, 학창 시절이든 성인이 되어서든 그런 인간들은 늘 있었다. 그들은 언제나 주변 사람들을 조종해 이익을 취하고 본인의 지배력을 과시하려 들었다. 그 수단이 타인을 벌거벗기고 상처 입히는 방식일지라도 말이다. 그런 인간을 만났을 때 나는 어땠냐 하면, 숨을 죽인 채 그들과 얽히지 않는 걸 선택하는 쪽이었다. 선택이라고 말하기도 무색할 정도로 몸과 마음을 웅크린 채 말이다. 그런데 동생은 그에게 붙들려 험한 일을 당한 채 달아났다.

원한 관계는 분명했다. 그럼에도 나는 두려움과 무력감을 느꼈다. 고정권 같은 종류의 인간과 부딪쳐 과연 무엇을 할 수 있을 것인가.

그때 전화벨이 울렸다. 해순이었다.

"이리로 와주세요!"

그의 목소리가 다급한 상황을 떠올리게 했다. 약속 시간까지는 십 분이 남은 상태였다. 나는 황급히 정문으로 차를 몰았다. 그곳에서 내가 본 것은 뜻밖의 상황이었다.

내가 도착하자, 피투성이가 된 해순이 나를 돌아보았다. 그는 배를 잡은 채로 넘어져 있었다. 주변에 있는 빛이라곤 정문 조명뿐이었다. 언뜻 봐서는 그가 어떤 상태인지 알 수 없었다. 그는 배에 자상을 입은 듯했다. 그곳에서 상당량의 피가 흘러나오고 있었다. 갈라진 피부 밑으로 희끗희끗한 것이 보였는데 어쩌면 그것은 뼈인지도 몰랐다. 내가 급히 차에서 내리자 해순이 고개를 저었다.

"무슨 일이에요!"

"안 돼요! 쫓아가. 고정권을 쫓아!"

해순의 곁에는 피가 묻은 칼과 헬멧, 검은 백팩이 버려져 있었다. 정문에 붙어 있던 나무 현판은 땅에 떨어져 반으로 갈라진 채였다. 해순의 등 뒤로 오토바이 한 대가 요란한 엔진음을 내며 멀어지는게 보였다. 해순이 외쳤다.

"차에 타! 오토바이를 쫓아요!"

오토바이를 타고 있는 게 고정권이니 그를 쫓으라는 말인 듯했다. 나는 잠시 멀어지는 오토바이를 바라보았다. 그러나 다친 사람을 버려두고 갈 수는 없었다. 내가 차 문을 닫고 해순에게 다가가자 그가 외쳤다.

"뭐 하는 거예요!"

"119를 부를게요."

해순이 나를 노려보았다. 그를 무시한 채 휴대전화를 꺼내 들었다. 해순이 배를 막고 있던 손을 들어 내 손을 잡았다. 상처가 열리자 더 많은 피가 흘러나왔다. 나도 모르게 그의 가슴에 손을 얹었다. 그의 가슴을 누르며 누우라고 외쳤다. 해순이 고개를 저었다.

"내가 구조대원이에요."

"무슨 말이죠?"

"내가 119 구조대에서 일한다고요."

"구조대원도 스스로를 구하지는 못해요."

"고정권을 쫓아가! 내 말 들어요!"

"싫어요."

"지금 그를 잡지 않으면 동생의 행방을 알 수 없다고요!"

해순과 잠시 눈이 마주쳤다. 그는 내 혼란을 눈치챈 듯 고개를 숙였다. 오토바이는 이미 사라지고 없었다. 우리는 피투성이가 된 서로를 마주 보았다.

* * *

김경희 형사는 신경질적으로 딸깍이던 펜을 책상에 던졌다.

"대체 둘이 뭘 하고 돌아다니는 겁니까?"

해순과 내가 말을 하지 않자 그녀는 팔짱을 낀 채 우리를 노려보았다.

다행히도 해순은 무사했다. 출혈 때문에 치명상이라고 오해했으나 상처는 생각보다 크지 않았다. 내부손상이 없고 응급처치가 잘된 덕분에 피부를 봉합하는 수준으로 치료는 마무리가 되었다. 의사는 해순에게 병원에서 며칠 안정을 취할 것을 권했다. 그러나 해순은 부득불 퇴원을 하겠다고 우겨 붕대에 손을 얹은 채 김경희 형사와 대치하고 있는 중이었다. 김경희 형사가 말했다.

"어제 이범준 학생의 어머니로부터 연락이 왔어요. 흥분한 상태로요. 왜인지 아세요?"

해순이 시치미를 떼며 물었다.

"왜죠?"

"이범준이 벌거벗은 채로 집에 돌아왔다는군요."

"괴한을 만난 건가요?"

"정말 모르는 일입니까?"

"네, 모르는 일인데요."

"이범준 학생의 말에 의하면 어제 젊은 남녀를 만났다고 했답니다."

나도 모르게 어깨를 움찔했다. 김경희 형사가 나를 바라보았다.

그녀의 눈을 피했다. 될 수 있는 한 발뺌을 해볼 생각이었다. 나는 실수를 만회하기 위해 입을 열었다.

"젊은 남녀요? 저희를 의심하시는 건가요?"

"달리 의심할 만한 사람들이 있는지 모르겠네요."

"괜한 의심입니다."

김경희 형사는 한숨을 내쉬었다.

"윤선이 씨, 서해순 씨."

나는 말없이 그녀를 바라보았다. 해순은 붕대에 손을 얹으며 고개를 돌렸다.

"이범준 학생이 젊은 남자와 여자를 만났다고 한 건 제 거짓말이에요. 이범준은 어제 새벽, 집으로 돌아온 후 아무 말도 하지 않고 있어요. 지금은 병원에 입원한 상태고요. 어머니의 말에 의하면 그는 팔에 골절상, 치아 파손, 게다가 온몸에 타박상을 입었더군요."

해순이 말했다.

"형사가 이런 식으로 유도신문을 해도 되는 건가요?"

"말장난 그만합시다. 두 분이 원하는 게 이런 건가요?"

해순이 형사를 노려보았다. 그가 말했다.

"원하는 게 고작 이거겠어요?"

김경희 형사가 한숨을 쉬며 고개를 저었다.

"이봐요. 두 분이 이러는 건 사건 조사에 아무런 도움도 되지 않아요. 분노하지 말라는 말이 아닙니다. 이쪽도 최선을 다하고 있다는 식의 말도 하지 않겠어요. 다만, 두 분이 이러는 게 방해가 돼요. 저희는 범인을 잡고 싶은 거지, 애꿎은 당신들을 범죄자로 만들고 싶은 게 아닙니다. 감옥에 가고 싶어서 이러는 겁니까? 이런 식의 경고도 이번이 마지막일 거예요. 제 말 새겨들어요."

해순은 책상 모서리에 시선을 둔 채 말이 없었다.

김경희 형사가 다시 입을 열었다.

"확인 절차가 필요하니 다시 묻겠습니다. 윤선이 씨부터 시작하도록 하죠. 서해순 씨는 잠시 바깥에서 대기해주세요."

해순은 물끄러미 김경희 형사를 바라보다 밖으로 나갔다.

형사는 양손을 깍지 낀 채 잠시 그것을 내려다보았다. 그러다 고개를 들어 나무라듯 나를 바라보았다. 마치 불량 청소년을 보는 듯한 눈초리였다.

"서해순 씨와 돌아다니고 있는 줄은 몰랐네요. 대체 둘은 어떻게 만난 겁니까?"

"연락이 닿았어요."

"연락이 닿았다고요. 서로 만나서 뭘 하려고."

그녀는 한숨을 쉬며 고개를 저었다. 그리고 다시 입을 열었다.

"둘은 어떻게 만나서 학교에 가게 된 겁니까?"

나는 고개를 숙였다. 그 이야기를 하려면 이범준과 만난 이야기부터 해야만 했다. 그럴 수는 없었다. 나는 해순과 맞춰둔 대로 거짓말을 반복했다.

"해순 씨가 저에게 연락을 해왔어요. 사라진 동생을 함께 찾아보자고요. 그래서 학교에 가보기로 한 겁니다. 실마리라도 얻고 싶은 마음에요. 그런 사고를 만나리라고는 생각지 못했어요. 믿지 않으셔도 별 수 없습니다."

"두 분은 차에 타고 있었고요. 누가 먼저 차에서 내렸나요."

"해순 씨요."

“시각은?”

“11시 20분쯤.”

“선이 씨는 뭘 하고 있었고요?”

“주차를 하기 위해 차를 몰고 있었어요.”

“차 주인은 서해순 씨 아닌가요?”

“말씀드렸잖아요. 같이 활동하기 위해서는 운전에 익숙해질 필요가 있다고 생각했다고.”

“처음 만난 분들이 서로에게 운전대를 맡기다니 신기하네요.”

“상황이 상황이다 보니까.”

“무슨 상황?”

“몰라서 물으시는 건가요?”

“정문에 도착한 시각은?”

“11시 32분.”

“그때 본 상황에 대해 다시 이야기해보도록 하죠.”

내가 같은 말을 반복하자 김경희 형사는 또다시 신경질적으로 볼펜을 두드리기 시작했다.

“결국 그 전에 무슨 일이 있었는지는 보지 못한 거군요. 목격자는 서해순 씨뿐이고요. 아이는 홀로 학교 정문을 들이받았다, 무턱대고 서해순을 찌르고 달아났다. 이게 서해순 씨의 주장이죠.”

"네."

김경희 형사는 내게 진술서를 건넸다. 서해순이 작성한 것인 듯했다.

서해순 : 시간은 11시 25분쯤이었고 전 정문 앞으로 걸어가고 있었습니다. 그때 오토바이를 탄 남자가 저한테 질주해왔어요. 학교 앞인데 지나치게 속도를 낸다고 생각했습니다. 그런데 자세히 보니 고정권이었어요. 얼굴은 겁에 질려 있었습니다. 마치 누군가에게 쫓기고 있는 것처럼.

형사 : 쫓기고 있던가요?

서해순 : 모르겠어요.

형사 : 뒤쫓아오던 사람이 있었습니까?

서해순 : 아니요, 오토바이를 탄 그 아이가 자꾸 뒤를 돌아보더군요. 그래서 누군가로부터 도망치는가 보다고 짐작했을 뿐입니다.

형사 : 그 다음은요?

서해순 : 그저 질주해왔습니다. 그 아이는 저를 봤어요. 저도 그 아이를 봤고요. 그 아이가 깜짝 놀라더군요. 우리는 처음 만나는 것이었는데 왜 그렇게 놀랐는지 모르겠습니다. 그는 오토바이를 돌려 왔던 길을 되돌아가려고 했습니다. 저는 아이를 붙들 생각이었고요. 그렇지 않나요? 우연이라지만 겨우 만난 아이를 돌려보낼 수는 없는 일이잖아요. 그런데 오토바이가 뜻대로 되지 않

는 것 같더군요. 급발진 상태인 듯했어요. 그는 당황했고 오토바이는 2차선 도로를 넘었어요. 그는 거기에 매달린 채 학교와 충돌했어요. 저는 그에게로 다가갔습니다. 그가 칼을 꺼내 저를 찌르더군요. 그리고는 급히 오토바이에 올라탔습니다.

형사 : 고정권이 서해순 씨에게 왜 그렇게 과잉 반응을 보인 건가요?

서해순 : 저야 모르죠.

형사 : 현장에 다른 물건은 없었나요?

서해순 : 없었습니다.

김경희 형사가 나를 물끄러미 바라보며 물었다.

"정말로 학교에 간 게 우연인가요?"

"네."

"일을 번거롭게 만드는군요. 조사를 하면 곧 나올 텐데."

내가 대답을 하지 않자 형사가 다른 질문을 던졌다.

"서해순은 그때 고정권을 처음 봤다고 주장하고 있어요. 사실인가요?"

"네, 그렇게 들었어요."

"선이 씨는요?"

"저 역시 처음이에요. 본 건 뒷모습뿐이지만."

"달아나던 남자의 얼굴은 보지 못했고요?"

"네."

"그게 고정권이 아닐 거라는 생각은 해보지 않았나요?"

형사는 무슨 말을 하려는 걸까. 나는 입을 다물었다. 그녀가 말했다.

"목격자인 서해순 씨의 증언은 미심쩍은 구석이 많아요."

"형사님 말씀대로라면 오토바이를 탄 남자는 누구죠?"

"여러 가지 가능성이 있을 수 있다는 말이에요. 조사를 해봐야 되겠죠."

김경희 형사가 나를 물끄러미 바라보았다. 그녀가 말했다.

"마지막으로 하고 싶은 말은 없나요?"

"형사님은요? 제가 진척사항을 알 수 있을까요?"

"저로서는 아무것도 말씀드릴 수 없어요. 더 이상의 개입은 허락하지 않을 겁니다. 이범준 학생 일도 그렇고, 이번 건은 곤란하게 됐어요. 정말 곤란합니다. 대체 왜 서해순 씨랑 같이 움직이는지 모르겠군요."

"그렇게 말씀하신다면 저도 할 말이 없어요."

"흠, 그래요. 하고 싶은 말이 생기면 연락하세요."

김경희 형사는 걱정된다는 얼굴로 나를 지그시 바라보았다.

* * *

1. 고정권은 누군가에게 쫓기고 있었다.

2. 고정권은 이범준을 만나 '동영상'을 받으려고 했다.

3. 고정권은 원하던 바를 이루지 못한 채 서해순을 찌르고 달아났다.

이 상황에 대해서는 여러 가지 질문을 던져볼 수 있었다.

1. 고정권을 쫓던 자는 누구인가?

2. 고정권은 '동영상'을 왜 필요로 한 건가?

3. 고정권은 서해순을 왜 찔렀나?

4. 고정권이 요구한 '동영상'은 대체 뭔가?

이틀 만에 본 해순은 좀 더 수척해져 있었다. 카페에서 만날까 하다 약속 장소를 죽집으로 잡았다. 내가 걱정할 일은 아니지만 어쩐지 그가 밥을 먹고 있다는 느낌이 들지 않았다. 나 역시 그랬으므로 그가 어떤 상태인지 조금은 알 것 같았다.

"먹죠."

그가 푸석해진 얼굴을 비볐다.

"지난번에 소리를 질러서 미안했습니다. 고정권을 놓친다는 생각에 제정신이 아니었어요."

"생각을 해봤는데요."

"네."

"해순 씨가 말을 거니까 고정권이 무턱대고 칼을 휘둘렀다고 했죠?"

"그랬죠."

"그런 거라면, 고정권이 해순 씨를 누군가로 착각한 게 아닐까요?"

"일리 있는 말이네요."

"자신을 위협하는 누군가로 말이죠."

"그렇다면, 그게 누굴까요?"

"모르죠. 어쨌거나 고정권은 쫓기고 있었고, 그 상대가 그에게 동영상을 요구해온 건지도 몰라요. 그래서 그렇게 급히 영상을 찾은 거고. 고정권 가방 안에는 뭐가 있었죠?"

"윤재 노트북이요. 그것마저 빼앗았던 모양입니다."

"뭐가 들어 있던가요?"

"락이 걸려 있어요."

"그렇군요."

해순은 턱을 괸 채 생각에 잠겼다. 그리고는 잠시 자신의 상처를 내려다보았다. 그가 말했다.

"실마리를 어디서 찾아야 할지 모르겠어요."

해순은 조금 위태로워 보였다. 그럴 만도 한 것이 눈앞에서 고정권을 놓쳤다. 유력한 살인 용의자이자 실마리를 말이다. 살인사건을 제외한다 하더라도, 해순에게는 고정권에게 갚아야 할 개인적인 원한이 있었다. 그건 나 역시 마찬가지였다. 내가 물었다.

"잠은 좀 잤어요?"

"매일 밤마다 생각해요. 설마 이런 밤들이 계속되는 걸까. 정말로 이것밖에 남지 않은 걸까. 만약 살인범을 찾으면 어떻게 되는 걸까. 그걸로 다 해결이 되는 건가."

나와 같았다. 나는 성장한 장이의 얼굴을 영상과 사진을 통해 알고 있었다. 그러나 동생은 꿈속에서는 늘 어린아이의 얼굴로 등장했다. 이상한 말이지만 나는 꿈에서 만나는 그녀가 무서웠다. 반가우면서도 무서웠다. 그래서 겁에 질린 목소리로 '장이야! 내내 널 찾았어' 하고 중얼거리곤 했다.

그나마 그 말을 할 때도 있었고 하지 못할 때도 있었다. 그러면 장이는 표정 없는 얼굴로 나를 물끄러미 바라보았다. 나는 동생에게 다가가야 한다고 생각했지만 좀처럼 그럴 수 없었다. 우리 사이에는 늘 일정 간격의 거리가 있었다.

그러다 꿈에서 깨곤 했다. 나는 식은땀을 흘리고 있었고 나도 모르게 '악몽을 꿨어' 하고 중얼거렸다. 그게 왜 악몽인가. 나는 장이를 만난 게 악몽인지 그녀에게 다가갈 수 없었던 게 악몽인지 잘 모르겠는 상태로 검은 천장을 올려다보곤 했다.

"저는 동생의 실물을 한번 봤으면 좋겠어요. 그러면 조금 더 많은 것들이 명확해질 것 같아요. 제가 기억하는 건 어렸을 때의 동생뿐이에요."

"같이 살지 않았나요?"

"네, 내내 떨어져 살았어요."

"우스운 건 뭔지 알아요? 저는 윤재랑 내내 함께 살았어요. 그런데 저 역시 그 아이가 어렸을 때의 얼굴밖에 기억나지 않아요. 아이 엄마가 죽고, 우리는 그다지 사이가 좋지 않았어요. 그 아이는 제 얼굴을 잘 쳐다보지 않았고요. 그런데 생각해보니까 저도 그랬더군요."

"부인은 어쩌다 돌아가신 거죠?"

"사고였어요. 아이 엄마가 높은 곳에서 떨어졌습니다. 옆에는 윤재가 있었고요. 그런 애가 높은 곳에 올라가서 자살을 했다고요?"

해순이 공허하게 웃었다.

그가 입을 열었다.

"우선은 장이를 찾아야 해요. 적어도 그녀는 시체로 발견되지는 않았으니까. 그 아이를 찾는 게 저에게도 가장 빠른 길이 아닌가 싶어요."

"어떤 방법으로 접근하실 생각이죠?"

"장이 주변을 탐색해야 되겠죠. 그리고 고정권이 말한 동영상이 뭔지 찾아볼 생각이에요."

"어떻게요? 그게 무슨 영상인 줄 알고?"

"무작정 찾아볼 생각이에요. 다만 걱정인 건 동영상을 찾는 게 사건과 아무 관련이 없는 일이면 어쩌나 하는 거예요. 윤재는 괜찮아요. 이미 죽었으니까. 그런데 장이 학생을 찾는 건 촌각을 다투는 일이란 말이죠."

나는, 아들은 이미 죽어서 괜찮다고 말하는 그의 속내가 가늠이 잘 되지 않았다. 대체 무슨 마음으로 그런 이야기를 하는 걸까.

망설이다 입을 열었다.

"동영상이라고 해서 자꾸 걸리는 게 있는데요."

나는 간략한 과거와 여태 내가 알아낸 사실들을 해순에게 이야기했다. 장이가 〈밀리언달러 키즈〉로 치렀던 유명세, 동생이 오랫동안 혼자 살아온 것, 집에서 CCTV가 발견된 것, 그 이전 영상들은 모두 삭제되어 있더라는 사실을 말이다. 해순은 하얗게 질린 채 중얼거렸다.

"끔찍한 이야기네요."

그랬다. 끔찍한 이야기인 게 맞았다. 그러나 아마 동생에게는 그런 끔찍함이 일상이었을 것이다. 나는 그녀에게 그 일상을 쥐여준 사람 중 하나였다. 해순에게 말했다.

"이 말을 한 다른 이유는 없어요. 집에서 녹화된 영상이, 고정권이 찾던 동영상과 관련이 있다고 할 수 있을까요?"

"김 형사님한테 이 말을 했나요?"

"네, 수사 중인 걸로 알아요."

해순이 고개를 끄덕였다. 그가 물었다.

"앞으로 어떻게 하실 건가요?"

"동생이 어떻게 살았는지 알아야겠어요. 카메라들은 대체 언제부터 어떻게 설치가 됐는지, 그 후 동생의 삶은 어땠는지, 그 아이가 갈 만한 곳은 어디인지, 어떤 생각을 품고 살아왔는지, 장이는 대체 어떤 아이인지, 주변에 누가 있었는지, 실마리가 될 수 있는 건 전부 뒤져볼 생각이에요."

다만 걱정이 되는 건 시간이 없다는 사실이었다. 달리 도움을 받을 만한 곳도 없었다.

가만히 나를 바라보던 해순이 물었다.

"뭐부터 시작하면 되죠?"

"집에 언제 CCTV가 설치됐는지부터. 그럼 누가 그런 짓을 한 건지도 알게 되겠죠."

* * *

동생과 집에서 살았던 마지막 일 년 동안, 나는 정말 추하고 불쌍한 인간이었다. 열세 살의 나는 그곳에서 내내, 동생이 죽어버렸으면 좋겠다고 생각했다. 장이가 실수로 무인도에 홀로 낙오되거나, 짐승에게 잡아먹히는 상상을 했다. 그 망상 속에서 나는 동생을 구하기도 했고 내팽개치기도 했다. 그러나 그 안에서 중요한 것은 동생의 목숨이 아니었다.

그곳에는 늘 카메라가 있었다. 그것이 나를 비췄다. 나는 카메라를 등진 채 벼랑에 매달려 발버둥을 치는 동생을 바라본다. 그때의 그녀는 아무것도 아니다. 내게 살려달라고 외치는 작고 어린 여자아이일 뿐이다. 나는 동생에게 달려가 그녀의 손을 잡는다. '잡아! 언니가 너를 구하려고 왔어!' 하고 말이다. 카메라가 그런 나의 모습을 빠짐없이 담는다. 그러나 나는 카메라 따위는 신경도 쓰지 않는다. 그게 있다는 사실도 알지 못한다. 그럼에도 불구하고 동생을 구한다. 장이가 했던 것과는 다르게 말이다.

동생을 구하지 못하는 경우 역시 매우 극적이다. 내가 동생의 손을 잡고 달리지만 그녀는 겁에 질린 상태고, 발이 느리다. 그래서 결국 나와 속도를 맞추지 못한 채 넘어지고 만다. 그때 이구아나가 우리의 등 뒤에서 튀어나온다. 어디에서 등장한 이구아나인지는 모르겠지만. 그것이 거대한 입을 벌려 장이의 머리를 으깨버린다. 동생은 비명을 지르며 살려달라고 외친다. 나는 망설임 없이 이구아나에게 달려든다. 그러나 역부족이다. 나는 울부짖는다. 동생을 구하지 못한 언니의 슬픔이 내 비명에 어린다. 그때 아버지와 어머니가 나타난다. 그들은 땀과 검댕이에 절은 나를 끌어안는다. 그리고 '괜찮아. 넌 최선을 다했어. 네가 살아남아서 우리는 너무 기쁘단다' 하고 말한다. 그러나 나는 울음을 멈추지 않는다. 동생을 구하지 못한 비극이 내 얼굴에 새겨진다. 그 모습 역시 카메라가 샅샅이 담고 있다. 나를 클로즈업한다. 거기에 장이는 없었다. 그런 비굴한 망상만을 거듭했던 시절이 있었다.

먼 과거에서부터 시작을 하기로 했다. 동생이 방치된 때부터 현재로 시간을 거슬러 올라올 생각이었다. 그러다 보면, 분명 균열을 찾을 수 있을 것이다. CCTV가 없던 때와 있던 때, 그러니까 그녀가 누군가에게 감시 당하기 이전과 이후의 균

열 말이다. 그 균열을 파고들어가 카메라 너머에 존재하는 눈을 찾아낼 생각이었다. 그 눈알을 찾아내서 손아귀에 움켜쥘 것이다. 움켜쥔 후에는, 그 이후의 일은 나도 모른다.

그러기 위해서는 장이가 방치된 정확한 시기를 알아야만 했다. 아버지는 칠 년 전부터 요양원 생활을 했다. 내가 집을 떠난 것은 십 년 전이었다. 그러니까 장이에게는 이삼 년의 공백이 있는 셈이었다. 그녀의 삶을 재구성해야 한다면 시작점은 그때가 될 터였다.

나는 교육청 콜센터에 전화를 걸었다. 그리고 '스승 찾기' 상담에 연결을 요청했다. 나는 당시 장이를 담당했던 선생님을 만나 동생에 대해 기억할 만한 특이사항이 있는지, 아버지는 언제 완전히 사라진 건지 정보를 수집할 생각이었다.

장이가 다녔던 초등학교와 입학년도를 이야기하자 잠시 기다리라는 대답이 돌아왔다.

샤워를 한 후 다시 장이의 책장을 뒤지기 시작했다. 그때 교육청에서 연락이 왔다. 입학 당시 장이를 맡았던 담임이 자신의 개인정보를 밝히길 거부했다는 이야기였다.

"저와 만나고 싶지 않다는 말인가요?"

"네, 그렇다고 봐야죠."

"급한 일입니다. 어떻게 안 될까요?"

"당사자가 거절 의사를 밝힌 것이기 때문에 다른 방법이 없어요. 본인의 동의 없이는 그분의 정보를 알려 드릴 수가 없습니다."

이상한 일이었다. 통화를 마친 후 곰곰이 생각하다 컴퓨터 앞에 앉았다. 상대가 거부 의사를 표해온 것이 오히려 좋은 신호로 여겨졌다. 장이의 담임은, 나쁜 기억일지언정 당시의 동생을 기억하고 있는 것이다. 담임을 불쾌하게 만든 그것이 무엇인지 당사자에게 묻고 싶었다. 그러기 위해서는 담임의 정보를 내 쪽에서 알아내야만 했다.

그때 휴대전화가 울렸다. 모르는 번호였다. 날이 선 여자의 목소리가 귀를 때렸다.

"윤장이?"

"누구시죠?"

"네가 나를 찾는다는 말을 들었다."

"잠시만요."

"무슨 꿍꿍이인 거니? 나를 찾는 이유가 뭐지?"

"장이 예전 담임선생님이신가요?"

상대는 한동안 말이 없었다.

"누구시죠? 윤장이 연락처인 줄 알았는데요."

"장이 언니입니다. 도움을 청할 일이 있어서 선생님을 찾았습니다."

"도움이요?"

"네, 선생님을 찾아뵙고 말씀드리고 싶은데 가능할까요?"

상대는 말이 없었다.

"장이가 위험에 처했어요. 선생님 도움이 필요합니다."

"위험이라고요?"

그렇지 않아도 조금 날이 서 있던 상대가 격분하는 게 느껴졌다. 무언가 말실수를 한 건가 싶어 조심스럽게 다시 말했다.

"번거로우실 줄 알지만 찾아뵙고 말씀을 드려야 할 것 같은데요. 부탁입니다."

"부탁이요?"

"네."

"죄송합니다. 들어드릴 수 없겠어요."

"네? 저, 말이라도 들어주시면 안 될까요."

"그 집 사람들은 정말 하나같이 뻔뻔하군요. 위기 운운하며 도와달라고 말하는 것까지 똑같아. 이봐요, 제가 처음에 연락을 거절했다가 굳이 먼저 전화한 이유가 뭐라고 생각합니까? 행여나 윤장이가 저를 찾아올까 봐 걱정이 돼서 한 겁니다."

"몇 가지 여쭤보고 싶은 게 있어요. 대답을 듣고 나면 번거롭게 할 일은 없을 거예요."

"이제 정년이 일 년 남았어요. 저는 무사히 학교생활을 마무리 짓고 싶은 마음뿐입니다. 윤장이 같은 아이와 다시 얽히고 싶지 않아요. 도움을 왜 저한테 구하는지도 모르겠고, 그 요구를 받아들여야 하는 이유도 모르겠군요. 더 이상 이런 연락은 받지 않았으면 좋겠습니다."

생각보다 훨씬 더 격한 반응이었다. 내가 할 말을 찾지 못해 머뭇대자 상대가 한결 차분해진 목소리로 말했다.

"알아들으셨다면 이만 끊겠습니다."

"잠시만요."

"뭡니까."

"대체 무슨 일이 있었던 거죠?"

그녀가 한숨을 내쉬었다.

"그걸 제 입으로 말하라고요? 윤장이 때문에 힘들었던 교사 생활을요, 아니면 댁의 아버지가 벌였던 일을요? 이봐요, 윤장이를 맡았던 건 근 십 년 전이에요. 그럼에도 불구하고 그때 일은 다시 떠올리고 싶지가 않아요. 대체 뭐가 궁금한 겁니까? 정 궁금하면 댁의 아버지한테 물어보세요."

"아버지는 지금 대답할 수 있는 상황이 아니에요."

"그건 제 알 바가 아니고요."

"저는 집에 십 년 만에 돌아와서 아는 게 없어요. 그리고 동생은 지금 사라진 상태입니다. 동생을 찾고 있는데 어디서부터 시작해야 할지 몰라 연락 드렸습니다."

상대는 잠시 말이 없었다.

"그때 무슨 일이 있었는지 여쭤봐도 될까요?"

"그 일이 지금 상황과 무슨 관련이 있는지 모르겠네요. 전 할 말이 없습니다. 이름이 어떻게 되시죠?"

"윤선이입니다."

"선이 씨, 선이 씨 눈에는 제가 십 년이 다 된 일에 지나치게 흥분하는 걸로 보이겠죠. 치졸하다거나 인정머리가 없다고 생각해도 상관없어요. 변명을 하거나 이해를 구하고 싶은 마음도 없습니다. 도움이 되지 못해서 미안하지만 여기까지 하죠."

할 말이 없었다. 계속 묻는다고 해서 그녀가 대답을 해줄 것 같지도 않았다.

"알겠습니다."

전화를 끊으려는데 그녀가 한결 가라앉은 목소리로 말을 이었다.

"무슨 일이 있었는지 전혀 모르고 있나요?"

"네, 전혀요."

"엄한 사람한테 화를 쏟아냈군요."

"아니에요. 죄송했습니다."

"다른 부분에 대해서라면 대답을 할 수도 있을 것 같은데요. 기억하는 선에서. 처음에 뭘 물어보려고 연락을 했던 거죠?"

"그때 장이의 가정환경이 어땠는지, 학교에 친한 친구는 누구였는지, 기억할 만한 특이사항은 없었는지 이것저것 여쭤보고 싶었어요."

"그 아이는 여태까지 계속 혼자인가요?"

나는 대답을 하지 않았다.

"저로서는 할 수 있는 말이 없어요. 윤장이는 학교에도 별로 나오지 않았고요. 그나마도 아이 아버지가 재기를 하겠다며 아이를 여기저기 데리고 다니는 것 같았습니다. 그런 아이에게 학교생활이 가능했겠어요? 아버지가 아이를 고립시킨 셈이에요. 담임이 손을 쓰는 데도 한계가 있었고."

"그렇군요."

"마음에 걸리는 게 하나 있긴 한데."

"그게 뭐죠?"

"윤선이 씨 어머니가 돌아가신 게 언제죠?"

"장이가 입학하기 전이에요."

"그렇죠? 저도 그렇게 알고 있었는데요. 제가 장이를 한 학년 위로 올려보냈을 때였나, 장이가 젊은 여자의 손을 잡고 집으로 돌아가는 걸 본 일이 있어요."

"젊은 여자요?"

"네, 그때는 장이를 담당하던 때도 아니었고, 아이 아버지가 재혼을 했나 보다 하고 대수롭지 않게 넘겼었죠. 그게 내

내 기억에 남더군요."

"어떤 여자였죠?"

"모르겠어요. 뒷모습이었는데 장이가 많이 좋아하는 것 같았어요. 긴 생머리였고, 원피스를 입고 있었고……. 키는 크지도 작지도 않았던 것 같네요. 친인척 중에 그런 분 없나요?"

"전혀요."

"흠, 2학년 때 담임은 누구인지 알고 있나요?"

"아니요, 선생님께 먼저 연락을 드린 거였어요."

"혹시 모르니 그분 이름을 알려드리겠습니다. 연락해보세요."

"감사합니다."

"장이를 찾으면, 아닙니다. 선이 씨, 아이는 저절로 자라는 게 아니에요. 당시 그 아이의 주변 상황은 너무나도 좋지 못했어요. 제 예상대로라면 그 아이는 꽤나 힘든 시간을 보냈을 겁니다. 무슨 일인지는 모르겠지만, 빨리 아이를 찾길 바랍니다."

나는 그녀가 불러주는 이름을 받아 적었다. 교육청에 다시 연락을 하자 2학년 때 담임의 연락처와 재직 중인 학교가 문자로 발송되었다. 그가 나와 연락을 취하는 것에 동의한 모양이었다. 2학년 담임에게 찾아뵙고 싶다고 말하자 그는 선선히 응낙을 해왔다. 다음 날 나는 그가 일하고 있는 학교로 갔다.

* * *

교실에는 저학년으로 보이는 남자아이 하나가 남아 무언가를 쓰고 있었다. 내가 앞문으로 들어섰을 때도 아이는 고개를 들지 않았다. 교탁 옆 책상에 앉아 있던 중년 남자가 몸을 일으켰다. 체격이 크고 살집이 단단해 보이는 사람이었다. 그가 악수를 청해왔다.

"송성원입니다. 윤선이 씨죠?"

그가 웃자 덧니가 드러났다. 뿔테 속의 눈꼬리가 처져 인상이 부드러워 보였다. 그가 의자를 가져다 건넸다. 초등학생 2학년 몸에 맞춰진 작은 의자였다.

"마땅한 의자가 없어서……. 괜찮으시겠어요?"

"네, 괜찮습니다."

마치 동생이 앉았던 의자에 앉은 것만 같은 느낌이었다. 그에게 말했다.

"여기에서 이야기해도 괜찮은가요?"

그는 내 질문의 의도를 눈치챈 듯 가볍게 고개를 저으며 대답했다.

"청각장애가 있는 아이예요. 매일 어머니가 데리러 올 때까지 숙제를 하며 남아 있는 겁니다. 무슨 말을 하시려는 건지는 모르겠지만 마음 편히 말씀하셔도 될 겁니다."

아이를 돌아보았다. 아이는 묵묵히 공책 위의 손을 놀리고 있었다. '왁!' 하고 비명을 지르며 복도를 지나가는 아이들의 소리가 들렸다. 책상에 앉은 아이는 꼼짝도 하지 않은 채 제 할 일을 하고 있었다. 장이가 혼자 방치된 것 역시 저 나이 즈음일 터였다.

"제가 선생님을 찾은 건, 장이에 대해 여쭙고 싶은 게 있어서예요."

"윤장이 말이죠?"

나는 고개를 끄덕였다. 그리고 자세한 이야기를 제외한 채 장이가 사라져서 찾고 있다는 이야기, 내가 오랫동안 그녀와 떨어져 살았기 때문에 어디서부터 조사를 해나가야 할지 몰라 여기까지 거슬러 왔다는 이야기를 했다. 송성원은 턱을 만지며 내 이야기를 들었다. 한동안 말이 없던 그가 조용히 입을 열었다.

"제가 할 말들이 얼마만큼이나 도움이 될지 모르겠군요. 죄송한 말씀입니다만, 저는 당시 장이에게 크게 신경을 쓰지 못했습니다."

송성원은 책장 밑에 꽂혀 있는 책들을 꺼내 책상 위에 올려두었다. 책 표지마다 발행 연도가 박혀 있었다. 본인이 만든 책인 듯했다.

"이건 제가 교사 생활을 시작하고, 해마다 아이들 일기를 뽑아서 문집으로 만든 겁니다."

"거기에 장이 일기도 있나요?"

"그렇지 않아도 선이 씨 연락을 받고 찾아봤습니다. 없더군요. 아내가 아프고 정신이 없던 해라서 건너뛰었던 듯합니다. 신경을 썼어야 할 아이인데 그러지 못했어요."

"복사본 같은 것들도 없나요?"

그는 고개를 저었다. 장이는 그곳에도 없었다.

그는 안경을 들어 올리며 말했다.

"자세히 기억하지는 못하지만 강렬한 학생이었어요."

"기억하는 걸 전부 말씀해주세요."

"입학할 때부터 모두가 그 아이를 알고 있었어요. 그 사실이 그녀에게 이로웠던 것 같지는 않지만요."

"구체적으로 말씀해주세요."

"뭐랄까, 방송 일을 많이 해서인지 지나치게 조숙한 아이였습니다."

그가 자신의 양말을 가리켰다. 베이비 핑크색 발가락 양말이었다. 그가 말했다.

"저같이 덩치 큰 남자가 신기에 적절한 양말은 아니죠. 그러나 저한테는 나름의 전략인 겁니다. 아이들과 친밀해지기 위한 작은 노력 같은 거죠. 보통 저학년 아이들은 제가 발을 내놓으면 '선생님, 이상해요!' 하면서 깔깔대고 웃음부터 터지거든요. 그렇게 서로 유대 관계를 쌓기 시작하는 겁니다. 그런데 장이는 양말을 보더니 대번 '선생님, 그거 학교 올 때만 신는 거죠?' 하고 콧방귀를 뀌더군요. 그런 아이였어요. 영리했죠."

"그렇군요."

"제가 규칙을 제시하면 '이걸 지키면 나한테 무엇을 주겠느냐'는 식이었어요. 아이들은 그런 장이가 지나치게 이기적이라고, 혹은 잘난 척을 하고 있다고 생각했고요. 어떤 선생님들은 아이가 아이답지 않다며 화를 내곤 했죠. 저도 그런 적이 있고요. 제가 너무 신랄한가요?"

"아니요, 전부 말씀해주세요. 교우 관계는요?"

"출석률이 좋지 않았고, 본인도 낯을 많이 가려서 그리 친했던 아이는 없었던 걸로 압니다."

"아버지가 학교에 찾아온 일은 있나요?"

"없어요. 제가 가르칠 때는 단 한 번도 없었습니다."

"이상한 질문이지만, 집에 대해서는 뭐라고 하던가요? 혼자 사는 아이처럼 옷이 더러웠다든가, 밥을 못 먹는 것 같았다든가. 혹은 집에 누가 있다고 했다든가……. 기억나는 게 있으면 말씀해주세요."

"잘 모르겠습니다. 아이가 점점 추레해졌던 것 같긴 한데 제가 그때 제정신이 아니었기 때문에……."

"그렇군요. 그럼 혹시 장이가 1학년 때 있었던 사건이 뭔지 아시나요?"

"그건 모를 수가 없죠."

"그게 뭔가요?"

"당시 장이 담임선생님이 아동 심리에 조예가 좀 있던 분이셨어요. 선생님이 보시기에, 당시 장이에게 문제가 있었던 모양이에요. 아이의 정서가 심각하게 불안정하고 치료가 필요한 수준이라고 말이에요."

"어떤 부분이 그렇게 문제시됐나요?"

"아이를 보면 알 수 있는 문제들이 있었죠. 어린 나이에 미디어에 노출이 돼서 그런 걸까요. 처음 보는 사람들이 아이의 치부까지 적나라하게 알고 있다고 생각해보세요. 사람과의 관계 설정이라든가, 간격을 설정하는 데 여러 가지로 문제를 겪게 되는 거죠. 문제가 그뿐만은 아니었을 겁니다. 가끔 카메라 앞에 서 있는 것처럼 행동할 때가 있었어요. 이건 뭐라고 설명해야 할지 잘 모르겠군요."

송성원이 이어서 말했다.

"장이 담임선생님은 그래서 치료가 필요하다고 했던 거죠.

그런데 장이 아버지는 그 말을 무시했던 것 같고요."

"그렇군요."

"그런 상황에서 장이 아버지가, 장이의 학교생활을 미디어에 공개하겠다며 학교 측의 허락을 구해온 거죠. 당시 담임선생님은 물론 거절했고요. 그걸로 일이 끝난 줄 알았는데, 뒤늦게 일이 터졌죠."

"무슨 일인가요?"

"담임선생님이 상담교사를 임의로 학교에 불러들였던 모양이에요. 절차를 모두 밟으려면 시간이 걸리니까 임의로 그 일을 진행한 거죠. 그리고 장이를 비롯해 걱정이 된다 싶은 아이들의 상담을 진행했죠."

"그래서요?"

"그런데 상담 도중에 상담교사와 장이 사이에 문제가 있었던 모양입니다. 아이가 난동을 부렸고 교사가 그걸 제압하는 과정에서 그게 '폭행이다, 아니다' 하는 데까지 문제가 커진 거죠. 그때 장이 아버지가 나섰습니다."

"아버지가요?"

"네, 노발대발하셨죠. 그 과정에서 상담교사를 데려온 절차도 문제가 됐고, 그 일을 추진한 장이 담임선생님과 그것을 승인한 교감선생님도 모두 도마에 올랐습니다. 관료사회라는 게 사소한 꼬투리도 부풀리려고만 하면 못 할 게 없거든요. 그 때문에 교감선생님은 다른 학교로 떠나야 했고요, 다음 해에 승진을 앞두고 있던 장이 담임선생님은 평교사로 남았죠."

"그랬군요."

"그때 선생님이 좌절을 크게 하셨던 모양이에요. 그녀의 의도가 선한 것이었다고 생각은 하지만 과정이 그다지 순탄치가 않았죠. 이후 장이는 자연스럽게 고립되었고요. 아이들도 선생님들도 그다지 그녀를 반기지 않았어요. 그래서 장이 문제로 전 담임선생님의 연락을 받았을 때는 깜짝 놀랐죠."

"그렇군요. 당시 상담 결과를 보려면 어떻게 해야 하죠?"

"글쎄요."

"그때의 상담교사를 만나 볼 수 있을까요?"

"유학을 갔다가 거기에 정착한 걸로 알아요. 1학년 때 담임선생님도 연락이 끊어졌다고 하는 걸 언뜻 들었습니다."

"어떻게 안 될까요?"

"글쎄요. 한번 알아보고 말씀드리죠."

정리를 하면 아버지는 장이가 여덟 살 때 그녀에게 관심을 끊어버렸다. 동생은 친구도 갖지 못했다. 되바라지고 이기적이라고 평가받았기 때문이다. 정신적으로는 문제가 있다고 여겨지는 상황이었다. 치료를 필요로 했지만 그마저도 아버지가 막았다. 그렇게 동생은 학교로부터 멀어져갔다.

그러므로 그녀가 언제 방치되었는지 학교 밖에서 어떤 삶을 살았는지 구체적인 시기와 상황을 알고 있는 사람은 없었다, 현재까지는.

나는 침울한 기분으로 마지막 질문을 던졌다.

"그럼 혹시 젊은 여자를 보신 일은 없나요?"

송성원의 두툼한 어깨가 올라갔다. 그가 의아한 얼굴을 해 보였다.

"젊은 여자요?"

"네, 한 번이라도."

"글쎄요."

"긴 생머리에, 원피스를 입고, 젊은……. 장이가 많이 좋아했다고 하던데요."

말을 하면서도 그 상황이 우스꽝스럽게 느껴졌다.

송성원은 생각에 잠긴 얼굴로 턱을 쓸어내렸다. 그때 책상에 앉아 있던 아이가 우리에게로 다가왔다. 그가 공책을 담임에게 내밀었다. 담임은 공책을 받지 않은 채 입을 크게 벌려 그에 말했다.

"손님이 돌아가고 난 후에 이야기하자."

아이는 담임의 입을 물끄러미 바라본 후 자리로 돌아갔다. 얌전한 아이였다. 담임이 말했다.

"제 기억에는 없군요. 장이 어머니를 말씀하시는 건가요?"

"아니요."

또다시 길이 막혔다. 누군가는 젊은 여자를 보았고 누군가는 보지 못했다. 아버지와 관련이 있는 사람인가? 동정심을 품은 낯선 사람이었나? 그녀가 누구인지 가늠조차 되지 않았다.

"나중에 궁금한 게 생기면 또 연락해도 될까요?"

"언제든지요."

나는 자리에서 일어났다. 교실을 나서려다 가방에 든 음료수 생각이 나서 멈춰 섰다. 얌전히 앉아 있는 아이에게로 다가갔다. 남자아이가 겁에 질린 얼굴로 나를 바라보았다. 내가 음료수를 내밀자 아이는 고개를 저었다. 뒤에서 그 모습을 가만히 지켜보고 있던 담임이 말했다.

"아이 엄마가 모르는 사람과 접촉하지 말라고 신신당부한 모양입니다. 아무래도 다른 아이들과는 상황이 다르니까요."

"그렇군요."

음료수를 다시 가방에 집어넣으려는데 담임이 다가왔다. 그는 아이의 눈높이로 얼굴을 낮추며 말했다.

"순기야, 선생님이 아는 분이 주시는 거니까 이건 먹어도 돼."

내가 다시 음료수를 건네자 아이가 선선히 그것을 받았다. 그는 그것을 물끄러미 내려다보았다.

남자아이의 내면에는 나름의 질서가 있었다. 무엇은 받아도 되고, 무엇은 받으면 안 된다. 무엇은 해도 되고, 무엇은 하면 안 된다, 같은. 그 질서가 어떻게 이루어진 것인지 나는 몰랐다.

장이 역시 그랬을 것이다. 그녀는 혼자였고 살아남기 위해 그녀 나름의 질서와 방식들을 구축해왔을 것이다. 그것은 누군가가 그녀에게 불어넣은 것일 수도 있었고, 그녀가 편의에 의해 만들어낸 것일 수도 있으며, 어디에서 온 것인지 알 수 없게 그녀 안에서 재조직된 무언가일 수도 있었다. 그것이 어떻게 생긴 것인지, 어떤 논리로 움직이는 것인지 알고 싶었다. 그것을 따라가면 그녀를 만날 수 있지 않을까? 어떻게 하면 그것을 따라갈 수 있을까? 어디에서 실마리를 찾을 수 있을까?

교실을 나서기 전에 송성원에게 물었다.

"선생님이 보시기에도 장이가 문제 있는 아이였나요?"

"모르겠습니다. 다만 제가 기억하는 것은 장이가, 자신을 표현하고자 하는 욕구가 매우 큰 아이였다는 점이에요. 필사적으로 사람들 앞에 나서려고 했었죠. 그래서 친구들의 미움을 많이 사기도 했고요. 그 아이는 방송에서는 통하던 것이 실생활에서는 그다지 효력을 발휘하지 못하니까 당황스러운 듯했습니다. 그래서 가끔 주목을 받으려고 거짓말을 하더군요. 이제야 기억이 나네요. 1학년 때 담임선생님이 했던 걱정 중 하나도 아마 그 부분일 겁니다."

"거짓말이요?"

"네, 아버지가 대배우라든가, 어머니가 자신을 데리러 올 거라든가, 아이들이 부러워할 만한 장난감을 가지고 있다든가, 그런 종류의 거짓말 말입니다. 젊은 여자도 그래서 나온 말이 아닐까요?"

"1학년 때 담임선생님은 직접 보셨다고 하던걸요."

"그래요? 저로서는 잘 모르겠군요."

그는 뿔테를 치켜올렸다. 나는 인사를 하고 학교를 나섰다.

* * *

그녀의 하루는 털을 미는 것으로 시작됐다. 여자는 화장실

거울 앞에 섰다. 거울은 다른 집보다 높은 곳에 달려 있었다. 180센티미터에 달하는 여자의 신장에 맞추기 위해서는 어쩔 수 없었다. 여자는 고개를 갸웃거리며 하룻밤 사이 몸에 자란 털들을 살펴보기 시작했다.

삼십 분 동안 거울을 들여다보던 여자는 입고 있던 검은색 단가라 티셔츠와 트레이닝 바지를 벗어 거치대에 얹었다. 몸에 걸친 속옷도 그렇게 했다. 살색의 속옷은 누구에게도 그 모습을 보이지 않고 홀로 낡아온 듯, 해지고 늘어나 너덜너덜한 모양을 하고 있었다.

여자는 곧고 두꺼운 목을 숙여 자신의 몸을 내려다보았다. 살이 찐 단단한 몸, 늘어진 큰 가슴, 가슴과 맞닿아 있는 배, 속옷 자국을 따라 착색이 된 피부, 검게 변한 유두, 코뿔소 가죽 위에 새겨진 흉터처럼 하얗게 어려 있는 튼 살 자국, 몸의 3분의 2에 해당하는 화상의 흔적, 그 위로 거칠게 솟아 있는 털들.

화상을 입은 후 약 이 년간은 털이 자라지 않았다. 그러나 이 년이 지나자 강인한 생명력을 자랑하듯 다시 털이 자라기 시작했다. 그것을 내버려두면 마치 숱 많은 머리카락을 둔 두피처럼 온몸이 털로 뒤덮일 것이다.

젊은 시절에는 해마다 전신 제모를 했다. 그러나 그것도 소용이 없었다. 제모를 하면 털이 가늘게 난다는데 그녀에게는 해당되지 않는 이야기였다. 그녀의 털들은 죽지 않았다. 불에도, 레이저에도.

여자는 배를 타고 올라온 털을 손바닥으로 쓸었다. 그녀는 온몸에 오일을 바른 후 면도칼로 털을 밀기 시작했다. 머리카락에서부터 시작해서 눈썹, 미간에 난 털, 인중, 얼굴 위에 난 잔털들, 겨드랑이와 사타구니, 배와 가슴, 허벅지와 무릎, 종아리, 손가락과 발가락 위에 난 털들을 모두 밀었다.

일을 마친 여자는 고개를 들어 거울을 바라보았다. 민둥머리에 눈썹도 없이 하얗게, 거대한 하나의 살덩이로서 존재하는 자신을. 남자인지 여자인지 알 수 없는 거대한 짐승이 그곳에 서 있었다.

화장실을 나온 여자는 창가에 가 섰다. 해가 지고 있었다. 일몰로 인해 하늘이 붉게 물들었다. 여자에게는 아침이었지만 세계는 밤을 향해 가고 있었다. 그녀는 창문을 열었다. 매미 울음이 집 안으로 쏟아져 들어왔다. 붉은 빛 때문에 집이 불타고 있는 것처럼 보였다.

창밖을 바라보던 여자가 불현듯 등을 돌렸다. 그녀가 닫힌 방문 앞으로 다가섰다. 여자는 문에 귀를 가져다댄 채 숨을 죽였다. 문 안에서는 아무런 소리도 들려오지 않았다. 한참 동안 방문에 귀를 기울이던 여자가 문을 열었다.

방 안에는 소녀 하나가 팔다리를 묶인 채 침대에 누워 있었다. 테이프에 입이 봉인된 여자아이는 조용히 천장을 올려다보고 있었다.

여자가 방 안으로 들어서자 소녀가 눈을 감았다. 여자아이의 숱 많은 머리카락이 침대 위에 아무렇게나 흐트러져 있었다. 여자가 나체 상태 그대로 소녀에게 다가가 앉았다.

소녀는 여자로부터 멀어지기 위해 몸을 굴렸다. 그러다 침대에서 떨어져내렸다. 등부터 바닥에 닿았다. '읍!' 하는 비명이 테이프 밖으로 비어져 나왔다. 여자는 무릎을 굽히고 소녀의 곁에 쭈그려 앉았다.

그녀는 아이의 부드럽고 풍성한 모발을 바라보았다. 손으로 그것을 쓸어내렸다. 소녀가 진저리를 치며 여자로부터 벗어나기 위해 애썼다. 여자는 개의치 않은 채 머리털을 만지다 자리에서 일어나 밖으로 나갔다.

소녀는 눈을 부릅뜬 채 열린 문을 주시했다. 몸이 큰 여자가 곧 다시 나타났다. 소녀는 몸을 굴려 침대 밑으로 들어가려 했다. 그러나 부질없는 노력이었다. 여자가 크고 두툼한 발을 뻗어 소녀의 머리카락을 밟았다. 몸을 굴리던 소녀가 이를 악문 채 비명을 삼켰다.

여자는 허리를 숙여 왼손으로 소녀의 머리채를 잡았다. 그리고 그것을 들어 올렸다. 소녀의 얼굴이 여자의 가슴에 닿았다. 소녀가 얼굴을 틀었다. 여자는 오른손에 든 면도칼로 소녀의 모발을 썰기 시작했다. 머리카락이 끊기자 쿵 하고, 들려 있던 소녀의 머리가 바닥에 패대기쳐졌다.

건강하던 모발도 지반을 잃은 채 바닥으로 떨어져 내렸다. 소녀는 눈을 질끈 감았다. 여자는 무표정한 얼굴로 그 일을 계속했다. 머리카락이 사라지며 소녀의 두피가 듬성듬성 드러났다. 떨어져내리는 머리카락이 하얗게 질린 소녀의 얼굴을 때렸다.

* * *

송성원으로부터 연락이 왔다. 사방으로 알아보았지만 상담교사와 연락할 길이 없다는 이야기였다. 나는 알았다고 말한 후 동생의 방으로 갔다.

동생의 강박적인 건강검진은 열 살 때부터 시작되고 있었다. 통장에 아버지 이름으로 돈이 들어오기 시작한 것도 그 무렵이었다. 이것을 놓고 볼 때 동생에게 건강검진을 시키고 돈을 보내온 자는 아마도 동일 인물일 것이다.

그런 의미에서 집에 CCTV를 설치한 자 역시 같은 자라고 보는 편이 타당했다. 동생의 금전 상황과 건강에 신경 쓰는 자가, 그녀의 사생활에는 왜 관심이 없겠는가. CCTV 역시 그 무렵에 설치되었을 확률이 높았다.

그자는 대체 왜, 어디에서 솟아나서 동생의 삶에 관여하기 시작한 걸까? 동생은 그 모든 일에 동의했던 걸까? 그녀는 어째서 자신의 삶을 무방비하게 카메라에 노출시켜온 걸까?

나는 국민건강보험에 들어가 동생의 의료보험 내역을 살피기 시작했다. 동생이 건강검진을 다녔던 병원은 늘 같은 곳이었다. 나는 우선 그곳을 찾아가볼 생각이었다. 병원의 이름과 주소를 메모했다.

그런 후 기록을 살피는데 눈에 띄는 사실이 있었다. 그에 대해 조사를 하고 있을 때 전화벨이 울렸다. 해순이었다.

그는 곧바로 본론부터 이야기했다.

"CCTV에 대해 알아봤는데요. 캠이 작년도에 나온 모델이더군요."

"그것들이 작년에 설치됐다는 말인가요?"

"모르죠. 새로 설치가 된 건지, 업그레이드가 된 건지."

"그렇군요."

"꽤 비싼 물건이더라고요. 열적외선에 탐지 기능까지 탑재

되어 있어요."

"그런 물건을 왜 집 안에 설치해놓은 걸까요? 단순히 장이를 찍으려고?"

"모르겠어요. 아무튼 물건을 설치한 사람이 돈이 좀 있는 모양입니다."

"이해할 수가 없어요."

"네, 정말 이해가 가지 않네요."

"이전 녹화 영상이 어디로 갔는지는 알 수 없나요?"

"영상 용량이 워낙 크다 보니, 이게 보통 일주일 정도 녹화가 되면 그 이전 녹화 영상은 저절로 삭제가 되는 모양입니다. 따로 다운을 받아서 저장을 하지 않는 이상은 그걸 복구하기가 힘들대요. 제조업체에서도 그건 불가능하다고 하더라고요."

"그러니까 이전 녹화 영상을 찾을 수 없다는 말인가요?"

"누군가가 그 영상을 따로 저장해놨길 바라야죠. 집에는 녹화 영상이 전혀 없나요?"

"제가 알기로는 그래요. 더 자세히 찾아볼게요."

"하나 더."

"뭐죠?"

"이 녹화 영상을 송출하거나 공유할 수 있는 웹사이트가 있답니다. 캠코더 제조업체에서 운영하고 있는 거죠. 여기에 영상이 올라가 있을 수도 있어요."

"어떻게 하면 그걸 볼 수 있죠?"

"웹사이트 아이디와 비밀번호가 뭔지 알아야 하겠죠. 영상을 올린 당사자가 아이디와 비밀번호를 공유했다면 이걸 여러 사람이 볼 수 있었을 겁니다."

순간 소름이 끼쳤다. 그것을 누가, 어떤 이유로 공유한단 말인가.

"아이디와 비밀번호요?"

"김경희 형사님에게서는 별말이 없던가요?"

"네, 수사 내용을 구체적으로 듣지는 못했어요."

"그렇군요. 아마 사이버 수사 쪽으로도 이미 조사가 이루어지고 있을 것 같은데요."

"형사님께 연락을 해봐야겠어요."

"그래주세요."

나는 해순에게 장이의 전 담임을 만난 이야기를 했다. 해순이 말했다.

"역시 복잡하군요."

"네, 별다른 소득은 없었어요. 집에 와서 본 의료보험 기록이 오히려 흥미로워요."

"뭐죠?"

"우선 해야 할 일이 두 가지예요. 첫째는, 장이가 건강검진을 하러 다녔던 병원에 가볼 생각이에요. 육 개월마다 꼬박꼬박 다녔으니 그 아이를 기억하는 사람이 있을 수도 있겠죠. 누군가와 함께 갔다면 보호자 기록이 남아 있을 수도 있어요."

"그렇군요. 두 번째는요?"

"이게 좀 이상해요. 보통 장이가 갔던 병원은 동일한데요, 여덟 살 때 다른 병원에 갔던 기록이 있어요."

"다른 병원이요?"

"네, 화상 전문병원인 것 같아요. 심지어 이곳에서 두 정거장 떨어진 곳이에요."

"화상을 입었던 걸까요?"

"그럴 가능성이 있죠."

"그렇다면 누군가와 함께 갔던 거겠죠?"

"아마도요. 두 정거장이, 아이 혼자 가기에 가까운 거리는 아니잖아요? 그것도 화상을 입은 아이가요."

"두 곳 다 가볼 생각인가요?"

"네."

"그럼 같이 가죠."

나는 CCTV 이야기를 하기 위해 김경희 형사에게 전화를 걸었다. 그녀에게 CCTV 웹사이트에 공유된 동영상을 알 수 없느냐고 물었다. 김경희 형사는 이미 조사한 바다, 그러나 단서가 될 만한 자료는 없었다고 대꾸했다. 나는 알았다고 말한 후 집을 나섰다.

* * *

해순이 집 앞에서 나를 기다리고 있었다. 잠이 부족한 듯 운전대에 머리를 괸 채로 잠이 들어 있었다. 그동안은 정신이 없어서 깨닫지 못했지만 잘생긴 얼굴이었다. 섬세하게 뻗은 콧날에 눈이 갔다. 그것이 예전 남자 친구를 연상시켰다.

전에 사귀었던 남자 친구는 공무원 시험 스터디를 함께하던 사람이었다. 이 년을 사귀었다. 그에 대해서는 알 만큼 알고 있다고 생각했다. 그러나 시험 1차 결과가 나왔을 때 내가 그를 전혀 모르고 있다는 사실이 드러났다. 우리의 관계는 달라졌다.

남자 친구는 과락으로 2차 시험을 응시할 수 없는 상황이었다. 반면 나는 2차, 그러니까 면접을 준비하고 있었다. 나는 그 상황이 크게 문제될 게 없다고 생각했다. 그는 수험 1년 차였지만 나는 2년 차였다. 내가 그보다 좋은 성적을 받은 게 그리

이상한 상황이 아니었다는 말이다. 그럼에도 불구하고 그는 나에게 적의를 드러내기 시작했다. '너는 지나치게 기가 세다'거나 '너 때문에 내 인생이 뜻대로 되는 게 없다', '연애를 하지 말걸 그랬다'는 시시한 말들.

무엇이 문제였는지는 잘 모르겠다. 나에게 자신의 자리를 빼앗긴 느낌인 건지, 내심 아래로 보고 있던 내가 본인보다 높은 성적을 받은 것에 자존심이 상한 건지 알 수 없었다. 어쨌거나 그의 분노의 원인은 내가 아니었다.

생각하지 않을 수 없었다. 내가 시험을 망쳤다면 그의 기분은 좀 나아졌을까. 반대 입장, 그러니까 내가 과락을 하고 그가 면접을 준비하는 상황이었어도 그랬을까, 하고 말이다.

아마 그러지 않았을 것이다. 섭섭함이야 있었겠지만 나라면 그를 응원했을 것이다. 그 사실을 깨닫고 나니 더 이상 그와의 관계를 지속할 수 없었다. 우리는 헤어졌고, 그는 스터디의 다른 여자와 새로운 연애를 시작했다. '연애를 하지 말걸 그랬다'고 말한 후 채 한 달도 되지 않았을 때였다.

결국 모임을 나온 것은 나였다. 그도 그였지만 다른 사람들도 견딜 수 없었다. 스터디의 누군가는 내가 시험을 잘 봐서 기고만장해졌다고 말했다. 또 다른 누군가는 그 말에 동조하듯 킥킥댔다. 나는 사람들에게 그런 말을 들을 만큼 그들과 긴

밀한 관계를 맺은 일이 없었다.

시험도 연애도 끝나버리고 말았다. 가끔은 내가 어디에서도 선택 받지 못했다는 생각이 들었다. 눈을 감고 있으면 그 생각이 온몸을 옥죄어올 때가 있었다. 섣부른 말이지만 다시 누군가를 좋아하고 싶은 마음은 없었다. 내 안의 무언가가 다시 또 파괴된 것만 같았다.

차로 다가가자 해순이 내 편으로 고개를 돌렸다. 말이 차갑게 나갔다.

"제가 해순 씨한테 저희 집 주소를 알려드렸던가요?"

"음, 그런 적은 없었죠. 장이 학생을 만날 수 있을까 해서 왔던 적이 있어요."

"상황은 이해하지만 좀 소름끼치네요."

"저희 집 주소도 알려드리죠. 그럼 되나요?"

"그런 문제가 아닌 것 같은데요. 어쨌거나 알려주세요."

그가 주소를 불렀고 나는 그것을 받아 적었다. 그리고 우리는 서로 기가 막힌 듯 웃음을 터뜨렸다. 내가 물었다.

"일은 어떻게 하고 계신 건가요?"

"휴직 중입니다."

"휴직 기간이 끝나면 어떻게 되죠?"

"복직을 해야 되겠죠."

질문에 대한 대답은 아니었지만 덤덤히 말하는 그의 얼굴에 잠시 눈이 갔다. 그가 물었다.

"김경희 형사님과는 연락이 닿았나요?"

"네, 공유된 영상이 없었다고 하더군요."

해순이 무겁게 고개를 끄덕였다.

우리가 처음 간 병원은 인근의 종합병원이었다. 내가 안내센터로 가서 동생의 건강검진을 가장 많이 담당했던 의사를 만나고 싶다고 하자 관리자는 난색을 표했다. 진료가 아닌 이상 그러기는 힘들고, 의사들도 모두 검진 중이라고 말이다. 내가 가족관계증명서를 내며 거듭 부탁한 후에야 의사와 잠깐 면대를 할 수 있었다.

의사는 장이를 기억하고 있었다. 열 살에서 열두 살 무렵의 그녀를 말이다. 미성년자가 그렇듯 어렸을 때부터 빈번하게, 홀로, 검진을 받으러 오는 경우는 드물었기 때문이다. 그것도 TV에서 한창 인기를 끌었던 아이가 말이다. 그는 여러모로 특이한 경우였다고 술회했다.

그러면서 요즘도 건강검진을 받으러 왔느냐고 물었다. 그렇다고 대답하자 의사는 '그랬군요. 어째서 본 기억이 없지……'

하고 대답했다.

내가 '그 아이는 정말로 혼자였나요?' 하고 묻자 의사는, '저도 그게 이상해서 정말로 혼자냐고, 혼자 온 게 맞느냐고 거듭 물었었죠' 하고 대답했다.

* * *

두 번째 병원은 화상 전문 응급실이 있다고 해서 규모가 있을 거라고 생각했지만 기대만큼 큰 병원은 아니었다. 그곳은 오히려 마을에 몇십 년 동안 터를 잡아온 개인병원 같은 분위기를 풍겼다. 우리는 응급실 안내대로 갔다. 젊은 관리자에게 환자 기록을 보고 싶다고 말하자 그가 가족관계증명서를 요구했다. 그것을 내밀자 상대가 고개를 끄덕였다.

내가 말했다.

"구 년 전 환자 기록을 알아보고 싶은데요."

"구 년 전이요?"

"네."

"병원이 EMR로 기록 방식을 바꾼 게 팔 년 전이라 기록이 남아 있을지 모르겠네요. 환자 이름과 생년이 어떻게 되죠?"

장이의 인적 사항을 말하자 컴퓨터를 들여다보던 관리자가 고개를 끄덕였다.

"다행히도 있네요. 2006년에 치료 받았던 환자를 말씀하시는 거죠?"

"맞아요."

"화상으로 응급실을 찾았었군요."

"화상이요?"

"네, 다리에 뜨거운 액체를 쏟았던 모양이네요."

응급실을 찾았던 거라면 더욱이나 혼자는 불가능했을 것이다.

관리자가 컴퓨터 화면을 돌려 내게 환자 방문 기록을 보여주었다. 나는 보호자 기재란으로 눈길을 돌렸다. 그곳에 무언가가 있기를 바랐다. 무언가가 있어야만 했다. 그리고 나는 순간 홀로 무릎을 쳤다. 해순이 나를 바라보았다. 있었다. 보호자 기재란에 누군가가 있었다. 장이는 혼자 병원에 온 게 아니었다. 눈을 부릅뜨고 보호자 이름을 확인했다.

그러나 그것을 본 나는, 나도 모르게 신음을 내뱉고 말았다. 망치로 머리를 얻어맞은 기분이었다.

해순이 물었다.

"이수명이 누구죠? 아는 사람인가요?"

"이럴 리가 없는데……."

"누군데 그래요?"

"……엄마예요."

"엄마?"

보호자 기록에는 죽은 엄마의 이름이 버젓이 적혀 있었다. 2006년이면 그녀가 이미 세상을 떠난 후였다. 상황을 설명하자 해순의 얼굴이 굳었다.

해순이 관리자에게 물었다.

"병원에 오래 근무하신 분은 없나요? 당시 상황을 기억하실 분이라든가."

관리자는 고개를 저었다.

"죄송한 말씀이지만 환자가 장기입원을 했다거나 안타까운 일을 당하지 않은 이상, 환자들을 일일이 기억하기란 힘들어요. 병원을 찾는 환자 수도 그만큼 많고요."

나는 그의 말을 무시한 채 물었다.

"당시 응급실 담당자는 누구였죠?"

관리자는 한숨을 내뱉었다. 그리고는 EMR을 살핀 후 당시 담당 의사가 병원에 있다고 말끝을 흐렸다.

"그분 성함이 어떻게 되시죠?"

"잠시만요."

조심스럽게 통화를 시도하던 관리자가 수화기를 내려놓으며 말했다.

"지금 너무 바빠서 내려오실 수 없다는데요. 기억이 나지도 않고요."

"기다리겠어요."

고개를 젓는 관리자를 물끄러미 바라보았다.

누구였을까? 누가 장이를 병원에 데려온 걸까? 그리고 대체 누가 버젓이 죽은 엄마의 이름을 보호자란에 적어둔 걸까. 해순이 일단은 나가자며 고갯짓을 했다. 나는 팔짱을 낀 채 움직이지 않았다. 관리자는 우리를 무시한 채 다시 자신의 일로 돌아갔다. 그때 누군가가 우리를 불렀다.

응급실 중앙 스테이션에 꼿꼿하게 선 채 업무를 보고 있던 차지 간호사였다. 사십 대로 보이는 마른 남자였다. 그가 시계를 힐끗 본 후 병원 바깥으로 우리를 안내했다.

간호사는 우리에게 병원 벤치에 앉으라고 말하고 나서 자신은 꼿꼿한 자세로 섰다. 그의 입에서 빠른 말들이 쏟아져 나왔다.

"시간이 없어서 금방 들어가봐야 합니다. 저는 이 병원에서 근무한 지 이십 년이 됐고요. 윤장이라고 하면, 예전에 TV에 나왔던 아이를 말씀하시는 거죠?"

"네."

"똑똑한 아이였던 걸로 기억합니다. 뭐 때문에 병원에 왔었는지는 기억하시나요?"

"화상이라고 적혀 있었어요."

"네, 혼자 라면을 먹으려다 다리에 끓는 물을 쏟아서 병원에 왔었어요."

"기억하시나요?"

"네, 드물지만 어떤 것들은. 아이가 처음에는 진료를 받지 않으려고 고집을 부렸어요. 아마 겁에 질렸던 탓이겠죠. 그런데 치료를 받고 나서는 저한테 사인을 해주겠다고 하더라고요. 재미있는 아이였습니다. 그게 귀여워서 사인을 받아뒀는데 그걸 어디에 뒀는지 모르겠군요. 궁금한 게 뭐죠?"

"장이는 병원에 혼자 왔었나요?"

그가 턱을 괸 채 잠시 생각에 잠겼다.

"아니요."

"누군가와 함께 왔던 거죠?"

"네, 제가 기억하는 게 맞다면. 정확한 건 결코 부모와 함께 오진 않았다는 거예요. 그때는 윤장이의 부모가 누구인지는 온 국민이 알고 있었죠. 저도 마찬가지고요. 함께 온 사람은 윤장이의 부모가 아니었습니다."

"어떤 사람이었죠?"

"젊은 여자였던 걸로 기억합니다."

젊은 여자. 또다시 젊은 여자였다.

"젊은 여자요?"

"네, 긴 머리에, 참하게 생긴 아가씨였던 걸로 기억합니다."

"그리고요? 다른 인상착의는요?"

"모르겠어요. 예뻤고, 깔끔한 인상의 아가씨였어요. 브랜드까지는 모르겠지만 신경 쓴 차림이었고, 뭐랄까, 좋은 집안에서 잘 자란 듯한 느낌을 주는 그런 사람이었던 것 같아요. 그게 중요한가요?"

"네, 매우요."

"치료를 받은 아이가 여자에게 안기더군요. 그래서 둘이 각별한 사이인가 보다, 하고 언뜻 생각했었죠."

"그 사람이 보호자 기록을 작성했나요?"

"그럴 겁니다."

"그렇다면 그 사람이 거짓말을 했어요."

"거짓말이요?"

"그 사람이 적어둔 건 제 어머니 이름이에요."

"온 국민이 당신의 어머니를 아는데, 그 이름을 적었다고요?"

"네, 본명이요. 활동할 때는 다른 이름을 사용했거든요."

미간을 찌푸린 채 내 이야기를 듣던 간호사가 고개를 끄덕였다.

"생각해보니 그럴 수도 있겠군요. 응급실에서 보호자 인적사항까지 증명을 요구하지는 않거든요. 연락처만 받아놓는 정도지. 아마 그때 일어난 착오인 듯합니다. 적혀 있던 연락처도 잘못 기재된 것이던가요?"

"네, 예전 집 전화번호예요."

해순이 물었다.

"좀 더 기억나는 건 없나요?"

"뭐랄까, 아이가 TV에서 보던 것보다 작았어요. 너무 말랐고. 지저분한 상태였어요. 그래요, 그게 좀 이상했어요. 함께 온 여자는 깔끔하고 예쁜데 아이의 상태는 그다지 좋아 보이지 않았죠. 그래서 처음에는 그 아이가 TV에 나온 아이일 거라고는 생각지도 못했죠. 사인을 해준다기에 이런저런 이야기를 하다가 알게 된 거죠."

"무슨 이야기를요?"

"거기까지는 기억이 나지 않아요."

"젊은 여자를 뭐라고 불렀는지 혹시 기억하시나요?"

간호사는 미간을 찌푸렸다.

"모르겠어요. 불렀던가."

또다시 방향을 잃은 듯했다. 젊은 여자가 실재하고 있다는 사실만 알았을 뿐 그 이상의 소득이 없었다. 그때 생각에 잠겨 있던 간호사가 고개를 들었다.

"여자가 아이와 함께 사진을 찍었어요."

"사진이요?"

"그게 이상해 보였죠. 보통 응급실에 와서 사진을 찍지는 않거든요. 상식적으로 생각을 해보세요. 방금 전에 뜨거운 물을 뒤집어쓴 아이와 사진을 찍고 싶은가요?"

"어떤 사진이었죠?"

"그냥 나란히 어깨를 감싸고 있는 일반적인 사진이었어요."

"그렇군요."

"조금 화가 나서, 제가 진료를 시작해야 한다고 말했던 것 같습니다."

간호사가 손목시계를 쳐다보았다.

"이제 들어가봐야 할 것 같군요."

간호사가 잔 주름진 눈으로 나를 바라보며 말했다.

"아이는 잘 있나요?"

할 말이 없어서 그의 눈을 피했다. 그가 말했다.

"이제 와서 이런 걸 묻는 걸 보면 아이에게 무슨 문제가 생긴 모양이죠?"

간호사는 수많은 환자들을 상대해온 꼿꼿한 시선으로 나를 바라보았다. 이상한 말이지만 그의 단단함에 마음이 풀어져 나도 모르게 사실대로 말하고 말았다.

"동생이 잘 못 있는 것 같아요."

"잘 못 있으면 치료를 받아야죠."

"모르겠어요. 어떤 상태인지."

간호사가 고개를 끄덕였다.

"그때도 너무 황급히 퇴원을 했어요. 무슨 일인지는 모르겠지만 아이가 건강했으면 좋겠네요."

그가 장이를 아이라고 불러주는 게 왠지 좋았다. 나도 고개를 끄덕인 후 인사를 하고 병원을 나섰다.

* * *

해순이 차 문을 열며 말했다.

"긴 머리에 차분한 인상을 한 젊은 여자라……. 그런데 그녀가 보호자 기록을 거짓으로 작성했고요."

"자신을 드러내고 싶지 않았던 걸까요?"

"그렇겠죠. 깊이 연루되고 싶지 않았거나."

"그럴 수도 있겠네요."

해순이 물었다.

"그 여자는 장이와 알고 지내던 사이였던 걸까요?"

문득 예전 일이 생각났다. 부모님의 숱한 싸움의 원인 중 하나는 여자 문제였다. 아버지는 여자를 만나러 나갈 때 동생을 방패막이로 세우는 경우가 종종 있었다. 그러면 낌새를 챈 어머니가 핏발 선 눈으로 동생을 추궁하곤 했다.

'누구와 함께였냐, 누구를 만났냐, 뭘 했냐' 하고 말이다. 그러면 동생은 '예쁜 언니와 놀았다. 우리 셋뿐이었다, 호수 같은 데를 갔다' 하고 어머니에게 냄새를 풍기는 단서를 주곤 했다.

물론 그건 아버지와의 싸움이었지만 어머니의 분노는 동생을 향할 때가 많았다. 그녀는 동생에게 '그래서, 좋았냐?' 하고 물었다. 동생은 뭣도 모른 채 '좋았다'고 대답했다. 그러면 어머니는 동생을 때렸다. 아버지를 때리지 않고 동생을 때렸다. 엄한 사람한테 애교를 떨고 다니는 게 징글맞아 죽겠다고 말이다.

새삼 생각지 않을 수 없었다. 그게 징글맞은 일인가. 화상을 입은 상태에서 고통을 참으면서 자신에게 안락함을 제공할 수도 있는 누군가에게 등을 부비는 것이 정말로 징글맞은 짓인가.

나도 모르게 얼굴을 감쌌다.

"알고 지내던 사이가 아닐 수도 있어요."

"그렇군요."

"단서가 너무 없어요. 그런데 왜 화상을 입은 아이하고 사진을 찍었던 걸까요? 그게 너무 잔인하게 느껴지네요."

해순이 무언가 생각난 듯 주머니에서 지갑을 꺼냈다. 그러고는 그 안에서 사진을 한 장 꺼내 그것을 내게 건넸다.

사진은 가을 오후, 야외로 나간 해순과 윤재의 사진이었다.

추수가 끝난 듯한 벌판이었고 노르스름한 볕이 딱딱하게 선 부자를 비추고 있었다. 흰색으로 맞춰 입은 폴로 티셔츠는 누가 봐도 새것이었다. 해순은 소년의 어깨에 어색하게 팔을 두르고 있었다. 표정이 없는 소년은 어깨를 움츠린 채였다. 그들 뒤편으로 날아가는 열기구가 보였다.

"이건 누가 찍어준 거예요?"

"양평에서 이벤트로 열기구 체험을 했던 적이 있어요. 그때 체험자들한테 전부 기념으로 찍어준 사진이에요."

"즐거웠겠네요."

"네, 그때 딱 한 번이었어요."

물끄러미 사진을 내려다보았다. 해순의 말대로 그들은 그리 친밀한 사이가 아니었던 듯했다. 그 거리에서 느껴지는 슬픔이 있었다.

해순이 말했다.

"응급실에서 사진을 찍는 건 좀 부자연스럽죠."

"그렇죠."

"뭔가를 기념하려고 찍었던 건 아닐까요?"

"뭘요? 장이가 화상 입은 걸?"

해순이 고개를 저었다. 그때 불현듯 머리를 스치고 지나가는 생각이 있었다.

"이런 바보, 왜 여태 기억을 못 했지? 장이가 한창 유명할 때는 혼자 슈퍼에도 가지 못했어요. 보는 사람마다 같이 사진을 찍자고 하니까. 껌을 사먹겠다고 나갔다가 반나절이 지나서 돌아온 적도 있어요. 그렇게 찍은 사진이 여기저기에 올라오고……."

"여기저기에요?"

"네, 인터넷만 접속해도 동생의 동선을 파악할 수 있을 지경이었죠."

"흠, 그럼 만일 그 젊은 여자가 윤장이 팬이었다면?"

"인증 샷을 올렸겠죠."

남아 있는 동생의 팬 카페와 이미지 구글링을 하는 데만 하루가 갔다. 그러면서 새로 알게 된 건 의외로 동생의 사진이 많이 남아 있다는 사실이었다. 활동을 접은 지 십 년이 됐는데 말이다. 가족들과 억지로 함께 봐야 했던 〈밀리언달러 키즈〉 관련 사진을 제외하고는, 모두 다 처음 보는 것들이었다. 나는 자의로는 동생의 이미지를 찾아본 일이 없었다. 사진들을 보느라 눈이 피로해지기 시작할 무렵 나는 눈에 띄는 사진 한 장을 발견했다.

사진 속의 장이는 젊은 여자의 팔에 안겨 있었다. 마르고 꾀죄죄한 모습이었다. 아이는 여자의 목에 팔을 감았는데 그것이 벼랑 끝에 매달린 것처럼 절박해 보였다. 반면 여자는 웃고 있었다. 이십 대 중후반쯤 되었을까. 그녀는 머리카락을 곱게 세팅한 단정한 미인이었다. 여자는 카메라 각도를 비스듬히 해서 사진을 찍었다. 배경은 잘 보이지 않았다. 해순에게 사진을 보낸 후 전화를 걸었다.

"사진 좀 보세요."

"맞는 것 같은데요."

"의자색이 다르지 않아요?"

"구 년 전이니까요."

"음."

"잠시만요, 사진을 확대해볼게요."

말이 없던 해순이 급히 나를 불렀다.

"선이 씨, 확대된 사진 좀 보세요!"
"네, 확인할게요."
"뭉개져 있던 글자 말입니다, 그걸 선명하게 복원해봤어요. 병원 로고가 일치하지 않나요?"

그 다음은 생각보다 수월했다. 사진을 통해 이미지의 출처를 따라갔다.
"구 년 전에 올라온 사진이에요."
"어디에 올라온 건가요?"
"동생의 팬 카페 같은데요."
"그렇군요."

우리는 한동안 말이 없었다. 해순이 조심스럽게 입을 열었다.
"찾은 것 같은데요."

2부

방송에 나왔다고 해서 관심을 가졌었어요. 그런데 너무 지루했어요. 둔하고, 뭔가 자꾸 바라는 거지처럼 쳐다보고. 매일 집에 가야 한다는 말만 하고. 학원에 다니는 것도 아니고. SNS도 안 하고.

* * *

승호는 묵묵히 호수를 내려다보았다. 곧 있으면 폐석산이 마주 보이는 담수호 위로 돼지 떼가 떠오를 터였다. 야구장 두 개 넓이의 호수에 서른 명 가까이 되는 사람들이 그것을 기다리고 있었다. 수중 폐쇄회로 화면을 살피던 경찰 관계자가 말했다.

"곧 떠오를 것 같은데요."

"그래?"

"녀석들 몸이 들썩들썩합니다."

누군가가 '드디어 접신인가' 하고 우스갯소리를 했다. 승호는 고개를 끄덕였다. 곧 죽은 돼지들이 일어날 터였다.

삼 일 전, 선별된 돼지 스무 마리가 트럭을 타고 호수에 왔다. 담수호에 도착한 녀석들은 자신들의 죽음을 알고 있는 것만 같았다. 눈에 두려움이 어려 있었다. 그들은 자신의 들린 코처럼 허공에서 끊어져버릴 비명을 '끼에에엑' 하고 질러댔다.

승호는 돼지 열 마리를 죽였다. 그리고 열 마리는 기절을 시켰다. 그는 돼지들에게 주사를 놓기 전에 부드러운 녀석들의 가죽을 손으로 훑었다. 장갑을 끼고 있었지만 살아있는 돼지의 온기가 느껴졌다.

사람의 피부와 가장 유사하다고 하여 엄선된 30킬로그램의 돼지들이었다. 무게가 조금 덜나가거나 더 나갔다면 그런 일을 겪지 않아도 되었을 녀석들이기도 했다. 그러나 승호는 곧 고개를 털었다. 축사 안의 삶이었다. 언제가 되든 인간에 의해 죽음을 맞이할 것이다.

그는 어떤 죽음은 불행하고 또 어떤 죽음은 덜 불행하다고 말할 자신이 없었다. 아니 그런 말을 할 자격이 없었던 건지도 모른다.

사고는 순식간에 일어났다. 승호는 그 일에 대해 누구에게도 말할 수가 없었다. 사고를 알아챈 그는 비명을 지르는 대신 간신히 입술을 물었다. '왜요?' 하고 물어오는 보조사의 말을 무시한 채 그는 죽어가는 돼지들과 눈을 맞췄다. 덜덜거리는 오한이 종아리에서부터 몸을 타고 올라왔다.

승호가 스트레스에 시달리고 있기는 했다. 그는 얼마 전 아내와 이혼을 결심했다. 그리고 도망치듯 이사했다. 이사한 집은 심히 최악이었다. 위 아래로 천둥벌거숭이들이 살고 있었기 때문이다. 특히 윗집, 그 집 아이들은 틈만 나면 뛰었다. 뛰는 병에 걸린 것만 같았다. 미친 돼지 새끼들.

물론 항의를 시도한 일도 있었다. 위층으로 올라가 현관문을 두드렸고, 그곳에서는 가는귀가 먹은 할아버지가 나왔다. 족히 일흔은 되어 보이는 노인이었다. 그는 전등을 갈고 있었던 듯 색이 바랜 폐형광등을 든 채 '알았다. 알았다' 하고 고개를 끄덕였다.

그러고는 승호가 말을 끝내기도 전에 굽은 등을 돌려 문을 닫았다. 문 너머로 무언가가 깨지는 소리가 났다. 폐형광

등인 듯했다. 걱정이 된 승호가 문을 두드렸다. 닫힌 문은 열리지 않았다.

그날 밤은 누구도 뛰지 않았다. 승호는 겁에 질린 채 천장을 향해 귀를 기울였다. 누가 존재하기나 했었느냐는 듯 위층은 조용했다. 왜 뛰지 않는 걸까. 무슨 일이 있었던 걸까. 그러니까 도리어 잠이 오지 않았다.

다음 날, 무슨 일이 있었느냐는 듯 아이들은 다시 뛰기 시작했다. 안 되겠다, 승호가 건물주에게 항의를 하자 그는 '싼 집에서 무엇을 바라느냐. 절이 힘들면 중이 떠나야지' 하고 중얼거렸다. 자신은 할 수 있는 일이 없다고 말이다.

승호는 항변을 포기했다. 할 수 있는 일은 다한 것 아닌가. 힘들면 내가 떠나야지. 승호의 그런 순응적인 성격은 아내가 늘 지적하고 화를 냈던 부분이었지만 그렇다고 해서 어쩐단 말인가. 아이들인 것을. 노인인 것을. 부글거리는 짜증을 외면했다. 불면의 밤이 이어지고 있었다.

그때 들고 일어난 것이 승호의 아랫집 사람들이었다. 삼 일 전 그들은 승호의 집을 방문했다. 그가 겨우 잠들었을 때였다. 새벽 3시, 아랫집 치들은 거침없이 승호의 현관문을 두드렸다. 승호가 문을 열자 눈이 빨간 중년 부부가 팔짱을 낀 채 서 있었다.

남자는 운동을 한 듯 팔뚝이 우람했다. 신경질적으로 보이는 여자는 호피 잠옷을 여미며 속사포 같은 말들을 쏟아냈다.

그들은 '하루 종일, 당신 때문에 잠을 잘 수가 없다'고 말했다. 승호는 펄쩍뛰며 고개를 저었다. 그는 부부에게 자신이 아침 일찍 출근해 밤늦게 돌아온다는 사실을 이해시키려 애썼다. 집에 있을 때도 없는 사람처럼 생활한다는 사실을 강조하기 위해 고양이 흉내를 내며 걸었다. 그러나 부부는 막무가내였다.

그들은 기르고 있던 강아지가 스트레스성 발작을 일으켰다고 했다. 녀석을 동물병원 응급실에 입원시키고 돌아오는 길이라고 말이다. 승호에게 병원비를 청구할 거라고도 했다. 승호는 하지도 않은 잘못에 대해 내가 수의사라는 무의미한 변명까지 늘어놓았다.

남자는 승호의 멱살을 잡으려는 듯 두툼한 팔뚝을 들어 올렸다.

때맞춰 구원의 손길이 뻗어왔다. 쿵쿵, 쿵쿵, 윗집 아이들이 다시 뛰기 시작한 것이다, 새벽 3시에. 승호는 안도의 웃음을 지으며 손가락을 들어 윗집을 가리켰다.

"봐요, 제 말이 맞죠?"

"아니 어떻게 두 층 위에서 나는 소음이 우리한테까지 들려?"

부부는 믿을 수 없다며 자신들의 집으로 내려갔다. 승호도 함께 갔다. 놀랍게도 쿵쿵대는 소리가 아랫집까지 전달되고 있었다.

집을 어떻게 이따위로 지은 건가? 사람들은 어떻게 이따위로 생겨먹은 건가? 부부는 미안하다는 사과 한마디 없이 씩씩댔다. 더 크게 분노하면 사과를 하지 않아도 되는 것처럼 말이다. 그들은 승호를 남겨둔 채 그의 윗집으로 돌격했다.

승호는 집으로 돌아와 자리에 누웠다. 그리고 조용히 높아지는 고성에 귀를 기울였다.

예전 같았으면 싸움을 중재하려는 시도라도 해보았을 것이다. 그러나 승호는 이제 앞장서서 큰 목소리를 내고 싶은 마음이 없었다. 싸울 테면 싸우라지. 너희들이 죽어나가도 나는 눈 하나 깜짝하지 않겠다. 지쳤다. 너무나도 지쳐 있었다.

돼지 문제만 해도 그랬다. 이번 연구는 힘겹게 성사된 것이었다.

계획된 실험 내용은 이랬다. 돼지들을 데려다 물속에 넣는다. 반은 죽이고, 반은 살린 채로. 그래서 녀석들이 목숨을 잃는 시간, 가라앉고 떠오르는 시간, 부패 정도를 수심과 수질, 수온과 관련해 수중 CCTV로 지켜볼 예정이었다.

돼지를 위한 실험은 아니었다. 늘 그러하듯 인간을 위한 것이었다. 돼지의 가죽이 인간의 피부와 유사하므로 그들의 목숨을 취하는 것이다. 실험을 하자고 인간을 죽일 수는 없으니까.

의미가 없는 것은 아니었다. 그 실험은, 익사체의 사인을 밝히고 그것이 수장된 시기를 추정하는 데 도움을 줄 것이다. 게다가 죽은 돼지로부터 유전자를 검출해내는 연구에 성공하면, 익사체의 신원을 확인하는 일이 보다 쉬워질 것이다.

그 실험은 수중 사체의 비밀을 밝히는 데 도움이 될 터였다.

여기에는 경찰뿐만 아니라 법의학 교수, 수의사, 동물실험 윤리위원회까지 참가했다. 승호는 수의사 자격으로 이 프로젝트에 투입됐다. 실험에 들어가기 전, 돼지들에게 사용할 약의 종류와 돼지를 선별하는 작업이 그를 통해 이루어졌다.

그러나 돼지를 선택하는 과정에서 약간의 문제가 있었다. '실험 자체가 잔인하다, 불필요하게 너무 많은 돼지를 죽이는 것 아니냐' 하는 동물실험윤리위원회와의 마찰이었다. 그 분쟁에서 총대를 멘 것은 승호였다. 딱히 그가 원해서 그 일을 한 것은 아니었다. 그러나 누군가는 그것을 해야 했고, 상관의 지시가 떨어졌고, 승호는 집단을 대표한 채 앞으로 나갔다.

사회적 가면을 썼지만 그렇다고 해서 그가 상처를 받지 않은 건 아니었다. 승호를 앞장세웠던 자들은 안전한 자리에서 입을 다물었다. 승호는 자신이 결정하지도 않은 일에 대한 책임을 피할 수 없었다.

승호가 그에 대해 항의하자 '누군가는 해야 할 일 아니냐. 꼬우면 나가든가' 하는 대답이 돌아왔다. 수고했다는 말도 없었다. 그저 밥그릇을 지키고 싶으면 제자리에 있으라는 무언의 명령뿐이었다.

윗집에서 나는 고성이 점점 험악해지고 있었다. 중요한 밤이었다. 승호는 아침이 되면 일찍, 실험이 이루어질 경기도 인근의 호수로 가야만 했다. 아랫집 남자와 여자의 고함, 노인의 목소리는 좀처럼 잦아들지 않았다. 중간중간 무언가가 깨지는 소리가 났다.

승호는 눈을 질끈 감았다. 그는 언제 썼던 건지도 모르는 귀마개를 찾아 그것을 고막 근처에 욱여넣은 채 겨우 잠을 청했다.

새벽에 어렴풋이 사이렌 소리를 들은 것 같기는 했다.

그날 아침 승호는 약속된 담수호로 갔다. 주사바늘은 고운 돼지의 목에 물컹 하고 들어갔다. 그는 돼지들을 죽이거나 쓰러뜨렸다. 그 일을 하며 '이것이 수의사의 일인가?' 하고 잠시 생각했다. 짐승을 위하자고 그 일을 시작해놓고 인간을 위해 돼지들을 죽이고 있었다.

잠이 부족했던 건지 잡념 때문인지 사고는 그때 일어났다.

마취만 시켰어야 할 돼지에 극약 주사를 잘못 처방한 것이다. 예정대로라면 죽은 채로 물에 빠져야 할 돼지가 열 마리, 산 채로 들어가야 할 돼지가 열 마리였다. 그러나 승호의 실수로 열한 마리의 돼지가 죽었다.

무의미한 죽음이었다. 그런 어처구니없는 실수라니. 그러나 마취약을 맞고 쓰러진 돼지들이 죽은 돼지들과 비슷해 보였기 때문에 승호의 잘못을 눈치챈 사람은 없었다. 승호는 기진맥진한 얼굴로 집에 돌아왔다.

그날, 윗집 할아버지는 주택 앞에 나와 있었다. 굽은 등의 남자는 승호를 빤히 바라보았다. 무엇을 말하는 건지 알 수 없는 눈이었다. 승호는 불편한 마음에, 노인에게 어색한 목례를 건넸다. 할아버지는 그의 인사를 받아주지 않았다. 그날 밤은 누구도 뛰지 않았다.

다음 날도 마찬가지였다. 노인은 이른 아침부터 주택 앞에 나와 있었다. 승호는 모른 척, 머리를 쓸며 그를 지나쳤다. 노인은 승호를 물끄러미 바라보았다.

그날 저녁 승호는, 윗집 할아버지가 손자를 죽였다는 소식을 들었다. 아랫집 사람들이 집으로 돌아간 후 분노한 노인이 손자에게 화풀이를 한 것이다. 그러나 사이렌은 울린 일이 없었다. 손자는 병원에 가지 못한 채로 방치되었다. 그리고 시름시름 앓다 이틀 전에 목숨을 잃었다. 노인은 자수를 했다고 했다.

돼지를 물에 빠뜨린 지 삼 일이 되었다. 승호는 돼지 사체를 수거하기 위해 다시 호수로 갔다. 그가 가지 않아도 되는 자리였지만 굳이 갔다. 그는 자신이 죽인 돼지를 직접 확인하고 싶었다. 표식을 보지 않아도 어쩐지 그 돼지만은 한눈에 알아볼 수 있을 것 같았다.

수중 폐쇄회로 화면을 확인하던 경찰 관계자가 말했다.

"돼지들이 보이지 않습니다."

"뭐야?"

"뭔가가 렌즈를 가로막았어요."

사람들은 긴장했다.

"그게 뭔데?"

"모르겠는데요. 카메라를 완전히 덮었어요. 대체 이게 뭐지?"

"뭔지 확인하고 얼른 건져내."

사람들이 분주해졌다. 잠수복을 입은 자들이 호수에 뛰어들 준비를 했다. 그때 화면을 보던 경찰이 다시 입을 열었다.

"잠시만요."

"뭐야?"

"돼지들이 보입니다. 장애물이 화면에서 사라졌어요."

사람들이 한숨을 몰아쉬었다. 모두가 각자의 자리로 돌아갔다. 곧 있으면 돼지들이 떠오를 터였다. 승호는 팔짱을 푼 채 호수를 내려다보았다.

그때였다. 퉁퉁 불은 희고 큰 덩어리가 물 위로 떠오른 것은. 승호는 생각했다. 옷을 입은 돼지가 있었던가? 엎어져 있는 옷을 입은 돼지?

문득 그것의 발이 승호의 눈에 들어왔다. 희고 쭈글쭈글한 고무 양말을 신은 것처럼, 발의 표피가 진피층에서 떨어져 들려 있었다. 표모피였다. 물속에서 오래 샤워를 할 때 손바닥을 쭈글쭈글하게 만드는 표모피가 발 전체에, 돼지곱창처럼 형성되어 있었다. 승호는 멍하니 그것을 내려다보았다.

누군가가 멍청한 목소리로 물었다.

"돼지 맞아?"

"그런 것 같은데."

"저게 어딜 봐서 돼지야?"

"그럼 뭐야?"

"사람이잖아."

"사람?"

"사람 맞는데?"

"사람이 대체 왜 여기 있어?"

"돼지 대신에 사람을 넣은 거 아니야?"

"대체 무슨 말을 하는 거야?"

그랬다. 그건 사람이었다. 엎어져 있던 그것이 몸을 뒤집었다. 희고 팅팅 불은 얼굴, 물속에서 얻은 것인 듯 이마에 난 삼각형 모양의 상처, 부패가 진행되어 옷깃에 팽팽하게 죄어진 몸, 발기된 성기, 그것은 젊은 남자의 사체였다.

승호는 뒷걸음질을 쳤다. 어쩐지 그 시체가 돼지인 것만 같았다. 자신이 주사를 잘못 놔서 헛되게 죽어버린 돼지 말이다. 그것이 인간으로 위장한 채 물 위로 떠오른 게 아닐까. 그런 비논리적인 생각이 그를 뒤흔들고 있었다.

그때 남자의 시체 주변으로 하나둘, 돼지들이 떠오르기 시작했다. 몸을 뒤집고 배를 내놓은 채 하얗게 죽어 있는 돼지들 말이다. 그들이 하늘을 바라보는 형상으로 떠오르고 있었다. 그때 누군가가 외쳤다.

"익사체가 발견됐다! 어서 본부로 연락해!"

고정권이요? 병신이죠. 근데 엮이면 위험해요. 위험한 병신이거든요. 엮이는 애들이 잘못인 거예요. 그런데 서윤재랑 윤장이는 왜 그런 거래요?

* * *

"고정권이 시체로 발견됐어요."

김경희 형사가 잠긴 목소리로 말했다. 나는 멍하니 그녀의 얼굴을 바라보았다.

"이로써 사건의 희생자가 둘로 늘었습니다."

고정권은 경기도 외곽 호수에서 익사체로 발견되었다. 법의관은 그의 사망 시간을 삼 일 전으로 추정하고 있었다. 여러 가지 검사를 해보아야겠지만 폐 이외의 장기에서 플랑크톤이 검출되지 않은 것으로 보아, 고정권은 물에 빠지기 전에 사망했다.

그는 사망한 채로 팔다리가 묶이고 몸에 추를 매단 채 물에 빠졌다. 그러나 추와 끈이 수중 손괴 과정을 거치면서 해체되었다. 떠오르지 않았어도 될 시체가 떠오른 것이다.

한 가지 사실만은 분명했다. 누군가가 고정권을 살해했다.

김경희 형사가 말했다.

"연구팀이 익사체 실험을 시작한 시간과 고정권이 물에 빠진 시간이 미묘하게 비껴간 듯해요. 범인이 그 장소에 나타났었던 거죠."

"그 장면을 목격한 사람은 없대요?"

형사가 고개를 저었다.

"자신이 범인이라고 주장하는 사람이 있긴 한데, 말이 안 되는 소리죠."

"누구죠?"

"연구팀의 수의사인데 이야기를 해보니 완전 돌아버린 것 같더군요."

"사인은요?"

형사가 손으로 목을 긋는 시늉을 했다.

"멱을 따였어요. 여름철 사체라 손상이 심해요."

"서윤재를 죽인 사람과 고정권을 죽인 사람은 같은 사람일까요?"

"모르죠."

입술을 만지작거리던 형사가 흘리듯 말했다.

"우리는 다른 사람일 거라고 추정하고 있어요."

"왜죠?"

"아무래도 사인에 차이가 있으니까. 속단할 수 없는 문제예요."

그녀는 늘 그러하듯 애매하게 고개를 저었다.

김경희 형사는 장이의 신변을 위해 비밀수사가 보장되어야 하는 상황이다, 그런데 기자가 냄새를 맡고 사건을 쑤시고 다니는 통에 골치가 아프다며 고개를 저었다. 나에게도 조심하라고 말이다.

형사가 물었다.

"요즘도 계속 서해순 씨와 장이 학생의 흔적을 좇고 있는 건가요?"

"네."

"이범준이 경찰서에 왔었어요."

"이범준이요?"

우리가 낯선 곳으로 끌고 가 모진 짓을 한 소년이었다. 긴장을 한 채 김경희 형사를 바라보았다. 그녀가 말했다.

"서윤재 사건 조사 차원으로 불렀었죠. 그런데 말이죠."

나는 형사를 바라보았다. 그녀가 말했다.

"서윤재가 아버지를 두려워했다고 말하더군요. 아버지가 자신을 죽일지 모른다고."

"그게 무슨 말이죠?"

"말 그대로예요."

뜻밖의 이야기에 놀라고 말았다. 형사가 나를 지그시 바라보았다. 나는 고개를 저었다.

"부자 사이가 좋지 않았다는 건 들어서 알고 있어요."

형사가 한숨을 내쉬었다.

나는 장이의 팬 카페가 살아있다는 이야기를 하려다 입을 다물었다. 아직 소득이 없는 상태에서 어린 장이의 흔적을 쫓고 있다고 말하기가 거북했다. 형사에게 물었다.

"서해순 씨도 고정권 소식을 아나요?"

"네, 연락은 해둔 상태예요. 고정권을 누구보다 찾고 싶어 하지 않았습니까."

"뭐라던가요?"

"그냥 알았다고 하고 전화를 끊더군요."

해순은 하루 종일 연락이 되지 않고 있었다. 김경희 형사가 말했다.

"조심해서 나쁠 건 없어요."

나는 '뭘요?' 하고 물을까 하다 알았다고 고개를 끄덕였다.

어느 날은 갑자기 머리를 짧게 자르고 나타났어요. 그 모습이 우스꽝스러웠죠.

* * *

면도를 마친 여자는 머리에 단발머리 가발을 얹었다. 눈썹은 문제 없었다. 반영구 눈썹 문신을 했으므로.

그 나이대의 여자들은 탈모에 시달리는 경우가 많았다. 폐

경이 오면 머리카락이 더 자주, 많이 빠진다고 했다. 그 때문에 많은 중년 여성들이 부분가발과 눈썹 문신을 시도하고 있었다. 그러나 그 사실은 여자에게 이롭게 작용했다. 그녀의 머리가 부자연스럽고 눈썹 문신이 괴이하게 느껴질지언정 여자가 하루에 한 번씩 스스로 자신의 몸에 난 털을 완전히 다 밀어버릴 거라고 생각하는 사람은 없었다.

여자는 오 분도 걸리지 않아 피부 화장을 마쳤다. 얼굴색을 보정하기 위한 파운데이션과 누드 톤의 립스틱이 끝이었다. 그녀는 물끄러미 거울을 바라보았다. 몸도 크고 얼굴도 크고 이목구비도 컸다. 사람들은 그녀에게 '너는 전부 다 크구나' 하고 말하곤 했다.

지금 같은 시대였다면 그것을 칭찬으로 받아들일 수도 있었겠지만 과거에는 그것이 비난으로 여겨졌었다. 누군가가 말했지. '이봐, 넌 너무 크다. 사람 옆에 설 때는 무릎을 낮추는 센스 정도는 갖춰라' 하고 말이다.

화장을 마친 여자가 닫힌 방문을 열었다. 민머리의 소녀가 침대에 모로 누워 있었다. 여자가 소녀의 뒤통수를 힐끔 쳐다보았다. 소녀의 어깨가 긴장한 듯 경직되어 있었다.

여자는 무심한 얼굴로 옷장을 열었다. 그녀는 검은색 코튼 티셔츠와 검은 재킷, 남색 바지를 꺼냈다. 모두 신축성이 좋은 소재였다. 여자는 느긋하게 옷을 걸쳤다. 그리고 문고리에 걸어둔 보스턴백을 어깨에 멨다. 그런 후 소녀에게로 다가갔다.

여자가 화상 자국이 있는 큰 손을 소녀의 민머리에 얹었다. 그녀는 소녀의 머리를 유심히 바라보았다. 그녀가 중얼거렸다.

"예쁘다. 예뻐."

그녀는 과일즙을 짜듯 잠시 소녀의 알통 머리를 움켜잡았다. 소녀는 눈을 질끈 감은 채로 꼼짝도 하지 않았다. 둘은 싸움을 벌이듯 잠시 그 자세로 정지해 있었다. 여자는 곧 몸을 일으켰고 다시 방문을 열고 나갔다.

여자는 청담동으로 향했다. 그곳에 가기 위해서는 환승을 여러 번 해야만 했다. 그곳에는 대형 미용실과 웨딩 숍이 밀집해 있었다. 휘황찬란한 동네였다. 이곳에 오면 여자들은 공주대접을 받는다지. 그리고 일생의 한 번 있는 호사니까 좋은 조건을 갖추어야 한다고 속삭인다지. 누가? 누굴까. 그러나 일생의 한 번이 될지, 몇 번이 될지 누가 아나.

여자는 크고 무심한 얼굴로 거리를 한차례 훑었다. 그녀가 웨딩 숍으로 들어서자 드레스를 손질하고 있던 막내 직원이 고개를 들었다.

"이모님, 오셨어요?"

여자는 고개를 끄덕였다. 직원은 여자의 끄덕임을 확인하지 않은 채 다시 드레스로 고개를 박았다. 표정이 좋지 않은 걸 보니 또 원장에게 혼이 난 모양이었다.

휴대전화가 울렸다. 웨딩 숍의 메인 헬퍼로부터 걸려온 전화였다. 여자는 통화 버튼을 눌렀다. 속사포 같은 목소리가 흘러나왔다.

"장이 이모, 숍이야?"

"네."

"이번 신부는 좀 까다롭다나 봐. 숍에서도 그런 진상이 없다더라고. 일부러 장이 이모를 붙인 거니까 신경 좀 써줘."

"네."

메인 헬퍼는 까다로운 신부들을 전부 여자에게 맡겼다. 여자는 숙련된 헬퍼였다. 크고 무뚝뚝한 여자를 보고 놀라는 신부는 있어도, 그녀의 일처리에 이의를 제기하는 신부는 없었다.

경력과 실력만 놓고 보면 여자는 한 드레스 숍 메인 헬퍼가 될 수도 있었다. 그러나 그녀의 외형이 험악했기 때문에 드레스 숍 원장들은 여자를 선호하지 않았다. 반면 메인 헬퍼들, 메인 자리가 위협 당하는 걸 원치 않으나 일을 믿고 맡길 사람을 원하는 메인 헬퍼들은 여자를 좋아했다. 여자는 그들의 자리를 욕심낸 적이 없었다.

하루 동안 신부에게 드레스를 입히고, 펴는 일을 하고 나면 현금으로 일당이 나왔다. 일당치고는 꽤 큰돈이었다. 그 돈을 벌려는 여자들이 넘쳐났다. 쓰고 버려지는 사람도, 새롭게 나타났다 사라지는 사람도 많았다. 누구도 서로의 구체적인 신상을 필요로 하지 않았다. 모든 게 다 알음알음으로 해결되는 바닥이었다. '믿을 만해?', '응, 믿을 만해', '그럼 전화번호 좀 알려줘봐' 하고 말이다.

신원을 요구하지 않았으므로 여자들은 누구나 자기가 원하는 이름으로 불릴 수 있었다. 그러나 그 일을 하는 대다수의 중년 여자들은 그랬다. 자신의 이름보다 누군가의 엄마로 불리는 데서 안정감을 느끼는 듯했다. OO엄마 아니면 OO이모. 여자도 그에 따라 자신의 이름을 택했다. 그녀는 그 바닥에서 장이 이모로 통했다.

장이 이모는 직원이 챙겨주는 드레스와 턱시도, 장신구들을 들고 웨딩 숍을 나섰다. 신부는 약속된 미용실에서 화장을 받고 있었다. 거울 속의 그녀는 울고 난 후인지 눈이 빨갰다. 장이 이모는 신부와 인사를 한 후 미용실 대기석에 앉아 신간 잡지를 넘기기 시작했다.

광고, 가십, 예쁘고 아름답게 꾸민 집, 새로 나온 가전들, 권태로운 부부관계를 회복시킬 수 있는 체위들 혹은 약들, 남편의 외도를 토로하는 익명의 고민 상담, 우리 아이를 똑똑하게 만들려면 어떻게 해야 하나, 연예인 내지는 전문가들의 인터뷰, 성공담과 실패담. 여자는 공부하듯 유심히 잡지를 넘겼다.

그때 표정이 좋지 않은 신랑이 신부에게 다가갔다. 그가 신부의 무릎 위로 차 키를 던졌다. 신부가 말했다.

"이게 뭐야?"

"달라며."

신부의 대꾸를 기다리지 않은 채 남자는 자리를 떴다. 신부를 따라온 친구가 말없이 열쇠를 챙겼다. 신부는 입술을 문 채 잠시 고개를 떨궜다. 화장을 하던 미용사가 '신부님, 입술 펴 주세요' 하고 말했다. 신부가 억지로 입술을 폈다. 그것이 가짜 미소를 띤 듯 우스꽝스러워 보였다.

여자가 결혼하는 걸 도운 커플은 4,000쌍이 넘었다. 그러나 모든 결혼이 성사되는 것은 아니었다. 결혼을 준비하고 웨딩 촬영을 하는 과정에서 파투가 나는 커플들도 종종 있었다. 결혼식을 무사히 마쳤다 하더라도 그들이 모두 잘 살고 있는지는 알 수 없었다. 알고 싶지도 않았다.

여자는 일을 할 때마다 자신이 어떤 죽음에 가담하고 있다는 느낌을 받았다. 이와 같이 시작부터 삐거덕거리는 경우에는 더욱이나 그랬다.

화장을 마친 신부와 그녀의 친구, 신랑과 여자는 웨딩 촬영장에 가기 위해 미용실을 나섰다. 신부의 친구가 운전석에 앉았다. 신랑이 조수석, 신부와 여자가 뒷좌석에 탔다. 차 안에서는 아무런 말도 오가지 않았다. 목적지를 반 정도 남겨뒀을 무렵 신랑이 신경질적으로 입을 열었다.

"내비대로 안 가고 있잖아."

"차가 막혀서 제가 아는 길로 가려고 하는 거예요."

"이봐요, 친구님. 댁이 길 전문가야? 내비대로 가주세요."

신부의 친구가 입을 다물었다. 신부가 날카롭게 말했다.

"도와주러 온 애한테 왜 그딴 식으로 말해? 예의 좀 지켜."

"예의?"

"반말하지 말라고."

"너야말로 예의 지켜. 우리 엄마는 네가 싸가지가 없어서 싫대. 내비대로 가요!"

"나랑 결혼하자고 한 건 너야! 너희 엄마가 아니라고."

"그래, 그래서 후회 중이다."

"뭐라고 했어?"

친구가 말했다.

"기다려보세요. 우선은 여기를 빠져나가야 하니까."

신랑이 '도대체 왜 온 거야? 도움이 안 돼' 하고 중얼거리며 창문으로 고개를 돌렸다. 신랑의 뒤에 앉아 있던 신부가 신랑의 좌석을 걷어찼다. 신랑이 뒤를 돌아보았다.

"뭐야!"

"예의 지키랬지."

"무슨 예의?"

"너한테는 나나 내 친구가 우스워?"

친구가 말했다.

"그만해. 괜찮아. 좋은 날인데 싸우지 마."

친구가 그 말을 하다 신호등 신호가 바뀌는 것을 놓쳤다. 뒤차가 클랙슨을 울렸다. 신랑이 주먹으로 글러브 박스를 내리쳤다. 신부가 말했다.

"치지 마."

"왜? 칠 건데?"

"내 차야. 이건 네 차가 아냐."

신랑이 다시 한번 글러브 박스를 쳤다.

"치지 말라고!"

신랑이 두어 번 거세게 그것을 내리쳤다. 신부가 비명을 지르기 시작했다. 신랑은 신부의 비명에 맞춰 글러브 박스를 두드렸다.

여자는 무표정한 얼굴로 그들을 바라보고 있었다. 친구는 쩔쩔맸고 신랑은 화가 나 있었다. 신부의 화장은 엉망이 됐다. 여자는 들고 온 가방에 손을 넣었다.

그 안에는 온갖 것들이 다 들어 있었다. 헬퍼는 신부의 화장을 수정해주고 여차하면 머리도 다시 만져주어야 한다. 그러므로 가지고 다닐 것이 많다. 파운데이션과 퍼프, 립스틱, 화장 솜, 촘촘한 빗과 실핀, U자 핀, 머리끈, 스프레이, 머리망, 바느질 도구와 고정 핀, 브래지어와 가슴 뽕, 손톱깎이와 작은 주머니용 칼까지.

가방을 뒤지던 여자는 물건을 꺼내다 그것을 바닥에 떨궜다. 그녀가 떨어뜨린 것은 주머니용 칼이었다. 여자는 그것을 주우려 했다. 그러나 신부가 빨랐다. 신부가 칼을 집어 들었다. 그녀가 그것을 펼치며 말했다.

"계속 이딴 식으로 굴면 이 결혼 못 해."

"그걸 말이라고 해?"

"계속 그렇게 해봐."

"내려놔. 정은아, 그거 내려놔."

장이 이모 역시 건성으로 '신부님!' 하고 외쳤다.

신부는 누구의 말도 귀에 들어오지 않는 듯했다. 그녀는 손에 쥔 칼로 신랑이 앉은 의자를 찢기 시작했다. 의자에 공들여 씌워놓은 천이 질겨 잘 찢어지지 않았다. 신랑이 '미친년! 미친년!' 하고 외쳤다. 장이 이모는 눈을 가늘게 뜬 채 그 장면을 바라보았다. 신부의 친구가 갓길로 급히 차를 세웠다.

신부가 차에서 뛰쳐나갔다. 신랑이 신부를 뒤쫓았다. 차 안에 남은 것은 신부의 친구와 장이 이모뿐이었다. 그들은 잠시 서로를 마주 보았다. 차 밖에서는 신부와 신랑이 몸싸움을 벌이고 있었다. 신랑이 신부의 따귀를 때렸다. 신부가 칼을 휘둘렀다. 그 과정에서 신랑의 손이 찢어졌다. 신부의 친구가 비명을 지르며 차 밖으로 나갔다. 급히 나가던 친구의 주머니에서 휴대전화가 떨어졌다.

무표정한 얼굴로 그 모습을 바라보던 여자는 조용히 휴대전화를 집어 들었다. 그녀는 번호를 누른 후 차분한 음성으로 말했다.

"거기 경찰서죠?"

여자는 생각했다. 아직은 죽음이 찾아오지 않았으므로 그들을 멈출 수 있을 것이다.

걔는 무슨 비밀이 그렇게 많아요? 그러면 친해지고 싶어도 친해질 수가 없잖아요.

* * *

누군가가 내 뒤를 밟고 있었다. 걸음을 빨리하기 시작했다. 그러자 나를 쫓는 걸음 역시 빨라졌다. 안 되겠다 싶어서 걸음을 멈췄다. 나는 가방에서 뭔가를 찾는 시늉을 하며 몸을 돌렸다. 검은 후드를 쓴 남자가 가로등 뒤로 사라지는 게 보였다.

내가 움직이지 않자 가로등 너머의 남자도 움직이지 않았다. 어쩐다. 심장이 뛰기 시작했다. 녀석은 나를 쫓고 있는 게 분명했다.

대로변은 이미 한참 전에 지나온 상태였다. 나는 집으로 향하는 골목을 앞두고 있었다. 길에는 중학생으로 보이는 소년 하나가 있었지만 그는 나와 반대 방향으로 걷고 있었다. 길고 적막한 골목으로 접어들면 완전히 홀로 남게 될 터였다. 녀석은 그 순간을 기다리고 있는 건지도 몰랐다.

휴대전화를 꺼내 해순에게 전화를 걸었다. 통화 버튼을 누르는 손가락이 떨렸다. 때마침 그가 전화를 받았다.

"누군가가 절 따라오는 것 같아요."

다짜고짜 용건부터 말하자 잠시 말이 없던 해순이 입을 열었다.

"어디예요?"

"집으로 가는 골목 앞이요."

"전에 준 우리 집 주소 기억해요?"

"네."

"어딘지 알아요?"

"네."

"그쪽으로 걸어오세요. 나갈 테니까."

"그럴게요."

"통화를 계속하면서 걸으세요. 여차하면 대로변으로 빠지는 겁니다."

"알겠어요. 우선은 그쪽으로 가서 연락할게요."

고맙다고 말한 후 길을 틀었다.

해순의 집이 있는 방향으로 가기 위해서는 큰 장애물이 하나 있었다. 어디로 가든 그렇겠지만, 녀석을 피하기 위해서는 왔던 길을 되돌아 놈을 지나가야만 하는 것이다. 두려워서 판단이 잘 서지 않았다. 그럼에도 불구하고 모든 감이, 거리에 놈과 단둘이 남아서는 안 된다고 말하고 있었다.

나는 나를 지나치는 소년을 향해 걸었다. 그리고 그의 등에 바짝 붙어 섰다. 여차하면 그에게 도움을 청할 생각이었다. 내가 지나치게 붙자 앞에 걷던 소년이 힐끔 나를 바라보았다. 소년은 키가 커서 얼굴이 잘 보이지 않았다.

나는 그의 목을 바라보며 '잠시만요. 이 길만 함께 걸어주세요' 하고 속삭였다. 소년이 나를 위아래로 훑어보는 게 느껴졌다. 그는 대답 없이 주머니에 손을 넣은 채 천천히 걸음을 옮겼다.

우리는 가로등을 향해 걷기 시작했다. 후드를 쓴 남자는 등을 돌린 채 주택의 돌담을 바라보고 서 있었다. 찬찬히 녀석을 바라보았다. 대체 누굴까. 단순 괴한인가. 천천히 걸어야 하나. 달려야 하나. 소년에게 괴한의 존재를 알려야 하나.

혹시 장이와 관련이 있는 사람은 아닐까. 그런 자라면 녀석을 잡아야 하는 게 아닐까. 경찰을 부르는 편이 나을까. 해순의 집까지 족히 십 분은 더 걸어야 했다. 휴대전화를 움켜쥐었다. 해순과 함께라면 녀석을 잡을 수 있을지도 몰랐다.

소년이 나를 힐끔대는 것이 느껴졌다. 그의 걸음이 점차 느려졌다. 좋지 못한 징조였다. 고개를 들어 그의 얼굴을 보았다. 소년이 무표정한 얼굴로 나를 내려다보았다. 나는 나도 모르게 뒷걸음질을 쳤다. 소년이 휘파람을 불기 시작했다.

"너……."

"왜요?"

나는 얼어붙은 채로 그를 바라보았다. 그러다 고개를 털었다. 바보 같은 말이지만 순간 그가 고정권으로 보였다. 닮은 것은 긴 얼굴형뿐이었는데 말이다.

그래, 누군가가 계속 죽어나가고 있지. 나는 그런 상황에 뛰어든 거고, 장이는 내내 그 안에 있었던 거지. 가방 안에 든 스프레이를 만지작거렸다. 장이를 쫓으면서 구비한 보잘것없는 보호 장비 중 하나였다.

나는 소년에게 빨리 가자고 말하려다 입을 다물었다. 그가 그곳에 있었던 건 우연일까?

나는 다음 커브 길을 목적지로 삼았다. 그곳을 지나면 작은 사거리가 나온다. 거기에서 사라지면 나를 쫓는 녀석은 분명 혼란에 빠질 것이다. 소년은 흥얼거림을 멈추지 않았다. 나의 안전이 자신에게 달려 있다는 것을 아는 것처럼.

오른쪽으로 굽어 있는 길에 이르렀을 때 나는 '도망가!' 하고 외치며 튀어나갔다. 그리고 해순의 집으로 향하는 두 번째 갈래 길로 달려 들어갔다. 함께 걷던 소년이 나를 바라보는 것이 느껴졌다. 나는 '도망가라고!' 하고 다시 한번 외쳤다.

나는 길 가운데, 움푹 들어간 단독주택 대문 앞으로 몸을 숨겼다. 더 뛰다가는 녀석이 내 발소리를 듣고 말 것이다. 입을 가린 채 거친 호흡이 가라앉기를 기다렸다. 녀석의 뜀박질 소리가 들려왔다. 그가 허둥대고 있었다. 그리고 곧 뛰기를 포기한 듯 걸음 소리가 멈췄다.

낮은 남자의 목소리가 들려왔다. 어딘가 익숙한 목소리였다.

"어디야?"

"네?"

소년에게 말을 건 듯했다.

"어디로 숨었어?"

"모르겠는데요."

남자는 말이 없었다. 그때였다. 소년이 말했다.

"알려주면 뭐 해줄 건데요?"

"없어. 아무것도 안 줘. 말해."

"에이, 한 번 봐줬다. 심심하니까 말해줄게요."

소년이 웃음기 어린 목소리로 말했다.

"저기요. 저기 저 길로 들어갔어요."

"고맙다."

"별말씀을."

타닥타닥, 가벼운 뜀박질 소리가 들려왔다. 멀리서 '도망가요, 누나! 내가 누나 있는 데 불었어!' 하고 외치는 소리가 들려왔다. 소년의 웃음소리가 사거리에 울려 퍼졌다. 예상치 못한 상황이었다. 왜 나는 소년의 선의가 나에게 향할 거라고 생각한 건가. 너무 쉽게 사람을 믿었다.

소년은 가버렸고 거리에는 녀석과 나만 남았다. 그때 담 너머의 개가 짖기 시작했다. 내 인기척이 거슬린 모양이었다. 나를 향해 다가오는 걸음 소리가 커지고 있었다. 숨이 가빠왔다. 녀석이 내가 서 있는 사잇길 안에 있었다.

그런 꿈들은 많이 꿨었다. 위험에 처하는 꿈, 달아나는 꿈. 그런 꿈속에서는 늘 비명조차 제대로 나와주지 않았다. 누군가가 내 성대를 주먹으로 틀어막고 있는 것만 같았다. 나는 가방에서 스프레이를 꺼내들었다. 최소한의 방어구. 칼이라도 넣어가지고 다닐 것을. 녀석의 걸음이 가까워졌다. 그가 코앞에 있었다. 녀석이 흐느끼듯 웃었다. 나는 비명을 지르며 뛰쳐나갔다.

순간 놀란 녀석이 뒤로 물러서는 것이 보였다. 나는 그의 눈을 향해 스프레이를 발사했다. 녀석이 양 눈을 움켜쥐며 뒷걸음질을 쳤다.

"악! 이게 뭐야, 이년이!"

나는 무릎을 세워 놈의 성기를 가격하려 했다. 발이 미끄러졌다. 다시 한번 무릎을 세워 녀석의 사타구니에 박아 넣었다. 녀석이 헉, 하고 쓰러져내렸다. 그러면서 내 종아리를 잡았다. 나는 뒤로 넘어졌다.

그때 누군가가 우리를 향해 달려오고 있었다. 해순이었다. 그가 쓰러진 남자의 팔을 꺾었다. 해순이 나를 일으키며 물었다.

"괜찮아요?"

"네."

"아는 놈입니까?"

"얼굴이 안 보여요."

해순이 남자의 머리채를 잡아 올렸다. 그가 다시 물었다.

"아는 얼굴이에요?"

"……네, 아는 얼굴이에요."

"누구?"

녀석은 열쇠집 아들이었다.

아들 녀석의 말에 의하면 길을 걷다가 우연히 나를 보았다고 했다. 그때부터 나를 쫓았다고 말이다.

녀석은 나에게 원한이 있었다. 내가 김경희 형사에게 녀석의 이야기를 했고, 그는 경찰서를 드나들며 조사를 받아야 했던 것이다. 물증이 없었기 때문에 녀석을 구속시킬 수는 없었다. 그러나 김경희 형사는 녀석을 집요하게 취조했다. 그 때문에 그는 나에게 원한을 품은 듯했다.

녀석이 해순을 바라보며 말했다.

"별다른 뜻은 없었어요. 그냥 단순히 저년을 놀래키고 싶었어요."

내가 물을 때는 대답도 제대로 하지 않다가 해순이 묻는 말에는 공손하게 잘도 말했다. 남자라면 이해할 수 있는 일 아니냐는 듯이. 더 웃긴 건 그 다음이었다. 녀석은 나를 노려보며 고압적으로 외쳤다.

"야, 아버지한테 가서 이게 다 네 실수였다고 말해."

대꾸를 하지 않았다.

"쌍년. 전부 잘못 안 거라고 말하라고."

"내가 뭘 잘못 안 거지?"

"윤장이랑 나는 서로 사랑하던 사이였어."

대답할 가치가 없는 말이라 아무 말도 하지 않았다. 녀석이 말했다.

"증거도 있어."

나도 모르게 웃음이 터져나왔다. 잊을 만하면 장이의 현실이 나를 덮쳤다. 그녀 주변에 포진해 있던 말도 되지 않는 인간들과 상황들이 불쑥불쑥 튀어나오는 것이다. 그럴 때마다 분노랄까, 비참함이랄까, 알 수 없는 감정들이 휘몰아치곤 했다.

해순이 물었다.

"증거가 뭐지?"

변태는 해순에게 휴대전화를 넘겼다. 해순이 그것을 내게 넘겼다. 변태가 발끈했다. 나는 개의치 않은 채 휴대전화 문자 목록을 훑기 시작했다.

"너, 나한테 이런 걸 보여줘도 되겠냐?"

"형사님한테도 보여드렸다! 나는 결백해."

그것은 변태가 홀로 장이에게 보낸 사랑고백이었다. 역겹기 짝이 없는.

사랑한다

한번 만나자

오늘 아침에 한 노란색 핀은 정말 예뻤다

보고 싶어

나 너 때문에 화났어

그러나 장이는 그에 대답한 일이 없었다. 문자를 주르륵 내리는데 장이가 한 유일한 답변이 눈에 띄었다. 그것은 장이가 실종되던 날 보낸 것이었다.

걸레년, 한 번만 하자.

해순과 나는 녀석을 다시 인근 지구대에 넘겼다. 녀석은 큰 처벌을 받지 않을 터였다. 다시 나와서 나를 죽인다 하더라도 나는 어찌할 수가 없었다. 이 땅의 법체계라는 것이 그랬다.

몰라요. 잠깐 알고 지낸 일이 있었어요. 그렇다고 친했던 건 아니고요. 근데 같이 놀던 애 중에 하나가 얘가 걸레라고 소문을 내기 시작했어요. 얘가 여기저기 꼬리를 치고 다닌다고요. 그러니까 남자애들도 곧 '섹스장이'라고 불렀어요. 걔는 그 후로는 혼자 다녔어요.

* * *

늦은 밤, 우리는 해순의 집 식탁에 마주 앉아 있었다. 차를 한잔 마시고 가라는 해순의 말에 고개를 끄덕였다. 집으로 바로 돌아가기가 두려웠던 것이다. 막상 들어오기는 했으나 경솔한 선택을 한 건 아닌가 하는 생각이 들었다.

그의 집은 아들과 둘이 살기 딱 좋은 방 세 개 구조의 깔끔한 빌라였다. 집 안에는 늙고 뚱뚱한, 리트리버가 홀로 잠을 자고 있었다.

어색한 기분에 자리에서 일어나 개에게로 다가갔다. 해순에게 물었다.

"몇 살이에요?"

"열다섯 살이에요."

"나이가 많네요."

"요즘 치매가 심해져서 큰일이에요. 아무것도 기억을 못 하는 것 같아요."

"언제부터 함께 산 거예요?"

"녀석이 태어날 때부터 봐왔어요."

해순이 무표정한 얼굴로 말했다. 투실투실한 개의 목을 쓸자 녀석이 눈을 감은 채 내게 머리를 기대왔다.

"차 한잔하고 윤재 방에서 자고 가요."

"아니요, 집에 가야 할 것 같아요."

"그럼 원하는 대로 하세요."

해순이 부엌에서 차를 내리기 시작했다. 나는 거실을 서성이다 작은 방으로 들어섰다. 서윤재의 방인 듯했다. 남자아이의 방이라는 걸 감안하고 보더라도 지나치게 살풍경했다. 침대와 옷장, 컴퓨터와 책상뿐이었다.

책상 서랍을 열어보았다. 든 게 없었다. 옷장을 열어보았다. 교복과 티셔츠 몇 장, 추리닝 두어 벌이 걸려 있을 뿐이었다. 옷장의 빈 공간을 빨간 샌드백이 채우고 있었다. 그것은 퍽이나 많이 두드린 듯 옆구리가 터져 있었다. 휑뎅그렁한 방에서 샌드백이 홀로 분노하고 있는 것처럼 느껴졌다. 책상과 책장 역시 텅텅 비어 있었다.

전체적으로 사람 사는 방 같지가 않았다.

방 밖으로 나왔다. 해순이 문 앞에서 나를 기다리고 있었다. 그에게 물었다.

"언제부터 여기서 산 거죠?"

"팔 년 정도 된 것 같아요."

"그렇군요."

"윤재랑 같이 살기 시작하면서 심기일전으로 이사를 한 거죠. 아이가 그걸 원했어요."

"사건 후에 아드님 방을 정리한 건가요?"

"아니요, 전혀."

"방에 원래 저렇게 물건이 없었나요?"

"네, 언제고 떠날 사람처럼 말이죠."

그를 바라보았다. 그가 팔짱을 낀 채 말했다.

"차 드시죠."

아이엘 램프 안의 필라멘트가 신경질적으로 반짝이고 있었다. 해순과 나는 거실 테이블에 앉아 묵묵히 차를 마셨다. 몸 안에 따뜻한 것이 들어가자 비명을 질러대던 마음이 조금씩 가라앉는 듯했다. 한 잔을 다 마시자 해순이 차를 더 따라주었다.

나는 김경희 형사를 만난 이야기를 간략하게 했다. 그는 고개를 끄덕였다. 그리고는 내게 이름과 휴대전화 번호가 적힌 쪽지를 건넸다.

"연락이 닿았나요?"

"네."

장이의 팬 카페에 사진을 올렸던 사람의 연락처였다. 알아내기 힘든 정보였다. 결국 해순이 정보 수집에 능통한 친구에게 연락해 여자의 신원을 의뢰했다. 그리고 결국 그것을 알아낸 것이다. 쪽지를 들여다보며 물었다.

"김미희?"

"아는 이름이에요?"

"전혀요."

"내일 오전 중에 시간이 된대요. 함께 갑시다."

나는 고개를 끄덕였다. 가라앉았던 마음이 다시 들끓기 시작했다.

그러나 그 전에, 걱정되는 문제가 있었다.

차를 한 모금 마신 후 입을 열었다.

"해순 씨."

"네."

"김경희 형사님의 전화를 받았죠?"

해순이 말없이 찻잔을 내려다보았다. 그가 조용히 입을 열었다.

"저보다 먼저 고정권을 죽인 사람이 있더군요."

"네."

"죽일 수 있다면 제가 녀석을 죽였을 겁니다."

"네."

내가 물었다.

"고정권은 동영상 때문에 죽은 걸까요?"

해순은 대답하지 않았다.

한동안 말이 없던 그가 뜻밖의 말을 해왔다.

"개가 곧 죽을 것 같아요."

"많이 아픈가요?"

"네, 아무래도 나이가 많다 보니까."

"그렇군요."

"요즘은 저 녀석을 곱게 보내주고 싶다는 생각을 해요."

말없이 그를 바라보았다. 그가 다시 말했다.

"안락사를 시키고 싶어요. 저 녀석을 제 손으로 죽여야겠어요."

"진심이에요?"

"녀석을 혼자 남겨둘 자신이 없어요."

"왜 혼자 남겨둘 거라고 생각하는 거죠."

"그냥 그런 생각이 들어요."

개는 자신을 두고 무슨 이야기가 오가는 줄도 알지 못한 채 살찐 목을 틀며 하품을 하고 있었다. 해순이 조용히 개를 바라보았다. 나는 왜냐고 묻지 않았다. 해순은 말을 아꼈지만 나 역시 그 기분이 무엇인지 알고 있었던 것이다. 고정권의 죽음이 가져다주는 충격은 그만큼 컸다.

나는 식어 있는 그의 손 위에 내 손을 얹었다. 한기가 손가락을 타고 올라왔다. 그것은 아마도 두려움이었다. 그가 손등을 뒤집어 내 손을 잡았다. 차갑고 축축한 손바닥이 내 손가락에 맞닿았다. 나는 그것을 물끄러미 내려다보았다.

장이에게 하트를 알려준 것은 나였다. 장이가 방송 출연을 하고 얼마 되지 않았을 때였다. 그러니까 사람들의 관심이 막 그녀에게 쏠리기 시작한 때, 우리의 사이가 그렇게까지 악화되지는 않았던 때 말이다.

당시 장이는 아버지에게 TV에 나가지 않겠다고 폭탄선언을 했다. 그럴 만도 했다. 모르는 사람들이 다가와 마구 그녀를 만져댔으니, 그녀는 겁에 질릴 대로 질려 있었다.

처음에는 장이를 어르고 달래던 아버지도 결국은 화를 냈다. 그는 동생이 두려워하는 이유를 알 수 없다고 말했다. '왜 무서운지 알아? 그건 네가 병신이라서 그래. 그렇게 계속 병신으로 살 생각이야?' 하고 말이다.

그러나 그때는 장이도 아버지의 말을 듣지 않았다. 우리는 모두 알고 있었다. 그녀가 한번 고집을 피우기 시작하면 그것을 말릴 수 있는 사람은 그리 많지 않다는 사실을. 무슨 말을 해도 아이가 요지부동이자 아버지는 애가 타기 시작했다.

그는 울부짖는 장이를 작은방으로 끌고 가 그곳에 가뒀다. '마음을 바꿀 때까지는 나올 생각도 하지 마! 밥도 없을 줄 알아' 하고 말이다. 다섯 살의 장이는 꼬박 하루를 버텼다. 너무 울어 목에서 색색거리는 소리가 나는데도 그녀는 마음을 굽히지 않았다.

그녀를 설득한 것은 나였다. 내가 방으로 들어갔을 때 장이는 윗배를 드러낸 채 비스듬히 누워 있었다. 붉고 열이 오른 얼굴이었다. 그녀의 통통한 발가락들은 힘없이 벌어져 있었다. 장이의 목에서 쉰 소리가 새어 나왔다.

"언니, 나 안 가. 섬 안 가."

그녀는 아버지에게 했던 말을 기계처럼 반복했다. 그런 그녀를 설득한 것은 나였다. '괜찮아, 괜찮아. 언니가 좋은 걸 알고 있어' 하고 말이다. 장이는 닫히려 하는 눈꺼풀을 떨며 나를 바라보았다. 그녀는 그게 무엇이냐고 물었다.

나는 그때 동생에게 여러 가지 신호들을 알려주었다. '네가 힘들면 나한테 신호를 보내. 그럼 네가 어떤 상태인지 내가 알 수 있을 테니까' 하고 말이다. 알려준 신호들이 전부 다 기억이 나지는 않는다. 하지만 몇 가지는 아직도 기억하고 있었다.

♥는 무서워, ♥♥는 토할 것 같아, ♥♥♥는 살려줘, 뭐 이런 것들.

굳이 하트를 선택한 것은 일종의 위장이었다. 하트가 그런 의미일 거라고 생각하는 사람은 없겠지. 우리는 그것이 퍽이나 좋은 방법이라고 생각했다. 장이는 우물거리며 신호를 외웠고 나는 그 모습을 흐뭇하게 바라봤다.

〈밀리언달러 키즈〉 다음 화 촬영에서 장이는 시도 때도 없이 손하트를 날렸다. 그녀가 울먹이는 얼굴로 그것을 했기 때문에 사람들은 그 모습을 보고 웃음을 터뜨렸다. 그녀를 웃음과 하트 속에 밀어 감춘 건 나인지도 몰랐다. '아빠, 제가 장이를 설득했어요' 하고 말하면서 말이다.

걸레년. 한 번만 하자.

해순의 몸이 나에게로 기울어졌다. 그의 어깨에 팔을 두르며 생각했다.

하트는 하나가 아니었다. 동생은 대체 어떤 마음으로 그것들을 찍은 건가. 대체 무슨 상황이었던 건가. 어쩌면 단순한 내 착각인지도 모른다. 그녀가 하트의 의미를 내가 알려준 대로 기억할 거라는 추측 자체가 말이 안 되는 것인지도 모른다.

그러나 나는 어쩐지 그것이 동생이 내게 보내는 신호인 것만 같았다. 그녀는 보복을 하듯 내가 알려준 방법으로, 구해달라고 말하고 있었다.

잘난 척을 하고 있는 것 같았어요. 나는 너희들이랑 달라, 하고 말이죠. 정말로 힘들었다면 도움을 청했으면 됐을 텐데요.

* * *

해가 지고 있었다. 다시 하늘이 불타기 시작했다. 집으로 돌아가던 장이 이모는 멈춰 섰다. 그녀는 양팔로 자신의 상체를 감싸 안았다. 머리가 지끈거리기 시작했다. 뇌라는 건 이상하기 짝이 없어서 붉은 하늘만 봐도 오래전에 입은 화상의 통증을 불러일으켰다.

장이 이모는 걸음을 빨리 놓기 시작했다. 집으로 돌아가야만 한다. 아이가 그녀를 기다리고 있었다. 그녀는 고통을 잊기 위해 홀로 중얼거렸다.

"다리가 무거워. 아파."

다시 중얼거렸다.

"죽어! 죽어!"

잠시 숨을 고르고 또다시 중얼거렸다.

"개새끼! 개새끼!"

그 음성이 분노에 차 있었다. 장이 이모의 맞은편에서 오던 청년이 그녀를 힐끔 본 후 최대한 그녀와 거리를 두고 걸었다. 장이 이모는 그 사실도 깨닫지 못한 채 눈살을 찌푸렸다. 그녀는 이를 악물었다. 악문 이 사이로 신음이 새어 나왔다.

장이 이모는 달리기 시작했다. 그러나 숨이 찬 듯 십 미터를 채 가지 못해 멈춰 섰다. 잠시 걷던 그녀는 다시 달리기 시작했다. 그러다 오 미터를 가지 못해 멈춰 섰다. 또 달렸다. 멈춰 섰다. 체력이 무의미하게 소진되고 있었다.

장이 이모는 가까스로 집에 도착했다. 그녀는 베란다로 가 백 인치는 족히 될 법한 트렁크를 들고 나타났다. 그리고 숙련된 솜씨로 짐을 싸기 시작했다. 옷가지들과 세면도구, 가벼운 신발 두어 켤레, 두어 개의 휴대전화와 카메라, 충전 단자들, 코펠과 등산용 소형 버너, LED 랜턴, 작은 석유난로, 접이용 삽을 넣자 트렁크가 가득 찼다. 그녀는 모아두었던 현금 다발을 세어 재킷 안주머니에 넣었다. 그녀의 가슴이 불균형하게 튀어나왔다.

트렁크 가방을 닫은 장이 이모는 창가로 다가가 바깥을 확인했다. 하늘은 여전히 붉었다. 그녀는 조용히 블라인드를 내린 후 여자아이가 있는 방으로 갔다.

장이 이모가 여자아이의 민머리를 쓸었다.

"머리가 많이 자랐구나."

여자아이는 꿈쩍도 하지 않고 있었다. 장이 이모는 개의치 않고 트렁크에서 일회용 면도기를 꺼내왔다. 그것으로 여자아이의 막 자라나는 머리털을 밀기 시작했다. 거칠게 살을 긁는 소리가 방 안에 울려 퍼졌다. 쉐이빙 크림 없이 막바로 하는 면도에 여자아이의 두피가 성이 난 듯 붉게 솟아올랐다.

"곧 그가 올 거야."

장이 이모는 잠시 상체를 끌어안은 채 신음 소리를 내뱉었다. '흐으으윽' 하는 소리가 그녀의 입에서 새어 나왔다. 그녀는 정신을 차리려는 듯 고개를 털며 말했다.

"가야 해."

여자아이는 꿈쩍도 하지 않은 채 등을 돌리고 누워 있었다. 여자는 분주하게 면도기를 다시 가방에 넣었다. 그러고는 트렁크를 굴려 밖으로 나갔다. 그녀는 대문을 열기 전에 꼼꼼히 주변을 살폈다. 곧 가방을 집 뒤에 주차된 낡은 중형차에 실었다.

방으로 돌아온 장이 이모는 사지가 묶여 있는 여자아이를 둘러멨다. 여자아이는 그때까지도 미동이 없었다. 덩치가 큰 여자는 또 다시 혼잣말로 중얼거렸다.

"가야 해."

여자아이는 아무것도 듣지 않기로 결심한 듯 반응이 없었다. 장이 이모는 여자아이를 둘러멘 채 잠시 멀뚱히 서 있었다. 그러다 마음이 바뀐 듯 여자아이를 침대 위에 내동댕이쳤다. 장이 이모가 말했다.

"성가셔."

여자아이가 그 말에 움찔하며 장이 이모를 돌아봤다. 그녀가 다시 말했다.

"네가 귀찮아."

여자아이는 고집스럽게 고개를 돌렸다.

장이 이모는 차로 돌아가 가방에 넣어두었던 칼을 꺼내왔다. 그녀가 칼로 어린 여자아이를 겨눴다. 잘 벼려진 날카로운 칼이었다. 여자아이가 몸을 꿈틀거리기 시작했다. 장이 이모가 다시 말했다.

"가야 해."

장이 이모는 칼로 여자아이의 팔과 다리를 묶은 끈을 제거하기 시작했다. 여자아이의 다리가 가늘게 떨렸다. 그녀는 움직이지 않은 채 허공을 물끄러미 바라보았다. 끌질을 하는 통에 장이 이모의 가발이 그녀의 머리 위에서 왔다 갔다 했다. 마침내 노끈이 모두 떨어져나갔다. 여자아이는 자유로워진 자신의 팔과 다리를 힐끔 쳐다보았다.

그 후 여자는 준비해두었던 석유를 집에 뿌리기 시작했다. 그리고 여자아이가 있는 방으로 돌아와 쓰고 있던 가발을 벗었다. 그것을 거칠게 석유통에 담갔다 뺐다. 기름이 인조 머리카락을 따라 바닥으로 흘렀다. 그다음엔 라이터 불을 켜 가짜

머리에 불을 붙였다.

그녀는 불타오르는 머리털을 방 한가운데 던졌다.

불이 솟아오르기 시작했다. 장이 이모는 여자아이를 힐끔 쳐다보았다.

"전부 다 불에 타버릴 거야."

장이 이모가 웃었다. 그녀 홀로 다시 말했다.

"우리 같이 죽을까?"

장이 이모는 대답을 기다리듯 홀로 서 있었다. 여자아이는 움직이지 않았다. 장이 이모가 집을 나섰다. 여자아이는 타오르는 불길을 물끄러미 바라보았다.

장이 이모가 집을 나가고 불길이 침대에 옮겨 붙기 시작했다. 여자아이는 침대 위에 깔려 있던 담요로 얼굴과 몸을 감쌌다. 그러고는 바닥으로 몸을 던졌다. 한동안 몸을 움직이지 않은 탓에 몸놀림이 둔하고 힘이 없었다.

열려 있던 옷장의 이음새가 불타 옷장 문이 내려앉았다. 그것이 여자아이의 귀 옆으로 떨어졌다. 그녀는 그것을 피해 베란다까지 기었다. 집이 내려앉고 있었다. 열 때문에 주변이 잘 보이지 않았다.

창가 밑으로 간 여자아이는 몸을 일으켰다. 그녀는 창문을 깨려는 듯 주변을 살폈지만 딱히 눈에 띄는 물건은 없었다. 담요로 몸을 감싼 여자아이는 창밖을 한차례 살핀 후 그로부터 멀어졌다. 그리고 달려서, 창문을 향해 몸을 날렸다.

여자아이가 창밖으로 떨어졌다. 잠시 엎어져 있던 그녀는 몸을 일으켰다. 그녀는 다리를 절뚝이며 집으로부터 멀어졌다. 이제 불로부터 안전하겠다 싶은 거리까지 간 여자아이는 집을 한 번 바라본 후 주변을 둘러보았다.

자신이 있던 곳이 컨테이너 박스라는 것도, 일대가 빈 집으로 가득 찬 재개발지구라는 것도 처음 깨달은 얼굴이었다. 여자아이는 곧 흥미를 잃은 듯 휘적이며 집으로부터 멀어지기 시작했다. 그녀는 한 발 한 발 후미진 골목을 향해 나아갔다.

차에 탄 채로 대문을 바라보고 있던 장이 이모가 차 밖으로 나갔다. 집에 불을 붙인 지 십여 분이 지났다. 문이 열렸어도 한참 전에 열렸어야 했다. 장이 이모는 불덩이가 된 집을 한 바퀴 돌다 뒤쪽 창문이 깨져 있는 것을 발견했다. 그것을 본 그녀는 빙그레 홀로 미소 지었다.

장이 이모는 차를 운전해 천천히 재개발지구를 가로질렀다. 그녀는 결코 서두르지 않았다. 첫 번째 골목을 살피고, 두 번째 골목, 세 번째 골목을 지나 네 번째 골목에 다다랐을 때 장이 이모는 그곳에서 찾던 것을 발견했다.

어린 여자아이가 담요를 뒤집어쓴 채 골목길에 쓰러져 있었다. 장이 이모는 여자아이를 한 손으로 들어 올려 차에 실었다. 그리고는 유유히 어딘가로 사라졌다.

그래도 학교 밖에 친구가 있었을걸요. 맨날 교실에서 제일 먼저 나갔는데.

* * *

'장이 엄마들'은 근 십이 년 된, 동생의 팬 카페였다. 그곳에 가면 장이의 흥망성쇠를 한눈에 볼 수 있다. 막 인기를 얻기 시작한 초창기부터 팬들이 늘어나던 시기, 장이의 행동 하나하나에 의미를 부여하는 시선들, 폭발적으로 뿜어져 나오는 찬사와 옹호, 늘어나기 시작하는 골수팬들, 방송 밖 장이의 주변까지 확대되는 관심, 간혹 나타났다 사라지는 의구의 말들, 애정을 가장한 비난들, 끊임없는 시시비비들, 고개를 들기 시작하는 배신감, 분노. 어떻게 그럴 수 있죠? 장이가 어떤 아이인지 알고 있다고 생각했는데 지금은 그 아이가 끔찍하게 느껴지네요.

우리는 동생에 대한 애정이 심화되고, 분노와 실망으로 바뀌었다, 마침내는 무관심으로 향해가는 긴 여정을 바라보았다. 머릿속에 가장 먼저 떠오른 의문은 이것이었다. 어린 동생은 사람들의 그런 감정 변화를 이해할 수 있었을까?

'장이 엄마들'은 지금은 이름만을 유지하고 있는 팬 카페로, 회원들의 활동이 끊어진 지 오래였다.

문제의 사진은, 구 년 전 '장이 엄마들'에 올라온 사진이었다. 그러니까 동생이 여덟 살 때 그 사진을 찍었다는 말이 된다. 짐작건대 그때 그녀는 혼자였다. 사진 속 동생의 추레한 모습이 그 가설을 뒷받침하고 있었다. 그리고 그 후, 동생은 누군가를 만났다.

그런 의미에서 김미희를 만나는 것은 중요했다. 그녀는 그때의 동생을 알고 있었다. 그녀는 내가 모르는 동생의 삶의 공백을 메워줄 것이다. 당시의 장이가 어땠는지 이야기해줄 터였다. 혹은 동생이 만난 그 누군가가 그녀인 건지도 모른다. 어떤 가능성도 배제할 수가 없었다.

우리는 오후 12시 10분, 시내의 한 카페에서 만났다.

나는 처음에는 김미희를 알아보지 못했다. 삼십 대 후반으로 보이는 여자가 카페에 들어섰을 때도, 그녀가 우리에게 다가올 때까지도 나는 그녀가 김미희라는 사실을 눈치채지 못했다. 그녀가 우리 앞에 서서 '장이 때문에 연락하셨던?' 하고 물었을 때야 나는 깜짝 놀라 자리에서 일어났다.

김미희는 사진과는 사뭇 다른 모습이었다. 그녀는 흰색 민소매 블라우스와 얇은 청 스키니를 입고 있었다. 작은 체구였고 얼굴에는 화장기가 전혀 없었다. 그녀는 어깨까지 오는 단발머리를 하나로 묶고 있었다. 얼굴이 크게 달라진 것은 아니지만 예전에 비해 차림새가 단출하고 소박해 보였다.

게다가 김미희는 강렬한 신체적 특징을 얻은 상태였는데 민소매 아래 그녀의 오른팔은 팔꿈치 위까지, 반 이상이 절단되어 있었다.

내가 일어선 채로 머뭇거리자 김미희가 왼손을 내밀어 악수를 청했다. 나도 왼손을 내밀었다. 조금은 어색하고 불편한 악수였다. 그러나 그녀의 손은 작고 따뜻했다.

"김미희입니다."

그녀는 한 손으로 클러치를 뒤져 명함을 내밀었다. 거기에는 사설 복식(服食) 박물관 소속을 나타내는 그녀의 직함이 적혀 있었다. 해순과 내가 자기소개를 하자 김미희는 차분히 고개를 끄덕였다.

그녀가 자리에 앉으며 물었다.

"장이를 찾고 있다고요?"

"네, 아시겠지만 팬 카페에 올린 사진을 보고 연락드렸습니다."

"흠, 이런 날이 올 줄은 몰랐네요."

김미희는 쓰게 웃었다. 메뉴판에서 음료를 고르며 그녀가 물었다.

"뭐가 궁금하신 거죠?"

"구 년 전에 장이를 어떻게 만났는지, 장이가 어떤 상태였는지 자세히 알고 싶어서 연락드렸습니다."

김미희는 카페의 냉기에 한기가 오른 듯 왼손으로 오른팔을 쓸며 말했다.

"바로 본론으로 들어가는 게 낫겠죠?"

"네."

내가 녹음을 해도 괜찮겠느냐고 묻자 그녀는 상관없다며 고개를 저었다.

"장이를 어떻게 만났는지부터 말씀을 드려야 되겠죠?"

"네."

그녀는 물끄러미 테이블을 바라보았다. 그리고 한차례 한숨을 내쉰 후 입을 열었다.

"2005년 무렵, 휴대전화를 새것으로 바꿨어요. 그때 번호도 함께 바꿨죠. 제가 주기적으로 전화번호 바꾸는 걸 좋아하거든요. 의미 없는 관계도 정리할 수 있고, 뭔가 단출해지는 느낌이랄까요. 아무튼 번호를 바꿨는데, 그 바뀐 번호로 자꾸 이상한 연락이 오더라고요."

"어떤 연락이었나요?"

"엄마를 찾는 문자였어요. 이를테면, '엄마, 보고 싶어. 엄마, 언제 와?' 같은 내용의 문자 말이에요. 처음에는 장난 문자인 줄 알고 무시했는데 계속 오더군요."

김미희가 냉수로 목을 축인 후 말을 이었다.

"그런데 말이죠. 맞춤법도 그렇고 말투도 그렇고, 가만히 보니까 상대가 어린아이인 것 같더라고요. 알고 보니 제가 새로 받은 번호가 아이 엄마의 번호였던 거죠, 이미 죽고 없는."

"그렇군요."

"짐작하시겠지만 저한테 그 문자를 보낸 아이가 장이였어요."

이번에는 내가 목을 축였다. 김미희가 말을 이었다.

"장이는 자기를 감추려고 하지도 않더군요. 제가 누구냐 물으니까, 그 아이는 자기가 밀리언달러 키즈에 나왔던 윤장이라고 했어요."

"왜 그랬을까요?"

"음, 외로웠던 것 같아요. 알아달라는 느낌이 강하게 들었어요."

"그렇군요."

"어쨌거나 밀리언달러 키즈는 저도 좋아했던 방송이고, 무엇보다도 장이가 걱정이 됐죠. 나이도 어린애가 낯선 사람한테 그렇게 신원을 밝혀서 어쩌려고 그러나, 하고 말이에요. 그래서 어떻게 해야 하나 고민하다가 아이와 문자를 주고받기 시작했어요."

"엄마인 척하고요?"

"아니요, 자꾸 엄마라고 부르려고 하기에, 나는 네 엄마가 아니라고 말했죠. 장이가 엄마의 죽음을 받아들이지 못하는 것 같아서 그냥 아이가 하는 말만 받아주었을 뿐이에요."

"어떻게요?"

"그냥 잡다한 말들이었어요. 밥은 먹었니, 숙제는 잘 했니, 낯선 사람하고 말 섞지 마라, 오늘은 추우니까 단단히 챙겨입고 나가라, 일반적으로 부모가 해줄 법한 그런 말들이요."

김미희가 말을 이었다.

"처음에는 저도 신이 났어요. 그래서 장이 팬 카페에 가입해서 문자 내역을 올리기도 했죠. 장이가 이렇게 힘든 상황이다, 나와 이런 문자를 주고받고 있다, 하는 글들을 말이죠. 보셨나요?"

"네."

"그때만 해도 장이 팬들이 남아 있던 때라서 이런저런 호응이 많았어요. 아이가 불쌍하다, 우리가 원조를 해주면 어떻겠느냐, 하고 말이에요."

"그런 움직임들이 있었나요?"

"네, 팬 카페 회장이 장이 아버지와 만났다고 하더군요. 그리고 장이에게 도움을 주고 싶다고 말하는 과정에서 싸움이 있었던 모양이에요. 장이 아버지가 일정 금액의 돈을 다달이 달라고 요구했더라고요."

"아버지가요?"

"네, 화가 난 회장이 장이 아버지와 있었던 일을 팬 카페에 고스란히 이야기했고요. 그때 장이 팬들이 많이 떨어져나간 걸로 알아요. 분노한 회장도 매니저직을 다른 사람한테 넘긴 후 사이트를 떠났고요."

"그랬군요."

"네, 그 후로 팬 카페에 부침이 좀 있었어요. 당시 원조에 참여했던 사람들 대다수가 장이의 골수팬이었거든요. 그들 중 상당 부분이 떨어져나가다 보니 사이트가 많이 휘청였죠."

내가 물었다.

"장이와 연락을 계속하셨나요?"

김미희는 말을 멈춘 후 잠시 한숨을 내쉬었다.

"아니요, 연락을 계속했다면 좋았겠지만 그러지 못했어요. 당시의 저로서는 좀 버겁더군요. 아이가 저한테 의지를 많이 하는 것 같고……. 미안합니다. 그 사실이 부담스러웠어요."

"그때 연락했던 내용을 볼 수 있을까요?"

김미희가 충전을 하는 데 애를 먹었다며 구형 휴대전화를 내밀었다.

나는 그녀와 장이가 주고받았던 문자 내역을 살펴보았다. 일상적인 내용들이었다. 연락이 왕성했던 건 그녀가 막 핸드폰을 바꾸었다는 2005년 두어 달뿐이었다. 그 이후로는 대화가 눈에 띄게 줄어들고 있었다. 장이가 말을 걸었고 김미희가 그것을 무시하거나 단답형으로 대답하는 그런 내용들이었다. 그러나 그것은 김미희를 비난할 일이 아니었다. 두 달이면 오히려 꽤 오래 참아준 편에 속했다.

고개를 숙이고 있던 김미희가 말했다.

"연락이 끊어지고 한동안 왕래가 없었어요. 그런데 그 다음 해 갑자기 장이로부터 전화가 왔어요. 도와달라고요. 주변에 아무도 없다고."

"무슨 일이었죠?"

"라면을 먹으려다 끓는 물을 다리에 쏟았다고 하더라고요. 그래서 그때 장이와 함께 병원에 갔었죠."

나는 손으로 얼굴을 감싸 쥐었다.

해순이 물었다.

"그 전에도 장이를 본 일이 있나요?"

"아니요, 그때가 처음이자 마지막이었어요."

해순과 나는 서로를 마주 보았다. 1학년 때의 담임이 보았다고 하는 젊은 여자는 대체 누구인가? 김미희가 말을 이었다.

"그리고 병원에서 찍었던 사진을 철없이 팬 카페에 올렸죠. 과시하듯. 보셨겠죠?"

고개를 끄덕였다. 그녀에게 물었다.

"병원 기록도 직접 작성하셨나요?"

"부끄러운 일입니다만, 장이에게 물어서 어머니의 본명과 전화번호를 적었어요."

"그랬군요."

그걸로 이야기가 끝나는 듯했다. 다른 질문으로 넘어가려는데 말없이 커피 잔을 돌리던 김미희가 다시 입을 열었다.

"그런데 마음에 걸리는 게 있어요."

"그게 뭐죠?"

"장이를 병원에 데려갔을 때 위기에 처한 아이를 도왔다는 뿌듯함도 있었지만요, 반대로 '이 관계를 정리할 때가 됐다' 하고 생각했던 것도 사실이에요. 옆에서 책임을 다하지 못할 바에야 깊이 관여하지 않는 편이 낫다고요. 장이와의 관계가 깊어지는 걸 원치 않았던 거죠."

김미희가 말을 이었다.

"병원에서 만났을 때 아이는 많이 힘들어 보였어요. 옷도 갈아입은 지 오래되었고, 몸에서는 냄새도 좀 났고. 아이에게 아버지는 어디 계시냐고 물으니까 곧 돌아온다는 말만 하더라고요. 복지관에 연락을 할까 생각을 하기도 했는데 그러면 또 일이 복잡해질 것 같았어요. 그래서 아버지가 돌아올 거라는 아이의 말을 믿은 거죠."

"아버지와 함께 있는 상황은 아니었고요?"

"그렇죠."

"동생이 그때는 혼자였군요."

"네, 그리고 다음 해 휴대전화를 바꾸면서 번호까지 바꾸게 됐어요. 고질병이 도진 거죠. 그때 문득 장이 생각이 났어요. 마지막으로 아이가 잘 지내나 연락을 했었죠."

"연락을 받던가요?"

김미희가 고개를 저었다.

"휴대전화가 꺼진 상태였어요."

"그때가 정확히 언제죠?"

"2007년 8월이었을 거예요."

"그랬군요."

나는 단 한 번도 동생에게 연락을 한 일이 없었다. 찾아간 일도 없었다.

김미희가 잠시 환멸어린 시선으로 테이블을 내려다보았다.

"그때 제가 어떻게 했는지 아세요?"

"어떻게 하셨나요?"

"아이를 찾아가는 건 번거롭다, 그렇다면 이 책임을 남에게 넘기자, 하고 생각했죠. 그래서 장이 팬 카페에 번호를 바꿀 거라는 글을 올렸어요. '휴대전화 명의를 해지할 거다. 원하는 사람에게 이 번호를 주겠다' 하고 말이에요."

"게시글을 봤습니다. 그때 관심을 보였던 사람들이 누구인지는 기억하시나요?"

"음, 그렇게까지 치열하지는 않았지만 경쟁이 좀 있었어요. 한 열댓 명이 모였죠."

"그 열댓 명이 누구죠?"

"모르겠어요. 명단이 남아 있는지 집에 가서 찾아볼게요. 아마 없을 거예요."

"네, 꼭 그래주세요. 정말 중요한 정보입니다."

"그럴게요. 어쨌거나 그 열댓 명을 모아서 채팅방을 열었어요. 우스운 일이지만 장이에 대해 얼마나 알고 있는지 퀴즈 대회도 열고, 그 아이에 대한 애정도를 테스트하는 그런 시간을 가졌었던 것 같아요. 그 일을 하느니 아이한테 연락을 한 번 더 했으면 됐을 텐데 말이죠. 어쨌거나 그중에 한 명을 선발했어요."

심장이 거세게 뛰었다. 그것을 지그시 누르며 물었다.

"누가 선정됐죠?"

"여자 분이었어요."

"얼굴도 보셨나요?"

"아니요, 통화만 했어요. 굳이 만나는 건 부담스러우니까 시간을 정해놓고 같은 타이밍에 명의를 변경하기로 한 거죠. 제가 약속된 시간에 명의를 해지하면 공중에 뜬 번호를 그분이 가져가는 식으로요."

"그 사람의 이름이나 전화번호를 알 수 있을까요?"

"안타깝지만 이름을 몰라요. 저도 제 실명을 밝히길 원치 않았으니까, 묻지도 않았죠. 그냥 서로를 아이디로 불렀을 뿐이에요."

"전화번호는요?"

"있긴 있어요. 번호를 넘기려면 연락처를 알아야 했으니까. 그런데 아마 소용없을 거예요. 명의를 바꿀 때 제 번호를 이어 받았으니 안다고 해도 의미가 없죠."

"혹시 모르니 아이디와 전화번호를 알려주실 수 있을까요?"

"아이디는 hjlove75였고요. 전화번호는 여기 있어요."

그녀가 메모지에 아이디와 전화번호를 적어 내게 건넸다.

"고맙습니다. 큰 도움이 될 것 같아요."

김미희가 잠시 망설였다. 내가 말했다.

"사소한 거라도 전부 말씀해주시면 큰 도움이 될 거예요."

"이 이야기는 하지 않으려 했는데……."

"무슨 이야기죠?"

"이건 어디까지나 제 추측이니까 참고만 하세요."

"네, 그럴게요."

"hjlove75하고 통화를 했다고 했잖아요."

"네."

"그런데 그 목소리가 귀가 익었어요."

"아는 목소리였나요?"

"네, 귀에 익다, 익다, 하면서도 그게 누군지 딱히 생각나진 않아서 그냥 넘어갔죠. 그러다 몇 년 뒤에 불현듯 깨달은 거예요."

"누구죠?"

"이건 정말 제 미친 가설일 뿐이니 귀담아듣지는 마세요."

"알겠습니다. 참고만 할게요."

"배우 김현지 있죠?"

"네?"

"이상한 말이죠. 몇 년 전에 TV만 켜놓고 다른 짓을 하고 있는데 텔레비전에서 귀에 익은 목소리가 나오더군요. 데자뷰네, 하면서 듣다가 그게 퍼뜩 과거에 들었던 목소리라는 사실을 깨달았어요. 누구인가 봤더니 김현지였고요."

"〈엄마의 무덤〉에 나온 김현지 말인가요?"

김미희가 고개를 끄덕였다. 우리는 잠시 서로를 마주 보았다.

내가 말했다.

"그렇군요. 참고할게요. 그런데 번호를 이어받기 위해 사람들이 모였던 채팅방에서 어떤 대화가 오갔는지 알 수 있을까요?"

"그 부분이 거의 기억이 안 나요. 분명한 건 다들 전문가였다는 거예요. 장이에 대해 모르는 게 없더군요. 아이의 사소한 습관이라든가 말버릇, 심리 같은 것들도 꿰고 있었고요."

"모두가 전문가였다면 왜 하필 hjlove75를 골랐던 건가요?"

"여자라서요. 여자아이를 부탁하기에는 같은 성별이 낫다고 생각했던 거죠. 게다가 돈이 많아 보였어요. '돈이 많으면 아이에게 더 많은 원조를 할 수 있겠지' 하고 단순하게 생각했던 거예요. 요약하면 이런 겁니다. 장이에 대해 지나치게 잘 아는 돈이 많은 여자. 나중에 생각해보니 그런 사람이라서 장이에게 더 위험했을 수도 있겠더라고요. 그런 부분들을 간과했던 거죠."

"그 여자에게 왜 돈이 많다고 생각했나요?"

"본인이 이런저런 암시를 줬던 것 같은데……. 잘 기억은 안 나네요. 우선 집이 두 채라고 했었고요. 아, 장이네 동네에 집이 있어서 장이에게 자주 왔다 갔다 할 수 있을 거라고 했어요! 그것도 그 사람을 선택한 중요한 이유 중 하나였죠."

김미희가 물었다.

"그런데, 통신사를 통해 번호를 이어받은 사람의 신원을 알아낼 수는 없나요?"

해순이 조사한 사실을 이야기했다.

"그 번호는 현재 사용하고 있는 사람이 없답니다. 통신사에 물어보니 탈퇴한 명의자 기록을 간직하는 건 불법이라고 하더군요. 전부 삭제가 된대요. 그러니까 팔 년 전 그 번호를 썼던 사람은 영원히 알 수 없는 거죠."

김미희가 미간을 찌푸린 채 고개를 끄덕였다.

나는 앞으로의 향방에 대해 생각하며 무심코 김미희의 팔을 내려다보았다. 그녀가 어깨를 으쓱해 보이며 쓰게 웃었다. 김미희가 말했다.

"사람들이 장이한테 등을 돌렸던 결정적 계기가 100회 특집이었죠?"

"네."

"구덩이에 빠진 아이들을 내버려둔 채 장이가 '그 안에 카메라가 있느냐' 하고 물었던 그 장면 말이죠."

"그랬죠."

"시간이 지나고 그때 생각을 참 많이 했어요."

"왜죠?"

"생각해보면 정말 징그러운 장면이잖아요. 위기에 처한 친구들을, 그들이 정말 친구였는지는 알 수 없지만요, 그들을 내버려둔 채 어딘가에 숨어 있을 카메라만 신경 쓴다는 게."

나는 김미희를 바라보았다. 그녀가 말했다.

"그런데 말이죠. 이해가 가지 않는 것도 아니에요. 장이가 그 세계에 너무 길들여져 있었던 게 아닌가, 하는 생각이 들어요. 그러니까 그 아이에게는, 자신을 뒤쫓아 다니는 카메라의 시선이 전부였던 거죠. 위기에 처한 친구들을 무시할 수 있을 만큼."

"그런가요?"

"네, 문득 그런 생각이 들었어요. 저는 오 년 전에 아는 사람한테 팔을 잃었어요. 가해자는 직장 상사였죠. 어처구니없는 일이었어요. 그가 퇴근길에 무턱대고 달려들어서 공격을 하더라고요. 상사가 정신과 치료를 받던 중이라는 사실은 나중에 알았어요."

김미희가 말을 이었다.

"이상한 건요, 그때 더 격렬히 소리치고 더 강하게 반항을 했어야 했는데 제가 그러지 못했다는 거예요. 그 사고가 회사 밖에서 일어난 일이었음에도 불구하고."

"보통 그렇지 않나요?"

"보통 그렇죠. 하지만 그 보통이 무서운 거 아닌가요? 저는 이미 그 질서에 길들여져 있었던 거예요. 가해자는 제 상사고, 저보다 나이가 많았죠. 저는 그런 상대에게는 복종하고 예의를 지켜야 한다고 배웠거든요."

"네."

"그게 얼마나 무서운 건지 아세요? 제 생명이 위험에 처했을 때도 저는 그 위계질서 아래에 있었어요. 그리고 제가 학습해온 양식에 따라 행동했어요, 예의를 지켰던 거죠. 생명이 위급한 그 순간에 말이에요."

내가 한숨을 내쉬었다. 김미희가 쓰게 웃으며 말했다.

"그래서 팔을 잃었죠."

김미희가 나를 바라보며 말했다.

"그 일을 겪고 장이 생각을 많이 했어요. 카메라가 지배하는 세상에서의 다섯 살짜리 꼬마라니. 장이의 경우는 저보다 더 위험한 거죠."

김미희는 할 말을 다 했다는 듯 자리에서 일어났다. 궁금한 점이 있으면 또 연락 달라는 말을 덧붙이며 그녀가 말했다.

"팔을 잃은 뒤에 많은 게 변했어요. 그리 나쁘지만은 않은 쪽으로요. 장이도 그랬으면 좋겠군요."

김미희는 절단된 팔을 휘저으며 카페를 나섰다.

*뭘 하고 싶냐고 물었을 때 개는 아무도 없는 곳으로 가고 싶다고 했어요. 거기서 뭘 할 거냐고 했더니, 자고 싶다고 하더라고요. 저는 '잠은 집에서 자면 되잖아?' 하고 말했죠. 순간 개가 '네가 없는 곳으로 가고 싶다'*는 *눈으로 저를 쳐다봤던 기억이 나요.*

* * *

불 꺼진 집에는 오랫동안 사람이 살지 않은 듯했다. 가구 위에 씌워진 흰 천과 암막 커튼 위에는 두툼한 먼지가 쌓여 있었다. 그것을 열어젖히면 유행이 지난 인테리어, 비싸고 조화롭지만 재미는 없는 그런 집이 드러날 것이다.

집 주인 역시 그 사실을 의식한 듯 본인의 것으로 추정되는 사진을 응접실 가득 붙여 두었다. 전신과 반신, 클로즈업된 얼굴, 부분적으로 찍혀 있는 여자의 손과 발, 귀, 아름답고 관리가 잘된 듯 보이는 중년 여성의 사진이 벽면을 가득 메우고 있었다.

그리고 자세히 보면 그 위에, 뱉은 지 얼마 되지 않은 가래침이 묻어 있었다.

여자는 단독주택의 빽빽한 대문을 열고 정원으로 들어섰다. 그녀는 늦은 밤, 사 년 만에 그곳을 찾았다. 그녀에게는 그럴 만한 사정이 있었다. 그러나 사람들은 모두 그녀가 외국에 나간 줄 알고 있었다.

여자는 잠시 멈춰서 황량한 정원을 둘러보았다. 그녀가 옅은 한숨을 내뱉었다. 그러고는 쓰고 있던 검은 페도라를 벗었다. 그녀는 이른 나이에 세어버린 풍성한 백발머리를 쓸어 넘겼다. 백발 아래에는 머리카락과 대조되게 팽팽하고 매끈한 얼굴이 자리하고 있었다. 왼쪽 볼에는 엄지손가락 길이만한 자상이 있었는데 그것이 그녀의 외모를 돋보이게끔 했다.

여자는 정원을 가로질러 독채로 된 주택으로 다가갔다. 2층 발코니에서 내부로 이어지는 유리창이 깨져 있었지만 여자가 선 자리에서는 그것이 보이지 않았다. 그녀는 현관문에 열쇠를 넣어 돌렸다. 관리를 전혀 하지 않은 탓에 문이 잘 열리지 않았다. 여자는 신경질적으로 문을 당겼다. 그녀는 서너 차례 힘을 준 끝에 그것을 겨우 열었다.

여자는 신발장을 지나 응접실로 들어섰다. 불을 켜지는 않았다. 그녀는 그것을 원치 않았다. 여자는 터벅터벅 소파로 걸어가 그것을 덮고 있는 흰 천을 당겼다. 뽀얗고 음침한 먼지가 피어올랐다. 여자가 손과 고개를 휘저으며 뒤로 물러섰다. 그녀는 잠시 먼지가 가라앉길 기다리다가 그것을 포기한 듯 소파에 주저앉았다. 다시 먼지 떼가 일어났고 여자가 그 위로 얼굴을 묻었다.

회사 대표와 매니저를 제외하고는 그녀가 이곳에 있다는 사실을 아는 사람은 없었다. 대표는 그녀에게 외국에 나갈 것을 강권했다. 그녀는 거절했다. 딱히 다른 대안이 있는 것도 아니었지만 어디에도 가고 싶지 않았다. 대표의 말에 따라 외국으로 나가면 그녀는 돌아올 수 없을 것이다. 대표는 '모든 게 다 마무리되면 부르겠다'고 말했지만 더 이상 그녀의 손을 잡아 줄 생각이 없는 듯했다. 여자는 그 사실을 알고 있었다.

결국 대표는 '아무 데도 가지 않겠다'는 여자의 고집에 양손을 들어 올렸다. 그는 그녀에게 한동안 빈 집에 숨어 있을 것을 당부했다. 필요한 물건들은 매니저를 통해 조달하겠다고 말이다. 여자는 고개를 끄덕였다. 그러나 그녀는 매니저에게,

부르기 전까지는 오지 말라고 이야기를 해둔 참이었다.

여자는 소파 위에 엎어져 잠시 숨을 골랐다. 한참을 그렇게 있던 그녀는 고개를 돌려 주변을 둘러보았다. 처음 집에 들어왔을 때보다 어둠이 눈에 익었다. 신경과민인지는 몰라도 아까부터 어디선가 숨소리가 들리는 듯했다.

스읍, 스읍, 하는 숨소리 말이다. 그것이 점점 커지고 있었다. 여자가 소파에서 몸을 일으켰다.

"누구야?"

대답은 들려오지 않았다. 여자가 신경질적으로 외쳤다.

"장난치지 마. 누구냐고?"

사방을 살피던 여자의 시선이 암막 커튼에 가 멈췄다. 착각인지는 몰라도 그것이 유독 튀어나와 보이는 부분이 있었다. 여자가 천천히 커튼으로 다가갔다. 그리고 그녀는 무언가를 본 듯 걸음을 멈춰 세웠다. 여자가 비명을 지르기 시작했다.

커튼 아래에 발톱을 길게 기른 남자의 엄지발가락이 나와 있었다.

예전에 같이 술래잡기를 하자고 한 일이 있어요. 그런데 걔가 크게 화를 내면서 가버렸어요.

* * *

2000년대 초, 김현지를 모르는 사람은 없었다. 그녀는 청순한 외모와 연기력으로 호평을 받던 배우였다. 그녀는 당시 굵직한 작품들의 조연으로 출연해 경력을 쌓고 있었다. 비평가들은 그런 그녀를 '연기에 대한 열망이 있다', '변화무쌍한 역을 소화할 수 있는 도화지 같은 얼굴'의 소유자로 평가하며 유망주로 꼽길 주저치 않았다.

그러던 중 김현지는 2006년, 돌연 브라운관에서 사라졌다. 그녀는 스무 살 연상의 방송국 피디와 결혼식을 올렸고, 그것은 그녀의 소속사조차 알지 못하고 있던 급작스러운 사건이었다.

김현지의 결혼이 그다지 매끄럽지 못했고(그녀는 결혼 직전 대하 사극의 주연을 앞두고 있었다) 그때 벌어졌던 여러 가지 분쟁들을 놓고 볼 때 그녀는 은막에 재기할 의사가 없는 듯 보였다.

예상을 깨고 김현지가 다시 방송에 나오기 시작한 건 2013년도의 일이다. 그녀의 외모는 충격적일 정도로 달라져 있었다. 검고 숱 많던 머리카락은 불과 마흔의 나이에 하얗게 세어버렸다. 볼살이 빠지면서 완만해 보였던 이목구비도 보다 선명해졌다. 게다가 그녀는 왼볼에 큰 흉터를 얻은 상태였다.

김현지는 재기의 발판으로 당시 큰 인기를 얻고 있던 토크

쇼를 선택했다. 그녀는 그곳에 출연해 그간 자신의 삶을 담담한 태도로 토로했다. 연상의 남편과의 불화, 그의 폭행, 그로 인한 상처와 흉터, 남편의 죽음, 남편과 그의 전처 사이에서 낳은 아이들을 맡게 된 과정, 그들과 함께 살아가는 현재의 삶에 대해서 말이다. 카메라 앞에서 흉터를 감추지 않는 그녀의 당당함은 사람들을 매료시켰다. 그녀는 다시 연기 인생에 발을 들였다.

김현지가 새롭게 맡은 역할은 주로 홀로 선 강인한 엄마, 사랑에 온몸을 던졌으나 실패하고 돌아온 여자 역할이었다. 그녀는 그것을 아주 잘 해냈다. 사람들은 그녀의 인생이 연기에 녹아든 거라고 말했다. 그녀도 그것을 부정하지 않았다.

김현지는 약 삼 년 동안 작품 활동에만 매진했다. 그녀가 출연했던 작품들이 흥행가도를 달리면서, 그녀는 제2의 전성기를 확고히 하는 듯했다.

역풍은 예기치 못한 곳에서 불었다. 김현지는 최근 추문에 시달리고 있었다. 죽은 남편과 그의 전부인 사이에서 낳은 아이들이, 그녀의 악행을 폭로하고 나선 것이다.

김현지가 죽은 남편과 결혼 전부터 내연 관계였다는 사실, 그녀가 죽은 남편의 재산을 홀로 착복해온 점, 같이 사는 것처럼 포장했지만 아이들을 친가로 내친 사실과 함께 그녀가 평소에 했던 사소한 거짓말들이 낱낱이 도마에 올랐다.

김현지의 재기를 가능케 했던 모든 말들이 거짓이라는 사실이 하나둘 드러나면서 김현지는 위기에 몰렸다. 그러던 차에 그녀는 최근 출연 중이던 드라마 스케줄을 펑크 내는 기행을 선보였다. 그것이 문제시되면서 김현지가 드라마 제작 발표회 역시 무단으로 불참했던 사실이 수면에 드러났다.

김현지는 급작스러운 활동 중단에 들어갔다. 소속사에서는 그녀가 극심한 스트레스에 시달리고 있으며, 휴양 차 외국에 나가 있다고 발표했다. 사람들은 그녀의 재기가 더 이상은 어려울 거라고 점치고 있었다.

이 모든 사건과 별개로, 나는 김현지를 몇 번 본 일이 있었다. 그녀는 과거, 내 어머니와의 친분으로 가끔 우리 집을 찾은 적이 있었다. 나와 동생은 그녀를 현지 아줌마라고 부르며 따랐다. 다른 어른들은 우리를 성가셔 했지만 그녀는 그러지 않았던 것이다.

현지 아줌마는 우리 자매가 긴 머리카락을 만지는 걸 좋아한다는 사실을 알고, 집에 올 때마다 자신의 머리채를 우리에게 내맡기곤 했었다. 그러나 그녀는 엄마의 죽음과 함께 우리 집에도 발길을 끊었다.

그것은 〈밀리언달러 키즈〉 시절에나 가능했던 아주 멀고 흐릿한 인연이었다. 그런데 갑자기 김현지라니.

해순이 펜을 돌리며 말했다.

"아주 신빙성이 없는 이야기는 아니에요. 김현지와는 실제로 알고 지내던 사이라고 했죠?"

"그랬죠."

"그뿐 아니라 김현지가 주로 사용하는 아이디도 hjlove75의 변용에 지나지 않아요."

나는 고개를 끄덕였다.

"타이밍이 너무 안 좋네요. 대체 어디로 휴양을 떠난 걸까요."

"알면 따라가려고요?"

나는 한숨을 쉬며 고개를 저었다. 처음으로 뭔가 맞아 들어가는 연결 고리를 본 느낌이었다. 그런데 그것을 이을 수 있는 방법이 좀처럼 떠오르지 않았다. 해순이 나를 빤히 바라보며 물었다.

"만약 김현지가 어디로 도피한 건지 알아낸다면 만나러 갈 의향이 있어요?"

"주소만 있다면 지옥이라도 갈 생각인데요."

해순이 고개를 끄덕였다.

나는 김미희가 보내준 명단으로 시선을 돌렸다. 그녀는 휴대전화 번호를 원했던 사람들의 아이디 리스트를 보내주었다. 내가 그것을 보며 마음을 추스르고 있을 때였다. 전화벨이 울렸다.

김경희 형사였다.
"선이 씨, 급히 경찰서로 와봐야 할 것 같은데요."
"무슨 일이시죠?"
"아버지가 요양원을 탈출한 모양이에요."
"네?"
"일단은 와서 이야기하죠."

몰라요. 그냥 보고 있으면 짜증 나. 없어졌으면 좋겠어. 이유가 필요해요?

* * *

아버지는 담요를 두른 채 경찰서 의자에 앉아 있었다. 내가 그에게 다가가자 그는 담요를 열어젖히며 '으악!' 하고 나를 위협해왔다. 내가 눈 하나 깜짝하지 않자 그는 의기소침해진 얼굴로 다시 자리에 앉았다. 나는 그의 옆으로 가 팔짱을 끼고 섰다. 아버지는 무의미하게 나를 노려보았다.

"왜 왔어?"

나는 대꾸하지 않았다. 김경희 형사가 내게 다가왔다. 그녀에게 물었다.

"무슨 일이죠?"

"아버지가 무단 주거침입을 했어요."

"주거침입이요? 누구 집에요?"

"아는 사이인가요?"

김경희 형사가 옆 책상을 가리키며 물었다.

그곳에는 페도라를 쓴 여자가 의자에 앉아 진술서를 쓰고 있었다. 모자 때문에 얼굴이 잘 보이지 않았다. 언뜻 드러난 턱선과 목선이 고와 보였다. 여자가 내 시선을 느낀 듯 고개를 돌렸다. 그녀와 눈이 마주쳤다.

그녀가 말했다.

"오래간만이구나."

"……현지 아줌마?"

여자가 작게 코웃음을 쳤다.

"결혼도 안 한 처녀한테 아줌마라고 부르더니, 지금도 아줌마야?"

"당신, 지금 외국에 있는 거 아니었어?"

그녀는 대꾸를 하지 않은 채 고개를 돌렸다. 그리고 맞은편에 앉은 형사를 바라보며 말했다.

"이제 돌아가봐도 되나요? 이렇게 절차가 번거로운 줄 알았으면 신고하지 않았을 거예요."

"네, 이제 얼추 다 됐습니다."

김현지가 턱으로 아버지를 가리키며 물었다.

"저 사람은 어떻게 되는 건가요?"

"남의 집에 함부로 들어간 책임을 물어야 되겠죠."

김현지는 고개를 저었다.

"십수 년 전에 알고 지내던 사이예요. 저 사람인 줄 알았다면 그냥 설득해서 돌려보냈을 거예요. 보아하니 머리가 어떻게 된 것 같은데 이 문제를 오래 끌고 싶은 마음은 없어요. 고소를 하고 싶은 마음도 없고요. 구설수라면 지긋지긋합니다. 다만 다신 이런 일이 없을 거라는 확답을 듣고 싶군요."

"이미 신고가 들어온 사항이기 때문에 합의로 해결될 문제가 아닙니다."

김현지는 콧방귀를 뀌었다.

"집주인이 원치 않는다는데 왜들 이러는 거죠?"

"신고가 들어온 사항이니까……."

"됐어요. 그럼 저는 집으로 돌아가봐도 되나요?"

책상 맞은편에 있던 형사가 고개를 끄덕였다. 서에 있던 사람들이 그녀가 자리에서 일어나는 것을 물끄러미 바라보았다. 그녀는 모자를 눌러썼다. 그리고는 잠시 사람들의 시선을 받아치듯 꼿꼿하게 서서 움직이지 않았다. 그러다 현기증이 났는지 한 차례 몸을 휘청거렸다. 옆에 있던 경사가 그녀의 팔을 잡았다.

"괜찮으세요?"

김현지는 경사의 팔을 뿌리친 후 경찰서를 나섰다.

나는 황급히 그녀를 뒤쫓기 시작했다. 김경희 형사가 뒤에서 나를 부르는 소리가 들려왔다.

나는 경찰서 문을 열고 나가는 김현지를 따라 걸었다. 그녀는 그 사실을 알면서도 말없이 차를 향해 걸었다. 차 문 앞에 선 그녀가 극적인 몸짓으로 몸을 돌렸다. 주변 사람들을, 자신이 주연을 맡은 이야기 속으로 끌어들이는 움직임이었다. 그 모습이 촌스럽고 괴상하게 느껴졌다.

그녀가 말했다.

"그러고 보면 너는 너희 엄마보다 나를 더 잘 따랐었는데. 잘 지냈니?"

"제가요?"

김현지는 기분이 상한 듯 눈썹을 꿈틀댔다.

"기억을 못 하는 모양이구나."

"기억해요. 집에 자주 놀러 오셨잖아요."

"그래? 그걸 기억하니?"

"네."

김현지가 반색을 해 보였다.

"차에 탈래?"

김현지의 기분이 바뀌기 전에 고개를 끄덕였다 올라탔다. 차에 오르며 해순에게 간략한 문자를 보냈다. 배우가 그 모습을 비웃듯 바라보았다.

차에 탄 김현지는 신경질적으로 안전벨트를 맸다. 어디로 가야 할지 모르겠다는 듯 잠시 멍한 눈으로 정면을 응시했다. 그러고는 힐끔 나를 보고 물었다.

"너, 나한테 할 말 있어?"

순간 소름이 끼쳤다. 차 밖에서와는 달리 그녀의 목소리가 거칠게 가라앉아 있었다. 술 담배를 많이 해 두껍게 가라앉은, 성별을 알 수 없는 그런 목소리 말이다. 사람이 목소리를 저렇게까지 바꿀 수 있나 싶을 만큼 다른 음성이었다.

"먼저 타라고 하셨잖아요."

"그래, 그랬지."

김현지는 잠시 운전대를 두드리며 나를 바라보았다. 생각에 잠긴 듯 눈동자에는 초점이 없었다.

잠시 후 그녀가 물었다.

“너희 아버지가 왜 나를 찾아온 것 같니?”

“네?”

“그러니까, 네가 보기에 왜 나를 찾아온 것 같냐고.”

“아버지는 머리를 다쳤어요.”

“그걸 물어보는 게 아니잖아!”

그녀가 신경질적으로 고개를 털었다. 어렸을 때는 몰랐지만 그런 질문을 던지는 것을 보니, 이제 와서 짚이는 사실이 있었다.

“아버지랑 무슨 사이였던 거예요?”

“너희 아버지한테 얘기 못 들었나 보구나.”

아버지만 머리가 이상해진 게 아니었다. 제정신이 아닌 사람이 또 있었다.

“무슨 얘기요?”

“정말 아무 얘기도 못 들었어?”

“저는 아버지랑 근 십 년을 떨어져 살았어요. 돌아왔을 때는 이미 저런 상태였고요.”

“그러니까 그 전에 말이야!”

그녀는 도대체 언제 적 이야기를 하고 있는 걸까. 나는 고개를 저었다. 그녀는 화가 난 듯 홀로 씩씩댔다. 그러더니 담배를 꺼내 입에 물었다. 내가 창문을 열려고 하자 손짓으로 그것을 막았다. 연달아 담배 두어 개비를 더 피운 그녀는 진정이 된 듯 초점이 나간 얼굴로 나를 바라보았다.

"너희 아빠는 개새끼야. 아무 말도 하지 않았단 말이지?"

"네."

"그럼 내가 너희 집에 갔을 때 왜 그렇게 나를 반겼었니?"

"……그야 아줌마가 친절했고, 예뻤으니까."

그녀는 기분이 나아진 듯 홀로 코웃음을 쳤다.

"너희 엄마보다 더?"

"아버지랑 어떤 사이였던 거예요?"

"좋아했었어. 너희 엄마랑 이혼하고 나한테 온다고도 했고. 〈밀리언달러 키즈〉를 소개시켜준 것도 나였는데, 몰랐니?"

"몰랐어요."

"너희 아빠는 나한테 내조를 할 줄 안다고 말했었어. 집에 있는 술만 먹는 여자랑은 다르다고. 그때는 그 말을 믿었지."

"엄마도 그 사실을 알았어요?"

"왜 이렇게 꼬치꼬치 캐물어? 너희 아빠는 너를 목석이라고 말했었어. 사랑을 구걸하면서 목석처럼 서서는 자기를 바라보고만 있다고. 동생의 발뒤꿈치도 못 따라간다고 그러더구나."

순간 나는 당황했다. 김현지는 아버지가 어떻게 말했는지가 왜 그렇게 중요한가? 그는 이미 백치 노인에 불과한데. 그녀는 누가 봐도 아름답고 성공한 여자인데 대체 왜 아버지의 인정을 필요로 하나? 대체 왜 그의 잣대로 주변 여자들을 비교하고 있는 건가.

아버지와 그녀의 사이에는 감춰진 뭔가가 있었다. 나는 도발을 해보기로 했다.

어색하게 코웃음을 치며 말했다.

"아, 기억나는 게 있네요. 그런 말은 했었어요. 당신이 멍청하다고. 연줄에 불과하다고 말이에요."

틀린 말은 아니었다. 그것은 과거, 아버지의 입버릇이었다. 모든 사람들이 그가 딛고 서기 위한 밑바탕이고 연줄이고, 인맥이다. 이용할 수 있는 대로 이용해라. 내 말에 반응하듯 김현지가 처음으로 나를 돌아보았다.

"언제?"

"몰라요. 어머니 앞에서 그렇게 말하는 걸 들었어요."

"하, 연줄? 잘 들어. 너희 집안 사람들이 다시는 내가 선 땅에 발붙이지 못하도록 다 없애버릴 거야. 연줄 같은 소리 하고 있네. 너희는 절대 재기하지 못해."

그녀가 무슨 소리를 하는 건지 이해할 수 없었다. 우리 집에서 다시 연예계에 발을 붙일 사람은 더 이상 남아 있지 않았다. 아버지는 머리를 다쳤고 어머니는 죽고 없었다. 동생은 사라졌다. 나는 그쪽은 바라보지도 않은 채로 살아왔다. 그런데 대체 누구를 염두에 두고 저런 말을 하는 건가?

"재기요? 누가 재기를 한다던가요?"

"혹시나 해서 하는 말이야."

"장이 얘기를 하는 거예요?"

그녀는 말이 없었다.

"장이를 만났나요?"

"예전에, 너희가 어렸을 때."

"어렸을 때 만난 걸 말하는 거라면 왜 재기 이야기를 꺼내는 거죠?"

"끈질기구나!"

김현지가 변덕스럽게 손을 털며 집에 가겠다고 말했다. 내가 그녀의 팔목을 잡았다. 그녀가 몸부림을 치기 시작했다.

"코앞에 경찰서가 있어. 뭐 하는 짓이야!"

"동생에 대해 뭘 아는 거야!"

"놔! 놓으라고!"

우리는 서로를 노려보았다. 그러나 이대로는 안 된다. 내가 그녀의 팔을 놓았다. 김현지가 깔깔대며 웃음을 터뜨렸다. 그녀가 사실을 말한다 한들 나는 그녀를 믿을 수 있을까. 일상적인 손짓이나 행동이 워낙 과장되어 있었기 때문에 김현지가 하는 모든 말이 잘 가늠이 되지 않았다. 그녀가 나를 조용히 위아래로 훑어보았다.

"가끔 걔가 돈을 받아갔어. 어렸을 때 자기랑 알고 지내지 않았느냐, 그때 아버지와 나, 자기 셋이 찍은 사진이 많은데 가십 잡지에 이 사진을 제보하면 어떻게 되겠느냐, 하면서 협박을 해댔지."

"돈을 줬어요?"

"처음 몇 번은 줬어. 나중에는 카메라를 사겠다고 하더구나. 그래서 마지막이라고 말하면서 또 줬어."

"정기적으로 돈을 주지는 않았고요?"

"무슨 소리를 하는 거니?"

그녀를 바라보았다. 그녀가 다시 웃음을 터뜨리며 말했다.

"참 되바라진 애였어. 연예인이 되고 싶다고 나한테 계속 동영상을 보내왔어."

"무슨 동영상이죠?"

"그래, 그 카메라로 찍은 건가 보네. 자기 일상을 담은 셀프 영상 같은 것들 말이야. 자기애로 가득 차 있고 아무 짝에도 쓸모없는 쓰레기 같은 것들."

"그 영상을 스스로 찍은 거라고?"

"연예인이 되고 싶어 했어. 그거 떨구는 것도 귀찮았다."

"그때 받은 영상을 볼 수 있나요?"

"그걸 왜 가지고 있어야 하지? 버렸어."

"거짓말."

그녀가 어깨를 으쓱해 보였다.

"내가 왜 거짓말을 하겠니? 받은 걸 받았다고 이야기하는 것뿐이야."

그녀가 나를 차분히 훑어보았다.

"꼬마야, 나도 너희 집안이랑 얽혀서 꽤이나 피곤했던 사람이야. 엄한 데서 징징거리지 말고 내려. 나는 대가를 치렀어."

내가 내리지 않고 버티자 김현지가 홀로 콧노래를 부르기 시작했다. 내가 질문을 던져도 그녀는 대꾸하지 않은 채 콧노래를 반복했다.

"이렇게 대놓고 돌아다녀도 돼요?"

"흥, 인터넷에 올리든지."

그녀는 다시 콧노래를 시작했다. 너무 섣부르게 그녀에게 접근한 건지도 몰랐다. 어쩔 수 없이 차에서 내렸다. 내 참패였다.

고개를 들자 해순이 경찰서 앞에 서 있었다. 그는 사라지는 김현지의 차를 물끄러미 바라보았다. 그리고는 손을 흔들며 내게 성큼성큼 걸어왔다.

걔 책상을 교탁 옆에 뺀 적이 있어요. 선생님은 한 달 동안 걔랑 아무도 얘기할 수 없다고 했어요. 거짓말을 하지 않을 때까지 그렇게 할 거라고.

* * *

무엇이 진실이고 무엇이 거짓인지 냉정하게 선택할 수 있어야 했다. 나는 야채 죽을 씹어 삼키며 배우에게 들은 이야기를 전했다. 해순은 말없이 손깍지를 꼈다. 내가 말했다.

"사건을 정리해볼 필요가 있어요."

해순이 고개를 끄덕였다.

"제일 처음에 윤재 학생이 죽었어요. 누군가가 그를 죽인 후, 그 죽음을 자살로 위장하려 했죠."

"그랬죠."

"그리고 윤재와 만나기로 했던 장이는 실종됐고요."

"네."

"해순 씨는 고정권이 유력한 범인일 거라고 생각했죠?"

"그랬죠."

"그런데 고정권이 시체로 발견됐어요. 누군가가 고정권을 죽인 거죠."

"고정권을 죽인 누군가는, 아마도 고정권에게 동영상을 요구했던 사람이고요."

"네, 그게 어떤 영상인지는 모르는 상태고요."

"음."

"그래서 우리는 동영상이 뭔지, 그것부터 찾자고 합의를 봤었죠. 그게 장이의 집에 설치된 카메라와 관련이 있는 영상이 아닐까, 추측했고요. 그것을 찾는 게 장이와 범인에 근접하는 길이라고 생각했던 거죠."

"네, 그랬죠."

해순이 고개를 끄덕였다.

"저는 동생이 아주 어렸을 때부터 카메라가 설치됐을 거라고 생각했고요. 그 카메라를 설치한 자를 찾으려 했죠."

"네, 어렸을 때부터 장이의 삶에 개입한 자가 있었고요. 그 자를 찾다 우리는 김현지까지 온 거죠."

"그런데 김현지는 장이가 카메라를 스스로 설치한 거래요.

본인은 정기적으로 돈을 준 일도 없대요."

"그럴 거라고 생각하나요?"

"모르겠어요."

나는 화가 나서 말했다.

"보통 아이가 집에서 카메라를 설치해두고 자신의 일거수일투족을 그런 식으로 찍나요? 다시 카메라 앞에 서고 싶어서?"

"일반적인 관점으로 접근해서는 안 되는 문제인지도 몰라요."

어지럼증이 밀려왔다. 자, 생각하자. 무엇이 진실이고 무엇이 거짓인지 냉정하게 선택할 수 있어야 한다. 여기에서 길을 잃으면 영원히 동생을 볼 수 없을지도 모른다.

나는 인터넷에서 찾은 김현지의 자료를 물끄러미 내려다보았다.

연예계에서 상승세를 타고 있던 김현지는 급작스럽게 은퇴를 결정했다. 그것이 2006년, 장이가 〈밀리언달러 키즈〉를 하차하고 일 년 후의 일이었다. 공교롭게도 그녀의 결혼 상대는 〈밀리언달러 키즈〉를 담당했던 프로듀서였다.

그런 의미에서 본인이 아버지에게 〈밀리언달러 키즈〉를 소개해줬다는 김현지의 말은 신빙성이 있었다. 왜? 둘은 무슨 사이였길래?

머리를 다친 아버지가 그녀의 집을 기억하고 있다는 점, 아버지가 <밀리언달러 키즈>에 합류한 것이 당시 기적적인 일이었다는 사실 그리고 아버지에게 보이는 김현지의 묘한 태도들을 놓고 볼 때 그들이 내연관계였다는 사실도 설득력이 있었다.

그러나 김현지가 현재 겪고 있는 구설수에는 '그녀가 결혼 전에 이미 <밀리언달러 키즈>의 프로듀서와 내연 관계'였다는 내용이 포함되어 있었다. 그렇다면 김현지는 피디와 내 아버지를 두고 이중의 내연 관계를 맺고 있었던 걸까? 가능성이 있는 이야기였다.

그리고 모두가 승승장구하던 이 년의 시간이 있었다.

그 후 일련의 사건으로 2005년 아버지와 장이는 <밀리언달러 키즈>에서 하차하게 된다. 이런 배경을 놓고 볼 때 당시 피디가, 아버지와 김현지의 내연관계를 알아챈 게 아닌가 하는 추측도 해볼 수 있다. 그래서 장이를 매장시키는 그런 악의적인 편집을 행한 게 아닌가, 하고 말이다.

아버지는 그렇게 방송국에서 사라졌다. 그리고 2006년 김현지는 <밀리언달러 키즈>의 피디와 결혼을 했다. 그것은 김현지의 소속사도 알지 못하고 있던 급작스러운 것이었다. 그녀의 경력을 놓고 볼 때 그 결혼은 김현지에게 그다지 득이 되는 것이 아니었다. 그것은 그녀의 선택이었을까? 아니면 피디의 요구였을까?

그 결혼이 순탄치 않았을 거라는 사실은 김현지가 장이의 팬 카페를 들락거리며 '장이 엄마의 번호'를 이어받으려고 했다는 사실에서 추측해 볼 수 있다(다른 목적도 배제할 수 없지만). 김현지가 번호를 이어받아 장이에게 접근한 것은 2007년, 그녀는 장이와 연락을 주고받았을 것이다.

장이의 1학년 때 담임은 2007년, 장이가 낯선 여자와 걸어가는 모습을 보았다고 말한 바 있었다. 그 여자는 김현지를 지칭하는 것인지도 모른다. 담임이 본 것은 여자의 뒷모습뿐이었으므로 그녀가 김현지라는 사실을 깨닫지 못했을 가능성이 농후하다.

그렇다면 김현지는 대체 왜? 왜 그렇듯 장이와 연락을 하려 했던 걸까? 아버지에게 미련이 남아서 그런 걸까? 어떤 다른 이유가 있는 걸까?

김현지 본인은 카메라를 설치하지도, 생활비를 원조하지도 않았다고 말했지만 그 말을 선선히 믿을 수는 없었다. 투명하지 않은 무언가가 있었다. 그것이 무엇인지 알아야 했다.

그때였다. 함께 자료를 들여다보고 있던 해순이 내 어깨를 두드렸다.

"이걸 봐요."

"뭔데요?"

"최근 김현지가 스캔들 때문에 드라마 촬영과 제작 발표회를 불참한 일이 있었죠?"

"그랬죠."

"여기 그 날짜가 있어요."

나는 해순이 내미는 태블릿 PC를 들여다보았다.

"8월 13일과 21일이네요?"

"네, 뭔가 익숙하지 않아요?"

내가 고개를 들었다.

"설마……."

"김현지가 촬영과 발표회에 불참한 게 스캔들 때문이 아닐 수도 있어요."

그랬다. 그곳에 적힌 날짜는 서윤재, 고정권의 살해 추정일과 정확하게 일치하고 있었다.

"이것 좀 들어보세요."

내가 김현지에 대해 추정하는 바를 해순에게 이야기하자 그가 고개를 끄덕였다.

"김현지가 뭔가를 숨기고 있는 게 확실하군요."

"네, 그게 뭔지 알아야겠어요."

생각에 잠겨 있던 해순이 물었다.

"선이 씨, 주소만 안다면 지옥도 찾아갈 수 있다고 했었죠?"

해순이 결정을 기다리듯 나를 물끄러미 바라보았다. 나도 잠시 팔짱을 낀 채 그를 마주보았다. 그녀는 한국에 있었다. 아버지 덕택에 그녀의 주소도 알았다. 그러나 김현지를 그냥 찾아간다고 해서 그녀가 선선히 문을 열어줄 리 만무했다. 그렇다면 어떻게 해야 하나. 답은 이미 나와 있었다.

내가 해순을 바라보며 말했다.

"주소가 있는 지옥이라니, 한결 낫네요."

해순이 나를 바라보며 웃었다.

저요? 전 거짓말 한 적 없는데요? 거짓말은 걔가 했죠.

* * *

대체 어쩌려는 거죠?

내가 전화를 받지 않자 김경희 형사는 문자 메시지를 보내왔다. 아버지의 처우 문제를 두고 하는 이야기인 듯했다. 나는 문자를 무시한 채 휴대전화를 가방에 넣었다. 해순이 그런 나를 바라보며 말했다.

"선이 씨가 제게 했던 질문을 던져도 되나요?"

"뭔가요."

"잠은 제대로 자고 있는 겁니까? 얼굴이 하얗게 질렸어요."

"충분히 자고 있는데요."

그는 내 말을 무시했다.

"장이를 못 찾을까 봐 초조해서 그래요?"

"자고 있다니까요."

"혹시 말이에요, 죄책감 때문에 그런 거예요?"

나는 대꾸를 하지 않았다. 해순이 부드럽게 내 팔을 잡았다. 그가 말했다.

"전부터 묻고 싶었는데요, 장이가 사라진 게 선이 씨 때문이라고 생각합니까?"

"……그 아이가 온전히 저 때문에 사라져버린 게 아니라는 건 저도 알아요. 하지만 해순 씨, 누군가가 저한테 '네 책임이 아니야' 하고 말한다면 저는 그 사람을 죽여버릴지도 몰라요."

"당신 탓이 아니에요."

"닥쳐요."

"그래요, 닥치죠. 제기랄."

화가 난 얼굴로 물러서는 그 때문에 나도 모르게 웃고 말았다. 마음이 조금 무너졌다. 무심코 속내를 말했다.

"아무 생각 없이 자고 싶어요."

나는 해순의 집으로 갔다. 그의 집에서 따뜻한 물로 샤워를 했고 그가 끓여준 차를 마셨다. 그리고 그의 침대에 누웠다. 그가 불을 끄고 방문을 닫으려 해서 나는 그에게 가지 말라고 말했다. 그가 잠시 문가를 서성였다.

"여기로 와요."

해순이 머뭇거리며 침대로 왔다. 그는 큰 덩치를 웅크린 채 침대 가장자리에 앉았다. 나는 그의 등을 바라보았다.

고정권의 죽음 이후 해순과 나는 부쩍 서로를 찾았다. 입 밖에 내어 말하지는 않았지만 우리는 알고 있었다. 우리가 겁에 질려 있다는 사실을. 누군가의 죽음으로서만 그 형태를 드러내는 사건이, 핵심에 이르지 못한 채 그 언저리를 맴돌아야 한다는 사실이, 우리를 미치게 만들고 있었다.

이러한 두려움은 해순과 나, 둘밖에는 이해할 수 없는 종류의 것이었다. 그러므로 자꾸 겁에 질린 인간 둘이 만났다. 두려움은 좀처럼 해소되지 않았지만 우리는 길 잃은 짐승을 바라보듯 서로를 바라보았다.

그러다가 종종 그의 눈동자가 흔들리는 것을 보았고, 내 눈꺼풀이 같이 떨리고 있는 것을 느꼈다. 가끔은 손을 뻗어 떨고 있는 그의 등을 쓸어내리고 싶을 때도 있었다. 우리는 미로를 함께 헤매고 있었다. 그리고 그 상황이 나를 어떤 착각 속에 빠뜨리고 있는 건지도 몰랐다.

내가 말했다.

"더 가까이 와요."

해순이 의기소침한 목소리로 말했다.

"아내가 죽고 아무도 사귄 적이 없어요. 누군가의 몸을 만진 일도 없어요."

그가 겁에 질린 얼굴로 나를 바라보았다. 그는 곧 내게 가까이 다가앉았다. 나는 그의 등에 손을 뻗었다. 나 역시도 누군가의 몸을 만지는 데 익숙한 사람이 아니었다. 그의 척추를 조심스럽게 매만졌다. 단단했지만 어쩐지 연민을 자극하는 등이었다.

해순에게 물었다.

"왜죠?"

"모르겠어요. 누구도 만질 수 없었어요."

"죄책감 때문에?"

그는 대꾸를 하지 않았다. 내가 말했다.

"당신 탓이 아니에요."

"닥쳐요."

우리는 함께 웃음을 터뜨렸다. 나는 해순의 등을 쓸었다. 그가 잠시 몸을 떨었다. 해순이 내게로 몸을 돌렸다. 그는 머뭇거리며 내 머리카락을 만졌다. 그가 속삭이듯 중얼거렸다.

"부드럽네요."

나는 그의 목에 손을 얹었다. 단단한 목이 가늘게 떨리고 있었다. 나 역시 그럴 터였다. 그 목이 부드럽고 안락하게 느껴졌다. 나는 그곳에 이마를 가져다댔다. 마치 원래 있어야 할 자리인 것처럼 그곳에 내 이마가, 코가, 입술이 맞아 들어갔다. 해순이 양 팔을 뻗어 내 허리를 안았다.

우리는 그렇게 끌어안은 채 서로의 냄새를 맡았다. 그의 채취가 내 숨을 타고 들어왔다. 그것은 맡아도 맡아도 허기가 지는 느낌이었다. 그의 코가 천천히 나의 머리카락과 귀, 귓바퀴, 턱과 목을 따라 움직였다. 내 입술이 그의 코를 타고 내려갔다. 그곳에 그의 입술이 있었다.

간만에 깊이 잤다. 해순은 순한 얼굴로 잠들어 있었다. 나는 너무 가까워서 볼록렌즈처럼 둥글게 보이는 그의 얼굴을 물끄러미 바라보았다. 평소와 다른 거리 때문인지 그의 얼굴이 낯설게 보였다.

해순이 결혼을 한 적이 있다거나, 다 커버린 아이의 아버지라거나, 그 아이가 이제는 죽고 없다는 사실이 큰 문제로 다가오지 않았다. 그라는 인간을 형성해왔을 그러한 삶의 궤적들이 별 상관없다니, 이상한 일이었다. 누적된 피로로 머리가 어떻게 되어버린 건지도 몰랐다. 충격적인 일을 많이 겪다 보니 웬만한 건 사사롭게 느껴지는 건지도 몰랐다.

아니, 거짓말은 그만하자. 애초에 다른 조건들은 중요치 않았다. 처음 만난 날, 해순이 자신의 아이를 위해 울음을 터뜨린 그 순간 나는 이미 그를 좋아하고 있었다. 아버지에게 받지 못한 사랑을 그에게 갈구했다는 해석은 너무나도 촌스럽다. 그러나 해순은 내 아버지 같은 사람이 아니었다. 그는 내 아버지처럼 이기적이고 잔혹한 방식으로 자신이 사랑했던 것들을 파괴하는 사람이 아니었다. 주변 사람들을 자신의 삶에 마구잡이로 밀어 넣어 희생시키는 사람이 아니었다.

아마도 그랬다. 아마도 그런가?

해순이 눈을 떴다. 그가 나를 보며 빙그레 웃었다. 곧 몸을 일으켜 협탁에 놓인 티셔츠를 집어 들었다. 나는 누운 채로 그의 등을 바라보았다. 그때 허리에서 엉덩이로 이어지는 흉터가 눈에 들어왔다. 왼쪽 허리에 비스듬히 나 있는 흉터였는데,

아무래도 자상인 듯했다.

나의 시선을 눈치챈 듯 그가 나를 힐끗 쳐다보았다.

"그건 뭐예요?"

"흉터요?"

"네."

"찔린 적이 있어요."

"언제요?"

"팔 년 전에요."

"누구한테?"

해순은 대답을 하지 않았다.

"대체 몇 바늘을 꿰맨 거예요?"

"병원에 가지 않았어요."

"네?"

"그렇게 깊은 상처는 아니었어요."

해순은 티셔츠를 내려 흉터를 가렸다. 그는 거짓말을 하고 있었다. 검지 손가락만 한 흉터가 남았는데, 그게 깊은 상처가 아니었다니 말이 되지 않았다.

각도와 흉터의 높이를 볼 때 그것은 난쟁이가 아니면 어린 아이가 냈을 상처였다. 등 뒤에서, 키가 작은 누군가가 그를 향해 칼을 휘둘렀던 것이다. 게다가 그는 제대로 된 치료도 받지 않았다고 말하고 있었다. 대체 왜?

"윤재가 한 짓인가요?"

"아니요."

해순이 차갑게 말하며 고개를 돌렸다. 자신이 너무 단호했다고 생각한 듯 조용히 내 품으로 파고들었다. 해순이 눈을 감은 채 내 허리에 팔을 둘렀다. 그의 속눈썹이 얼굴에 그늘을 만들었다. 그 역시 낯선 표정이었다.

힘든 일을 겪은 게 그 애뿐만은 아니잖아요. 힘든 건 다 똑같아요. 본인이 견디냐 못 견디냐의 차이지. 그런데 저더러 뭘 어쩌라는 거예요?

* * *

다시 경찰서에 갔을 때 김경희 형사는 자리에 없었다. 아버지의 무단침입은 벌금형으로 마무리가 되었다.

아버지는 집으로 돌아오는 내내 얌전했다. 그는 자신이 살았던 곳도 제대로 기억하지 못하는 듯했다. 그러나 현관문을 열고 들어서자 그는 어깨를 펴며 배가 고프다고 외쳤다. 기억을 잃었어도 습관은 남아 있는 모양이었다. 나는 이번 문제가 마무리되면 아버지를 다시 요양원으로 돌려보낼 생각이었다. 나에게는 아버지를 부양할 능력도, 의지도 없었다.

"밥!"

"기다려요."

"밥을 내놔!"

"기다리라고!"

아버지가 어디서 꺼내왔는지 숟가락으로 식탁 유리를 두드리기 시작했다. 온 힘을 다해 그것을 두드리고 있었다. 유리가 깨진다 하더라도 그는 개의치 않을 터였다. 나는 그가 하는 양을 가만히 지켜보았다. 숟가락을 휘두르는 것은 그였는데, 유리가 깨질 것을 두려워하고 전전긍긍해 하는 이는 늘 그가 아니었다.

그의 숟가락질에 유리 파편이 튀기 시작했다. 내가 여전히 반응을 보이지 않자 아버지는 숨을 헉헉대며 나를 노려보았다. 밥을 차려줄 마음이 사라졌다. 내가 말했다.

"이봐요, 마음껏 휘둘러요. 이제 당신이 휘두를 수 있는 건 숟가락 정도일 테니까."

아버지는 내 말을 알아들은 듯 몸을 틀어 의자 등에 고개를 묻었다.

나는 부엌을 나와 짐을 꾸리기 시작했다. 해순과 나는 김현지의 집 앞에서 번갈아가며 잠복을 할 계획이었다. 그래야 그녀가 집을 비웠을 때 그 안을 수색할 수 있을 테니까. 마음이 급했다. 합법과 범법을 따질 여유도 없었다.

짐을 싸며 김현지와 나눴던 대화를 곱씹었다. 그녀는 대체 무슨 대가를 치렀다는 걸까.

그때였다. 휴대전화가 울렸다. 김미희였다. 통화 버튼을 누르자 그녀가 흥분한 목소리로 말했다.

"선이 씨, 잊고 말하지 않은 사실이 있어요."

"뭔가요?"

"대체 이걸 왜 잊었던 거지? 제가 핸드폰 명의를 여자에게 넘겼었다고 했잖아요."

"네, 그랬죠."

"이건 좀 다른 이야기일 수도 있는데요, 제가 번호를 넘기고 얼마 되지 않았을 때 제 지인이 그 번호로 전화를 걸었다고 하더군요. 번호가 바뀐 줄 모르고 말이죠."

"그런데요?"

"그런데 그때 아이가 전화를 받더래요."

"아이요?"

"네, 그리고 수화기 너머로 남자 목소리를 들었답니다."

"……남자요? 그가 뭐라고 했다던가요?"

"그게 좀 이상해요. 남자가 상담 시간이라고 아이를 부르더래요. 그래서 지인이 저한테 '네 번호가 병원에 있는 사람한테 넘어갔나 봐' 하고 말했던 기억이 나요."

김미희가 말했다.

"왜 그걸 이제야 떠올렸지? 전화를 받은 아이가 장이일 수도 있겠죠?"

"그때가 정확히 언제였나요."

"모르겠어요. 제가 번호를 바꾸고 얼마 안 됐을 때니까 2007년 8월 언저리겠죠."

심장이 내려앉는 이야기였다.

아이가 장이인지 아닌지는 확실치 않았다. 그러나 상담 이야기에 가장 먼저 떠오른 건 장이가 여덟 살 때 그녀와 몸싸움을 벌였다는, 익명의 상담교사였다. 나는 2학년 담임 송성원에게 '그와 연락을 취할 수 있게 해 달라'고 부탁했었고 그것은 이미 불가능한 것으로 판명된 바 있었다.

한 번 더 송성원에게 전화를 해보려던 차에 휴대전화가 울렸다. 김경희 형사였다. 그녀는 화가 나 있었다.

"집이에요?"

"네."

"아버지는 무사히 모시고 돌아갔나요?"

"네, 덕분에요."

"후…… 아버지한테 미안하긴 하던가요?"

형사는 내가 경찰서에서 아버지를 버려두고 나갔던 걸 질책하고 있었다. 그녀는 좋은 사람이었지만 대화를 하기에 편한 사람은 아니었다. 형사는 때때로, 자신이 그러하듯 타인에게도 일반적이고 모범적인 도덕 강령을 강요하려 들었다. 가족과 떨어져 살면 응당 가족을 그리워해야 하고, 아버지를 버리고 가면 미안해해야 한다고 생각하는 선량하고 단순한 사고방식을 말이다.

그녀의 선량함에 전적으로 기대고 있으면서도 나는 종종 화가 치밀었다. 그럴 때면 이상하리만치 말이 거칠게 나갔다.

"전혀요. 데려오고 싶지 않았는데 꾹 참고 데려온 겁니다."

"어디 있었나요?"

"서해순 씨와 함께 있었어요."

"둘이 그 소꿉장난 같은 조사를 계속하고 있는 거군요."

형사는 내가 해순과 함께 다니는 것을 내내 탐탁지 않게 여겼다. 나는 반작용으로 '아니요, 조사는 안 하고 그와 잤어요' 하고 말하려다 입을 다물었다. 그녀가 말했다.

"그러다 위험에 처하는 수가 있어요. 선이 씨, 제발 제 말 들어요."

"조사도 하지 말라는 말씀인가요? 여태 경찰이 낸 소득이 대체 뭐죠?"

"그럼 들어나 봅시다. 댁들의 소꿉장난으로 얻은 건 뭡니까?"

김현지에 대해 이야기하려다 화가 치밀어 입을 다물었다. 소꿉장난이라니.

정적이 흘렀다. 김경희 형사가 목소리를 가다듬으며 입을 열었다.

"잘 들어요. 지난번에 이범준이 했다는 이야기 기억해요?"

"무슨 이야기요?"

"서윤재가 서해순을 두려워했다는 이야기요. 서해순이 곧 자신을 죽일 거라고 했다던 말이요."

"왜죠?"

"뭐가요?"

"형사님은 왜 그렇게 서해순 씨를 미워하시는 거죠?"

"미워하다뇨."

"제가 듣기에는 정말 터무니없는 말인 것 같은데요. 근거가 있는 이야기인가요?"

김경희 형사가 한숨을 쉰 후 낮은 목소리로 물었다.

"서해순 씨도 거기에 있나요?"

"아니요."

"무턱대고 의심을 하는 건 아니에요. 그러나 간과하고 넘기기에도 꺼림칙한 이야기죠."

"대체 무슨 일이 있었던 거죠?"

"조사를 해봤어요."

어떤 조사를 했느냐고 물으려 했으나 질문이 입 밖으로 나오지 않았다. 답을 듣기가 두려웠다. 그때 부엌에 있던 아버지가 거실로 걸어 나왔다. 그는 양손에 무언가를 쥐고 있었다. 아버지는 왼손을 들어 올려 그것을 내게 휘둘렀다.

날계란이 날아왔다. 그것이 나를 비껴 거실 바닥에 부딪쳤다. 아버지가 다시 오른손을 휘둘렀다. 이번에는 계란이 내 귀를 스쳤다. 그것이 소파를 맞고 깨졌다. 아버지가 살의를 담은 눈으로 나를 노려보고 있었다. 나도 휴대전화를 든 채 아버지를 노려보았다.

아버지는 입고 있던 감색 티셔츠를 벗어던졌다. 자잘한 흉터로 얼룩진 그의 상체가 드러났다.

김경희 형사가 말했다.

"그런데 좀 이상한 게 나왔어요."

"어떤 건가요?"

"서윤재가 열 살 때 아동 성범죄센터에 서해순 씨를 신고한 이력이 있더군요."

"성범죄요?"

"네."

"해순 씨가 자기 아들을 성적으로 학대했다고요?"

"끝까지 들어보세요."

너무 놀란 나머지 대답조차 나오지 않았다. 형사가 말했다.

"그 과정에서 외상 진료와 정신과 진료가 이루어졌죠. 정말로 그런 사건이 있었는지 진상 조사가 필요했으니까요."

"그런데요?"

"성적 학대를 나타내는 증거는 발견되지 않은 모양이에요. 유야무야 사건이 마무리됐죠."

"성범죄를 저지른 게 아니라는 건가요?"

"네, 그렇게 결론이 났어요. 그런데 이후 두 차례의 신고가 더 들어왔었더군요."

"서윤재로부터요?"

"네, 증거가 없어서 이 역시 위증으로 결론이 났고요."

티셔츠를 벗은 아버지가 바지 단추를 열고 있었다. 나는 그가 바지를 내리는 모습을 멍하니 바라보았다. 그는 바지를 내게 던졌다. 속옷은 아예 입고 있지도 않았다. 그는 허리에 손을 얹은 채 의기양양하게 웃었다. 그리고 거실을 돌아다니며 발에 걸리는 것들을 걷어차기 시작했다. 나는 아버지를 막을 생각도 하지 못한 채 그를 물끄러미 바라보았다.

내가 말했다.

"둘은 계속 함께 살았다고 했어요."

"네, 엄마가 죽은 후 아이가 이 년 정도 친척집을 전전한 모양이에요. 나중에는 아이를 맡겠다는 집이 더 이상 나오지 않았고요. 그때 서해순 씨가 강력하게 친권을 주장하고 나왔답니다. 그때부터 둘이 함께 살기 시작했다는군요."

"그랬군요……."

"알고 있었나요?"

대답을 하지 않았다.

"참고로 서윤재 학생이 살해된 사건 당일, 서해순 씨의 알리바이가 불분명해요. 그 때문에 그가 한동안 조사를 받았던 것도 알고 있나요?"

김경희 형사는 강경한 목소리로 나를 다그치고 있었다. 나는 아무런 대답도 할 수가 없었다.

거실로 눈을 돌렸다. 장이의 방에서 가지고 나온 듯한 책과 앨범들이 거실에 어수선하게 늘어져 있었다. 아버지는 내가 반응을 하지 않자 약이 오를 대로 오른 모양이었다. 그가 하드커버로 된 사전을 손에 든 채 나에게로 다가왔다.

아버지는 내 앞에 서서 내 휴대전화를 빼앗았다. 나는 힘없이 그것을 빼앗겼다. 그는 그것을 거실 바닥에 던졌다. 그리고는 자신이 들고 있던 사전을 내게 휘두르는 시늉을 했다. 당황한 나는 아버지를 밀쳤다. 아버지는 손에서 책을 놓쳤다. 그는 잠시 씩씩대다 오른손을 올려 거세게 내 따귀를 갈겼다.

우둔하고 반응속도가 느렸어요. 말을 잘 알아듣지 못하는 것 같았어요. 그렇게 말하는데도 묘하게 인기가 있었어요. 남자 선생님 중 누군가가 그 애한테 '남자를 미치게 하는 타입인데' 하고 말한 적이 있어요. 왜죠? 그렇게 말도 제대로 못 하는데. 걔 일부러 그러는 건가요?

* * *

그의 세계가 대단하게 복잡한 것은 아니었다. 그는 다른 것은 원치 않았다. 그의 말과 손짓에 의해 움직이는 세계, '너는 내 말을 들어라' 하고 말했을 때 '네, 알겠습니다' 하는 대답이 돌아오는 세상, 그것이면 충분했다. 그 외에 중요한 게 대체 뭐란 말인가. 지배와 복종, 상과 벌. 자신의 뒤틀린 모양을 그대로 닮아 있는 세계, 온 세상이 나를 비추는 거울이었으면 좋겠다는 바람.

빌어먹게 지루한 휴일이었다. 남자는 신경이 곤두서 있었다. 원치 않는 바람이 불고 있었다. 남자는 유리창 가까이에 앉아 창밖을 조용히 훑어보았다. 좀 전에는 그의 화단 안으로 흰 야구공이 굴러 들어왔다. 캐치볼 도중 갈 길을 잃은 공인 듯했다. 곧 저학년으로 보이는 사내아이 둘이 낮은 담을 넘어 그의 화단으로 들어왔다. 아이들은 공을 찾겠다며 화단을 쑥대밭으로 만들고 있었다.

그러다 화단 안쪽으로 굴러든 공을 발견한 아이 하나가 잽싸게 그것을 집어 들었다. 다른 아이가 그것을 달라며 달려들었다. 소년들은 남자가 그들을 지켜보고 있다는 사실도 깨닫지 못한 채 말다툼을 시작했다.

이웃집에 사는 어린 소년들, 남자가 알고 있는 얼굴들이었다. 한 아이는 귀가 작았고, 나머지 하나는 눈이 컸다. 남자가 인간을 보는 방식은 그런 식이었다. 한 사람을 조화로운 유기체로 보는 것이 아니라, 그것이 가진 두드러진 특징을 찾는 것이다.

그 인간을 뚫고 들어갈 수 있을 만한 상처와 약점, 심리적 균열, 틈과 구멍, 모공, 귀엽고 작은 질과 항문. 그는 그러한 구멍을 찾으면 얼마나 기뻐했던가. 왜냐. 그 안에 자신의 손가락을 집어넣을 수 있을 테니까. 손가락을 집어넣어 그 안을 헤집을 수 있을 테니까.

남자는 손가락을 움질거리며 소년들의 얼굴이 과열되는 것을 지켜보고 있었다.

순간 작은귀가 왕눈이를 밀쳤다. 남자는 빙그레 미소 지었다. 지루한 휴일이 흔들리고 있었다.

"또 너희들이구나."

아이들은 남자의 얼굴을 보고도 인사를 해오지 않았다. 남자는 팔짱을 낀 채 사내아이 둘을 차분히 훑어보았다. 건방진 어린 항문들. 작은귀가 말했다.

"빨리 공 내놔."

"싫어. 내 거라고!"

왕눈이가 공을 빼앗기지 않으려고 기를 쓰고 있었다.

"뭐 하는 짓들이냐?"

건방진 어린 똥구멍들. 남자가 목소리를 내리깐 채 말했다.

아이들은 자신이 낼 수 없는 목소리에는 늘 반응을 보이곤 했다. 아이들이 그제야 남자를 돌아보았다. 남자는 그들에게 다가가 손을 내밀었다. 공을 빼앗기고 싶지 않았는지 왕눈이가 냉큼 공을 내밀었다. 남자가 그것을 받아들었다.

작은귀가 비명 같은 신음을 내뱉었다. 그가 황급히 말했다.

"잘못했어요. 나갈게요."

"나간다고?"

남자는 망가진 화단을 내려다보는 것으로 아이들을 질책했다. 작은귀가 왕눈이의 옷깃을 잡아끌었다.

"야, 가자."

"너희가 밟고 선 난초는 한 그루당 백만 원이 나가는 물건이야."

거짓말이었다. 남자는 화단에 돈을 쏟는 것을 낭비라고 생각했다.

"네?"

"너희들 부모님한테 이 사실을 이야기해도 되니?"

작은귀의 귀가 붉게 달아올랐다. 소소한 쾌감이 남자의 등줄기를 타고 내려갔다. 이 나이대의 아이들에게 부모란 얼마나 큰 위력을 갖는가. 부모 이야기를 꺼내는 것만으로도 아이들은 겁을 먹고 몸을 움츠렸다.

"난초 값을 물어내라."

"잘못했어요. 다신 안 그럴게요."

"저도 잘못했어요."

두 아이가 고개를 숙였다. 갈색으로 부드럽게 탄 아이들의 목덜미가 드러났다. 얇고 연약하고 손에 쥐면 부러질 것 같은 부드러운 목. 그 위로 난 잔털들이 남자를 유혹하고 있었다. 목덜미에 어린 땀을 핥을 수 있다면 저 연한 살을 잘근잘근 씹을 수 있다면 얼마나 기분이 좋을까. 그 파닥거리는 어린 몸들이 비명을 내지르는 것을 바라보고 싶다. 눈을 감은 채로 그들의 숨결 하나까지도 고스란히 취하고 싶다.

몸을 떨까? 울까? 하얀 엉덩이를 퍼들거리며 비명을 내뱉겠지? 남자가 한숨을 내쉬었다. 그는 아이들의 작은 뇌에 자신을 각인시키고 싶었다. 그렇게 그들의 평생을 지배하고 싶었다. 그들의 삶을 흙발로 휘저어 그로부터 벗어나지 못하도록, 슬프거나 고통스러운 일이 있을 때마다 그를 떠올리지 않을 수 없게, 그를 지우기 위해서는 죽는 방법밖에 없다는 사실을 깨달을 수 있도록, 그래서 매번 다시 컴컴하고 축축한 나락에 빠져 그와의 기억을 곱씹도록 만들어주고 싶었다.

"너희가 뭘 잘못했는지 아냐?"

"네."

"뭐지?"

"아저씨 화단을 망친 거요."

"아니지, 하나가 아니야."

"네?"

"알려줄 테니까 잘 들어. 첫째는 내 집에 마음대로 들어온 것. 둘째는 백만 원짜리 화단을 망친 것. 인정하니?"

"네."

"네."

"그러면 이제 어떻게 해야 하지?"

"앞으로 화단에 들어오지 않을게요."

"그리고 또?"

"……백만 원을 내야 돼요?"

"그렇지. 이게 사과만으로 되겠니, 안 되겠니?"

왕눈이가 흐느끼기 시작했다.

"돈이 없어요."

"그럼 너희 부모한테 말해야 되겠네."

"안 돼요!"

"왜?"

"혼난단 말이에요."

"왜지? 실수였잖아."

"네, 실수였어요."

"너희 부모님은 너희가 실수로 한 일에, 야단을 친다고?"

"네, 혼나요. 엄청 혼난단 말이에요."

"나쁜 사람들이네."

아이들은 혼란스러운 얼굴로 남자를 바라보았다.

"나쁘지 않아요. 제가 잘되라고 그러는 거예요."

"그러면 잘되라고 하면 되지, 왜 혼을 내지?"

"잘되라고……."

"그럼 너희들이 잘되라고 야단을 치는 거니까, 너희 부모님한테 화단 이야기를 해도 되겠네."

"안 돼요!"

"왜지?"

"혼나는 게 무섭단 말이에요."

"너희 부모님들은 너희가 이렇게 무서워하는 걸 아니?"

"……알걸요."

"역시나 나쁜 사람들이구나."

"잘되라고……."

"이렇게나 무서워하는데? 알았다. 그럼 나한테 한 가지 방법이 있어."

아이들은 말없이 남자를 올려다보았다. 남자가 말했다.

“내가 시키는 대로 할래?”

“뭔데요?”

“그냥 인정을 하는 거야. 너희 부모는 나쁜 사람들이 맞다고 말이야.”

아이들이 겁에 질린 눈으로 남자를 바라보았다.

“그 말을 하면 다 없었던 일로 해줄게.”

“전부 다요?”

“음.”

말없이 서 있던 작은귀가 머뭇거리며 입을 열었다.

“맞아요. 우리 엄마 아빠는 나쁜 사람이에요.”

왕눈이도 주춤대며 따라했다.

“우리 엄마 아빠도 나쁜 사람이에요.”

“어떻게 나쁜 사람인데?”

“저를 막 혼내요. 실수했다고.”

“때릴 때도 있어요. 동생이랑 싸웠다고.”

“정말 나쁜 사람들이구나. 얘들아, 나쁜 사람한테는 어떻게 해야 하지?”

작은귀가 말했다.

“이제 됐죠? 집에 가도 되잖아요.”

남자가 무서운 눈으로 아이를 노려보았다.

"아직 안 끝났어. 대답해. 나쁜 사람한테는 어떻게 해야 하지?"

왕눈이가 말했다.

"혼내줘야 돼요."

"그렇지. 어떻게 혼을 내줘야 할까?"

"……때려요."

"막 욕해야 돼요."

"좋은 생각인데. 한번 해볼래?"

"어떻게요?"

"욕을 어떻게 하지?"

"욕하면 안 돼요."

"왜? 나쁜 사람인데."

"엄마 아빠는 가짜로 나쁜 사람이니까."

"가짜로 나쁜 사람이니? 그래 그럼 가짜로 욕해볼까?"

"가짜로요?"

"응."

아이들 둘이 잠시 눈빛을 교환했다. 왕눈이의 눈에 장난기가 맴돌았다.

"미친놈?"

"누가?"

"아빠."

"아빠가 뭐라고?"

"아빠 미친놈."

"그래, 좋아. 더 해볼까?"

"병신."

"누가?"

"엄마."

"엄마가 뭐라고?"

"엄마 병신."

"잘했어. 더 해봐."

"아빠 씨팔 새끼."

"엄마 쌍년, 씨팔년."

"더."

"엄마 개년."

"아빠 쌍놈에 새끼. 씨팔놈."

"더."

"씨팔. 다 죽어. 죽어라, 씨팔놈들."

"불로 지질 거야, 씨팔."

"누구를?"

한동안 경쟁하듯 거친 욕설이 뿜어져 나왔다. 그러다 아이들은 숨이 찬지 말을 멈췄다. 그들은 멍한 얼굴로 고개를 숙였다. 작은귀가 겁에 질린 얼굴로 남자를 올려다보았다. 모두가 말이 없었다. 왕눈이가 입을 열었다.

"집에 갈래요."

남자가 고개를 저었다.

"안 돼."

"왜요? 보내준다고 했잖아요."

"너희 부모님은 너희가 자기 욕을 한 걸 알까?"

"네?"

"가짜로 욕한 거잖아요!"

"가짜로 욕한 거였니? 난 진짜로 한 줄 알았는데."

"아저씨가 시켰잖아요!"

"난 시키지 않았어. 나쁜 사람들한테 욕을 해야 한다고 말한 건 너희야."

아이들은 충격에 휩싸인 얼굴로 남자를 바라보았다.

"나쁜 녀석들이로구나. 부모 욕을 하더니, 이제는 핑계를 대고 있어."

"엄마 아빠한테 말할 거예요?"

"아니."

조용히 아이들을 내려다보던 남자가 말했다.

"덥지?"

아이들은 매달리듯 남자를 바라보았다. 늘 경험하지만 이상한 일이었다. 사람들은 폭력을 경험하고 나면 더 굳세게 그 힘을 믿는다. 그래서 그 힘을 지니고 있다고 믿는 자에게 매달리기도 하는 것이다. 자신이 그것의 피해자였을지언정. 아이들은 홀린 듯 남자를 바라보았다. 남자가 말했다.

"집 안에 강아지가 많은데, 보고 갈래?"

왕눈이가 고개를 끄덕였다.

"정말 많아요?"

"응."

남자의 집은 늘 적막 속에 있었다. 남자는 말이 통하지 않는 짐승은 키우지 않는다는 주의였다. 남자가 웃으며 말했다.

"좋았어. 집에 가서 강아지 놀이 하고 갈래?"

"강아지 놀이요?"

남자가 고개를 끄덕였다. 그는 양손을 뻗어 공평하게 소년들의 날개 뼈 위에 하나씩, 그것을 얹었다. 그리고 아이들과 함께 나란히 걸음을 옮겼다.

어렸을 때, 개가 숲에서 똥 싸는 장면을 본 적이 있어요. TV에서.

* * *

운전 중인 해순의 옆얼굴을 바라보았다. 그것은 어린 아들을 성적으로 학대한 혐의를 받은 일이 있는 얼굴이었다. 그리고 지난밤 나에게 '당신을 좋아하는 것 같다'고 속삭여온 얼굴이기도 했다. 해순이 고개를 돌려 나를 보고 웃었다. 그가 물었다.

"뭘 그렇게 봐요?"

"해순 씨, 윤재랑 왜 그렇게 사이가 좋지 않았던 거예요?"

그의 얼굴이 딱딱하게 굳었다.

"오해가 있었어요."

"무슨 오해요?"

해순이 고개를 숙였다. 이런 식으로 그의 상처를 건드리고 싶지는 않았다. 하지만 이제는 들어야만 할 것 같았다. 듣지 않으면 또 다른 오해가 생길 것이다.

해순이 말했다.

"나중에 이야기하면 안 될까요?"

"만일 나중에 제가 들을 수 있는 상황이 아니라면요?"

나는 그에게 경고를 하고 있었다. 아니, 두려움을 토로하고 있었다. 그를 향한 내 따뜻하고 부드러운 마음은 아직 작고 연약한 모양을 하고 있었다. 그래서 제때 온기와 신뢰를 주지 않으면 쉽게 망가져버릴 터였다. 나는 그것이 두려웠다. 해순은 내 말을 알아들은 듯 물끄러미 나를 바라보았다.

그가 옅은 한숨을 뱉으며 말했다.

"미안해요."

"못 한다는 건가요?"

"나중에 상황이 힘들어지더라도 선이 씨가 들을 수 있도록 최선을 다할게요."

"무례한 건 알아요. 급작스럽게 이런 요구를 하는 것도 미안하게 생각해요. 하지만, 지금 말해줄 수는 없나요?"

그는 말이 없었다. 나는 고개를 돌려 정면을 바라보았다. 어떤 절망감이 나를 엄습해왔다.

김현지의 집 앞에 도착한 우리는 삼 일을 그곳에서 보냈다. 해순과 나는 번갈아가며 보초를 섰다. 보초를 서지 않는 사람은 인근의 찜질방으로 가 새우잠을 자거나, 그 주변에서 각자가 맡고 있는 조사에 시간을 쏟았다. 김현지가 자리를 비웠을 때 얼른 지원 요청을 할 수 있도록 말이다.

우리가 이틀을 버티며 알아낸 것은 집 안에는 아마도 김현지뿐이라는 사실, 그녀가 밤마다 산책을 한다는 사실 두 가지였다. 김현지는 그 외에 일절 집 밖으로 나오지 않았다. 그녀를 찾아오는 사람도 없었다.

거기에서 더 이상의 시간을 할애할 수 없다고 판단한 우리는 삼 일째 되는 날, 김현지가 산책을 간 틈을 타 그녀의 집을 수색하기로 했다.

그날 밤 9시, 김현지는 발목까지 오는 회색 후드 원피스를 입고 쪼리를 신은 채 집을 나섰다. 감시를 시작한 날부터 늘 같은 차림이었다. 어두운 시간 때였고 그녀의 행색이 초라했기 때문에 후드를 뒤집어쓴 그녀가 김현지라는 사실을 알아채기는 어려웠다. 밖에서 보았다면 그녀를 알아보지 못하고 지나쳤을 터였다.

해순이 나를 돌아보며 말했다.

"가볼게요."

나는 고개를 끄덕였다. 해순이 손을 내밀었다. 내가 그것을 잡았다. 그는 내 손을 어색하게 꾹 쥔 채로 말했다.

"다시 한번 생각해보지 않겠어요? 내가 남는 걸로요."

나는 고개를 저었다.

"어서 가요. 이러다 놓치겠어요."

해순이 한숨을 내쉬었다.

"연락할게요."

나는 고개를 끄덕였다. 해순이 멀어지는 김현지를 뒤쫓기 시작했다.

우리의 계획은 이랬다. 해순이 김현지를 미행하는 동안, 나는 집 안으로 들어가 그곳을 수색한다. 그리고 김현지가 돌아오는 것을 해순이 내게 알리면, 나는 수색을 마무리 짓고 집을 빠져나온다.

역할을 나눌 때 사소한 말다툼이 있었지만 해순은 결국 내 고집을 꺾지 못했다. 김현지는 이미 내 얼굴을 알고 있어 내가 그녀를 미행하는 데는 어려움이 있다, 게다가 만에 하나 집 안에 장이가 억류당해 있을 경우 내가 그녀를 발견하는 편이 낫지 않겠느냐는 게 나의 주장이었다. 해순은 찜찜한 얼굴로 고개를 끄덕였다. 우리는 그렇게 각자의 임무를 향해 헤어졌다.

나는 복면으로 얼굴을 가린 채 어깨까지 오는 담장을 넘었다. 그리고 정원을 가로질러 독채에 침입할 수 있을 만한 입구를 살폈다. 아버지가 그 집에 들어갈 때까지만 해도 보안장치가 되어 있지 않았던 건 확실했다. 그러니까 김현지가 신고할 때까지 아버지가 무사할 수 있었던 거겠지.

집 안으로 들어가기에 가장 효과적으로 보이는 입구는 2층의 발코니 창문이었다. 오래전에 지은 집이라 배관을 타고 올라간다면 얼마든지 2층까지 갈 수 있을 듯했다. 아버지 역시 그곳을 통해 집 안으로 들어간 모양이었다. 발코니에서 집 안으로 통하는 유리는 깨어진 채 아직 보수되지 않은 상태였다. 왜 김현지는 깨진 유리를 바꾸지 않았을까.

나는 배관을 타기 전 혹시나 하는 마음으로 현관 문고리를 잡아 돌렸다. 그것이 열렸다. 어이가 없었다. 예상했던 것보다 편안하게 집 안으로 들어설 수 있을 듯했다.

문 안으로 들어서자 훅, 하는 악취가 코를 찔렀다. 손전등을 켜 그곳을 살폈다. 집은 도둑이 들었나 싶을 만큼 난장판이었다. 벽에 붙어 있던 김현지의 화보들은 찢어지거나 부서진 채로 바닥에 떨어져 있었다. 썩은 음식과 찢어진 옷, 술병들, 깨진 술잔과 유리병들, 부서진 과거의 물건들이 응접실 바닥을 가득 채우고 있었다.

대체 어떤 음식이 썩어야 이런 냄새가 나는 건가. 시체가 숨겨져 있다 하더라도 유심히 보지 않고서는 알아채지 못할 것 같은 집이었다. 검은 허공에는 잠들지 않은 초파리들이 날아다니고 있었다. 집 안은 마치 무너져 내린 집주인의 내면을 대변하고 있는 듯했다.

응접실을 지나 1층 침실과 부엌, 화장실, 작은 방을 훑어본 후 2층으로 올라갔다. 2층은 서재로 꾸며진 거실, 방 두 개, 작은 창고 하나, 발코니로 구성되어 있었다. 그곳은 먼지가 많이 쌓여 있기는 했지만 비교적 깨끗하고 살풍경한 모습을 하고 있었다.

놀랍게도 집 안에는 컴퓨터가 없었다. 내심 생각하고 있던 수색 대상 1순위가 컴퓨터였는데 그 부분에서부터 예상이 빗나갔다. 그러나 나는 내가 어디를 수색해야 하는지 대충 알 것 같았다. 그곳은 2층이었다.

1층이 주인의 무너진 내면을 대변하고 있는 듯했다면 2층은 지나치게 깨끗하고 적막했다. 김현지는 그곳에 거의 올라가지 않았다. 그 말은 2층이 김현지에게 편안하거나 자주 오고 싶은 공간이 아니라는 뜻이었다. 그리고 어쩌면 그녀가 피하거나 감추고 싶은 무언가가 있는 공간일 수도 있다는 말이었다.

손님방으로 쓰는 듯한 방들을 지나 창고로 갔다. 창고는 잠겨 있었다. 나는 2층 서재와 방들을 돌아다니며 창고 열쇠를 찾았다. 열쇠는 좀처럼 나오지 않았다. 그 사이 시간이 이십 분 남짓 흘렀다. 김현지의 산책 시간은 삼십 분에서 한 시간, 내가 수색에 실패하면 다음날을 기약해야 할 터였다. 그러기에는 시간이 너무 부족했다.

나는 다시 1층으로 내려와 김현지의 침실로 갔다. 서랍장과 옷장, 침대 매트 아래와 침대 밑, 화장대를 꼼꼼히 살펴보았다. 열쇠는 나오지 않았다. 그러다 혹시 몰라 화장대 위에 있는 티슈 곽을 들어 올렸다.

곽이 기울자 그 안에 들어 있던 무언가가 곽 종이에 부딪쳐 '턱' 하는 소리를 냈다. 나는 곽을 뒤집어 흔들었다. 그 안에 무언가가 있었다. 티슈 통 안에서 열쇠가 딸깍, 하고 떨어져 나왔다.

그것을 들고 급히 창고로 갔다. 창고에 갇혀 있던 쾌쾌하고 서늘한 공기가 훅 하고 덮쳐왔다. 그곳은 선풍기, 에어컨, 라디에이터와 제습기 따위를 모아둔 방으로 내가 찾고 있는 물건은 없는 듯 보였다. 시간은 삼십 분이 지나 있었다.

창고로 들어섰다. 나는 여태까지 김현지가 물건을 숨겨온 방식을 떠올렸다. 그녀는 물건을 숨긴 2층에서 멀어지려 1층에서 생활했다(아마도), 현관문은 열어두는 사람이 창고문은 잠가두었다, 그리고 불안한 마음에 열쇠를 자신과 가장 가깝고 은밀한 장소인 침실에 숨겼다, 그런데 그 열쇠는 예상 외로 휴지 곽에 넣어두었다. 그렇다면 이 창고의 휴지 곽은 무엇인가?

물건이 눈에 띄는 것을 원하지는 않지만 그것을 찾으려 할 때 쉽게 손을 뻗을 수 있는 단출한 공간, 그곳은 어디인가?

나는 제습기로 걸어갔다. 그리고 그것의 물통을 열어젖혔다. 그 안에는 구형 핸드폰과 충전 단자가 들어 있었다.

전화는 모토로라 레이저로 퍽이나 오래전에 나온 기종이었다. 거기에는 열쇠고리 모양의 USB가 부착되어 있었다. 나는 휴대전화를 충전 단자에 연결해 그것의 전원을 켰다. 휴대전화의 전원이 켜지기까지 시간이 조금 소요되었다.

잠시 후 휴대전화가 켜졌고 나는 통화 내역과 문자 내역을 살폈다. 그리고 보았다. 그 안에 어린 장이가 있었다.

2007년 김현지와 장이가 주고받은 문자들이 그 안에 있었다. 장이는 김현지를 엄마라고 부르고 있었고, 김현지는 마치 진짜 엄마인 양 그에 천연덕스럽게 응답하고 있었다. 찾았다. 그 안에 내가 찾는 사실들이 숨어 있을 터였다. 나는 그것을 증거로 김현지에게 장이에 대한 이야기를 들을 수 있을 것이다.

그러기 위해서는 우선 자리를 피해 휴대전화와 USB 안에 든 자료를 파악할 필요가 있었다. 휴대전화의 전원을 끄고 주머니에 넣으려는데 순간 눈에 띄는 문자가 있었다. 장이가 보낸 것이었다.

엄마들은 또 언제 와요?

엄마들? 속이 울렁거렸다. 나도 모르게 다리에 힘이 풀려 벽을 짚었다. 집에 카메라를 설치하고 장이의 삶에 개입해온 자가 한 명이 아니었나? 그렇다면 그들은 총 몇 명이라는 건가? 나머지 사람들은 대체 누구지? 그들은 장이를 놓고 대체 뭘 한 거지?

엄마가 하나가 아니라고 한다면, 김현지만으로는 해명되지 않던 많은 부분들을 설명할 수 있을 터였다. 서윤재와 고정권의 사인이 다른 점, 휴대전화를 이어받은 사람이 여자였는데 수화기 너머에서 남자의 음성을 들었다는 진술, 동영상이 저절로 공유되는 웹 사이트가 있었다는 이야기, 이 역시 모두 설명할 수 있을 것이다.

왜 좀 더 일찍 알아채지 못했던 걸까. 해순에게서는 아직 아무 연락도 없었다. 김현지가 돌아오기 십 분 전에 미리 연락을 하기로 했으니 최소한 그 정도의 여유가 남아 있다는 말이 된다. 집을 조금 더 수색해볼 수 있을 터였다.

그때 주머니에서 전화벨이 울리기 시작했다. 김경희 형사였다. 전화를 받기에는 그다지 좋은 상황이 아니었다. 수신 거절신호를 보내려는데 형사로부터 문자메시지가 도착했다.

'선이 씨, 전화 꼭 받아요. 중요한 연락입니다.'

다시 전화벨이 울렸다. 아무래도 느낌이 좋지 않았다. 휴대 전화 통화 버튼을 눌렀다.

"무슨 일이신가요?"

"말하지 말고 대답만 해요. 지금 서해순과 함께 있나요?"

내가 대답을 하지 않자 그녀가 말했다.

"급한 일이에요."

"저 형사님, 지금 제가 중요한 단서를 찾은 것 같아요. 좀 이따 다시 연락을 드릴게요."

"선이 씨, 우리도 그래요. 잘 들어요. 서해순이 범인으로 짐작되는 증거를 발견했어요. 서해순 씨와 같이 있나요?"

"네? 어떤 증거죠?"

"서윤재가 살해되던 시각, 서해순이 살해 현장 주변을 배회하던 블랙박스가 확보됐어요. 서해순과 같이 있어요?"

나는 대답을 하지 않았다.

"같이 있다는 대답으로 받아들이겠습니다."

"형사님, 제 말 좀 들어보세요."

"침착하게 행동해야 합니다. 선이 씨는 저와 새로운 단서에 대해 이야기를 하고 있는 겁니다."

"해순 씨는 지금은 옆에 있지 않아요."

"그런가요? 거기가 어디죠?"

나는 김경희 형사가 나와의 통화를 이어나가려 한다는 느낌을 받았다. 위치 추적은 이미 끝났을 것이다. 이곳으로 오기 위해 시간을 끌고 있는 것인지도 몰랐다.

나는 전화를 끊었다. 경고를 울리듯 '삐익' 하고 몸속에서 울리는 이명이 찾아왔다. 온몸이 차가워졌다. 내가 대체 무슨 말을 들은 거지? 침착하자. 어쨌거나 해순에게 연락을 취해야 했다. 연락을 해서 그에게 무슨 말을 어떻게 할 것인가. 나도 모르겠다. 우선은 휴대전화를 들어 올렸다.

그때였다. 나는 보았다. 바닥을 향해 있던 손전등 빛에 남자의 그림자가 어리는 것을. 그가 바로 내 뒤에 있었다. 황급히 몸을 돌렸다. 남자는 나에게 달려들어 내 머리채를 잡았다. 나는 손전등을 놓치고 말았다. 아무것도 보이지 않았다. 남자가 내 머리채를 잡고 흔들며 자신의 팔 안에 내 목을 끼워 넣으려 하고 있었다. 익숙한 냄새가 코를 찔렀다.

나는 손을 더듬어 셔츠에 달린 앞주머니에서 스프레이를 꺼냈다. 한 손으로 그것의 뚜껑을 열어 제대로 조준도 하지 못한 채 그것을 허공에 발사했다. 미친 사람처럼 스프레이를 뿌려

댔다. 순간 내 머리채를 잡고 있던 손에 힘이 풀렸다.

죽을힘을 다해 달렸다. 내가 뛰는 방향에 2층으로 향하는 계단이 있었다. 어둠뿐이라 앞이 잘 보이지 않았다. 허공을 휘두르던 손에 간신히 계단 난간이 잡혔다. 나는 네 발로 계단을 뛰어오르기 시작했다. 남자가 쿵쿵대며 나를 뒤따랐다. 그가 손을 뻗어 내 오른쪽 다리를 잡았다. 나는 두 팔로 난간을 붙든 채 잡힌 오른발을 휘둘렀다. 내 발에 그의 얼굴이 맞았다. 그가 흡, 하고 숨죽인 신음을 내뱉었다. 나는 한 번 더 그의 얼굴을 걷어찼다.

어둠이 조금 눈에 익었다. 나는 계단을 벗어나 2층 발코니를 향해 달렸다. 그리고 망설일 틈도 없이 깨어진 유리를 향해 몸을 날렸다.

걔가 말하는 걸 본 적이 없어요. 합창대회 때도 윤장이 옆에 서 있었는데, 걔는 노래를 하는 것처럼 입만 뻥긋거렸어요.

* * *

정신이 들었을 때는 많이 것이 달라져 있었다.

해순은 형사들을 따돌린 채 도주 중이었다. 나는 범람하는 거짓과 추정 속에 홀로 남겨져 있었다.

그날 밤, 나는 창문에서 뛰어내려 무작정 차로 갔다. 그리고 황급히 김현지의 집을 벗어났다. 김현지가 산책을 나간 방향으로 운전을 하며 계속 해순에게 전화를 했지만 그는 받지 않았다. 김경희 형사 역시 마찬가지였다.

나는 다시 김현지의 집 앞으로 돌아갔다. 그리고 그곳에서 사람이 나타나길 기다렸다. 해순과 김현지가 돌아오지는 않을까, 김현지의 집을 나서는 남자의 얼굴을 확인할 수 있지 않을까, 하는 기대에서였다. 아침까지 기다렸다. 누구도 그곳에 나타나지 않았다. 나는 다시 김현지의 집에 들어가 보았으나 그곳 역시 비어 있었다. 나는 차로 돌아와 기절을 했다.

나는 경찰 조사를 마친 후 오후 늦게야 집으로 돌아왔다. 김경희 형사의 물음에 내가 할 수 있는 말은 별로 없었다. 나는 해순에 대해 알고 있는 것도 없었고, 그가 어디로 갔는지도 몰랐다. 조사는 놀랍도록 일찍 끝났다.

집으로 돌아온 나는 벌거벗은 아버지를 무시한 채 책상으로 갔다. 내가 김현지의 집에서 얻은 단서들을 공책에 적어나갔다.

2004년 기종의 모토로라 레이저폰

김현지와 장이가 엄마와 딸을 가장해 주고받은 문자들
휴대전화에 달려 있던 USB

문자에서 얻을 수 있는 단서는 그다지 많지 않았다. 장이의 '엄마들'이라는 언급도 한 번뿐으로 김현지는 그에 대한 대답을 피하고 있었다. 문자에서 알 수 있는 것은 장이가 그때 얼마나 외로웠는지, 그녀가 낯선 사람들에게 얼마나 매달리고 있었는지에 대한 정황뿐이었다.

망설이던 나는 USB를 꺼내 컴퓨터에 연결했다. 또 어떤 단서를 발견하게 될 것인가. 무언가가 크게 뒤틀리고 망가져 있었다. 마치 작은 부품 하나까지 전부 찾아내야지만 그 형상을 알 수 있는, 아니 부품을 전부 끼워 맞춘다 하더라도 그것을 이해할 수 있을지 의문인 괴상한 조형물을 조립하고 있는 느낌이었다.

식은땀이 흘렀다. 이동식 디스크 폴더를 열었다. 그 안에는 두 개의 파일이 있었다. 나는 순서대로 그것들을 재생했다.

첫 번째 영상.

2007년에 촬영된 영상이었다. 화질이 그다지 좋지는 않았지만 한눈에 봐도 우리 집에서 찍은 것임을 알 수 있었다.

영상 속에서 아버지는 등을 돌린 세 사람과 몸싸움을 벌이고 있었다. 동영상 화질로는 등을 돌린 세 사람이 누구인지 제대로 알 수 없었다. 그러나 영상을 가만히 보다 보니 아버지를 적극적으로 밀치는 사람이 눈에 들어왔다. 그 사람은 밀치는 걸로는 성이 차지 않았는지 곧 두꺼운 나무 방망이로 아버지를 내려치기 시작했다. 분노에 찬 몸짓이었다. 나머지 두 사람은 팔짱을 낀 채 그 모습을 지켜보고 있었다. 아홉 살 남짓 된 장이는 바닥에 엎드려 울고 있었다.

수차례 머리를 맞은 아버지가 쓰러졌다. 방망이를 휘두르던 여자는 고개를 돌려 카메라 쪽을 응시했다. 뭉개진 얼굴이 보였다. 김현지였다. 팔짱을 낀 채 상황을 관조하던 남자가 그녀에게 다가가 방망이를 빼앗았다. 영상은 거기에서 끝이 났다.

두 번째 영상.

이것은 2010년 영상이었다. 첫 번째 것보다 길이가 짧았지만 용량은 더 컸다. 좋은 카메라로 촬영된 것인 듯 화질이 선명했다. 장소는 우리 집 욕실이었다.

그곳에 열두 살의 어린 장이가 서 있다. 형편없이 말랐고 소녀 티조차 나지 않는 모습이었다. 장이는 흰색 블라우스에 무릎까지 오는 감색 치마를 입고 있었다. 그녀는 초조한 듯 욕조 주변을 서성였다.

그러다 이상한 장면이 이어졌다. 동생은 치마 아래로 손을 넣어 입고 있던 팬티를 내렸다. 그러고는 벗은 속옷을 접어 욕조 위에 올렸다. 다른 옷은 입고 있는 상태였다. 욕조에는 뜨거운 물이 받아지고 있다. 동생은 욕조 가장자리에 앉아 문 쪽을 바라보았다.

곧 욕실 문이 열렸다. 성인 남자가 등장했다. 뒷모습이었다. 그가 장이에게로 다가섰다. 동생은 감정을 알 수 없는 무표정한 얼굴을 하고 있었다. 남자가 장이의 앞에 섰다. 남자에 가려 동생의 얼굴이 보이지 않았다. 그걸로 두 번째 영상은 끝이 났다.

나는 다시 두 번째 영상을 재생했다. 중간에 억지로 끊은 것이 분명한 영상이었다. 그것을 재생하고 또 재생했다. 그러나 머리를 무언가에 얻어맞은 듯 상황 파악이 되지 않았다.

"밥 줘."

갑작스러운 인기척에 몸을 돌렸다. 아버지였다. 나는 그에게 손짓을 했다. 그리고 두 개의 동영상을 보여주었다.

"아빠, 이 영상들이 뭔지 알아?"

아버지는 첫 번째 영상에서 자신이 맞는 것을 골똘히 바라보았다. 머리가 어떻게 되었어도 맞는 이가 자신인 것은 알아보는 듯했다. 그는, 영상 속에서 몽둥이가 내리쳐질 때마다 비명을 질렀다. 나는 첫 번째 영상을 끄고 두 번째 것을 켰다.

"아빠, 여기서 장이한테 무슨 일이 일어나고 있는 거야?"

아버지는 심드렁한 얼굴로 화면을 바라보았다.

"아빠, 잘 봐. 여기 장이가 있다고."

아버지는 졸린 듯 눈을 끔벅이며 나를 보다 '저거, 저거' 하고 손짓을 했다. 자신이 나온 첫 번째 영상을 계속 보고 싶은 모양이었다.

"안 돼. 이걸 봐."

"켜. 저거!"

"안 돼."

아버지가 나를 밀쳤다.

"저거."

"안 돼."

"저거!"

"이 여자애가 누군지는 알아?"

나는 몸에 힘을 주고 버텼다. 아버지가 손바닥으로 내 머리를 탁탁 쳤다.

"아빠, 이거 안 보면 안 되는 영상이야."

내가 원하는 걸 주지 않자 아버지는 등을 돌려 방을 나가려 했다. 나는 아버지의 목덜미를 잡았다.

"이걸 보라고."

아버지는 울고 있는 나를 물끄러미 바라보았다. 그리고는 하품을 했다.

"봐, 여기. 이 여자애."

아버지가 발버둥을 쳤다. 나는 아버지의 티셔츠 깃을 끌어다 억지로 의자에 앉혔다. 아버지가 발을 굴렀다. 나는 아버지의 얼굴을 강제로 모니터에 고정시켰다. 아버지가 내 손아귀에서 벗어나기 위해 고갯짓을 했다. 그의 얼굴과 목이 벌겋게 달아올랐다.

"봐, 보라고."

"싫어!"

"봐!"

아버지가 비명을 지르며 보란 듯이 눈을 감았다. 나는 그의 턱을 잡고 흔들었다. 그는 이를 악문 채 눈을 뜨려 하지 않았다.

"왜 안 봐?"

"싫어!"

"당신은 봐야 되잖아."

"안 봐! 안 볼 거야!"

"너는 봐야 되는 거잖아."

"야! 야야!"

"애가 무슨 일을 당하고 있는 거냐고!"

악문 이 사이로 울음이 새어 나왔다. 그때 아버지가 튀어 올라 나에게 박치기를 해왔다. 나는 나가떨어졌다. 머리가 울려서 몸을 일으킬 수가 없었다.

아버지는 잽싸게 컴퓨터 의자에 앉았다. 그러고는 자신이 맞고 있는 동영상을 켰다. 그는 맞고 있는 자신을 보며 으으, 하고 신음을 내뱉었다. 자신이 관련된 일에는 민감하게 반응하고 있었다. 뇌가 이상해졌다고 해서 감정을 상실한 것은 아니었다.

나는 아버지에게 달려들었다. 그리고 컴퓨터 키보드를 들어 올렸다. 아버지가 팔을 들어 자신의 얼굴을 가렸다. 나는 키보드로 그의 머리를 내리쳤다. 한 번으로 멈출 수가 없었다. 그것을 휘두를 때마다 모음과 자음, 숫자와 특수 문자들, 어지러운 자판들이 바닥으로 떨어져 내렸다.

생각해보면 사람들은 살아가면서 수차례 죽음을 맞는다. 죽음을 맞는 상황과 시기, 횟수는 모두 다르겠지만 확신한다. 단 한 번도 죽음을 경험하지 않는 사람은 없을 거라고. 그렇게 죽고, 죽고, 또 죽다가 결국은 육체적 죽음을 맞이한 채 사라지는 거라고. 그것을 받아들이는 일은 상당 부분 개인의 몫일 거라고 생각해왔다.

내가 이런 말을 하는 이유는 달리 없다. 나는 영상 두 개를 보았다. 그리고 두 번째 영상을 보았을 때 죽음이 나를 찾아왔다. 그것이 내 온 존재를 갈기갈기 찢어버리고 있었다.

"너한테 뭘 해달라는 말이 아니잖아. 네가 한 짓을 보라고!"

"살려! 살려줘!"

"그래, 너는 장이를 구할 수 있었어. 그런데 안 했지? 그런 거지?"

그것은 나에게 하는 말이었다. 나는 장이를 지킬 수 있었다. 애초에 내가 〈밀리언달러 키즈〉에서 퇴출되지 않았더라면 장이가 그렇게 무분별하게 사람들 앞에 노출될 일도 없었을 것이다. 나에게는 사랑받는 재주가 없으니 우리는 보다 평화롭고 조용한 유년기를 보낼 수 있었을지도 모른다.

아니 함께 가자는 할아버지의 손을 먼저 낚아채지 않았더라면, 장이를 함께 데려가자고 말했더라면, 아니 집에 한 번이라도 찾아왔더라면, 전화 통화라도 시도를 했더라면 이런 상황에 도달하지는 않았을 것이다.

아니, 사실 이런 이야기를 하려는 것이 아니다. 그보다 중요한 것이 있었다.

살아남는 게 고달팠던 것도 맞고, 순간순간 그녀를 잊었던 것도 맞다. 나에게 삶을 변화시킬 수 있을 만한 실질적인 힘이 없었던 것도 맞다. 하지만 그것들이 동생을 외면한 결정적인 이유는 아니었다.

거기에는 나의 의지가 들어가 있었다. 나는 스스로 동생을 잊는 편을 택했다. 사랑받지 못했던 기억이, 무능한 딸이자 언니로 낙인 찍힌 채 방치되었던 기억이 고통스러웠기 때문이다.

동생에게 전화를 하거나 그녀를 만나러 가지 않은 것은 나였다. 조부모에게 장이를 데려오자는 말을 하지 않은 것도 나였다. 너는 나와 달리 선택을 받았으니까 네 고통을 견디라고, 그런 건 아무것도 아니라고, 검은 하트를 강요한 것도 나였다. 모든 게 나였다. 그렇게 동생을 질투했다. 아버지가 벌인 판의 꼭두각시가 돼서 그녀를 밀치고 살아남는 데 혈안이 되었다. 버림받았다는 생각에 사로잡혀 동생도 나처럼 누군가의 팔을 부러뜨리거나 누군가에 의해 팔이 부러지기를 바랐다.

그러는 동안 동생은 계속 그 안에 있었다. 그녀는 카메라 앞에 섰고, 낯선 사람들이 '장이야, 야채를 먹어야지' 하고 말하는 따위의 괴상한 일들을 감수해야만 했고, 역시나 이유를 알지 못한 채로 버림받았고, 방치되었다. 그 과정에서 무수한 일들이 있었을 것이다. 강간은 그런 일들 중 한 가지에 불과한 것인지도 모른다. 그러고는 동생은 짐작조차 할 수 없는 곳으로 사라져버렸다.

나는 아무것도 몰랐다. 내가 그렇게 만들었다. 이제 와 내가 하고 있는 일은 그 일의 원흉인, 시시하기 짝이 없는, 제정신이 아닌 남자의 머리를 후려갈기는 것이었다. 아버지의 정수리가 찢어졌다. 나는 멈추지 않았다. 멈출 수가 없었다. 아버지가 비명을 내지를 때마다 나도 같이 비명을 내질렀다. 그를 죽이고 싶은 만큼, 나 또한 죽이고 싶었다.

나를 죽이고, 죽이고, 또 죽이고 싶었다.

떨어진 자판들은 알 수 없는 배열로 어지럽게 늘어져 있었다. 나는 울다 지쳐 한참을 주저앉아 있었다. 아버지는 쓰러진 채로 일어나지 않았다. 그러나 나는 알고 있었다. 그는 얼굴을 팔에 묻은 채 내 눈치를 살피는 중이었다.

일찌감치 내가 했어야 하는 일이 있었다. 나는 아버지의 손에서 장이를 떼어내 그와 맞섰어야 했다. 불가능하다 하더라도 그렇게 했어야 했다.

아버지를 향해 말했다. 목이 잠겨서 목소리가 잘 나오지 않았다.

"잘 들어. 당신이 해야 할 일이 있어. 이건 당신이 선택할 수 있는 일이 아니야."

체육 시간에 자유 시간이 주어질 때가 있잖아요. 그럴 때면 그 애는 사라지곤 했어요. 걔가 어디로 갔는지는 몰라요. 그냥 어디로 가는가 보다, 하고 생각했을 뿐이죠.

* * *

인근에 양봉 농가가 있었다. 꽃들은 이제 할 일을 다 했다. 벌들이 채밀을 마치고 한 계절을 갈무리하는 시기였다. 숲속의 매미들이 어지럽게 울었다. 숨만 쉬어도 그것이 물로 변하는 날씨였다. 그곳에선 중년 여자와 소녀의 민머리가 강한 볕에 화상을 입은 듯 빨갰다.

장이 이모는 시든 꽃을 밟고 서 있었다. 그녀가 잠자리채를 휘둘렀다. 채에 걸린 녀석들을 핀셋으로 잡아 올렸다. 벌이 산 매미를 먹고 있었다. 매미는 이미 몸의 절반을 먹혔다. 살아있는 절반이 몸부림을 쳤다.

사냥을 하다 봉변을 당한 벌이 엉덩이를 붕붕 떨었다. 녀석은 손가락 한 마디 반은 되어 보이게 컸다. 장이 이모가 벌을 이리저리 돌려 보며 말했다.

"장수말벌이야."

소녀의 손에는 삽이 들려 있었다. 장이 이모가 말했다.

"어렸을 때 가을이 되면 숙성된 꿀을 먹었어. 아버지가 꿀을 모으려고 전국을 돌아다녔어. 그런데 이건 벌꿀이 아냐. 말벌이야. 독이 들었어."

소녀가 고개를 들어 벌을 바라보았다.

벌은 핀셋에서 놓여나기 위해, 또 잡은 매미를 놓치지 않기 위해 갈고리 모양의 큰 아가리를 들썩이고 있었다. 장이 이모가 말했다.

"이놈은 꿀벌의 몇백 배가 되는 침을 계속 쏘아댈 수 있어. 방심하면 안 돼."

장이 이모는 핀셋을 흔들어 털었다. 토막 난 매미가 바닥에 떨어졌다. 그녀는 벌을 산 채로, 투명한 액체가 든 유리병에 넣었다. 벌은 한참 요동을 치다 움직임을 멈췄다. 장이 이모와 소녀는 그 모습을 물끄러미 바라보았다.

장이 이모가 벌이 날아가던 방향을 둘러보며 말했다.

"근처에 벌집이 있는 것 같아."

장이 이모는 몸을 일으켜 흰색 방충복을 입기 시작했다. 그 모습이 크고 거대한 외계인처럼 보였다. 그녀가 보안 안경을 낀 후 방충모자를 썼다. 그러고는 가방에서 막걸리를 꺼내들었다.

"벌을 잡을 거야. 녀석들은 달콤한 냄새를 좋아해. 석유 냄새는 싫어해."

장이 이모가 아무것도 없는 허공을 향해 붕, 하고 잠자리채를 휘둘렀다. 그것이 소녀의 머리 위를 지나갔다. 소녀는 피하지 않았다.

"말벌주를 담글 거야. 숙성이 되면 마실 거야."

그때 소녀가 속삭이듯 말했다. 장이 이모가 소녀를 바라보았다.

"안 들려."

"……거야."

"안 들려."

소녀가 뒷걸음질을 치며 고개를 저었다. 장이 이모가 소녀에게 다가갔다. 그녀가 소녀가 든 삽을 빼앗았다.

"안 들려."

"……거라고."

장이 이모가 소녀의 턱을 움켜쥔 채 말했다.

"안 들려."

"다 죽을 거라고."

소녀의 목소리는 허스키했다. 쉬어버린 듯도 했다. 장이 이모는 소녀를 바라보았다. 그러다 삽을 내던졌다. 소녀가 주저앉았다. 장이 이모가 말했다.

"일어나."

소녀는 고개를 숙인 채 말이 없었다.

"일어나."

소녀가 비틀거리며 몸을 일으켜 세웠다. 장이 이모가 소녀의 맨머리를 손바닥으로 후려쳤다. 소녀가 다시 쓰러졌다. 소녀의 머리에 진한 손자국이 새겨졌다. 장이 이모가 말했다.

"다 죽는 게 아니야. 네가 죽는 거야. 너를 죽일 거야."

소녀는 말이 없었다.

"일어나."

소녀가 몸을 일으켰다.

"들어가서 계속 파."

숲에 들어온 지 이틀이 지났다. 소녀는 수구(水口) 안을 홀로 파왔다. 수구도 2미터 깊이로 꽤 깊은 편이었다. 그런데 소녀는 그 안에 들어가 관 하나 너비의 땅을 또다시 파고 있었다. 그녀는 이미 허리 높이까지 땅을 파내려간 상태였다. 지면과의 거리만 놓고 보면 3미터는 족히 될 터였다.

그러나 장이 이모는 만족하지 않았다. 그녀가 구덩이에 줄을 내렸다. 소녀가 그것을 타고 수구로 내려갔다. 혼자 힘으로는 도저히 올라올 수 없는 높이였다. 장이 이모는 밧줄을 올린 후 몸을 일으켰다. 그녀가 말벌이 날아온 방향을 바라보았다.

해가 지고 있었다. 이틀에 걸쳐, 누군가의 도움 없이는 올라올 수 없는 구덩이가 완성되었다. 소녀는 그 안에 있었다.

장이 이모는 몸을 굽혀 구덩이 안의 구덩이를 내려다보았다. 그녀 옆에는 촘촘한 망 안에 새끼 손가락만 한 벌들이 우글거리고 있었다. 소녀가 고개를 들어 그녀를 올려다보았다. 장이 이모가 물었다.

"거기 카메라 있어?"

소녀의 얼굴이 하얗게 질렸다. 장이 이모가 다시 물었다.

"거기 카메라 있어?"

소녀는 대답을 하지 못했다. 장이 이모는 소녀가 파 올린 부드러운 흙을 손에 쥐었다. 그러고는 그것을 소녀의 얼굴에 흩뿌렸다. 장이 이모가 말했다.

"우리 내기 하나 할까?"

어렸을 때는 저도 매번 〈밀리언달러 키즈〉를 챙겨봤는데. 너무 부러웠거든요. 장이는 예쁘고 인기도 많고 걔가 해달라고 하는 건 주변 사람들이 다 해주고. 근데 지금은 걔가 추하게 보여요. 그게 너무 좋아요.

* * *

윤재열이 초인종을 눌렀다. 그는 평소와 달리 검은 티셔츠 위에 남색 린넨 재킷, 청바지와 가죽 워커로 꽤 멋을 냈다. 모두 십 년 전에 입던 옷들이었다. 낡은 옷이 허물어져가는 재열의 이목구비와 어우러져 묘한 느낌을 자아내고 있었다.

인터폰이 켜졌다. 잠시 조용한 숨소리만이 그것을 타고 흘러나왔다. 집 안의 상대가 말했다.

"뭐야?"

"보고 싶어서 왔어."

인터폰 너머에서 짤막한 웃음이 울려 퍼졌다. 잠시 후 철컥, 소리와 함께 대문이 열렸다.

독채의 현관문이 열리고 그 안에서 김현지가 걸어 나왔다. 그녀는 술에 취한 듯 보였다. 회색 후드 원피스 차림이었다. 원피스 가슴팍에는 먹다 흘린 음식이 얼룩져 있었다. 화장기 없는 김현지의 맨얼굴은 퍽이나 지쳐 보였다. 볼에 난 흉터는 크고 깊었다.

현지가 말했다.

"왜 왔어?"

재열은 현지의 말을 무시한 채 문 안으로 들어서려 했다. 현지가 그를 가로막았다.

"나가. 여긴 당신이 들어올 데가 아니야."

재열은 말없이 현지를 바라보았다. 현지가 말했다.

"당신 큰딸이 보낸 거야?"

"사과하러 왔어."

"무슨 수작이야. 정신이 돌아오기라도 한 모양이지?"

현지는 재열을 위아래로 훑어보았다. 재열은 그녀의 시선을 피하지 않았다. 현지의 눈동자가 잠시 흔들렸다. 그녀가 말했다.

"내가 사준 재킷이네."

재열은 현지의 말을 알아듣지 못한 듯 가만히 서 있었다. 현지는 잠시 재열을 바라보았다. 그녀가 말했다.

"따라오든지."

현지는 비틀거리며 안으로 들어갔다.

집은 쓰레기들로 발 디딜 틈이 없었다. 초파리들이 재열의 얼굴에 달라붙었다. 그게 재미있는지 재열은 히히, 하고 웃었다. 잠시 그 모습을 지켜보던 현지는 보드카와 술잔을 챙겨 2층으로 재열을 안내했다.

"이 집에 돌아와서 여기에 온 건 처음이야. 그게 무슨 의미인지 알아?"

"몰라."

"하, 물론 모르겠지. 앉아."

김현지가 서재 한편에 놓인 소파를 가리켰다. 두 남녀가 그곳에 나란히 앉았다. 김현지는 술잔에 보드카를 채워 윤재열에게 건넸다. 재열은 그것을 받아 벌컥벌컥 마셨다. 현지는 그 모습을 보고는 깔깔대며 웃음을 터뜨렸다.

"술을 얻어 마시러 온 거야? 정말로 왜 온 거야."

"후."

"오늘은 꽤 멀쩡해 보이는데?"

"나 멀쩡해."

재열이 빈 술잔을 내밀었다. 현지가 그것을 채웠다. 재열은 허기진 듯 다시 그것을 단번에 마셨다. 그가 기침을 터뜨렸다. 현지가 말했다.

"천천히 마셔."

"……."

"이제는 당신을 봐도 화가 나지가 않아. 예뻐 보여야겠다는 오기도 생기지 않아. 완전히 끝나버렸나 봐."

"사과하러 왔어."

"사과? 하지 마, 그딴 거."

"미안해."

"하지 말라고. 그럴 거면 집에 가."

"사랑해."

현지가 웃음을 터뜨렸다. 그것은 배 속에서부터 끌어올린 웃음이었다. 그녀가 한동안 웃음을 그치지 않았다. 그녀가 비어져 나온 눈물을 훔치며 말했다.

"아, 근래 들은 말 중에 제일 웃겼다. 대체 왜 온 거야? 나를 그만큼 엉망으로 만들었으면 됐지 이제 와서 뭘 하겠다는 거야. 이봐, 내 얼굴을 똑바로 봐."

그녀는 재열에게 자신의 얼굴에 난 칼자국을 들이밀었다. 재열이 소파 뒤편으로 몸을 젖혔다. 현지가 재열에게 다가 앉으며 말했다.

"알지? 이것 때문에 연예계도 은퇴해야 했던 걸 당신은 알잖아. 늙은이는 내 얼굴이 이렇게 되면 당신을 만나지 못할 거라고 생각했나 봐."

"무서워."

"그래, 무섭겠지. 이봐, 당신은 예의상으로라도 내가 그 늙은이랑 어떻게 살았는지 물어봐줘야 하는 거 아냐?"

"몰라."

"병신 쪼다."

"어떻게 된 거야?"

"말하지 않을 거야."

"미안해. 말해줘."

"흥, 그 늙은이는 나를 끝까지 믿지 못했어. 그렇다고 놓지도 못했고. 내가 너한테 했던 것처럼 말이야. 그러더니 결국에는 혼자 암에 걸려서 병수발을 시키더군. 내가 당연히 그것을 해야 한다는 듯이 말야. 그런데 이상한 게, 나도 그걸 당연하다는 듯이 해냈지. 해야 할 것만 같았거든. 그뿐인 줄 알아?"

"아니."

"그놈 애새끼들은 예쁘다, 예쁘다 해줬더니 결국 생모한테 가더라고. 그리고 이제는 내 인생을 뜯어먹겠다고 덤벼들어. 다, 전부 다, 내 탓이라고 말이야. 흥, 그래도 나는 그 늙은이가 너보다 낫다고 생각해. 왜인 줄 알아?"

"몰라."

"모르겠지!"

숨이 막힌 듯 잠시 헐떡이던 김현지가 숨을 몰아쉬었다. 그녀가 말했다.

"내가 어떻게 재기했을 거라고 생각하는 거야? 나는 불쌍한 늙은 여자를 연기해. 사람들은 나한테 안심한다고. 나는 누구의 것도 빼앗거나 해할 기력이 남아 있지 않은 안심할 만한 늙은 여자야. 사랑하는 데 온 기력을 쏟아버린 그런 늙은 여자라고. 우스운 건 정작 내 가슴에는 그에 대한 감흥도 무엇도 남아 있지 않다는 거야. 다 바닥이 나버렸어. 그저 내 실패가 나를 먹여 살리고 있을 뿐이야."

"그렇군."

"그래, 그게 누구 때문이라고 생각해?"

"모르겠는데."

김현지가 웃음을 터뜨렸다. 그녀가 말했다.

"그런데 이제 그마저도 부서졌지. 돌이킬 수가 없어."

"돌이킬 수가 없군."

"오늘 소속사에서 계약을 파기하자는 연락이 왔어. 위약금을 물라더군."

"위약금을?"

"그래, 당신 때문에 이곳에 돌아온 게 아니야. 난 실패한 늙은 여자니까 여기에 사는 거야. 더럽고 지저분하고 겸손하게. 사람들이 원하는 대로."

"그런데 궁금한 게 있어."

"궁금해하지 마. 넌 나한테 질문을 할 자격이 없어. 대체 당신이 한 일을 기억해? 제대로 기억은 하고 있는 거냐고!"

"기억 못 할 이유가 없지 않니."

"기억하면서 그러는 거야?"

"응, 궁금한 게 있어."

"정말 구제불능이네. 그게 뭔데?"

"몇 명이 거기에 참가한 거야?"

"뭐?"

"몇 명이야?"

재열이 현지를 멀뚱멀뚱 바라보았다. 현지가 말했다.

"당신, 정말로 다 기억해?"

"그럼."

"아니, 기억한다 해도 내가 왜 그걸 말해줘야 하지?"

"사랑해."

"닥쳐. 사랑한다면 말해주지. 이봐, 곧 당신 딸이 죽을 거야."

잠자코 있던 재열이 외쳤다.

"그 여자가 내 차를 조작했어. 브레이크가 망가진 차를 운전해본 일이 있냐?"

"시끄러워! 난 내내 고장 난 차를 운전해왔어. 난 지쳤어."

"사과를 하러 왔어."

"지겹다."

"너희 엄마에게 가봐라."

"뭐?"

"너희 엄마에게 가봐라."

어이없다는 눈으로 재열을 바라보던 현지는 웃음을 터뜨렸다. 그녀는 배를 잡고 웃었다. 그러다 갑자기 무표정한 얼굴로 고개를 들었다. 김현지가 몸을 일으켰다. 그녀는 재열에게 다가갔다. 재열이 몸을 웅크렸다. 그녀는 개의치 않고 그의 린넨 재킷을 벗겼다.

재열의 등에 매달려 있던 휴대전화가 드러났다. 전화기는 스피커폰으로 설정되어 있었다. 현지가 물끄러미 그것을 내려다보았다. 재열은 칭찬을 기다리는 얼굴로 그녀를 올려다보았다. 현지는 조용히 뒷걸음질 쳐 자리에 앉았다. 재열이 그녀에게 술잔을 내밀었다. 현지가 그것을 빼앗아 술을 따랐다. 그녀가 잔을 단번에 들이켰다.

재열이 말했다.

"사과를 하러 왔어."

"그래, 그런 거구나."

그녀가 물끄러미 재열을 바라보았다. 재열이 몸을 일으켰다. 그는 입고 있던 청바지를 벗어던졌다. 그러고는 양 허리에 손을 얹은 채 현지를 보고 웃었다. 현지가 물었다.

"당신, 주변 사람들한테 진심으로 사과한 적 있어?"

"응."

"나는 없어. 아마 앞으로도 하지 않을 거야."

재열이 바닥난 술잔을 혀로 핥기 시작했다.

한동안 말없이 앉아 있던 현지는 한결 차분해진 얼굴로 입을 열었다.

"한 번만 말할 거야. 잘 들어."

"응."

"처음에는 아이한테 일부러 접근했어. 당신이 사랑하는 게 뭔지 보려고. 나에게 오지 않으면서 지키고 있는 게 뭔지 보고 싶었어. 그래서 당신 전부인의 번호를 이어받아서 팬 카페에서 사람들을 모았어. 애초에는 혼자 할 생각이었는데 마음이 바뀌었지. 거기 아이의 엄마 행세를 하고 싶어 하는 사람들이 많더라고. 사람을 더 뽑아서 그 사람들 뒤에 숨어야겠다고 생각했어. 미련한 생각이었지만."

"사과를 하러 왔어."

"그래."

"그런데 몇 명이야?"

"사람 둘을 더 뽑았어. 우리 셋은 랜선으로 엄마 행세를 하기로 약속했지. 아이의 집에 카메라를 설치하고 그 애의 일거

수일투족을 지켜봤어. 왜 그렇게까지 했는지 모르겠는데 그 때는 나도 미쳐 있었어. 제정신이 아니었어. 그렇게 하루 종일 CCTV를 지켜보다가 핸드폰으로 명령을 하는 거야. 장이야, 이거 해라, 저거 해라. 쌍둥이 폰을 만들어서 번갈아가며 아이에게 연락을 했지. 당신이 하지 않은 그걸 말이야."

김현지는 잠시 입을 다물었다. 그리고는 술을 한 잔 더 들이킨 후 말을 이었다.

"아이는 우리의 명령을 따를 수밖에 없었어. 왜인지 알아?"

"왜?"

"우리가 사랑한다고 말했거든. 밥을 먹을 수 있는 돈도 주고 말이야. 그 애한테는 우리밖에 없었어. 하지만 난 곧 싫증이 났어. 당신도 없는데 숨어서 대체 뭘 하고 있는 건가 싶었지. 게다가 알아버린 거야. 그 아이가 당신의 사랑을 받고 자란 아이가 아니라는 걸. 그 아이는 그냥 버려진 아이였어. 그걸 확인하고 나니까 정말로 화가 나더라고. 당신이란 사람은 대체 뭐지? 당신한테 소중한 건 대체 뭐야? 그때 알았어. 당신이 이혼을 하지 않은 건 가족이 소중해서가 아니었다는 사실을. 당신은, 당신에게 애정을 품은 상대들을 괴롭히고 방치하지. 그리고 망가뜨려. 그런 식이 아니면 애정을 확인할 길이 없는 거야?"

"응, 없어. 그런데 몇 명이야?"

"말했잖아. 세 명이라고. 아니, 이제는 세 명인지도 정확히 모르겠어."

"세 명이라고? 그게 누구야?"

"계속 들어. 그때 다시 당신이 나타난 거야. 카메라로 보는 당신은 형편없더군. 정말이지 형편없었어. 그래도 당신이 없는 동안 당신 자식을 길러줬는데, 거기다 대고 하는 말이 기껏 돈을 내라는 말뿐이야? 돈을 내면 계속 보게 해주겠다고? 당신의 머리를 후려치고 정신이 번쩍 들었어. 그래서 그 일에 발을 빼려 했어. 그런데 뺄 수도 없었지. 이미 너무 깊이 개입해 있었던 거야. 난 돈을 댔다고. 대가를 치렀어. 이후로 그 아이의 영상은 보지도 않았어. 보고 싶지도 않았고. 그저 돈만 댔을 뿐이야. 이런 나한테 대체 무슨 잘못이 있다는 거야?"

"몰라."

"모르시겠지."

갑자기 윤재열이 차가운 얼굴을 하며 말했다.

"나는 너희가 원하는 대로 해줬어. 그런데 돌아온 게 대체 뭐냐? 늘 불평불만뿐이지."

"뭐? 뚫린 입이라고 잘도 말하는군. 네 주변에 있는 사람들이 불쌍해. 차라리 죽는 편이 나은지도 몰라."

"맞아. 죽는 편이 나은지도 몰라."

"당신 딸이 성폭행을 당해온 건 알아?"

"몰라."

“나도 몰랐어. 하지만 알았다 해도 큰 차이는 없었을 거야. 그때는 내 고통이 제일 컸거든. 다른 사람들의 고통도 내 것만큼 컸으면 좋겠다고 생각했어. 알았다 하더라도 ‘흥, 성폭행이 대수야?’ 하고 말했겠지.”

“그래, 그래. 대수야.”

“몇 명이냐고 물었지? 처음에는 세 명이었어. 그런데 알고 보니 세 명이 아니었어. 찾을 수 있으면 찾아봐.”

“응, 찾아볼게.”

“당신 딸이 왜 죽는지는 묻지 않는 거야?”

“안 물어봐.”

“그래? 그렇다면 나는 알려주지 않을 거야, 당신이 묻지 않았으니까.”

잠자코 있던 재열이 외쳤다.

“그 여자가 내 차를 조작했어. 브레이크가 망가진 차를 운전해본 일이 있냐?”

“이상하지. 당신과 대화하는 데 위화감이 없어. 당신이 멀쩡하던 때도 우리는 늘 이랬던 것 같아.”

“브레이크가 망가진 차를 운전해 본 일이 있냐?”

“있지. 신나서 그 일을 했었지.”

김현지가 자리에서 일어났다. 그녀가 윤재열에게 다가섰다.

"이건 일급비밀인데 당신한테만 이야기해줄게."

현지는 재열의 뒤로 다가갔다. 그리고 그의 등에 얼굴을 대고 무언가를 속삭였다. 재열은 멀뚱멀뚱 허공을 바라보았다. 그때 현지의 휴대전화가 울렸다. 현지는 무심한 얼굴로 그것을 내려다보았다. 그녀는 받지 않았다. 다시 한번 전화벨이 울렸다.

현지는 휴대전화의 유심칩을 꺼내 그것을 술잔에 담갔다. 그 위에 보드카를 부어 재열에게 건넸다. 재열이 그것을 단번에 마셨다. 그는 목이 막혔는지 잠시 켁켁댔다. 현지가 말했다.

"사과를 하러 왔다고 했지?"

"응."

"날 사랑한다고도 했지?"

"응."

"고마워. 그런데 나는 나이가 들어서 그런지 의심이 늘었어."

"그랬어?"

"응, 증명이 필요한 것 같아."

"그렇구나."

현지가 조용히 미소 지었다. 그녀가 재열에게 손을 뻗었다. 재열이 멍청한 얼굴로 그 손을 잡았다. 그가 현지에게 다가섰다. 현지는 조용히 뒷걸음질을 쳐 층계를 향해 걸었다. 재열은 웃음을 터뜨렸다. 그는 한 발씩 현지를 향해 걸었다. 그들은 느린 스텝을 밟듯 계단을 향해 나아갔다. 현지는 계단 위에 있는 화분 앞에 멈춰 섰다. 그녀가 자기로 된 화분을 들어 올렸다. 현지가 말했다.

"날 안아줄래?"

재열이 현지에게 다가섰다.

"꼭 안아줘."

재열이 현지를 안았다. 그녀가 고개를 끄덕였다. 그러고는 들고 있던 화분을 재열의 머리에 내리쳤다. 재열이 억, 소리를 내며 쓰러졌다. 현지는 쓰러지는 재열을 받았다. 그녀는 그를 안은 채로 계단에서 뛰어내렸다.

상황을 도청하고 있던 나는 김현지의 집으로 달려 들어갔다. 그러나 때는 이미 늦은 후였다. 김현지와 아버지는 계단 아래 쓰러져 있었다. 어디에서 나온 건지 알 수 없는 피가 바닥에 번지기 시작했다.

교실 TV장 있죠, 윤장이가 거기 뒤편으로 들어가서 커튼에 상반신을 숨기고 있었어요. 빈 교실에서 혼자 그렇게 서 있더라고요. 어떻게 알았냐고요? 다리 모양이 딱 개던데.

* * *

동영상을 보고 정리되는 사실들이 있었다. 오랫동안 장이의 삶에 관여해온 자가 있을 거라는 그간의 짐작은 옳았다. 그러나 그자는 하나가 아니었다. 동영상에 드러난 자만 해도 셋. 그 중 하나는 아버지를 공격해 바보로 만들었다. 다른 하나는 내 동생에게 자신의 성적 욕망을 들이밀었다. 나머지 하나는 성별조차 짐작을 할 수가 없었다. 여기서 던질 수 있는 질문, 과연 그 셋이 전부라고 할 수 있을까?

문제는 그들이 지금도 장이의 삶에 관여하고 있다는 사실이었다. 그렇지 않다면 괴한이 김현지의 집에서 나를 공격할 이유가 없지 않나. 그 공격은 아마도, 그들이 감추고 싶은 진실에 내가 근접했음을 뜻했다.

그러므로 내가 해야 할 일은 분명했다. 하고 있는 일을 계속한다.

경찰에 알린다는 생각을 하지 않은 것은 아니었다. 그러나 그 동영상, 이미 시효가 지나버린 첫 번째 영상과 발뺌을 하려면 얼마든지 할 수 있을 것 같은 추행 영상을 증거로 들이민다 한들 내가 원하는 것은 결코 얻을 수 없을 것이다.

나는 보다 확실한 것을 바랐다. 동생을 구할 수 있는, 그녀를 억류한 자들을 확실하게 무너뜨릴 수 있는 방법을 말이다. 그러기 위해서는 그들이 누구인지부터 알아야 했다. 그리고 그들을 단단히 묶을 수 있는 증거를 찾아야만 했다.

그렇다면 어떻게?

처음에는 송성원에게 전화해 '1학년 때 장이가 만났다는 상담교사'의 신원을 다시 한번 물을 생각이었다. 그러나 그러기를 포기했다. 나는, 다시 연락하는 걸 원치 않는다던 1학년 때 담임에게 전화를 걸었다. 상담교사를 학교로 데려온 건 그녀라고 했다. 문제의 인물을 찾기 위해서는 그와 관련이 있는 당사자에게 묻는 편이 훨씬 빠를 터였다. 거절이 두렵다는 이유로 에둘러 갈 만한 여유는 이제 남아 있지 않았다. 그리고 나는 그녀에게 해야 할 말이 있었다.

날카로운 목소리의 노교사가 전화를 받았다.

"여보세요."

"선생님, 윤장이 언니 윤선이입니다."

"지난번에 통화할 때 더 이상의 대화를 원치 않는다고 말했을 텐데요."

"기억하고 있습니다."

"기억하고 있다면서 왜 또 전화한 거죠. 늙은이를 놀리는 건가?"

"아닙니다. 송성원 선생님한테 선생님과 장이 사이에 있었던 일에 대해 들었습니다. 선생님, 어린 장이한테 신경 써주셔서 감사했습니다. 당시의 동생에게 누구도 해주지 않았던 걸 선생님이 해주신 사실을 뒤늦게 알았습니다."

나도 모르게 목이 잠겼다. 노교사는 잠시 말이 없었다. 그녀가 한풀 꺾인 목소리로 말했다.

"장이는 찾았나요?"

"아직이요."

"그렇군요. 물어볼 게 뭔가요?"

"저, 1학년 때 장이가 상담을 받았던 상담교사가 누구였는지, 그를 어떻게 하면 만날 수 있을지 여쭤보려고 전화 드렸어요."

"송성원 선생이 말하지 않던가요?"

"네, 상담교사가 외국에 있어서 연락이 되지 않는다고……."

"이상한 말이군요. 왜 그런 말을 했지?"

"그게 무슨 말이죠?"

"상담교사는 한국에 있어요. 뒤늦게 임용에 성공해서 송성원 선생과 같은 학교에서 근무했던 걸로 알고 있는데요."

"네?"

"뭔가 오해가 있었나 보네요. 내가 선이 씨한테 송성원 선생의 번호를 알려준 건 그가 장이를 잘 알고 있을 거라고 생각했기 때문이에요."

"왜죠?"

"상담 과정에서 있었던 오해가 마무리되고, 다들 2학년으로 올라가는 장이를 맡길 꺼려하는 분위기였어요. 그때 송성원 선생이 상담을 지속하고 싶다며 장이 담임을 자원했죠. 그런데 왜 그런 말을 했을까요?"

묵직한 것에 얻어맞은 듯 머리가 울렸다. 온몸에 피가 빠져나가는 것만 같았다. 나는, 상담교사의 신원을 알려주는 1학년 담임의 말을 메모지에 간신히 옮겨 적었다. 그러나 그것은 더 이상 필요할 것 같지 않았다. 나는 감사하다고 말한 후 황급히 전화를 끊었다.

그 동안 모아왔던 정보들이 새롭게 연결되기 시작했다. 송성원은 왜 상담교사의 연락처를 알지 못한다고 말했던 걸까. 그뿐이 아니었다. 그는 장이의 곁에서 젊은 여자를 본 일이 없다는 증언을 했던 당사자였다. 장이에게 허언증이 있다는 암시를 주며 말이다.

게다가 나는 그와 만난 게 한 번이 아니었다. 한 번인 줄 알고 있었지만 그게 아니라는 사실을 이제는 알 것 같았다. 내가 김현지의 집에 갔을 때 송성원은 그곳에 있었다. 그는 그날, 나를 없애기 위해 등 뒤에서 내 머리채를 움켜잡았다. 괴한의 향기가 익숙하다고 느꼈던 건 나만의 착각이 아니었다.

그렇다면 송성원은 대체 왜?

나는 다시 두 번째 영상을 실행했다. 그리고 어린 장이에게 다가가는 남자의 뒷모습을 바라보았다. 소름끼치게 위협적인 그 뒷모습에, '아이들과 친해지기 위해 핑크색 발가락 양말을 신는다'던 남자의 얼굴이 겹쳐졌다.

또 관심 받고 싶어서 이러는 거 아니에요?

* * *

차 문을 열었다. 나는 칼과 스프레이가 든 가방을 조수석에 던졌다. 차 주인은 여전히 돌아오지 않고 있었다. 나는 완전히 혼자인 것만 같은 느낌에 사로잡혔고, 비명을 지르는 마음으로 그것을 실감했다. 이 끔찍한 여정에서 나를 지탱해주던 해순은 이제 내 곁에 없었다.

김경희 형사는 해순이 윤재를 죽였을 거라고 말했다.

'서윤재가 1차 공격을 받은 장소가 윤장이네 집 옥상이었죠. 정황상 윤장이가 그 장면을 목격했을 거예요. 서해순은 뒤늦게 그 사실을 깨달았고요. 그는 목격자인 윤장이를 회유하거나 없앨 생각이었던 거겠죠. 그래서 윤장이를 찾는 선이 씨 옆에서 추이를 지켜보며 수색을 함께 했던 겁니다. 어때요, 제 말이 틀린가요?'

나는 형사의 물음에 어떤 대꾸도 하지 못했다. 그 사실이 맞다면 해순이 우리 집 위치를 알았던 것도, 그가 나에게 접근해온 것도 자연스럽게 설명이 된다. 나와 함께 있으면 장이에 대한 정보를 쉽게 얻을 수 있을 테니까. 너무나도 그럴듯한 이야기였다.

그러나 그게 사실이라면 내가 여태 보아온 해순의 모습은 전부 거짓이라는 말이 된다. 아들을 위해 흘린 그의 눈물이라든가, 이범준에게 드러내보였던 분노, 고정권에게 품었던 복수심, 범인을 찾기 위해 단서를 캐나가던 집요함, 장이를 걱정하던 얼굴, 나를 안던 떨리던 손, 그 모든 게 거짓이라는 말이 된다.

해소되지 않는 의문은 또 있었다. 해순이 서윤재를 죽인 거라면, 고정권은 대체 왜 죽은 걸까? 누가 죽인 걸까? 고정권이 찾던 동영상은 뭔가. 그에게 영상을 요구한 사람은 누구인가.

사건이 하나로 모아지지 않고 있었다.

머리를 흔들어 털었다. 대체 무엇을 더 보아야 하는 건가. 무엇을 더 알아야 하나. 무엇을 해야 동생은, 내가 자신의 곁으로 가는 것을 허락해줄 것인가. 인사이드 미러에 비친 내가 울고 있었다. 요즘은 울고 있는 줄도 모른 채로 자꾸 울었다. 장이의 영상을 본 이후 눈물샘이 어떻게 되어버린 건지도 몰랐다. 내 어머니는 '운다고 해결되는 게 있는 줄 아니?' 하고 말했었다. 그리고 나는 이제야 그에 대한 대답을 중얼거린다. '그래요, 어머니. 뭔가를 해결하려고 우는 건 아닌지도 몰라요. 그저 울음이 필요한 건지도 몰라요' 하고 말이다.

달리다 보니 차는 어느새 목적지에 도착해 있었다. 준비한 배낭을 메고 초등학교에 들어섰다. 여름 방학이 시작된 모양이었다. 텅 빈 운동장에서 정글짐을 하는 아이 둘이 눈에 띄었다. 나는 운동장을 가로질러 본관 내부로 들어갔다.

교무실 안에는 사람이 셋이 있었다. 그 안에 송성원은 없었다. 그곳을 지나 2층으로 올라갔다. 그리고 2학년 4반 교실 앞에 멈춰 섰다. 얼마 전 찾아온 일이 있는 교실이었다.

당시 송성원은 나에게 초등학교 저학년 학생들이 앉는 낮고 작은 의자를 권했다. 의자가 없다는 핑계로 말이다. 나는 작은 의자에 몸을 구겨 앉은 채 어떤 초조함을 느꼈다. 당시에는 그것이 의자가 주는 불편함이라는 사실을 깨닫지 못했다.

송성원은 장이에게도 그것을 강요했을 터였다. 몸을 끼워 맞춰야만 하는 작은 옷들, 비정상적일 정도로 엄격한 식단, 카메라에 갇힌 삶, 그의 끔찍하게 비뚤린 생각들, 비겁하고 더러운 욕망을 말이다. 나는 잠시 그 앞에 서서 어린 장이에게 '이봐, 네가 잘못된 거야. 내가 주는 옷에 네 몸을 맞추도록 해' 하고 말하는 그의 얼굴을 떠올렸다.

나는 복도에 있는 소화전에서 소화기를 꺼내들었다. 그것으로 교실 창을 전부 깨부수려다 그 마음을 눌러 참았다. 소화기를 옆구리에 꼈다. 그런 후 운동장으로 나갔다. 그곳에는 아직도 정글짐을 하고 있는 아이들이 있었다. 그들에게로 다가갔다.

"얘들아, 물어볼 게 있는데."

어려 보이는 여자아이 둘이 정글짐에 앉은 채 나를 내려다보았다. 내가 물었다.

"교무실이 1층에 있는 것 하나뿐이니?"

"네."

"너희들, 2학년 4반 송성원 선생님을 혹시 아니?"

"아니요."

"그래……. 저, 부탁이 있는데 들어줄 수 있을까?"

"뭔데요?"

"교무실에 가서 교무선생님한테 말씀드리는 거야. '2학년 4반 송성원 선생님한테 편지를 쓰려고 하는데 주소를 모르겠어요. 주소 좀 알려주세요' 하고 말이야."

"그건 거짓말이잖아요!"

"응, 거짓말을 해줄 수 있을까."

"왜요?"

나는 잠시 망설이다 입을 열었다.

"내 동생이 예전에 송성원 선생님 제자였어. 그래서 그 선생님을 찾아가려고 하는 거야."

"왜요?"

"지금 내 동생이 사라져버렸어. 그런데 그 선생님은 동생이 어디 있는지 아는 것 같거든."

"동생이 없어졌어요? 아, 불쌍하다."

"아, 진짜 불쌍하다. 근데요, 우리가 이거 하면 뭐 줄 건데요?"

질문을 듣자 마음이 침울해졌다. 가격을 치를 수 있다면 그렇게 했을 것이다. 그러나 그것이 불가능했다.

"줄 건 없어. 이 일을 하면 너희는 후회를 하게 될지도 몰라. 그때 그 사탕을 받아먹지 말았어야 하는데, 하고 말이야. 하지만 너희가 거절하면 나는 다른 방법을 찾을 거야. 무슨 일이 있어도 그 주소를 알아낼 거야."

아이들은 말없이 나를 바라보았다. 한 아이가 입을 열었다.

"우리가 이거 해줬으면 좋겠어요?"

"응, 나한테는 그게 제일 쉬운 방법이니까."

"그럼 해줄게요."

"정말? 이런 짓을 시켜서 미안하다."

"뭐래. 우리가 안 해도 알아낼 거라면서요."

"맞아. 그럴 거라면서요."

나는 고개를 끄덕였다.

아이들은 교무실을 향해 달려갔다. 그리고 곧 포스트잇을 손에 든 채 나타났다. 송성원의 주소가 그 안에 적혀 있었다.

"고마워."

"빨랑 동생 찾으세요."

"찾으세요!"

그들은 계면쩍은 듯 킥킥대며 정글짐을 향해 달렸다. 나는 그 모습을 잠시 지켜보다 학교를 나섰다.

결과부터 이야기하자면, 송성원을 찾을 수는 없었다. 나는 그의 집 앞에서 밤까지 그를 기다렸다. 그는 나타나지 않았다. 나는 결국 담을 넘었고, 소화기로 그의 집 창문을 부쉈다. 그렇게 송성원의 집 안으로 들어갔지만 그는 그곳에 없었다. 송성원은 이미 짐을 싸 사라지고 난 후였다.

수색은 다시 장벽에 가로막혔다. 그리고 그 시점에서 다시 만나야 할 사람이 있었다. 김현지였다. 나는 그녀에게 들어야 할 이야기들이 있었다. 문제는, 내가 간다고 해서 뾰족한 수가 나올 것 같지는 않았다는 것이다. 그래서 나는 위험한 패를 쓰기로 결심했다. 그게 바로 아버지였다.

그 방법이 통하지 않을 경우에는 김현지의 집에 들어가 무력을 감행할 생각이었다.

나는 아버지의 몸에 스피커폰 상태의 휴대전화를 매달았다. 그런 후 그를 김현지의 집에 들여보냈다. 아버지에게 그럴듯한 대사를 연습시키려 했지만 그것은 애초에 불가능했다. 기껏 한다고 해봐야

'몇 명이야?'와 '그들은 누구였냐', '어디에 가면 그들을 만날 수 있냐', '장이는 어디 있냐?'뿐이었다. 실은 그것이 내가 알고 싶은 전부이기도 했다. 나머지 것들은 그다지 중요치 않았다. 그러나 아버지는 연습한 대사의 절반도 소화를 해내지 못했다.

김현지는 아버지에게 민감하게 반응했다. 처음의 내 기대는

맞아떨어지는 듯했다. 그러나 언제인지 모르겠지만 그녀는 대화 도중, 도청장치의 존재를 깨달았다. 생각해보면 나중에 그녀가 했던 말들의 상당 부분은 나를 겨냥하고 있었다. 그런 후 그녀는 어디에도 개입하지 않겠다는 듯 아니, 이제 더 이상 물러설 곳이 없다는 듯 아버지를 안고 계단에서 몸을 던졌다.

나는 번지는 피를 바라보다 김현지와 아버지의 맥을 짚었다. 손이 떨려서 그들의 생존 여부가 제대로 파악되지 않았다. 내가 어떤 죽음을 조장했다는 두려움이 나를 휘어 감았다. 그러나 한편으로는 그랬다. 그들을 그대로 내버려 두어야 하는 게 아닌가, 하고 말이다. 될 수 있다면 그렇게 하고 싶다고 생각하면서.

나는 치밀어 오르는 두려움과 분노 속에 있었다. '너희가 장이를 사라지게 만들었지, 그리고 이제는 아무 책임도 없다는 듯 죽음으로 달아나려 하는 거지, 그렇다면 내가 살인자가 되어줄까?' 하고 말이다. 그러나 그것은 내가 선택하거나 결정할 일이 아니었다. 나는 구급차를 부른 후 황급히 김현지의 집을 빠져나왔다.

나에게는 김현지가 남겨준 단서가 있었다. 이제는 그것을 따라가야만 했다.

왜 그렇게 물어보고 다니시는 거예요? '몰라요. 그런데 알고 싶지도 않아요.' 사람들이 말하는 수많은 말들을 아마 이 두 문장으로 축약할 수 있을 텐데.

* * *

공중에는 죽은 송충이가 매달려 있었다. 곧 있으면 매미들이 울기 시작할 터였다. 숲에는 죽어 있거나 살아있는 것들이 지나치게 많았다. 장이 이모는 그 초입에 서서 생각했다. '여기에 죽음 몇 개가 더해진다 하더라도 이상할 게 없겠지' 하고 말이다. 그러면서 맞은편에서 걸어오는 남자를 바라보았다.

덩치가 크고 살집이 있는 중년 남자였다. 그는 얇고 소재가 좋은 등산복을 갖춰 입고 있었다. 남자는 한눈을 팔지 않은 채 장이 이모를 향해 곧장 걸어왔다.

남자가 장이 이모의 맞은편에 멈춰 섰다. 그는 장이 이모보다 손가락 한 마디 정도 더 작았다. 그는 장이 이모의 목 언저리 너머의 어딘가를 바라보며 바로 본론으로 들어갔다. 상대를 응시하지 않는 그런 태도에는 어쩐지 경멸이 어려 있었다.

"왜 너 혼자지? 애는?"

"김현지는 언제 와?"

"내가 먼저 물었잖아."

"김현지는 언제 와?"

남자가 장이 이모를 노려보았다. 그가 말했다.

"안 와. 매니저 말로는 계단에서 굴렀대."

"뭐? 많이 다친 거야?"

"아니, 죽었어."

"죽어? 네가 죽였어?"

"같은 말을 몇 번을 하게 하는 거지? 제 발로 굴렀다고. 죽고 싶어서. 애는 어디 있어?"

"애도 안 와."

"그게 무슨 말이야?"

송성원이 시선을 들어 올려 처음으로 장이 이모와 눈을 맞췄다. 장이 이모가 무표정한 얼굴로 같은 말을 반복했다.

"애도 안 와."

"네가 데리고 있었잖아!"

"응, 근데 이제 안 데리고 있어."

"너, 설마……."

성원의 눈알이 희번덕 돌아갔다. 장이 이모가 그를 지그시 바라보았다. 성원이 으르릉거리며 장이 이모에게 다가섰다. 장이 이모의 눈에도 웅크리고 있던 짐승이 일어나듯 무언가가 기지개를 켜고 있었다. 그때였다. 장이 이모가 시선을 돌려 성원의 건너편을 바라보았다.

멀리서 배낭을 멘 장신의 청년이 걸어오고 있었다. 성원이 등을 돌리지 않은 채로 물었다.

"누구야?"

"몰라. 캠핑족 같아."

성원이 미간을 찌푸렸다.

"사람이 없는 곳이라고 하지 않았어?"

"몰라."

"대체 넌 아는 게 뭐냐?"

그들이 서 있는 숲은 현재 사람이 들어올 수 없었다. 일 년 전 조현산성을 국립공원화 하려던 시측과 산의 상당 부분을 소유하고 있던 땅 주인 사이에 분쟁이 생기면서 등산객들의 출입을 막아놓았다. 그러므로 그곳은 캠핑족이 나타날 만한 장소가 아니었다.

보폭이 큰 청년이 성큼성큼 걸어 그들에게로 다가오고 있었다. 청년은 오랫동안 야외 생활을 한 듯 야위고 그을린 상태였다. 그러나 그의 눈만은 날카롭게 빛나고 있었다. 성원과 장이 이모는 말없이 청년이 지나가길 기다렸다. 그러나 그들에게 다가온 청년이 걸음을 멈춰 세웠다. 그가 말을 걸어왔다.

"안녕하세요."

성원은 고개를 돌리지 않은 채 옆 눈으로 흘깃, 청년을 바라보았다. 장이 이모는 무표정한 얼굴로 대꾸를 하지 않았다. 청년이 말했다.

"말씀 좀 여쭐 수 있을까요?"

성원이 말했다.

"이곳은 저희도 초행길이라 아는 게 없습니다."

"그렇군요."

청년은 난감하다는 듯 주변을 두리번거렸다. 그리고는 다시 말을 이었다.

"오늘 여기서 여자아이 하나를 죽일 거라는 소식을 듣고 왔는데, 혹시 그에 대해 알고 계신 바는 없나요?"

장이 이모는 다급히 상체를 낮춘 채 공격 태세를 갖췄다. 성원이 청년을 향해 몸을 틀었다. 그가 낮은 목소리로 물었다.

"너 뭐야?"

청년은 어깨를 으쓱하며 고개를 저었다. 그가 말했다.

"그걸 나한테 묻는 거야?"

"누구냐고!"

"나도 그걸 모르겠네."

청년이 무표정한 얼굴로 말했다. 찬찬히 청년을 살피던 장이 이모가 입을 열었다.

"너 혹시 치타야?"

청년은 긍정도 부정도 하지 않은 채 미소 지었다. 성원이 신경질적으로 말했다.

"저 자식은 치타가 아냐. 엄한 소리 들먹이지 마."

"치타 말고 이 일을 누가 안다는 거야?"

청년은 성원과 장이 이모가 실랑이를 벌이는 것을 조용히 지켜보았다. 순간 성원은 뭔가 짚이는 것이 있는 듯 몸을 움찔했다. 성원이 물었다.

"네가 치타라면, 여기 왜 온 거지?"

"재미있는 일이 생길 것 같아서."

"이봐, 널 초대한 적은 없어. 좋은 말로 할 때 돌아가."

장이 이모가 고개를 저었다. 그녀가 말했다.

"난 그렇게 생각하지 않아. 치타가 올 수도 있을 거라고 생각했어. 치타는 늘 우리를 지켜봐왔어. 그러니까 이번에도 올 수 있을 거라고 생각했어. 치타는 자격이 있어."

성원이 말했다.

"시끄러워!"

장이 이모가 말을 받았다.

"너도 시끄러워. 넌 치타를 죽였다고 말했어. 그런데 그게 다 거짓말이었잖아."

"함부로 입 놀리지 마."

"네가 죽였다고 했었어. 넌 거짓말을 했어."

성원이 이를 악문 채 장이 이모를 노려보았다.

얼굴이 붉어진 채 씩씩대던 성원이 청년을 바라보며 말했다.

"이건 아냐. 이봐, 돌아가도록 해."

청년은 팔짱을 낀 채 성원을 바라보았다. 성원이 말했다.

"나는 네가 치타라는 말도 믿을 수가 없어. 네가 치타라는 사실을 입증할 수 있나?"

"내가 왜 그래야 하지?"

"호오."

"애써 평정을 가장하고 있군."

성원의 얼굴이 달아올랐다.

"네가 치타라면 네가 원하는 게 뭔지 대충 짐작은 가. 하지만 그건 나중에 이야기하자."

"내가 원하는 게 뭔데?"

"나는 이런 말도 안 되는 상황에서 일을 진행하고 싶지는 않아. 오늘은 그만두겠어. 해산이야."

청년이 성원을 노려보았다.

"누구 마음대로?"

장이 이모도 고개를 저었다.

"나는 해산하지 않아."

혈색 좋던 성원의 얼굴이 검붉은 빛을 띠었다. 그가 장이 이모를 노려보며 말했다.

"지금 누구 말을 듣는 거지? 선택을 잘 해야 할 거야."

"난 누구 말도 듣지 않아. 난 해산하지 않아."

성원이 눈을 가늘게 떴다. 그가 말했다.

"뒷일을 생각지 않는 모양이군. 너희끼리 알아서 해. 난 돌아갈 거야."

성원이 분노로 뻣뻣해진 팔과 다리를 움직여 몸을 돌렸다.

그때였다. 어느새 가방에서 워터건을 꺼낸 청년이 그들을 겨냥하고 있었다. 그는 그것을 망설임 없이 쏘기 시작했다. 뿜어져 나오는 물줄기에서 휘발유 냄새가 훅하고 끼쳐왔다. 청년이 쉰 목소리로 말했다.

"움직이지 마."

장이 이모가 기름 범벅이 된 얼굴을 감쌌다. 성원이 외쳤다.

"뭐 하는 짓이야!"

"무슨 짓을 하고 있는 것 같나? 둘이 붙어 서."

청년이 주머니에서 성냥을 꺼내들었다. 그는 무표정한 얼굴로 그것을 켰다. 불꽃이 막 태어난 생명이 몸을 떨듯 화르륵 피어올랐다.

장이 이모가 일렁이는 불빛을 바라보았다. 성원이 말했다.

"여길 다 태워버릴 생각이야?"

"못할 것 같나?"

청년이 불꽃을 머금은 성냥을 성원에게 던졌다. 성원이 그것을 기름이 묻지 않은 맨손으로 황급히 잡았다. 장이 이모는 성냥을 바라보며 머리를 감싸 쥐었다. 그녀가 헛구역질을 시작했다. 성원이 말했다.

"미쳤어? 원하는 게 뭐야."

"많아. 너무 많아서 말하기 힘들 지경이야."

헛구역질을 하던 장이 이모가 몸을 일으켰다. 그녀가 말했다.

"달아나. 달아나야 해."

청년이 말했다.

"둘이 붙어 서!"

장이 이모가 외쳤다.

"안 돼! 안 돼!"

장이 이모가 목을 잡아 뜯기 시작했다. 그녀의 동공이 터지기 직전의 공처럼 흔들리고 있었다. 그녀가 '안 돼! 안 돼' 하고 외치며 성원을 안았다. 성원이 몸부림을 치며 그녀를 밀쳤다. 그녀는 성원을 놓아주지 않았다. 성원이 몸부림을 치는 통에 둘은 함께 쓰러져내렸다. 장이 이모는 바닥에 엎어진 채로 몸을 떨기 시작했다.

청년이 물었다.
"왜 저러는 거지?"
"날 이년한테서 떼어내."
"왜 저러는지 설명해!"
"몰라서 묻는 거야? 너 때문이잖아."
청년이 설명을 계속하라는 듯 새 성냥을 꺼내들었다. 긋기만 하면 다시 불꽃이 태어날 것이다. 깔린 채로 퍼덕거리던 성원이 몸을 늘어뜨리며 말했다.
"흥, 너 치타가 맞냐. 2002년 홍은동 일가족 동반자살의 생존자를 네가 건드린 거야."
"뭐?"
"정말 모르는 모양이군."
"설명해!"
"윽박지르지 마. 흔한 이야기야. 아버지가 빈곤을 비관했다, 그래서 온 가족을 낚싯줄로 묶었다, 그런 후에 집에 불을 질렀다. 아버지와 아이 둘은 죽었는데 어머니는 줄을 끊고 달아났다, 혼자서 살려고."

"그래서?"

"빚쟁이들이 기를 쓰고 엄마를 찾았지. 하지만 그녀는 끝내 발견되지 않았어. 완전히 숨어버렸거든. 실종된 지 십 년이 넘은 지금은 사망처리가 돼버렸고."

"주민등록이 말소됐다고?"

"그렇지. 벌을 받고 있는 거지."

장이 이모가 바닥에 쓰러진 채로 몸부림을 치고 있었다. 청년이 그 모습을 걱정스럽게 내려다보았다. 성원은 그런 청년을 조용히 응시했다.

발작이 진정되었다. 장이 이모가 눈을 떴다. 그녀에게 안긴 채로 누워 있던 성원이 말했다.

"나한테서 떨어져. 그때 같이 자살하지 그랬냐, 병신."

장이 이모가 몸을 일으켰다. 그녀는 눈을 내리깐 채 말했다.

"그건 자살이 아니야. 살인이었어."

"흥, 살인? 그럼 범인은 누구지? 혼자 살아남은 너?"

장이 이모가 성원을 노려보았다.

"내가 아냐."

"너야. 네 자식새끼들을 죽인 건 너야."

장이 이모의 민머리가 붉게 달아올랐다. 성원이 나직한 목소리로 말했다.

"가발을 써. 넌 너무 추해."

"신경 꺼."

"늙고 못난 여자가 민살을 드러내고 있으면 거기에 침을 뱉고 싶어져. 네 대가리에 내 가래를 뱉고 싶어진다고. 넌 가발을 써야 해. 그걸로 네 늙고 추한 살을 감춰야만 해."

"침을 뱉고 싶어도 키가 안 닿을 거야."

"흥, 크고 더럽고 흉한 괴물. 넌 여자도 아니야. 늙은 보지. 엄마, 엄마, 살려주세요! 혼자서 달아나지 마요! 더워, 더워! 너무 뜨거워! 엄마, 혼자 달아나는 거예요? 아악, 아아아악!"

성원은 화풀이를 하듯 폭언을 쏟아부었다. 장이 이모는 말이 없었다. 성원이 부드럽게 속삭였다.

"이봐, 죽고 싶지 않아? 그렇게 사느니 죽는 게 나을걸. 네 새끼들은 다 너 때문에 죽었잖아. 널 기다리고 있을지도 모른다고."

청년이 성원의 얼굴에 워터건을 쏘았다.

"둘 다 일어나."

성원이 흰자위를 확장하며 청년을 노려보았다. 장이 이모는 느릿느릿 자리에서 일어났다. 청년이 물었다.

"애는 어디 있지?"

엉덩이를 털던 장이 이모가 낄낄대며 웃음을 터뜨렸다. 청년이 다시 한번 물었다.

"애는 어디 있지?"

"몰라."

"말해."

"음, 죽었어."

"뭐?"

"내가 먼저 죽여버렸어. 내 새끼니까."

청년의 얼굴에 경악이 번졌다. 성원이 이를 앙다문 채 말했다.

"누가 네 멋대로 그런 짓을 하라고 했지?"

"히히, 내가. 내 새끼니까."

"증거는?"

장이 이모가 사탕을 꺼내듯 주머니에서 무언가를 꺼내 바닥에 던졌다. 잘린 머리카락 뭉치였다. 성원이 코웃음을 쳤다.

"허튼 수작 부리지 마. 콩팥이라도 가져온 줄 알았잖아. 시체를 보기 전까지는 아무것도 믿지 않아."

"그러든지."

"개수작 부리지 마! 너희들은 계속 규칙을 어기고 있어. 엉망이야, 다 엉망이야! 난 돌아가겠어."

장이 이모가 박장대소를 했다.

"난 내가 원하는 대로 해. 죽이고 싶어서 죽였어. 살 필요가 없어. 여긴 너무 더러워."

성원이 말없이 서 있는 청년을 보며 말했다.

"치타, 저년을 죽여. 저런 년하고 얽히면 인생이 끝장나. 제 정신이 아니야."

충격에 빠진 듯 말이 없던 청년이 얼굴을 쓸며 말했다.

"붙어 서."

"치타, 어서!"

"붙어 서. 둘이 손을 잡고 서도록 해."

"병신 새끼…… 넌, 뭐 하자고 여기 온 거냐?"

성원은 선선히 장이 이모의 손을 잡았다. 장이 이모가 그의 깍지를 꼈다. 성원이 진저리를 쳤다. 청년이 말했다.

"시체가 있는 곳으로 가. 너희가 앞장서서 걷는다."

성원이 말했다.

"겁이 많군, 치타."

청년은 대꾸하지 않았다. 성원이 앞서 걸으며 말했다.

"치타, 왜 이런 짓을 하는 거지? 평소의 너와는 다르잖아."

"평소의 내가 어떤데?"

"넌 이런 문제에 개입하고 싶어 하는 사람이 아니잖아. 안 그래? 시체를 확인하고 이년을 없애자. 그게 낫지 않겠나?"

청년은 말없이 바닥에 떨어진 머리카락 뭉치를 주웠다. 그는 그것을 자신의 주머니에 넣었다. 그의 속눈썹이 떨리고 있었다. 그가 말했다.

"알아보지도 못한 주제에 나에 대해 잘도 알고 있군."

"그럼, 당연하지. 오늘 처음 봤지만 난 네가 마음에 들어."

"난 아냐."

청년이 성원의 뒷무릎을 걷어찼다. 성원이 나뒹굴었다. 장이 이모는 잡은 손을 뿌리쳤다. 성원은 잠시 엎드린 채로 있다가 태연한 얼굴을 하고 일어났다. 숲 오른편에는 개울이 시작되고 있었다. 이번 장마 때는 비가 많이 내린 까닭에 산이 마르지 않았다. 성원이 힐끔 그것을 바라보았다.

청년이 말했다.

"손잡아. 앞으로 너희들 마음대로 지껄이는 건 허락하지 않아. 묻는 말에만 대답을 해."

두 남녀가 느릿느릿 걷기 시작했다. 청년이 말했다.

"앞을 봐. 남은 손을 허리 뒤에 붙여. 내가 한 말이 맞으면 너희는 각자 손가락을 하나씩 펴는 거야. 틀리면 두 개를 펴."

"진실 게임이야?"

"너희들 손가락 개수가 일치하지 않으면 너희는 죽어. 둘 다 솔직해야 할 거야."

성원은 힐끔 장이 이모를 바라보았다. 그녀는 정면을 본 채 말이 없었다.

청년이 말했다.

"첫 번째 질문이다. 너희가 고정권을 죽였다."

첫 질문부터 펼쳐진 손가락 개수가 달랐다. 송성원은 두 손가락을 펼치고 있었지만 장이 이모가 펼친 것은 하나뿐이었다. 그녀는 고정권을 죽인 게 자신들이라고 말하고 있었다. 그녀의 펼쳐진 손가락은 송성원을 가리키고 있었다. 그것을 본 청년은 말없이 고개를 끄덕였다.

청년이 말했다.

"둘째, 너희는 고정권을 예전부터 알고 있었다."

두 번째 질문에는 두 사람 다 손가락 두 개를 펼쳤다. 송성원이 말했다.

"고정권이 누구지? 처음 듣는 이름인데. 치타, 나도 궁금한 게 있는데 우리가 준 돈은 어디에 썼지?"

"알 거 없잖아. 너희는 질문을 할 수 없어."

송성원의 눈이 빛났다. 그가 말했다.

"그래, 그래. 계속해보시지."

청년이 말했다.

"셋째, 서윤재를 죽인 게 너희다."

이번에도 같은 손가락 개수가 나왔다. 성원과 장이 이모 모두 서윤재를 죽이지 않았다고 말하고 있었다. 청년은 펼쳐진 손가락을 물끄러미 바라보았다. 그의 턱이 떨렸다.

청년이 말했다.

"넷째, 서윤재를 죽인 건……."

그때였다. 성원이 장이 이모를 발로 걷어찼다. 청년이 놀란 틈을 타 성원은 청년에게 달려들었다. 마음만 먹었다면 충분히 성냥불을 던질 수 있는 시간이었다. 하지만 청년은 망설였다. 성원은 그 틈을 놓치지 않았다. 성원은 청년에게 다가서 그의 명치를 후려쳤다. 청년은 무너져내렸고 성원은 성냥을 빼앗았다. 그리고는 품에 든 칼을 꺼내 청년을 겨눴다.

성원은 메고 있던 배낭을 장이 이모에게 던졌다.

"이 자식을 묶어."

장이 이모는 배낭에서 노끈을 꺼냈다. 그녀는 청년의 팔을 뒤로 꺾어 그를 묶기 시작했다. 성원이 물었다.

"넌 치타가 아냐. 누구지?"

"내 입으로 치타라고 말한 적은 한 번도 없는데."

성원이 청년의 얼굴을 걷어찼다.

"말장난은 허락하지 않아. 어떻게 여기에 왔어?"

"몰라."

"난 너 같은 놈이 싫어. 제가 뭐라도 되는 줄 알지. 상관없는 일에 호기심을 갖고 고집부리다가 폭삭 늙어버리는 애송이 새끼들. 다시 묻는다. 넌 누구야?"

청년은 대답하지 않았다.

성원은 청년의 가방에서 휘발유와 연결된 물총을 꺼냈다. 그리고는 그것을 청년의 입에 물렸다. 장이 이모가 청년의 턱을 잡은 채 억지로 벌렸다. 휘발유가 청년의 입 안으로 쏟아져 들어갔다.

성원이 성냥불을 켰다. 불이 청년의 입술 앞에서 멈춰 섰다. 청년은 입에 든 기름을 삼켰다. 성원은 미소 지었다.

"애송이, 네가 하지 못하는 걸 나는 해."

성원이 청년의 품을 뒤져 지갑을 꺼냈다. 그는 운전면허증을 꺼내 그것을 바라보았다.

"서해순, 잘 생각해. 네가 알고 있는 걸 전부 말해야 할 거야."

성원이 장이 이모를 돌아보며 말했다.

"쉬었다 가지."

"저놈은 어떻게 할 거야?"

"장이한테 데려갈 거야. 말을 듣지 않으면 나란히 묻어주면 되겠지."

해순은 흙바닥에 얼굴을 묻은 채 아무 말도 하지 않았다.

성원의 머리카락에 묻은 휘발유가 뚝뚝 떨어져 내렸다. 해가 떴다. 조금 있으면 체온이 걷잡을 수 없이 올라갈 터였다. 성원은 신경질적으로 배낭을 뒤졌다. 그는 그곳에서 꺼낸 물티슈로 머리와 얼굴을 닦다 그것을 접어 가방에 넣었다. 그리고는 개울로 들어가 몸을 담갔다.

송성원은 두꺼운 몸을 가슴까지 담근 채 느긋하게 물장구를 치고 멱을 감았다. 그는 마치 장이 이모와 해순이 곁에 없는 것처럼 행동하고 있었다. 장이 이모는 그 모습을 물끄러미 바라보았다.

한참 물장구를 치던 성원은 옷을 벗어 헹군 후 그것을 다시 입었다. 그는 물 밖으로 나오며 장이 이모를 힐끔 쳐다보았다. 그의 얼굴에는 사라졌던 자신감이 되돌아와 있었다. 그가 오만하게 말했다.

"더러운 건 참을 수 없어. 가자, 시체만 확인하면 돌아올 거야."

성원은 해순의 배낭에서 묵직한 휘발유를 꺼내 그것을 자신의 가방에 넣었다. 그리고는 장이 이모와 해순을 앞세워 걷기 시작했다. 콧노래를 부르기도 했다. 그러다 갑자기 격분한 듯 으르릉대며 말했다.

"다시 생각해도 화가 나. 누가 네 마음대로 애를 죽이라고 했지?"

"어차피 죽일 거였잖아."

"넌 제대로 하는 게 하나도 없어. 그러니까 네 남편과 애들이 죽어나간 거라고."

"닥쳐."

"이번 일만 해도 그래. 다 같이 깔끔하게 처리하자고 했어, 안 했어? 이 일에 참여하고 싶다고 말한 건 너였어. 쓰레기 같은 년. 너 같은 건 살아갈 가치가 없어."

성원은 자신의 말에 스스로 감정이 고조되는 듯 얼굴이 붉어진 채로 몸을 부들부들 떨었다. 장이 이모는 대꾸를 하지 않았다. 성원이 그녀를 다그쳤다.

"잘못했어, 안 했어?"

"했어."

"말해, 왜 애를 먼저 죽였지?"

"나한테 반항을 했어. 그래서 산 채로 묻어버렸어."

"그래? 늙은 보지야, 네가 지금 나한테 하고 있는 것도 반항이다. 네 년도 산 채로 묻어버려야 해. 인정해, 안 해? 너 같은 게 살아갈 만한 가치가 있을까, 없을까?"

"모르겠어."

"모르겠지, 개 같은 년. 대체 얼마나 더 가야 하는 거야?"

"두어 시간."

성원이 다시 씩씩거리기 시작했다.

"넌 자꾸 나를 화나게 해. 네가 약속대로 애를 데리고 있었으면 이런 일은 없었어."

"그럼 확인하지 말고 돌아가든지."

성원이 장이 이모에게로 달려갔다. 장이 이모는 그를 무심히 바라보았다. 그는 발을 뻗어 장이 이모 대신 해순을 걷어찼다. 뜻밖의 공격에 해순이 앞으로 넘어졌다. 성원은 해순의 머리와 등, 목을 밟기 시작했다.

"개 같은 년! 개 같은 년!"

무분별한 폭행이 계속되었다. 해순은 신음 소리조차 내지 않은 채 엎드려 있었다.

그때 갑자기 성원이 멈춰 섰다.

"잠깐."

장이 이모가 그를 돌아보았다. 성원이 말했다.

"무슨 소리가 들린 것 같지 않아?"

장이 이모는 주변을 둘러보며 경계태세를 취했다.

"무슨 소리?"

"몰라."

성원이 물총을 꺼내 해순의 몸에 쏘았다.

"여차하면 너를 방패막이로 쓸 거야."

해순은 말이 없었다. 그들은 다시 걷기 시작했다.

초파리들이 살아있는 것들을 향해 무작정 달려들었다. 그것들이 주로 얼굴과 머리 주변에서 맴도는 까닭에 멀리서 보면 사람들이 마치 머리에 웅웅거리는 헬멧을 쓰고 있는 것만 같았다. 그들은 두 시간에 걸쳐 소녀가 묻혀 있다는 조현산성 수구에 도착했다. 2미터 남짓의 깊이, 성인 열 명 정도 들어갈 수 있을 너비의 구덩이는 어린 장이가 도망치던 때 그대로였다.

장이 이모가 고운 흙으로 평평하게 다져진 수구 안쪽을 가리켰다. 다른 곳과는 달리 잡초도 없고 흙이 더 진한 색을 띠고 있는 지점이었다. 유심히 그것을 내려다보던 성원이 콧방귀를 뀌었다.

"장소 선정 하고는. 왜 여길 고른 거지?"

"그 애가 오고 싶어 했어."

"넌, 생각이 있는 거야? 어쩌자고 배수구에 무덤을 만들어?

시체가 비에 씻겨 나오기라도 하면 어쩌려는 거야?"

"몰라."

송성원이 거친 한숨을 내쉬었다.

"파. 시체를 옮긴다."

장이 이모가 굵은 느티나무 뒤에서 삽 두 개를 가지고 나왔다. 성원이 몸을 부르르 떨었다.

"삽을 그런 식으로 세워두면 어쩌자는 거야? 사람을 죽였다고 광고를 하는 건가?"

장이 이모가 삽 하나를 성원에게 던졌다. 성원이 물었다.

"왜 두 개지?"

"뭐?"

성원이 삽을 바닥에 던진 후 낮은 목소리로 말했다.

"삽이 왜 두 개냐고. 이 멍청한 년아."

"아이에게 땅을 파게 했어."

"호오, 자기가 묻힐 땅을?"

"응."

성원이 웃음을 터뜨렸다.

"넌 인간도 아니야. 어떻게 죽였어?"

"산 채로 묻었어."

"정말 산 채로 묻은 거였나. 묻은 지 얼마나 됐지?"

"반나절."

"그럼 왜 미리 그 사실을 이야기하지 않았지?"

"얘기해야 해?"

성원은 무표정한 얼굴로 턱을 쓸었다. 그가 삽을 수구에 던지며 말했다.

"너, 나한테 뭔가를 숨기는 것 같은데. 내려가."

"같이 가."

"왜 내가 가야 하지? 문제를 일으킨 건 너인데?"

"혼자 파기 힘들어."

"흥, 그럼 일꾼을 더 보내주지."

성원이 해순을 걷어차 넘어뜨렸다. 성원은 해순을 구덩이에 떨어뜨리려는 듯 그를 구덩이 쪽으로 몰아갔다. 순간 성원의 등이 장이 이모에게 드러났다. 장이 이모가 무표정한 얼굴로 그것을 바라보았다.

이제 더 이상의 기회는 없을지도 몰랐다. 모든 것이 어그러진 채 여기까지 왔다. 그녀의 눈에 숨어 있던 괴물이 울부짖기 시작했다. 장이 이모는 결심을 굳힌 듯 입을 꾹 다문 채 성원의 뒤통수를 향해 철삽을 휘둘렀다. 참고 또 참아온 일격이었다.

그때였다. 성원이 무언가를 본 듯, 우거진 숲을 향해 한 발 크게 걸음을 옮겼다. 삽이 허공을 저었다. 성원은 몸을 돌렸다. 무게 중심이 흔들린 장이 이모가 경악한 눈으로 그를 바라보고 있었다. 성원은 급히 발을 뻗어 장이 이모를 밀었다.

당황한 장이 이모가 맥없이 구덩이로 굴러떨어졌다. 수구 바닥에 부딪친 장이 이모의 발목이 뚝, 소리를 내며 바깥으로 꺾였다. 그녀가 흙을 움켜쥔 채 거친 신음을 내뱉었다. 그것이 고통 때문인지 실패한 일격 때문인지 알 수 없었다. 그 모습을 지켜보던 성원이 무표정한 얼굴로 말했다.

"늙은 보지, 뭐 하는 거야?"

성원은 장이 이모를 조롱하듯 구덩이 가까이에 몸을 쪼그리고 앉았다. 그는 칼을 꺼내 흙바닥을 긁으며 그녀를 내려다보았다. 그 뒤에 모로 누운 해순은 묶인 손목을 돌리고 있었다. 노끈은 생각보다 세게 묶이지 않았다. 그것은 풀릴 듯 말 듯 풀리지 않고 있었다. 해순은 입술을 문 채 박차를 가했다.

성원은 옆에 칼을 내려놓고 가지고 있던 성냥을 꺼내들었다. 그는 불을 당겼다. 성원은 망설임 없이 그것을 장이 이모에게 던졌다. 장이 이모의 눈동자가 흔들렸다.

"네가 나를 상대로 일을 꾸몄냐."

성냥불이 수구에 떨어지는 동안 바람에 흔들려 꺼져버렸

다. 성원은 다시 한번 성냥을 당겼다. 그는 그것을 장이 이모에게 던졌다. 이번에는 성냥불이 꺼지지 않은 채 그녀의 코앞에 떨어졌다. 성원이 다시 한번 성냥을 당겼다. 그가 그것을 들여다보며 물었다.

"여기에 기름을 끼얹고 이걸 던지면 어떻게 될까."

장이 이모의 몸이 떨리고 있었다. 그녀는 아무 말도 하지 않은 채 성원을 노려보았다.

성원이 그녀를 내려다보며 말했다.

"애는 어디 있지?"

"죽였어."

"그래?"

"……."

"왜 죽였지?"

"몰라도 돼."

"난 들을 자격이 있는 것 같은데."

잠시 장이 이모의 시선이 흔들렸다. 성원은 그것을 눈치채지 못했다.

"그 아이는 예뻤어."

"오, 저런. 그래서 질투했나?"

"그 아이를 지켜주고 싶었어."

"지키고 싶어서 죽였다고? 궤변인데."

"넌 그런 말을 할 자격이 없어. 넌 그 아이를 해쳤어. 우리도 모르게 계속 해쳐왔어. 넌 그러지 말았어야 했어."

송성원의 얼굴에 미소가 어렸다.

"이봐, 내가 그 아이를 강간한 걸 두고 하는 말이야? 팬티를 벗기고 그 작은 보지를 내 혀로 핥은 걸 두고 하는 말이야? 그래? 아, 아직도 발가락이 생각나는군. 내가 그 짓을 할 때마다 그 아이의 발가락이 빳빳하게 휘어졌었지. 난 그걸 벌려 그 애의 발가락 사이를 물었어. 늘 거기서부터 시작했어. 그게 뭐?"

장이 이모의 눈에 핏발이 섰다. 성원이 말했다.

"잠깐만. 저런, 혹시 그 아이가 더럽혀졌다고 생각한 거야? 진짜로?"

"그렇게 생각하지 않아."

"아닌데? 그렇게 생각하는 것 같은데."

"아니라고! 넌 그 애를 더럽히지 못해. 네가 망가뜨린 건!"

"정말 꽉 막혔군. 이상한 사상에 사로잡혀 있어. 아이가 범해지고, 순결을 잃었다고 해서 인생이 끝나나? 조선시대에 살지 그래. 이봐, 잘 들어. 나는 그 아이에게 진짜 교육을 한 거야. 이런 세상을 살아가기 위해서는 복종하는 법을 배워야 해. 우리 귀여운 아이들은 그걸 모르고 인생을 헛되이 써버리는 경우가 많아. 그러다 너처럼 늙은 보지가 되어버린다고. 그거야말로 인생의 낭비 아닌가?"

"이 더러운 새끼가……."

"혹시 내가 내 성욕을 채웠다고 생각하는 거야? 정말 미련하군. 채우지 않았다고 말하진 않겠어. 하지만 그건 부수적인 것에 불과해. 넌 몰라, 미련한 늙은 년아. 네 자식들이 다 죽어나갈 때까지도 너는 아무것도 몰랐겠지. 늘 그러하듯 아무것도 몰랐다고 말하겠지. 아이들이 불타는 동안에도 그랬겠지. 엄마, 살려줘! 엄마, 엄마! 아파, 뜨거워! 오늘부로 내가 정의해주지. 넌 살인자가 맞아."

장이 이모가 괴성을 내지르기 시작했다. 성원은 그 모습을 흐뭇하게 내려다보았다. 그의 뒤에는 노끈을 푼 해순이 그에게 한 발씩 다가서고 있었다. 하지만 성원은 그것을 눈치채지 못했다. 그는 자신의 말에 도취되어 있었다.

해순은 들고 있던 노끈을 성원의 목에 걸었다.

성원이 급히 뒤를 돌아보려 했지만 그는 몸을 돌릴 수 없었다.

해순이 노끈을 당기기 시작했다. 성원은 목에 걸린 노끈을 잡은 채 발버둥을 쳤다. 그의 얼굴이 금세 붉게 변했다. 해순은 성원의 목을 조인 채 말했다.

"개소리도 못 들어주겠군. 네가 고정권을 죽였냐."

"악, 악, 아파, 악."

"엄살떨지 마. 네가 고정권을 죽였냐?"

"악, 아니."

해순은 성원의 얼굴이 보랏빛이 될 때까지 그의 목을 졸랐다. 성원이 손바닥으로 해순의 허벅지를 치며 몸부림을 쳤다. 개의치 않은 채 성원의 목을 조르던 해순이 다시 물었다.

"네가 고정권을 죽였나?"

"악, 맞아. 컥, 맞아. 내가 죽였다. 고정권, 내가 죽여……."

"어떻게 죽였지?"

"컥, 살려, 목에 있는 동맥, 칼로."

"무슨 칼로?"

"식칼. 집에, 식칼."

"아니, 식칼이 아냐. 무슨 칼이지?"

"컥, 크헉, CAL69 폴딩, 나이프."

"칼은 어디 있지?"

"몰라."

"어디 있지?"

"학교."

"아닌데, 학교가 아닌데."

“악, 크악, 담수호에. 담수호에 버렸어. 아이 목에 꽂아서.”

범인이 아니고서는 알 수 없는 정보들이 송성원의 입을 통해 흘러나왔다. 성원의 얼굴은 보라색을 넘어서 검게 변해 있었고 그의 혀는 반쯤 튀어나온 상태였다. 해순은 멈추지 않았다. 차근차근 증거를 수집해 나가던 그의 얼굴에 일순 슬픔이 어렸다.

해순은 여태 그가 가장 궁금하게 여겼던, 그를 이곳으로 끌어들인 최초의 질문을 던졌다.

“이봐, 잘 대답해야 할 거야. 여기서 수작을 부리다간 넌 죽어.”

“윽, 으윽, 악! 살려줘!”

“서윤재를 죽인 건 누구지?”

“장이!”

“뭐?”

“윤장이!”

송성원은 그게 무슨 어려운 질문이냐는 듯 망설임 없이 대답했다.

구덩이 안에 있던 장이 이모가 외쳤다.

“아냐! 장이가 아냐!”

순간 해순의 손아귀 힘이 풀렸다. 노끈을 쥔 그의 손에서는 피가 흐르고 있었다. 송성원은 때를 놓치지 않았다. 그는 노끈을 벗어던지고 구덩이로 몸을 던졌다. 살기 위한 본능적인 몸부림이었다. 그가 장이 이모의 다리 위로 떨어졌다. 장이 이모가 하늘을 향해 괴성을 내질렀다. 성원은 흙에 얼굴을 박은 채 거칠게 숨을 빨아들였다.

해순은 허공에 홀로 남은 노끈을 멍하니 바라보았다.

장이 이모가 성원에게 깔린 몸을 빼내기 위해 몸을 비틀었다. 그녀가 옆에 버려져 있던 삽을 향해 손을 뻗었다. 그녀의 손이 삽 손잡이에 닿지 않았다.

힐끔 그 모습을 본 성원이 재빨리 기어가 삽을 잡았다. 장이 이모가 양팔로 그의 다리를 휘어 감았다. 성원이 헛삽질을 하며 장이 이모로부터 벗어나기 위해 기를 썼다.

그때였다. 수구에 사람의 그림자가 어렸다. 누군가가 구덩이로 다가왔다. 힐끔 구덩이 위를 쳐다보던 장이 이모가 외쳤다.

"안 돼! 아직 나오지 마!"

해순은 그것을 자신에게 하는 말로 착각했다. 그래서 의문 어린 시선을 장이 이모에게 던졌다. 그러나 그녀는 해순을 바라보고 있지 않았다. 해순이 장이 이모의 시선을 따라 눈길을 돌렸다. 그의 눈동자가 커졌다.

"누구?"

해순은 그림자의 주인에게 물었다. 그림자 주인은 촘촘한 망을 씌운 사각 플라스틱 채반통을 들고 있었다.

그림자 주인은 해순을 돌아보지 않은 채 구덩이 가까이에 가 섰다. 그러고는 그 안을 물끄러미 바라보았다. 그 모양이 위태로워 보였다. 장이 이모가 외쳤다.

"들어가!"

그림자 주인이 대답 없이 그녀를 바라보았다.

삽을 든 성원이 몸을 일으켰다. 그는 철삽을 장이 이모의 정수리를 향해 내리쳤다. 장이 이모가 몸을 웅크렸다. 성원이 철삽을 장이 이모의 턱 아래에 찔러 그것으로 그녀의 얼굴을 받쳤다. 장이 이모가 뒤로 물러나며 그르릉댔다. 잠시 그 얼굴을 바라보던 성원이 다시 삽을 들어 올렸다. 그는 장이 이모의 얼굴을 정면으로 내리쳤다.

그림자의 주인이 바닥에 채반통을 떨어뜨렸다. 해순이 그림자 주인에게 다가갔다. 그림자 주인이 해순을 돌아보았다. 해순이 그림자 주인의 어깨를 건드리며 물었다.

"넌 누구지?"

강한 볕에, 거칠게 그을은 여자아이의 얼굴이 드러났다. 해순은 무언가에 맞은 듯 그녀의 어깨에서 손을 뗐다. 여자아이가 고개를 돌렸다.

성원이 구덩이 위를 바라보며 외쳤다.

"장이니?"

여자아이는 대꾸를 하지 않았다.

"멍청한 년, 대체 무슨 일을 꾸민 거냐."

성원은 소녀가 대답을 하든 말든 혼자 떠들었다.

"왜, 날 죽이려고? 이 엄마를?"

해순이 다시 소녀의 어깨를 잡았다. 소녀가 어깨를 비틀며 구덩이 쪽으로 뒷걸음질을 쳤다. 해순의 눈동자가 흔들리고 있었다. 해순이 물었다.

"너니?"

소녀는 눈을 내리깐 채 해순을 바라보지 않았다.

"네가 윤재를 죽였어?"

힐끔 해순을 바라본 소녀가 고개를 끄덕였다. 해순의 목소리가 떨렸다.

"다른 사람들이 시켰니? 저들이 윤재를 죽이라고 했어?"

소녀는 고개를 저었다.

"그런데 윤재를 왜 죽였니?"

소녀는 대답하지 않았다.

"말해봐. 대체 왜 죽인 거야."

"……죽이고 싶어서."

중저음의 허스키한 목소리가 소녀의 입에서 흘러나왔다. 소녀를 바라보는 해순의 눈에 눈물이 차올랐다.

"왜?"

"그냥."

"정말 그냥이야?"

소녀가 눈을 감으며 말했다.

"그냥."

그 무미건조한 음성에는 어떤 죄책감도 담겨 있지 않았다. 해순이 아연실색해 그녀의 멱살을 잡았다. 그들은 점점 구덩이로 다가가고 있었다. 소녀를 잡고 있는 해순의 손이 떨렸다. 소녀가 웃음을 터뜨렸다. 그것은 감정이 담기지 않은 공허한 웃음이었다. 꺼억, 꺼억, 하는 쇳소리가 웃음에 섞여 나왔다. 해순이 소녀의 목을 움켜잡았다. 그가 말했다.

"말해. 말하지 않으면 널 죽일 거야."

그 말에 소녀가 갑자기 눈을 떴다. 그녀는 처음으로 해순과 눈을 맞췄다. 눈을 가늘게 뜬 채 지그시 그를 바라보았다. 해순의 얼굴에 새어 나오지 않는 비명이 어렸다. 그가 손아귀에 힘을 주었다. 소녀는 다시 껙껙거리며 웃음을 터뜨렸다. 그때 소녀의 시선이 해순의 뒤편에 가 멈췄다. 그것을 알아챈 해순이 뒤를 돌아보았다.

그곳에는 그가 익히 잘 알고 있는 얼굴이 있었다. 선이가 분노와 두려움이 뒤섞인 얼굴로 그를 응시하고 있었다. 그것은 그 역시 처음 보는 표정이었다.

선이가 말했다.

"그 애를 놔줘요."

"싫어요."

해순이 눈물 고인 눈으로 고개를 저었다.

"놔요, 제발."

"못 놔요."

"그럼 그 애를 어떻게 하려고요?"

해순은 대답하지 않았다. 그들은 잠시 서로를 마주 보았다. 그녀가 물었다.

"어떻게 하려고요?"

"……죽일 거예요."

선이의 얼굴에 절망이 어렸다. 그녀의 입에서 신음이 새어 나왔다. 그녀가 말했다.

"난 살릴 거예요."

해순이 고개를 저었다.

선이가 입술을 떨며 팔을 들어 올렸다. 그녀가 휘두른 주삿바늘이 해순의 등 한가운데 박혔다. 해순의 동공이 커졌다. 선이는 그의 시선을 피하지 않았다. 해순은 무언가를 말하려 했다. 선이는 해순에게 귀를 가져다댔다. 그러나 거역할 수 없는 수마가 그를 찾아들고 있었다. 입술을 달싹이던 해순은 앞으로 고꾸라졌다. 선이는 그의 머리를 받쳐 안았다.

미안하게 생각해요. 그런데, 그럼 뭘 해요? 이미 저질러버린걸.

* * *

선이 씨,

뒤늦은 이 편지가 무슨 의미가 있는지 모르겠습니다. 이것이, 우리가 만난 시작점에 이루어졌어야 할 고백이라는 걸 알아요. 하지만 그때는 차마 제 사정을 털어놓을 용기가 나지 않았습니다. 그건 지금도 마찬가지입니다. 그러나 고백이 늦어져 더 돌이킬 수 없는 상황이 되기 전에 편지를 씁니다.

이것은 언젠가 결심이 섰을 때, 선이 씨의 얼굴을 바라보며 하고 싶은 이야기였지만 결국 이렇게 되고 말았습니다. 그게 너무 미안합니다.

제가 사별한 부인을 만난 것은 열아홉 살 때로, 십 년 전 일입니다. 아내는 저보다 연상이었고 그녀에게는 여섯 살이 된 윤재가 있었습니다. 물론 결혼의 시작은 행복했지만 결혼 생활을 유지하는 과정은 순탄치 않았습니다. 결혼을 원치 않는 아내에게 끈질긴 구애 끝에 한 결혼이었음에도 그랬습니다.
노력을 하지 않은 것은 아니에요. 그러나 지나고 보니 그 노력은 어설프고 과시적이며 이기적인 행동들에 지나지 않더군요. 그리 어린 나이가 아니었음에도 저는 미숙했습니다. 책임을 두려워했고요.
선이 씨는 본인의 바닥을 본 일이 있나요? 저는 그때, 저라는 인간의 바닥을 본 것 같습니다. 불현듯 내뱉고 마는 후회의 말들, 책임을 회피하는 언행들, 시시때때로 찾아드는 무력감, 꼬투리를 잡아서 시작하는 야비한 싸움들, 그 모든 걸 행하는 주체가 바로 저였습니다. 그 과정에서 저는 아내가 어린 저를 꾀어 그녀의 구질구질한 삶 속으로 끌어들였다고, 내심 그녀를 원망했습니다. 제가 원했던 결혼이었음에도 말입니다. 아내가 그런 제 감정을 눈치채지 못했을 리 없겠죠.
그러나 아내가 겪고 있는 고통은 더 치명적인 것이었습니다. 아내는 자신이 다시 한번 실패한 선택을 반복했다고 생각했던 것 같아요. 아니, 이해하는 척 이야기하고는 있지만 저는 모릅니다. 그녀가 어떤 상태였는지 전혀 알지 못합니다. 알려고 하지도 않았고요. 다만 확실한 것은, 함께하자고 시작한 그 결혼 생활이 아내를 고립시키는 결과를 낳았다는 것입니다. 저는 그녀를 궁지에 몰아넣은 채 방임했습니다.

이 이야기를 하는 이유는 죄책감을 덜기 위함이 아닙니다. 해명을 하기 위해서도 아니에요. 어쩌면, 모든 사건의 책임이 저에게 있다는 사실을 말하기 위함입니다. 이것은 막연한 죄책감에서 하는 이야기가 아니에요. 편지를 다 읽으면 제가 왜 이렇게 말하는지 이해하실 겁니다.(결심을 하고 시작한 것이지만 이 편지가 저에게는 조금 버겁네요)

기억하고 싶지 않은 그 사건은 윤재가 8살 되던 해에 일어났습니다.

그날 뒤늦게 집으로 돌아온 제가 본 것은 12층 난간에 매달린 아내와 윤재였습니다. 아내가 아이와 함께 뛰어내리려 했던 겁니다. 그녀는 그때 저를 포함해 퍽이나 힘든 시기를 보내고 있었는데, 이 이야기는 하지 않겠습니다. 아마 그녀 역시 자신의 바닥을 보았던 거겠죠. 그것을 견딜 수 없다고 생각했던 거고요.
아내와 아이가 매달린 난간은 그들의 체중을 지탱하지 못한 채 휘청이고 있었습니다. 그리고 저는 윤재를 먼저 구했습니다. 아이 쪽이 더 가벼웠고, 아내는 성인이니 아이보다 오래 난간에 매달려 있을 수 있을 거라고 생각한 겁니다. 언뜻 보기에도 아이가 더 충격을 받은 것 같았고요.

그러나 윤재는 아내와 떨어지는 걸 원치 않았습니다. 아이를 집 안으로 옮기기는 했으나 그가 다시 엄마에게 돌아가려고 하는 통에 저는 그를 억지로 옷장에 가두었습니다.

그런 후 아내에게 갔어요. 아내는 그때 제게 '미안하다. 내가 생각을 잘못했다. 살려달라'고 말했습니다. 그래요, 그녀는 분명 살고 싶어 했습니다.

저도 아내를 살리고 싶었어요. 저는 그녀의 팔뚝을 잡았습니다. 그녀도 저를 잡았습니다. 그때 아내의 절박한 손이 제 목을 휘감던 감촉을 아직도 생생히 기억합니다. 그러나 우리는 땀에 젖어 있었고 저는 그녀를 온전히 지탱하지 못했습니다. 곧 아내가 미끄러졌고 저는 그녀를 난간 안으로 당기려 했지만, 난간이 부서져 나갔습니다. 아내는 난간과 함께 12층 아래로 떨어져 내렸습니다. 저는 그녀를 놓치고 말았습니다.

그때 제 뒤에는 옷장에서 빠져나온 윤재가 있었습니다. 어떻게 그 아이가 옷장을 빠져나올 수 있었는지 저는 모릅니다. 충격에 빠진 윤재는 코피를 줄줄 흘리며 저를 바라보고 있더군요. 그 얼굴이 말하고 있었습니다. 방금 네가 사람을 죽였다고 말입니다. 그렇습니다. 아내를 죽인 것은 저였습니다.

이후 윤재에게 했던 노력들은 순전히 저를 위한 것이었는지도 모르겠습니다. 윤재는 저와 함께하기를 원치 않았어요. 아이는 이 년 동안 친척들의 집을 전전하며 저를 피하려 했습니다. 그러나 결국 그를 맡겠다는 집이 없어 저에게 돌아와야만 했고요.
그때는 그것이 아이에게 엄청난 충격과 공포일 거라고는 생각지 못했습니다. 저는 희망에 차서 막연하게 저에게도 드디어 기회가 왔다고, 부자 관계를 회복시킬 수 있는 기회를 잡은 거라고 낙관했습니다.

저와 함께하는 삶이 윤재에게는 생존을 위한 투쟁이었던 건지도 모르겠습니다. 그는 주변 사람들에게 자신이 아동학대를 당하고 있다고 허위 신고를 했습니다. 그게 통하지 않자 나중에는 저에게 성폭력을 당하고 있다고 주장하더군요. 그가 등 뒤에서 저를 찌르거나 가출을 하는 시도들이 있었습니다. 그 모든 게 실패로 돌아가자 그는 결국 자신을 방에 가두는 방법을 선택했습니다.(요즘은 생각합니다. 아이가 했던 거짓 신고들이 정말로 거짓된 것이었을까? 윤재는 자신이 정말로 학대를 당하고 있다고, 성폭력을 당했다고 생각했던 게 아닐까, 하고 말입니다)
그때 저는 어떻게 했느냐고요? 저는 고집을 부렸습니다. 제 방법이 틀린 건지도 모르겠다고 생각하면서도 내내 그랬어요. 견뎌야지, 견디면 나아질 거야, 하면서 말입니다. 아이가 저로부터 계속 멀어져 갔음에도 말이에요.
어쩌면 저는 단지 제 실패를 만회하고 싶었던 것뿐인지도 모르겠습니다. 그렇지 않고서야 아이를 그렇듯 헤아리지 못할 수가 있을까요.

저는 정말 잔인한 짓을 해온 건지도 모르겠습니다.

그리고 결국 저는 다시 혼자 남았습니다. 윤재는 이제 제 곁에 없습니다. 저는 그를 잡아주지도 놓아주지도 못했습니다. 그리고 윤재는 외딴 곳에 가 살해당했어요. 이것이 선이 씨에게 감추고자 했던 저의 이야기입니다.

그런 까닭에 윤재를 죽인 범인을 찾지 않고는 살아갈 수 없는 것입니다. 저는 아들을 죽인 범인을 찾아야만 합니다. 만나서 그의 죄를 물어야 합니다. 그것이 저의 죄를 묻는 길이기도 합니다. 물론 범인에게 그 죄를 묻는다고 해서 모든 문제가 해결되는 건 아닐 겁니다. 하지만 제가 할 수 있는 일 역시 그뿐입니다. 이 죄책감과 슬픔은 제가 살아있는 한 결코 끝나지도 사라지지도 않을 거예요. 이제는 그걸 알아요.

그런 와중에 선이 씨와 함께하고 싶다는 생각을 잠시 했었습니다. 그날은 너무나 따뜻했습니다. 저는 울고 싶었지만 울면 선이 씨가 달아날까 봐 이를 악물고 그것을 참았습니다. 그러니까 그날 일에 대해 결코 자신을 자책하지는 마세요. 주제 넘는 말이지만 그러지 말았으면 좋겠습니다.
저는 너무 무겁습니다. 무거운 저를 안아달라는 말은 하지 않겠습니다. 일찌감치 이야기했어야 하는 사실들을 이제야 털어놔서 정말 죄송합니다. 그리고 고마웠습니다.
그리고 한 가지 더, 이야기해야 할 사실이 있어요. 학교 앞에서 고정권을 만났을 때의 일입니다. 그때 그가 떨구고 간 노트북이 있었지요? 저는 그게 윤재의 물건이라고 말했었고요. 당시 노트북을 열려고 시도했으나 제 능력으로는 그 안의 자료를 볼 수 없게끔 장치가 되어 있었습니다.
그것을 경찰에 의뢰했더라면 일이 쉬워졌겠지만 그렇게 하지 않았습니다. 제가 먼저 아들의 흔적에 접근하고 싶었습니다. 어떤 자료가 나올 것인가, 하는 불안감도 있었고요.
그래서 처음에는 컴퓨터에 조예가 있는 지인들을 수소문했습니다. 하지만 그들은 열기 어려운 프로그램이라며 혀를 내두르더군요. 그래서 컴퓨터 보안을 전문으로 하는 업체를 수소문해 그것을 푸는 게 가능하다는 곳에 노트북을 맡겼습니다.

그리고 며칠 전, 저는 노트북을 받아볼 수 있었습니다. 그 안에는 선이 씨와 제가 그렇게 찾아 헤맸던 영상들이 있었습니다. 장이가 아홉 살 때부터 지금까지 어떻게 살아왔는가, 그 구체적인 모습을 담은 (이 역시 전부는 아닌 걸로 보이지만) 영상들이 그 안에 있었습니다.

처음에는 이 사실을 어떻게 받아들여야 하는 건지 알 수 없었습니다. 이 영상들을 선이 씨와 공유해야 하는 문제(저는 결국 영상을 끝까지 보지 못하고 닫았습니다)에 대한 고민도 있었고요.

그 영상들이 대체 왜 윤재의 노트북 안에 들어 있었던 걸까요? 제 아들은 장이의 삶을 훔쳐온 자들 중 하나인 걸까요? 어째서 노트북에는 영상뿐만 아니라, 장이를 억류하고 있는 자들의 연락 사항이 속속들이 공유되고 있는 걸까요. 대체 이게 뭐죠? 저는 이게 어떻게 된 일인지 알아야겠습니다.

이 영상들을 선이 씨와 공유할 것인가, 하는 문제는 의외로 쉽게 풀렸습니다. 제가 아들을 죽인 범인을 찾고 싶어 하듯 선이 씨 역시 진실에 가닿고 싶어 할 거라는 사실을 알고 있습니다. 저는 결국 이 영상을 선이 씨에게 보내게 되겠지요. 다만 이것이 선이 씨가 감내할 수 있는 수준의 고통이었으면 좋겠다고(아니, 그게 가능할까요?) 바라고 또 바랄 뿐입니다.

그리고 하나 더, 다행인 것은 장이가 아마도 살아있다는 사실입니다. 지금도, 장이의 삶을 훔쳐온 사람들의 연락 내용이 저에게 실시간으로 도착하고 있습니다. 그들은 곧 장이를 없애려는 듯합니다. 그들은 서로 만나서 아이를 해치울 계획을 세우고 있어요. 그런 까닭에 편지에 영상이 든 외장하드와 그들의 약속 일시를 동봉합니다.

그리고 함께 넣는 주사기는, 유기된 동물을 제압할 때 사용하는 전신 마취주사입니다. 이것은 약효가 강하고 근접 거리에서 사용할 수 있는 물건이니 혹여나 선이 씨가 위험에 처했을 때, 한 번은 도움이 되어줄 겁니다.

저는 그날 그들 앞에 나서, 그들이 저지른 범행에 대한 증거를 수집할 생각입니다. 선이 씨, 선이 씨는 장이를 찾을 수 있다는 확신이 들기 전까지는 나오지 마세요. 때가 되었다 싶으면 제가 신호를 보내겠습니다. 그러니 제발 위험한 상황에 함부로 뛰어들지 마세요. 장이를 찾는 것도 중요하지만 선이 씨 자신을 지키는 것이 가장 중요합니다.

하고 싶은 말은 대충 다 한 것 같습니다. 이제 이 편지를 어떻게 전해야 할지 고심해야 하겠군요. 건투를 빌겠습니다. 가능하다면 선이 씨도, 제 건투를 빌어주세요.

p.s.

저는 장이를 만나면 그녀의 이야기를 듣고 용서를 구할 생각입니다. 윤재가 했을지도 모르는 일에 대해서요. 그것은 용서가 불가능한 일일 수도 있겠지만 제게 꼭 그 기회가 왔으면 좋겠습니다.

윤장이를 다시 볼 수 있을까요.

* * *

해순의 편지는 무사히 내게 도착했다. 편지에는 그가 어디서 어떻게 지내고 있는지, 어떻게 하면 연락을 취할 수 있는지에 대한 정보가 전혀 나와 있지 않았다. 아마도 그것은 경찰을 의식한 행동인 듯했다.

나는 편지를 열세 번 정도 읽었다. 그럼에도 불구하고 가늠이 잘 되지 않았다. 도대체 해순은 어떤 삶을 살아온 건가. 어떤 삶을 살아가겠다고 말하고 있는 건가. 나는 그의 말을 어떻게 받아들여야 하는 걸까. 내가 대체 무엇을 할 수 있을까.

나는 어떤 절망감 속에서 해순을 떠올렸고 그렇게 떠올린 그의 안에는 또 다른 절망들이 있었고 나는 그것을 헤아리려다 언뜻 잠이 들고 말았다. 나는 그날 잠을 자면서도 흐느끼다가 내가 낸 울음소리에 놀라 깨곤 했는데 그런 감각은 매우 생생한 형태로 남았다.

8월 28일, 새벽 네 시 조현산성 입구.

해순이 동봉한 시간과 장소는 김현지가 내게 알려주고 간 정보와 일치했다. 그 때문에 처음에는 그것이 해순과 나를 불러들이기 위한 계략이 아닐까, 하는 생각을 했다. 그러나 그것은 안다고 피해갈 수 있는 함정이 아니었다. 그곳에는 장이가 있었다. 그녀를 올가미처럼 칭칭 감고 있는 사람들이 있었고, 또 해순이 있었다. 내가 살면서 만나고 싶었던 모든 사람들이 그곳에 있다.

새삼 깨달은 사실이지만 내 삶 역시 외롭고 비루했다. 무언가에 크게 얽매이지도, 무언가를 강하게 잡아본 일도 없는 삶이었다. 조용하고 평화로운 것이 미덕인 줄 알고 살아온 그런 삶. 동생의 손을 뿌리친 후 나는 내내 그렇게 살아왔다. 그것이 나쁘다고 할 수는 없겠지만 문제는 내가 포화상태라는 점이었다. 내가 그것을 더 이상은 견딜 수 없다고 느끼고 있었다. 그런데 어떻게 그 장소에 가지 않을 수 있겠는가.

그랬다. 나는 내내 그곳에 있었다. 송성원과 중년 여자 그리고 해순이 만나던 그 순간부터 계속 그들과 함께였다. 거리를 두고 뒤쫓은 까닭에 그들의 대화를 들을 수는 없었다. 그러나 돌아가는 상황으로 분위기를 파악하며 끊임없이 그들을 주시했다.

'장이가 왜 없는 걸까. 저들은 어디로 가는 걸까. 김경희 형사에게 연락을 하지 않는 편이 옳은 걸까. 만일 그렇다면 언제 해야 할까' 하는 질문들을 던지며 걸었지만 스스로 납득할 만한 대답을 찾을 수는 없었다. 그곳에 장이가 없었기 때문이다. 나는 내 판단이 동생을 구하지 못하는 결과를 초래할까 봐 겁에 질려 있었다.

미행을 하는 동안 위기도 몇 번 있었다. 해순이 송성원에게 제압당했을 때 나는 나도 모르게 뛰쳐나가 그들의 뒤에 선

일이 있었다. 그때 나를 제일 먼저 발견한 해순이 주의를 끌며 손짓을 하지 않았더라면 나는 그들에게 모습을 들키고 말았을 것이다. 실수로 나뭇가지를 밟은 일도 있었다. 송성원이 그것을 눈치챘지만 나는 수풀에 엎드린 채 가까스로 고비를 넘겼다.

그렇듯 경솔하고 또 신중하게 때를 기다렸다. '반격할 수 있는 기회가 한 번은 올 것이다. 우선은 장이가 어디 있는지 알아야 한다'는 마음으로 말이다. 그 순간을 기다리며 아무것도 하지 못한 채 나는 홀로 버텼다.

그리고 긴 시간, 산을 오른 끝에 수구에 도착했다. 여자가 구덩이에 빠지고 송성원이 해순을 등지고 앉았을 때 나는 기다리던 기회가 찾아왔음을 알았다. 당시의 내 계획은 '우선은 해순을 풀어준다, 그 후 그와 함께 구덩이 안의 사람들을 제압해 장이가 어디 있는지 알아낸다'는 것이었다.

그러나 해순은 노끈을 스스로 풀어냈다. 그는 홀로 송성원을 제압했다. 그리고 본인의 뜻대로 송성원으로부터 '고정권을 살해했다'는 증거도 수집했다. 실질적으로 내가 한 것은 아무것도 없었다. 해순은 끝까지 신호를 보내오지 않을 심산인 듯했다. 수풀 속에 엎드려 있던 나는 몸을 일으켰다. 부르지 않는다면 내가 가야겠다고 말이다. 그리고 그때 나는 보았다.

어린 여자아이가 있었다. 그녀가 구덩이로 다가가고 있었다. 그녀는 내게 등을 돌린 상태였다. 그러나 나는 본능적으로 알았다. 그 민머리가, 움츠러든 어깨가, 타서 껍질이 벗겨지기 시작한 목덜미가, 엉성하게 서 있는 뒷모습이, 내게 말을 걸고 있었다. 그것은 내가 애타게 보고 싶어 했던 아이의 뒷모습이었다.

나는 그녀를 불렀다. 아니 불렀다고 생각했다. 그러나 소리가 입 밖으로 새어 나오지 않았다. 나는 다시, '장이야' 하고 그녀를 불렀다. 목소리가 입 밖으로 새어 나오지 않았다. 마치 꿈속에서 그랬던 것처럼.

그리고 그때 그것이 다시 찾아왔다. 사람들 앞에만 서면 찾아오는, 병의 전조증상이 시작되고 있었다. 시야가 흔들렸다. 온몸이 떨리면서 무릎이 무겁게 내려앉았다. 나는 알고 있었다. 조금 더 지나면 무력하게 '안 돼, 안 돼' 하고 중얼거리다가 시야가 꺼지고, 호흡 곤란이 오고, 그러다 정신을 잃고 말 것이다.

이상한 건 이번에 그것이 단 한 사람 앞에서 일어났다는 점이었다. 발표나 면접 같은, 여러 사람 앞에 서야 할 때 발작이 찾아온 일은 비일비재했다. 그러나 단 한 사람 앞에서 그것이 찾아온 건 처음 있는 일이었다. 대체 왜.

이가 서로 부딪치며 떨리기 시작했다. 내가 아무것도 하지 못하고 있는 동안 해순은 장이의 멱살을 움켜쥐었다. 나는 무슨 일이 일어나고 있는지 몰랐다. 분명한 것은 해순이 장이에게 화를 내고 있다는 사실이었다.

그는 동생에게 '네가 윤재를 죽인 거냐'고 묻고 있었다. 그 다음엔 동생의 목을 움켜잡았다. 그들이 구덩이 안으로 떨어져 내릴 것만 같았다.

나는 가방에서 칼을 꺼냈다. 그것으로 내 허벅지를 그었다. 손이 떨려서 살이 생각보다 많이 베였다. 아팠다. 그러나 통증 때문에 가물거리던 정신이 조금 살아났다. 나는 힘겹게 몸을 일으켜 두 사람에게로 다가갔다. 그들이 서로를 상처 입히거나, 수구 안으로 떨어지는 것을 막아야 했다.

그들에게 다가가는 동안 누구도 나를 알아채지 못했다. 목전에 다다랐을 때야 동생이 나에게 시선을 보냈다. 나는 잠시 그녀를 마주 보았다. 그녀는 가늘게 뜬 눈으로 나를 바라보았다. 놀라는 기색도 없었다. 그 눈빛이 무엇을 의미하는지도 알 수 없었다.

그때 해순이 붉어진 눈으로 나를 돌아보았다. 그는 장이를 놓아줄 생각이 없다고 했다. 그는 내 동생을 죽이겠다고 말하고 있었다. 나는 그것이 진심이라는 것을 알았다.

그러나 나로 말할 것 같으면 나는 엄청난 욕심쟁이였다. 그것을 받아들일 수 없었다. 둘 다 포기할 수도 없었다. 여기까지 온 마당에 누구 하나를 선택하라고 한다면, 그냥 셋이 구덩이에 빠져 죽는 편을 택할 것이다.

나는 뜻대로 움직이지 않는 손으로 품 안을 뒤졌다. 그 안에 넣어두었던 주사기를 잡았다. 그것을 꺼내 해순의 등에 찔러 넣었다. 그가 나를 바라보았다. 그는 울고 있었다.

그랬다. 한 번은 기회가 올 거라고 생각했다. 그리고 기회가 왔을 때 내가 한 것은 해순에게 그가 준 주사기를 꽂아 넣는 일이었다. 그러나 후회하지 않았다. 나는 그를 살인자나 내 원수로 만들고 싶은 마음이 없었다. 그가 그것을 원치 않는다 하더라도.

그때 깨달았다. 나는 아마도 해순을 정말로 사랑하고 있었다.

장이 언니라고요? 장이는 자기가 외동딸이라고 했는데.

* * *

나는 해순을 평평한 땅에 눕힌 후 동생을 돌아보았다.

울음을 참으려고 입술을 물고 있었지만 나도 모르게 눈물이 새어 나왔다. 나는 아무 말도 하지 못한 채 잠시 그녀의 얼굴을 바라보았다. 정말로 보고 싶었던 얼굴이 그곳에 있었다.

눈을 내리깔고 있던 장이가 시선을 들어 힐끔 나를 쳐다보았다. 그녀의 눈에는 낯선 자를 향한 적의가 어려 있었다. 그러나 그런 사실은 중요치 않았다. 장이가 살아있었다. 동생이 살아있는데 그런 적의가 대수란 말인가. 나는 그녀에게 다가섰다. 그리고 자꾸 들썩이는 어깨를 가라앉히며 그녀를 불렀다.

"장이야."

그녀는 대답을 하지 않았다.

"보고 싶었어."

동생이 슬쩍 내 뒤를 살폈다. 마치 무언가가 더 없는가 탐색을 하는 느낌이었다. 그런 후 그녀가 나에게 다가왔다.

"나 언니가 집에 와 있는 걸 봤어."

"그랬어?"

"응, 나도 보고 싶었어. 언니가 너무 보고 싶었어."

장이가 한 발 더 나에게 다가왔다. 그녀가 양팔을 뻗었다. 나는 동생을 끌어안았다. 그녀의 등은 젖어 있었다. 거칠거칠한 민머리와 연약한 살결의 촉감이 생생하게 손끝에 와 닿았다.

땀을 흘리고 오랫동안 씻지 못한 듯 강렬한 체취가 그녀의 몸에서 뿜어져 나왔다. 나는 동생을 끌어안은 채 그것을 깊이 들이마셨다. 그것은 살아있는 자의 냄새였다.

그러다 나는 문득 고개를 들었다. 재회의 기쁨에 취해 깨닫지 못했지만 동생은 내 품에서 나무토막처럼 움직이지 않고 있었다. 어색해서 그런 건가? 나는 동생의 팔을 잡았다. 동생의 팔은 나를 안은 모양 그대로 딱딱하게 굳어 움직이지 않고 있었다. 그녀의 팔에 닭살이 솟아오르는 것을 느꼈다. 그것이 나를 찔러왔다. 불안이 번지듯 서늘한 한기가 팔을 타고 올라왔다.

나는 과거, 장이에게 부추를 억지로 먹이려는 낯선 남자로부터 그녀를 구한 일이 있었다. 그때 동생은, 의기양양한 태도로 자신의 팔을 잡는 내 손을 뿌리쳤었다. 그때는 몰랐지만 이제는 그것이 어떤 의미였는지 대충 알고 있었다.

나는 동생에게 좋은 거울이 아니었다. 장이는 내가 가족 내에서 실패하고 잊혀지는 모습을 지켜보았다. 장이는 자신이 잘하지 못하면 본인 역시 그렇게 되리라는 사실을 알고 있었다. 그녀를 노력하게 만드는 동력은 아마도 '언니처럼 되고 싶지 않다'는 두려움이었을 것이다.

장이는 그때 어쩌면 '버려지고 싶지 않다, 그러려면 이 두려움을 견뎌야 한다. 낯선 자가 나타나 생명을 위협하는 음식을 먹이려 한다 하더라도'라는 압박감 속에 있었다. 그런 상태에 있는 동생의 팔을 내가 잡았던 것이다. 그것은 마치 거지가 되기를 두려워하는 사람에게 거지가 팔을 잡으며 동조의 미소를 띠어온 것과 같았다. 당시 그녀의 뿌리침은 혐오를 내포한 두려움의 표현이었다. 이제는 그 사실을 좀 더 분명히 알 것 같았다.

그러나 지금은? 그녀는 내가 팔을 잡아도 그것을 뿌리치지 않았다. 하지만 그 안에 감정이 없는 것은 아니었다. 그저 한 번 잡는 것만으로도 알 수 있었다. 그녀는 나를 두려워하고 있었고, 나로부터 떨어지고 싶어 했다. 동생은 '보고 싶었다'고 말했지만 내가 온 걸 결코 반가워하지 않았다. 팔을 한 번 잡은 것만으로 그걸 어떻게 아느냐고? 아니, 그 한 번으로 확실히 알게 되는 것들이 있었다.

우리는 잠시 서로를 안은 채로 가만히 있었다. 나는 동생으로부터 몸을 떼었다. 그리고 그녀의 얼굴을 내려다보았다. 동생의 얼굴에는 권태와 절망이 어려 있었다. 순간이지만 나는 그녀의 얼굴이 할머니 같다고 생각했다. 자신의 표정이 들킨 걸 알자 장이의 얼굴이 싸늘하게 굳었다. 그녀가 나에게서 떨어졌다. 그녀가 속삭이듯 말했다.

"왜 왔어?"

나는 멍하니 동생을 쳐다보았다. 이상한 일이지만 그녀를 구하러 왔다고 말할 수가 없었다. 나는 조금 당황했다. 더듬대다 동생에게 말했다.

"장이야, 집에 가자."

"집?"

"응."

"무슨 집?"

"우리 집."

"언니가 내 집에 가겠다고?"

나는 그녀의 반응에서 문득 그녀가 내보인 감정이 무엇인지 깨달았다. 그것은 자신의 집에 무작정 들어온, 그녀의 평화를 해하는 낯선 자를 향한 그것과 닮아 있었다. 나는 그것에 멈칫했다. 무언가를 말해야 했지만 마음이 앞서 말이 잘 나오지 않았다.

어쩌면 장이는 나와 함께 가는 것을 원치 않는지도 몰랐다. 함께 갈 수 없는 다른 이유가 있는 것인지도 몰랐다. 아니면 생각하고 싶지 않지만, 그녀 본인이 현재 상태에서 벗어나길 바라지 않을 수도 있었다.

그러고 보면 장이는, 내내 카메라가 있는 집에서 살아왔다. 내가 알 수 없는 제약들이 있었겠지만 그녀는 집과 밖, 학교를 오갔다. 그 집을 빠져나오고자 했다면 그래도 몇 번의 기회는 있었을 거라는 말이다. 그런데 왜 동생은 그 기회를 잡지 않은 걸까. 내 이런 추측은 억측인 걸까.

장이를 만난다고 해서 모든 게 해결될 거라고 생각한 건 아니었다. 그러나 나는 잠시 아연해져 동생을 바라보았다.

그녀의 눈이 내게 말하고 있는 것 같았다. 나는 너에게 원하는 것이 없다고. 그럼에도 불구하고 원치 않는 선물을 주겠다며 찾아온 너란 존재는 얼마나 성가신지 아냐고.

장이의 시선이 쓰러져 있는 해순에게로 향했다. 그녀는 아쉬워하고 있었다. 나는 깨달았다. 처음 그녀가 내게 내보인 것은 낯선 자를 향한 적의가 아니었다. 그것은 죽는 것을 방해받은 자의 적의였다. 갑자기 다리에 힘이 풀렸다. 동생은 무표정한 얼굴로 나를 바라보았다. 나는 너무 늦어버린 것인지도 몰랐다.

"장이야."

그때 구덩이로부터 은밀한 소리가 새어 나왔다.

"장이야, 왜 거기 있어? 엄마한테 와."

동생의 몸이 움찔했다. 송성원이 말했다.

"얘야, 이제 해볼 만큼 해보지 않았니? 노력도 반항도 말이야. 너를 받아주고 이해해주는 사람이 있든?"

"……."

송성원은 팔짱을 낀 채 서 있었다. 그의 옆에는 여자가 쓰러져 있었다. 조용히 장이를 바라보던 송성원이 나를 턱으로 가리키며 말했다.

"저 여자랑 함께 돌아가고 싶지 않은 거지?"

동생은 말이 없었다.

"그렇다면 우리 집으로 가자."

내가 그의 말을 잘랐다.

"닥쳐. 널 죽이고 싶은 걸 참고 있는 거니까."

송성원이 말했다.

"호오, 그래? 배은망덕하군. 그동안 동생을 맡아 키워준 사람한테. 이봐 너, 네 동생에 대해 얼마만큼 아나?"

송성원의 말에 말려들고 싶은 마음은 없었다. 하지만 장이가 나를 바라보고 있었다. 무엇이라도 말해야 했다. 나는 그녀의 상처를 건드리지 않을 법한 말을 골랐다.

"앞으로 알아나가면 돼. 장이야, 지금까지 있었던 일들은 네 잘못이 아니야. 어쩔 수 있는 일이 아니었어. 그러니까 그건 나중에 이야기하자."

그 말이 나에게도 조금 비루하게 들렸다. 동생이 고개를 돌렸다. 송성원이 미소 지었다.

"아무것도 모르는구만."

"이제 알아나가면 돼! 모르면 알아나가면 된다고."

"동생이 그걸 원하지 않으면? 그게 너무 피곤하다고 말하면? 이봐, 말을 해서 이해받을 수 있는 사람도 있지만 그럴 수 없는 사람도 있어. 넌 정말 단순하군."

장이가 구덩이 쪽으로 걸음을 옮겼다. 송성원이 말했다.

"장이야 줄을 내려라. 알지? 나는 이제 너를 사랑하지도 않고, 그렇다고 너를 혐오하지도 않아. 이제 나는 너한테 관심이 없다. 너는 너무 쭈글쭈글하게 늙어버렸어. 너무 늙고 못났어. 내 사랑을 받을 자격이 없어."

장이가 피식 웃었다. 송성원이 마주 웃으며 말했다.

"대신 내가 물망에 올려둔 아이들이 몇 있는데 그 애들을 네가 맡아라. 귀머거리도 있고 야구 소년도 있어. 그게 아주 야들야들하단 말이지. 그 애들을 네가 맡아서 관리해. 그러면 먹고 살게는 해주마. 어때, 괜찮은 제안 아니냐?"

"내가 늙었어?"

"늙었어. 아주 쭈글쭈글해. 그러니까 이리 와, 엄마 좀 꺼내줘."

"이제 날 좋아하지 않아?"

"전혀 안 좋아하지. 앞으로 그럴 일도 없고."

동생은 골몰하는 얼굴로 그 이야기를 들었다. 이상한 것은 그 미친 제안이 어느 정도는 장이에게 효력을 발휘하는 것처럼 보였다는 점이다. 동생이 한 발 더 수구로 다가갔다.

그때 엎어져 있던 여자가 손을 뻗어 송성원의 종아리를 잡았다. 송성원이 다리를 털어 그녀의 손을 뿌리쳤다. 여자가 말했다.

"짐승 새끼. 너 같은 건 잘라버려야 돼."

"이년이! 패도 패도 끈질기게."

송성원이 발로 여자의 등을 밟았다. 여자가 몸을 숙인 채 송성원의 종아리를 향해 주먹을 휘둘렀다. 송성원이 그것을 피했다. 그가 삽을 수직으로 들어 올려 여자의 목덜미를 내리치려 할 때였다. 장이가 입을 열었다.

"엄마."

"왜?"

"그 사람은 어떻게 할 거야?"

"없앨 거야. 안 그러면 성가셔져."

그는 그러면서 나를 힐끔 쳐다보았다. 나는 김경희 형사에게 전언을 보내놓은 상태였다. 동생이 강간마를 따라가게 놓아둘 수는 없었다. 우선은 장이를 되찾아야 한다. 이제는 모든 게 시간 싸움이었다. 장이는 물끄러미 중년여자를 내려다보았다. 그녀의 눈치를 살피던 송성원이 말했다.

"네가 원하면 죽이지는 않을 거야."

"……정말?"

"살렸으면 좋겠니?"

장이는 말없이 성원을 바라보았다. 성원이 물었다.

"왜? 그새 정이라도 든 거냐?"

"저 아줌마를 올려줄 거야?"

"내가 먼저 올라가서 저년을 올려주마. 그거야 어렵지 않지."

장이가 고개를 저었다.

"아줌마부터 올려줘."

예전부터 동생이 고집을 부리기 시작하면 그녀를 말릴 수 있는 사람은 없었다. 송성원의 눈썹이 치켜 올라갔다. 그가 물었다.

"왜?"

"아줌마는 아프니까."

송성원의 표정이 바뀌었다.

"안 돼. 나를 먼저 올리기 전까지는 이년을 올리지 않을 거야. 나부터 올려."

장이가 고개를 저었다.

"엄마, 엄마가 아줌마를 올려주면 나는 엄마랑 갈게."

"시끄러워. 엄마 말에 토 달라고 했어, 안 했어? 내가 원하는 것을 주지 않으면 나 역시 네게 줄 게 없어. 나부터 올려."

"……엄마는 왜 맨날 엄마 마음대로 해?"

"호오, 이제 말대꾸를 한다 이거지? 내가 너무 오냐오냐했구나."

송성원이 손을 뻗어 성기 부분을 긁기 시작했다. 장이가 몸을 움찔 떨었다. 송성원은 무표정한 얼굴로 바지 안쪽에 손을 넣었다. 그가 중얼거리듯 말했다.

"간지러워. 너무 간지러워."

장이의 얼굴이 질렸다. 송성원이 말했다.

"빨리 줄을 내려. 그렇지 않으면 이년은 죽어."

송성원은 삽을 들어 엎어져 있는 중년 여자의 몸을 뒤집었다. 여자의 얼굴이 드러났다. 그녀의 코는 함몰됐고 왼쪽 눈은 갈색으로 부풀어 피멍이 든 상태였다. 입술은 더 형편없었다. 송성원이 삽 모서리를 반쯤 감긴 여자의 눈에 가져다댔다. 그가 삽 등으로 여자의 눈을 어루만졌다. 송성원이 다정하게 말했다.

"줄을 안 내려?"

그는 삽을 수직으로 세웠다. 그리고 불현듯 그것으로 여자의 눈을 찔렀다. '안 돼! 내리지 마!' 하는 비명과 함께 그녀의 눈에서 피가 튀었다. 송성원이 미소 지으며 장이를 올려다보았다. 그는 다시 한번 같은 자리에 삽을 찔러 넣었다. 여자가 몸을 굴렀다. 송성원이 껄껄대며 말했다.

"저런, 너 때문에 이년 눈 하나가 날아갔다."

장이는 무표정한 얼굴로 그 모습을 바라보고 있었다. 그녀는 놀라울 정도로 반응이 없었다. 그러나 그와 반대로 동생의 옷은 흠뻑 젖어 등에 달라붙어 있었다. 나는 그녀의 양 날개뼈가 비명을 지르듯 흔들리고 있는 것을 보았다.

나 역시 미치게 불안했다. 눈앞에서는 쳐다보기 힘든 끔찍한 상황이 펼쳐지고 있었다. 대체 어떻게 하는 게 맞는 건가. 어떤 연유인지는 모르지만 송성원과 한 패인 줄 알았던 여자는 장이를 보호하려 하고 있었다. 그녀를 구해야만 하는 것인지도 모른다. 그러지 않으면 여자는 양쪽 눈을 다 잃고 말 터였다.

장이는 무표정한 얼굴로 주변을 둘러보고 있었다. 밧줄을 찾고 있는 듯했다. 동생이 자의로 그렇듯 분명히 행동하는 건 그녀를 만나고 처음 있는 일이었다. 그러나 송성원의 요구대로 밧줄을 내리면 어떻게 되는 걸까. 송성원이 수구에서 나오면 동생과 나, 쓰러져 있는 해순 역시 위험에 처할 것이다. 그 자리에서 송성원을 막을 수 있는 사람은 없었다.

내가 동생을 불렀다.

"장이야."

동생이 나를 바라보았다. 내가 고개를 저었다.

"안 돼."

동생이 화를 내거나 경멸을 드러내 보였더라면 나는 한결 편해졌을 것이다. 그러나 동생은 윗가슴을 색색거리며 나를 바라보았다. 어렸을 때 그러했듯, 코로 숨을 쉬지 않고 입을 벌린 채로 말이다. 그것은 그녀가 말이 통하지 않는 아버지를 무력하게 바라보던 때의 얼굴이었다.

장이가 고개를 돌렸다. 그녀는 나의 말을 듣지 못한 것처럼 다시 주변을 살폈다. 나는 동생에게로 다가갔다. 그리고 그녀의 손에 들린 채반통을 빼앗았다. 장이가 고개를 들어 나를 바라보았다. 나는 다시 말했다.

"안 돼."

"……가."

"뭐?"

"너 가!"

"싫어."

"가!"

동생은 나에게 플라스틱 통을 되찾으려는 시도도 하지 못한 채 벌겋게 달아오른 얼굴로 손가락을 꼬았다. 나는 그 모습을 물끄러미 바라보았다. 동생은 제대로 화를 내본 적은 있을까. 너 가라니. 아마도 그것은 그녀가 할 수 있는 최대치의

욕인 듯했다. 그런 아이가 대체 어떻게 사람을 죽였다는 걸까.

나는 그녀의 팔을 잡았다. 그녀가 붉어진 얼굴로 그것을 빼내려 했다. 그러나 내가 힘을 준 채 팔을 놓지 않자 동생은 금세 체념한 듯 고개를 숙였다. 장이는 원래 이런 아이였나? 눈앞이 캄캄해졌다.

"장이야."

동생은 고개를 들지 않았다.

"장이야."

그녀는 아무것도 듣지 못한 듯 고개를 들지 않았다. 마치 그것이 자신이 할 수 있는 최대의 반항이라는 듯.

"장이야."

동생은 눈을 감았다. 구덩이 아래서 '뭐 하는 거야!' 하고 말하며 다시 삽을 휘두르는 소리가 들려왔다. 장이는 눈을 뜨지 않았다. 눈을 감고 있으면 바깥에서 일어나는 괴로운 일들을 막을 수 있을 거라는 듯. 그녀의 감은 속눈썹이 떨리고 있었다.

동생의 마음을 돌리는 건 나중 일이라고 판단한 후 경찰을 기다리는 내 행동은 어쩌면 글러먹은 것인지도 몰랐다. 모든 게 시간 싸움인 건 맞다. 그러나 내가 경찰을 기다리는 사이 장이는 다시 먼 곳으로 가고 있었다. 그녀는 나를 화면 밖으로 밀어내고 있었다.

나는 망설이던 말을 입 밖에 내었다.

"이걸 저 여자한테 가져다주려고 했던 거야?"

동생은 눈을 뜨지 않았다.

"저 사람을 살리고 싶은 거지?"

"……."

"그런데 네가 밧줄을 내리면 모두가 위험해져."

"너 가."

"그래, 그러니까 내가 갈 거야. 넌 여기에 있어."

만일 어린 장이가 팔을 뿌리쳤을 때 열등감에 시달리지 않고 그 안으로 뚫고 들어갔다면 어땠을까. 그래서 다시 내가 장이의 손을 뿌리치는 보복을 하지 않았다면 어땠을까.

이제는 괜찮았다. 내가 동생에게 무가치한 존재라도 괜찮았다. 모든 인간이 서로에게 의미와 가치를 부여하는 것은 아니니까. 그저 나는, 내가 장이를 버린 한 사람이 아니라 동생의 인생에서 그녀를 도운 무수한 사람들 중에 하나였으면 좋겠다고 생각했다. 내가 동생을 밀친 사람 중에 하나라는 느낌은 끔찍했다. 나를 없애고 싶을 정도로 괴로웠다. 이제는 그것만 아니라면 족했다. 이 역시 자기만족인지도 모르겠지만.

나는 손을 들어 여전히 눈을 감고 있는 동생의 거친 볼을 쓸어내렸다.

"되도록이면 살아서 보자."

동생이 눈을 떴다. 나는 그것을 오래 보지 못하고 등을 돌려 수구로 달려갔다. 그리고 구덩이 벽에 붙은 채 몸을 수직으로 미끄러뜨렸다.

싫어한 게 아니에요. 한번 나락으로 떨어지면 올라오기 힘들잖아요. 걔가 저를 떨어뜨릴 것만 같았어요. 그게 두려웠어요.

* * *

장이는 사라지는 선이의 뒷모습을 바라보았다.

선이는 채반통을 든 채 수구로 뛰어들었다. 그녀는 2미터 남짓 되는 구덩이를 구르다 사각통을 놓쳤다. 낙하의 충격으로 플라스틱 통 모서리가 깨졌다. 그 안에 들어있던 무언가가 아가리를 흔들며 튀어나왔다. 새끼 손가락만 한 장수말벌들이었다. 대여섯 마리는 되어 보이는 녀석들이 붕붕대며 벌통을 싸고 있는 그물망에 가 부딪쳤다.

성원은 황급히 장이 이모의 뒤통수를 삽으로 내리쳤다. 장이 이모의 목이 꺾였다. 성원은 그녀에게 의식이 없음을 확인한 후 쓰러져 있는 새로운 손님에게로 걸음을 옮겼다. 선이는 머리를 부여잡은 채 정신을 차리지 못하고 있었다.

그러나 송성원이 등을 돌린 그 순간, 기절한 듯 보였던 장이 이모가 곰처럼 몸을 일으켰다. 그녀가 절뚝이며 송성원 등으로 달려들었다. 그녀는 머리로 성원의 등을 들이받았다. 성원의 몸이 휘청였다. 장이 이모는 때를 놓치지 않고 성원의 어깨에 매달렸다. 그리고 입을 벌려 그의 귀를 크게 베어 물었다.

"악! 악! 악!"

성원이 손을 뒤로 뻗어 장이 이모의 머리를 잡으려 했지만 그의 손은 그녀의 민머리에서 자꾸만 미끄러졌다. 그가 그녀의 머리를 찰싹찰싹 치며 고통 어린 비명을 지르는 사이 선이가 몸을 일으켰다. 그녀는 품에 있던 칼을 꺼내들었다. 그리고는 성원을 향해 달려들었다.

선이는 성원의 배를 향해 칼을 휘둘렀다. 그러나 몸에 너무 힘을 준 나머지 헛칼질을 하며 앞으로 넘어졌다. 그녀의 칼은 배 대신 종아리에 가 닿았다. 접이식 손칼이 성원의 종아리에 손가락 두어 마디 깊이로 박혔다. 성원이 비명을 지르며 몸을 굽혔다.

장이 이모가 그의 등에 업힌 채 앞으로 기울어졌다. 성원은 들고 있던 삽 손잡이를 뒤로 휘둘렀다. 나무로 된 삼각 손잡이가 장이 이모의 안면을 강타했다. 일순 장이 이모의 입이 열렸다. 성원이 다시 한번 그녀의 얼굴을 후려쳤다.

장이 이모가 머리부터 미끄러지기 시작했다. 그녀는 거꾸로 떨어지며 성원의 하반신에 손을 뻗쳤다. 그러나 그녀의 손은 성원에게 가 닿지 못했다. 곧 빽, 하는 소리와 함께 바닥에 머리를 부딪친 장이 이모가 의식을 잃었다.

그러는 동안 선이는 성원의 종아리에 박힌 칼에 매달렸다. 그녀는 거기에 자신의 온 체중을 실었다. 칼이 드드드득, 뼈를 긁는 소리를 내며 성원의 종아리를 세로로 찢었다. 그것이 반 자 정도 찢어지면서 피와 함께 하얗고 몽글몽글한 지방층이 드러났다. 성원은 괴성을 내지르며 삽으로 땅을 짚었다.

"이 쌍년들이!"

성원은 한 손으로는 삽을 짚고, 남은 한 손으로는 선이의 머리채를 휘어잡았다. 그가 그것을 쥔 채 아래위로 흔들었다. 선이는 잡고 있던 칼을 놓쳤다. 성원이 그녀를 바닥에 패대기쳤다. 그런 후 그는 종아리에 박힌 칼을 뽑았다. 폐수같이 걸쭉한 피가 뿜어져 나왔다.성원은 칼을 조끼 주머니에 넣었다. 그리고는 절뚝이며 선이에게로 다가갔다.

성원이 삽으로 선이를 후려치기 시작했다.

"네가 감히! 감히 어디서!"

장이는 수구 위에서 그 모습을 내려다보고 있었다. 그녀가 무표정한 얼굴로 자신의 민머리를 감싸 쥐었다.

성원이 선이를 내려다보며 외쳤다.

"누가 줄을 내리지 않아서 이렇게 됐지! 이게 다 누구 때문인 거지? 죽어! 죽어! 이 썅년들! 늙어빠진 걸레년들!"

한참 삽을 휘두르던 성원이 벌건 얼굴로 선이의 목을 밟았다. 그의 종아리를 타고 흐른 피가 선이의 얼굴 위로 떨어져 내렸다. 성원은 선이를 바라보며 낮은 음성으로 말했다.

"마지막 기회다. 얼른 줄을 내려."

선이는 장이에게 도망가라고 손짓을 하려 했다. 성원이 휘두른 삽에 맞아 힘을 잃었다.

장이가 표정 없는 얼굴로 몸을 일으켰다. 주변을 두리번거리던 그녀가 곧 다시 주저앉았다. 그녀는 양손으로 입을 가로막았다. 그녀의 손가락 틈으로 토사물이 쏟아지기 시작했다. 그녀는 구덩이에 상체를 내민 채 그동안 먹은 별 볼일 없는 것들을 게워내고 있었다.

"저런 쓸모없는 년."

성원이 더러운 것을 봤다는 듯 고개를 돌렸다. 죽은 피 같은 갈색 국물이 장이의 위에서 쏟아져 나왔다. 그때 누군가가 그녀의 등에 손을 얹었다. 그녀가 뒤를 돌아보았다.

성원은 조끼 주머니에서 칼을 꺼내들었다.

"이봐 네 동생이 너를 살리지 않을 심산인가 보다."

성원이 나지막한 웃음을 뿜어낸 후 칼날을 세웠다. 그는 그것을 선이의 어깨에 찔러 넣었다. 선이가 막힌 성대로 비명을 지르며 몸을 들썩였다. 성원이 선이를 내려다보며 외쳤다.

"다음은 목이다."

쓰러져 있던 해순은 상반신을 일으켜 세웠다. 하나로 보여야 할 사물이 두 개, 세 개로 나뉘어 보이고 있었다. 그는 구토를 하고 있는 세 명의 장이를 바라보았다. 그러다 그로부터 고개를 돌려 쓰러져 있는 세 명의 선이를 쳐다보았다. 그녀를 세 명의 송성원이 짓밟고 있었다. 주사기에 든 약이 끝까지 삽입되지 않아 벌어진 일인 듯했다.

해순은 뒤로 꺾여 넘어가는 목에 힘을 주며 세 명의 장이와 세 명의 선이를 번갈아 바라보았다. 그는 비틀거리며 몸을 일으켰다. 그가 장이를 향해 느릿느릿 걷기 시작했다. 아들을 죽인 살인자 세 명이 그곳에 있었다.

순간 해순의 몸이 흔들렸다. 무게 중심을 잃은 그가 장이의 발치에 넘어졌다. 해순은 엎어진 채 장이를 노려보았다. 그가 구토를 하고 있는 소녀의 등에 손을 얹었다. 장이는 입을 벌린 채 그를 돌아보았다. 해순은 그녀의 등을 짚고 천천히 몸을 일으켰다. 그러고는 장이를 지나 수구의 벼랑에 섰다.

해순은 눈을 가늘게 뜬 채 세 명의 성원 중 가장 색이 진하고 가장지저분한 선을 그리는 송성원을 바라보았다. 그리고 곧 그를 향해 몸을 날렸다. 해순의 몸이 낙하산처럼 공중에서 펴졌다. 그가 성원을 덮쳤다. 급작스런 일격에 성원이 선이의 머리맡으로 고꾸라졌다. 그는 칼을 놓쳤다. 뚝 소리와 함께 해순과 성원이 서로를 얼싸안은 채 나뒹굴기 시작했다. 부서져 있던 벌통이 그들의 발에 채였다.

정신을 잃은 채 누워 있던 장이 이모는 퉤, 하고 부러진 앞니를 뱉으며 눈을 떴다. 그녀가 상체를 일으켜 주변을 두리번거렸다. 해순은 성원을 덮쳐 안은 채 다리로 그의 허리를 조이는 데 가까스로 성공한 상태였다. 그는 양손으로 성원의 목을 잡았다. 그러나 힘이 없는지 그의 손이 자꾸만 미끄러졌다. 성원은 쓰러질 때 목을 잘못 부딪친 듯 고개가 돌아간 채로 양팔을 버둥대고 있었다. 선이는 성원에게로 기어가 그의 너덜너

덜 갈라진 종아리에 손가락을 박았다. 성원이 비명을 지르며 남은 발로 그녀를 걷어찼다.

하얗게 질린 얼굴로 구덩이를 바라보던 장이가 몸을 일으켰다. 그녀는 조용히 한 발, 뒷걸음질을 쳤다. 누구도 그녀를 보고 있지 않았다. 아직 누구도 그녀에게 살려달라는 말을 하지 않은 상태였다. 그러나 곧 그렇게 될 것이다. 모두가 그녀에게 살려달라고, 내 목숨은 너에게 달려 있다고, 너는 나를 구해야만 한다고 말할 것이다.

장이는 다시 한 걸음을 옮겼다. 그녀가 구덩이로부터 서서히 등을 돌렸다. 그때였다. 몸을 반쯤 돌려세우고 있던 그녀의 시선이, 구덩이 안에서 깨진 채로 굴러다니는 벌통에 머물렀다.

4센티미터는 될 것 같은 거대한 벌 한 마리가 구멍 난 그물망 사이에 낀 채 큰 엉덩이를 붕붕 흔들고 있었다. 벌은 힘이 셌다. 그녀는 주둥이로 그물망을 끊고 몸을 반쯤 빼낸 상태였다. 말벌의 몸부림에 허공을 향해 들썩이던 그물이 순간 아가리를 벌렸다. 벌이 망을 빠져나왔다. 그녀가 웅, 하고 공중으로 솟아올랐다.

그 소리는 마치 헬리콥터 소리 같았다. 그것이 모두의 귓가를 때렸다. 순간 구덩이 안에 있던 공기의 흐름이 멈췄다. 사람들의 시선이 벌에 고정되었다. 모두가 정지한 채로 움직이지 않았다. 쏘이면 죽는다. 벌은 이미 화가 날 대로 나 있었다. 그녀가 붕, 붕, 붕, 날개를 휘두르며 수구 안을 휘돌았다.

해순에게 턱을 잡힌 채 누워 있던 성원은 자신의 조끼를 곁눈질했다. 조끼 주머니에 성냥곽이 반쯤 비져 나와 있었다. 왜 저 생각을 못 했을까. 불이다. 불은 벌을 쫓을 수 있다. 벌뿐만이 아니었다. 성원은 개울에 기름을 씻어냈지만 해순과 장이 이모는 여전히 휘발유에 젖은 상태였다. 그들에게 불을 던지고 나면 선이가 홀로 남는다. 그녀 하나쯤은 간단히 제압할 수 있을 터였다.

구덩이 안에서 이것들을 아예 죽일 생각은 없었다. 장이에게 밧줄을 내리게 해 구덩이를 빠져나갈 생각이었기 때문이다. 그러나 온건한 방법은 더 이상 유효하지 않았다. 멍청한 연놈들이 그가 살아남는 것을 방해하고 있었다. 언제까지 시간을 낭비해야 할 것인가. 일대 다수의 싸움을 마무리 지을 때가 되었다. 성원의 손이 슬그머니 조끼에 닿았다.

장이는 송성원이 성냥곽을 잡는 것을 바라보고 있었다. 그녀는 등 뒤로 고개를 돌렸다. 반쯤 열린 채 버려져 있는 송성원의 가방을 쳐다보았다. 그 안에 해순이 가져온 휘발유가 있었다.

장이가 몸을 일으켜 가방으로 다가갔다. 그녀는 배낭에서 기름통을 꺼냈다. 그러고는 용기 입구에 부착된 물총을 해체했다. 장이는 휘발유를 든 채 다시 구덩이로 다가갔다. 그녀의 눈동자가 조용히 부글거리고 있었다.

"모두 물러서."

송성원이 성냥불을 든 채로 말했다. 해순이 성원의 목에서 손을 뗐다. 그의 얼굴에 낭패감이 어렸다. 성원이 말했다.

"너희는 예의도 모르고 질서도 몰라. 버릇을 개같이 들였어."

모두의 시선이 자신에게 쏠린 게 기쁜 듯 성원이 말을 이었다.

"너희는 내 말을 어겼어. 애초에 내가 줄을 내리라고 했어, 안 했어?"

아무도 대답을 하지 않자 성원이 눈썹을 치켜 올렸다. 해순이 말했다.

"했어."

"그래. 그러니까 모두 한 번에 보내주마."

선이가 말했다.

"그만해. 다 죽어."

"존댓말을 해! 존경을 보여!"

성원이 해순에게 손가락질을 하며 말했다.

"너, 저년 옆에 가서 서. 너희는 함께 불탄다."

구덩이 안에는 계속 말벌이 날아다니고 있었다. 해순이 말했다.

"진정해."

"음음. 싫어, 진정하기 싫어. 다 같이 죽는 거다. 이제 기회는 끝났어."

성냥이 꺼지자 성원이 입맛을 다시며 그것을 하나 더 연달아 켰다.

장이는 용기에 든 휘발유 반을 자신의 몸에 들이부었다. 기름이 그녀의 몸을 휘감는 순간, 그녀의 동공이 열렸다. 장이의 얼굴에 모여 있는 모든 신경 조직과 근육들이 퍼들거리고 있었다. 그것은 마치 터져버리기 직전의 둑과도 같았다.

그때 장이와 선이의 눈이 마주쳤다. 선이는 이를 드러낸 채 얼굴을 일그러뜨리는 동생의 얼굴을 바라보았다. 뭘 어쩌려고 저러는 건가. 성원이 지르는 불 속에 뛰어들어 죽고 싶은 건지, 사람들이 도와달라는 말도 할 수 없게끔 미리 자신의 몸에 기름을 부어버린 건지 알 수 없었다.

선이가 고개를 저었다. 장이가 얼굴을 일그러뜨린 채 미소 지었다. 그녀가 구덩이 가까이로 다가섰다. 장이가 빈정대듯

선이에게 손 하트를 만들어보였다. 그녀가 처음으로 선이에게 무언가를 말하고 있었다. 두렵다. 달아나고 싶다. 살려달라. 너는 이걸 기억하냐? 그 의미들 중 무엇을 말하고 있는 것인지는 몰라도 어쨌거나 동생은 뭔가를 말하고 있었다.

그것을 바라보던 선이는 눈을 깜박이는 걸로 끄덕임을 대신했다. 그녀가 입을 열어 입모양으로 속삭였다.

'괜찮아. 가.'

장이의 입술이 떨렸다. 그녀가 뒷걸음질을 쳤다. 그녀는 수구로부터 멀어져 사람들의 시야에 사라졌다. 누구도 그것을 눈치채지 못했다. 선이는 안심한 듯 눈을 감았다.

송성원이 해순에게 말했다.

"저년 옆으로 가."

해순이 천천히 상체를 일으켰다. 성원이 킬킬대며 웃음을 터뜨렸다.

"죽자. 다 같이."

선이가 말했다.

"진심이야?"

성원이 성냥불을 들어 올렸다.

"존경을 보여. 누가 내 허락도 없이 입을 열라고 했나."

그때였다. 몸을 웅크린 무언가가 하늘에서 소리 없이 떨어져 내렸다. 성원은 입을 벌린 채 그것을 바라보았다. 기름에 절은 소녀가 그를 향해 날아들고 있었다. 그러는 사이 서해순 역시 입을 크게 벌려 성냥을 든 송성원의 손가락을 집어삼켰다. 해순이 성냥과 함께 성원의 손가락을 씹었다. 성원이 비명을 내지르며 사지를 휘저었다. 해순이 성원의 손에서 떨어지는 성냥곽을 잡았다. 선이는 성원의 말을 무시한 채 '오지 말라니까!' 하고 몸을 일으켜 외쳤다.

그때 허공을 날던 말벌이 공기의 흔들림을 감지했다. 그녀는 그것을 자신에 대한 공격으로 받아들였다. 어디냐. 어디에서 고깃덩이들이 함부로 몸뚱이를 흔들고 있는 거냐. 누가 내 집에 침입해 나를 가두고 나를 화나게 하는 거냐. 그녀가 공기가 흔들린 방향을 향해몸을 틀었다.

모든 것이 그녀를 화나게 하고 있었다. 석유 냄새, 축축한 공기, 무분별한 인간들의 비명 소리. 분노한 말벌이 휘발유 냄새를 피해 도달한 곳에는 성원과 선이가 있었다. 말벌은 두 고깃덩어리의 주변을 웅웅대며 맴돌기 시작했다. 누구냐, 너희 중에 누구인 거냐. 성원과 선이의 얼굴에 땀이 맺혔다.

말벌이 선이에게로 다가갔다. 그것이 선이의 목덜미를 어루만지듯 그녀의 목 주변을 날았다.

그때 구덩이로 떨어진 소녀가 다시 한번 날아올랐다. 장이가 선이에게로 굴러왔다. 선이가 장이를 받았다. 그들은 잠시 서로를 마주보았다.

벌은 아주 화가 났다. 사냥을 앞둔 상태에서 역한 향취가 그의 온몸을 찌르고 들어왔다. 벌은 급히 방향을 틀었다. 어디냐, 어디로 가야 하냐. 이 화를 어떻게 풀어야 하냐. 그때였다. 누군가가 비명을 지르며 팔을 흔들고 있었다. 화가 난 벌이 몸을 틀었다. 오냐, 원한다면. 그녀는 날아올랐다. 그리고 쏘았다.

뻣뻣하게 굳은 채 땀을 흘리고 있던 성원이 몸을 한 차례 부르르 떨었다. 그는 시선을 내려 자신의 턱 아래를 툭, 하고 민 채 사라지는 벌을 바라보았다. 그의 눈이 커졌다. 성원이 비명을 질렀다. 등을 돌렸던 벌이 다시 몸을 틀어 그의 입 옆을 또 한 차례, 툭 하고 밀었다.

모두가 그들의 시야에서 사라지는 벌을 바라보았다. 그녀에게 격한 인사를 받은 성원의 얼굴이 검붉은 빛으로 달아올랐다. 그는 입에 거품을 문 채 석상처럼 무너져 내렸다.

사람들의 신경이 송성원에게 쏠린 사이 장이 이모는 몸을 일으켰다. 그녀는 바닥에 떨어져 있는 접이식 칼을 들어 올렸다. 그리고는 절뚝이며 성원에게 다가갔다. 장이 이모가 성원의 앞에 섰다. 선이와 해순이 다시 경계 태세를 갖추며 그녀를 바라보았다.

장이 이모는 끙, 하고 몸을 굽혀 성원의 허리띠 버클을 풀었다. 그 후 그녀는 성원의 바지 단추를 열고 그것을 그의 허벅지까지 내렸다. 쇼크 상태의 성원은 의식을 잃은 채 아무 저항도 하지 못했다. 장이 이모는 성원이 입고 있는 연분홍색 실크 팬티를 물끄러미 내려다보았다. 그녀가 그것을 칼로 찢었다. 찢어진 속옷 사이로 딱딱하게 발기되어 있는 보랏빛 성기가 튀어 올랐다.

장이 이모는 사람들을 등진 채 몸을 굽혀 그것을 잡았다. 그리고는 칼로 성기를 썰기 시작했다. 그녀는 씩씩거리는 듯도 하고 끙끙거리는 듯도 한 소리를 내며 그 일을 했다. 의식이 없는 성원은 몸을 부들부들 떨 뿐 반응이 없었다.

칼이 그리 크지 않아서 성기를 써는 데 시간이 퍽 오래 걸렸다. 절단면 역시 너덜너덜한 상태로 틈이 벌어진 배수관처럼 피를 뿜어내고 있었다. 모두가 멍하니 서서 그 모습을 지켜보았다. 장이 이모는 개의치 않은 채 씩씩대며 칼질을 계속했다.

일이 끝난 후 그녀는 홀로 그것을 내려다보았다. 장이 이모의 크고 넓은 등이 잠시 아기처럼 흔들리는 듯했다. 그녀는 절뚝이며 사람들로부터 멀어졌다. 그리고는 수구 가장자리로 가 돌팔매질을 하듯 손에 쥔 물건을 던졌다. 잘린 성기가 구덩이 바깥으로 날아갔다.

피투성이인 장이 이모가 멀리 있는 장이를 바라보았다. 장이가 사는 집을 평범하고 따뜻하게 꾸민 것은 그녀였다. 그녀는 그곳에서 아이와 함께하는 삶을 꿈꿨었다. 그러나 장이 이모는 그 집에 발을 디딘 일이 없었다. 딱 한 차례, 김현지가 윤재열의 머리를 후려치던 그날, 그날을 제외하고는 단 한 번도 그 집에 들어간 일이 없었다. 물끄러미 장이를 응시하던 장이 이모는 곧 고개를 숙인 채 몸을 돌렸다.

황망히 그 모습을 지켜보던 해순이 선이에게 물었다.

"경찰은요?"

"곧 도착할 거예요."

해순이 고개를 끄덕였다. 멍하니 서 있던 그가 성원에게로 다가가 그의 바지를 올리고 허리띠를 잠갔다. 바지가 검은색이었기 때문에 그 위로 배어져 나오는 피가 잘 보이지 않았다.

잠시 후 경찰이 들이닥쳤다.

서윤재가 윤장이를 좋아했을걸요. 제가 좀 그런 촉이 있는데요. 윤장이가 도와줬을 때 서윤재가 엄청 기뻐했어요.

* * *

정오가 지나서야 모든 일이 마무리되는 듯했다. 김경희 형사의 지휘 아래 차근차근 상황이 정리된다.

우리를 위해서는 사다리가 내려온다. 의식을 잃은 송성원이 가장 먼저 실려 나가고, 여자가 절뚝이며 그 뒤를 따른다. 사다리를 타고 올라간 해순은 수구에 올라간 후 망설이듯 나를 바라본다. 그는 손을 뻗지 않는다.

나는 장이에게 먼저 사다리를 타라고 손짓을 한다. 모든 게 끝났다고 생각했기 때문이다. 그러나 동생은 고개를 저으며 뒷걸음질을 친다. 나는 '알았다, 먼저 올라가겠다. 나를 따라 오라'고 말한다. 장이는 내가 구덩이를 오르는 것을 물끄러미 바라본다. 내가 사다리 타기를 마친다.

동생도 사다리에 발을 얹는다. 그녀는 그것을 타고 올라오려 한다. 그러나 그게 잘 되지 않는 듯하다. 동생의 시선이 바닥으로 떨어진다. 그녀의 발도 사다리에서 미끄러져 버린다. 내가 '왜?' 하고 물으면 동생은 고개를 젓는다. 달아나듯 뒷걸음질을 친다. 내가 다시 구덩이로 내려가려고 한다. 그때 장이가 외친다.

"오지 마!"

나도 화가 난다. 나는 동생의 말을 무시한 채로 수구로 내려가려 한다. 그러자 동생이 칼을 꺼내든다. 내가 가지고 내려갔던 물건이다. 송성원의 성기를 썰어버린 물건이기도 하다. 동생이 그것을 언제 챙긴 것인지 알 수 없다. 장이는 칼을 자신의 팔에 가져다댄다.

"알았어. 억지로 올라오라는 말은 하지 않을게."

동생은 그 말로는 충분치 않은지 자꾸 구덩이 안쪽으로 뒷걸음질을 친다. 경찰들이 그녀의 의사를 무시한 채 동생에게 다가가려 한다. 동생은 망설임 없이 팔을 그어버린다. 다행히도 동맥은 피해간다. 줄기가 얇은 피가 솟아오른다. 나는 피보다도 동생의 얼굴에서 다시 표정이 사라진 게 마음에 걸린다.

사람들은 더 이상 그녀에게 다가가지 못한다.

송성원은 응급차에 실려간다. 여자와 해순도 경찰차를 타고 사라진다. 동생과 경찰의 대치는 늦은 오후까지 계속된다. 나는 응급처치를 받으면서 구덩이 밖에서 동생을 기다린다. 지나치게 덥다. 숲의 습기가 온몸에 철썩철썩 달라붙는다. 그러는 동안 김경희 형사는 큰 결단을 내린다. 그녀는 형사들에게 명령한다. 책임은 자신이지겠으니 모두 물러가라고 말이다.

나는 얼굴을 모르는 형사 한 명에게 '담요와 크고 두툼한 암막용 천막을 구해다 달라'고 부탁한다. 곧 그것이 도착한다. 나는 구덩이에 담요를 던진다. 그리고 수구의 입구를 천막으로 완전히 덮어버린다. 김경희 형사는 그렇게 하는 나를 내버려 둔다. 나는 수구 안을 온전한 어둠으로 가득 채우고 싶다고 생각한다. 누구도 그곳을 엿볼 수 없게.

구덩이 앞에는 나와 김경희 형사만 남는다. 그 안에서는 소리 한 점 새어 나오지 않는다. 나는 그 앞에 쭈그려 앉는다. 처음에는 무엇을 해야 하는지 알지 못한다. 그러나 시간이 흐르면서 나는 내가 해야 할 일을 깨닫는다. 그렇게 나는 홀로 이야기를 시작한다.

처음으로 거슬러 올라간다. 나는 〈밀리언달러 키즈〉 시절 겪은 사건들과 그것이 내게 어떤 의미였는지 이야기한다. 동생의 손을 놓았던 날과 그녀와 헤어져 혼자가 됐던 날의 해방감에 대해서도 이야기한다. 조부모님과 함께 했던 어린 시절과 내가 만났던 사춘기 시절의 역경들에 대해 이야기한다. 공무원 시험의 실패에 대해서도 말한다. 사람들 앞에 서는 게 얼마나 힘든 일인지, 그 때문에 내가 어떤 고난을 겪고 있는지 이야기한다. 왜 그녀에게 연락을 하지 않았는지도 이야기한다.

그렇게 동생이 내 삶에서 사라졌던 시간들에 대해 말한다.

어쩌면 이 모든 이야기가 동생에게는 역겹고 고까운 것이 될 수도 있다. 알고 있다. 나는 잠시 타는 목을 축인다. 그러나 말을 계속한다. 장이가 실종된 것을 알게 된 날에 대해서, 그 후에 돌아간 집과 내가 만났던 사람들에 대해서 말한다. 열쇠공 아저씨, 열쇠공의 변태 아들, 초등학교 운동장에서 발가벗은 채로 달리는 아버지, 이범준, 동생을 기억하고 있는 간호사, 김미희, 고정권의 죽음, 1학년 때의 담임선생님, 송성원 그리고 동생에 대해 무수한 이야기들을 해준 그녀의 동급생들에 대해 이야기한다.

내가 어떤 식으로 그녀를 찾기 시작했는지, 왜 그녀를 찾으려 했는지, 찾는 과정에서 무엇을 보고 느꼈는지도 세세히 이야기한다. 해순에 대해서도 말한다. 나는 아마도 그를 사랑하게 된 것 같은데 나라는 사람은 사랑을 어떻게 해야 하는지 잘 모르는 것 같다고 이야기한다. 그런 말은 태어나서 처음으로 해보는 것이다.

그러다 보니 어렸을 때의 기억들이 불쑥불쑥 튀어나오기도 한다. 나는 동생에게 '그거 기억하니?', '그거 알아?' 하는 질문들을 던진다. 아픈 말들, 시시껄렁한 말들, 피해가고 싶은 말들, 추한 말들, 건너뛰고 하지 않은 말들을 찾아 헤집으며 그것을 모두 동생에게 건넨다.

풀벌레들이 하루를 마감하는 울음을 보내기 시작한다. 숲이 쌀쌀하고 거친 숨을 내뿜는다. 수구 주변에는 어수선한 싸움의 잔해가 그대로 남아 있다. 김경희 형사와 나는 담요 두 장과 캠핑용 램프에 의지한 채 동생을 기다린다. 장이는 여전히 아무런 대답이 없다.

늦은 밤, 조사를 마친 해순이 구덩이 앞으로 찾아온다. 그는 많이 야윈 상태다. 나는 그와 눈을 맞추지 못한다. 그 역시 마찬가지다. 그는 구덩이 앞에서 눈을 내리깐 채 장이를 향하는 나의 이야기를 듣는다.

어느 순간 내가 지쳐 입을 다물자 해순이 뒤이어 이야기를 시작한다. 그는 서윤재에 대해 말한다. 윤재가 아홉 살 때부터 '치타'라는 아이디를 사용해 랜선맘들의 연락망을 해킹해 왔다고 말이다. 처음에는 아이 장난 수준의 놀이에 불과했다. 그러나 랜선맘들이 진화를 거듭했듯 윤재의 기술 역시 함께 성장했다.

해순은, 윤재가 접근한 건 연락망뿐이 아니라고 말한다. 서윤재가 폐쇄회로 TV 웹에서 장이의 삶을 몰래 훔쳐봐왔다고 말한다. 그렇게 비뚤어진 방식으로 그녀를 지켜보고, 질투하고, 연민을 품고, 망설이다가 그것에 만족하지 못한 채 장이에게 접근을 했던 것 같다고 말한다.

해순은 고통스러운 얼굴로 수구를 내려다본다. 그는 말한다. 종래에는 서윤재가 '해순으로부터, 장이의 가상 엄마들로부터' 달아나고 싶어 했던 것 같다고 말이다. 본격적인 사건의 전말이 그의 입에서 흘러나온다.

서윤재는 윤장이와 함께 달아나려 했다. 그는 도피 자금을 마련하기 위해 랜선맘들에게 맛보기 영상을 보내 협박을 했다. 그것이 '랜선맘들이 장이의 아버지를 폭행하는 영상'과 '장이가 성추행을 당하는 편집 영상'이었다.

윤재는 그들에게 돈을 주지 않을 경우 세상에 동영상을 공개하겠다고 말했다. 처음에는 그것이 먹혔다. 랜선맘들은 전연 알지 못하고 있던 치타라는 존재에 놀랐다. 그들은 자신들의 능력으로는 치타를 잡을 수 없었다. 그래서 그에게 돈을 주고 문제를 무마하기로 결정했다. 그러나 뜻밖의 사건이 터졌다.

윤장이가 서윤재를 살해한 것이다. 그것은 계획 밖의 일이었다. 랜선맘들은 급작스런 살인사건에 놀라, 서윤재의 시신을 수습했다. 희생자가 자신들을 협박한 치타인 줄도 모르고 말이다.

살인을 저지른 윤장이는 랜선맘들에게 자백을 하겠다고 말했다. 랜선맘들은 그녀를 만류했다. 윤장이가 자백을 할 경우, 자신들이 감춰온 치부가 드러날 것을 두려워하는 자가 있었다. 혹은 윤장이의 남은 삶을 걱정하는 자가 있었다. 여기에서 그들의 의견이 일치했다.

치타에게 돈을 주고 그를 회유하려 했던 랜선맘들의 계획은 그때 급선회했다. 그들이 나아갈 방향은 두 가지로 좁혀졌다.

1. 장이의 자백을 막자.
2. 치타를 잡아 증거를 없애자.

장이 이모는 윤장이의 자백을 막고 그녀를 감시하는 역할을 맡았다. 한편 송성원은 맹렬히 치타를 찾았다. 그러나 주도면밀하고 컴퓨터에 능한 치타를 찾기란 매우 힘든 일이었다. 그러던 어느 날, 치타의 주소가 수면에 떠올랐다. 그것이 너저분하게 노출되어 송성원을 유혹했다. 송성원과 김현지는 그것을 단서로 치타를 찾아갔다. 그곳에는 고정권이 있었다. 서윤재에게 빼앗은 노트북을 들고 말이다.

여기에서 다시 한번 오해가 일어났다. 송성원은 고정권을 치타라고 생각했다. 그가 윤장이와 같은 학교를 다니고 있고, 그녀를 괴롭혀 왔으며, 나이에 어울리지 않게 심성이 악독한 것이 치타의 면모와 맞아떨어진다고 판단한 것이다. 송성원은 고정권을 살해했고 김현지는 이를 도왔다.

한편 장이 이모는 랜선 엄마의 역할에 충실했던 유일한 인물이었다. 그러나 그녀에게는 윤장이 앞에 나설 수 없는 몇 가지 이유가 있었다. 주민등록증이 말소된 상황, 언제 다시 빚에 쫓길지 모른다는 두려움, 홍은동 동반자살 사건 당시 얻은 정신적 상흔이 그녀를 가로막았다. 그러나 장이 이모는 자신이 정말로 장이의 랜선 엄마라고 믿었다. 그러던 중 치타가 보내온 영상으로 송성원의 오랜 악행을 알게 되었다. 그녀는 분노했다.

수사망은 차근차근 그들에게로 좁혀지고 있었다. 나는 알지 못했지만 송성원은, 고정권이 살해당했던 때 나온 증거물과 관련해 김경희 형사에게 한 차례 취조를 받은 일이 있었다. 궁지에 몰린 송성원은 장이를 죽이고 랜선맘 모임을 해체할 계획을 세웠다. 장이를 살려서 밖으로 데려갈 마음은 애초에 없었던 것이다.

김현지와 장이 이모는 이 계획에 흔쾌히 찬성했다. 그러나 그 자리에 김현지는 나타나지 않았다. 장이 이모는 다른 마음을 품은 채로 그곳에 나왔다. 나와 해순은 장이를 쫓아 조현산성으로 왔다. 그렇게 우리는 한날, 한시, 한자리에 모였다.

기밀 사항에 대해 이야기하는데도 김경희 형사는 아무 말도 하지 않는다. 그녀는 물끄러미 나무 둥치를 내려다보고 있다. 형사는 신경 쓰이는 문제가 있는 듯 잠시 고개를 갸웃대다가 조용히 우리를 바라본다.

해순이 한숨을 내쉰다.

"윤재가 죽던 날, 우리는 심하게 다퉜어요. 아들이 집을 나가려 하는 걸 제가 눈치챘거든요. 저는 그걸 참을 수 없었어요. 그래서 그 아이를 쫓아 장이의 집까지 갔어요. 아마 그때 블랙박스에 제 모습이 찍힌 모양이에요. 만일 그날 제가, 아이들을 만나는 데 성공했다면 어땠을까요. 그러면 많은 것이 달라지지 않았을까요. 저는 윤재를 되찾을 수 있었을지도 몰라요. 장이는 살인을……."

그는 말을 멈췄다. 그러다 잠시 후 이어 말한다.

"멈출 수 있지 않았을까요."

해순의 이야기가 끝난 후에도 장이는 말이 없다. 김경희 형사는 나에게 속삭인다. 자신이 내어줄 수 있는 시간이 끝나간다고. 아침이 되면 사람들이 들이닥칠 거라고 말이다. 우리는 지쳐간다. 누구도 말을 하지 않는다.

그러다 문득 생각한다. 그 시간은 동생에게 간만의 휴식일지도 모르겠다고. 장이는 우리가 없애버린 그녀의 사생활을 음미하고 있는 것인지도 모르겠다고 말이다. 카메라 렌즈도, 사람도 없는 그곳이야말로 동생이 내밀한 얼굴을 내보일 수 있는 유일한 공간인지도 모르겠다고.

그런 곳에 있는 동생을 어떻게 꺼낼 수 있단 말인가. 시간이 없다고 말해야 하는 건가? 바깥세상은 그곳보다 더 아름답다고 해야 하나? 그녀가 마음을 돌릴 수 있게끔 나는 너를 배신하지 않을 거라고 약속해야 할까? 그러나 나는 말할 수 없다. 그 모든 것이 거짓말처럼 느껴지기 때문이다.

조금 있으면 동이 틀 것이다. 그러나 우리는 모두 아무 말도 하지 않는다. 아니 못 한다.

그러다 문득 나는 겁에 질린다. 장이가 구덩이 안에서 이미 죽어버린 것은 아닌가, 하는 생각에 두려움을 느낀다. 장막을 벗기고 싶다. 그것을 걷어 동생의 생사를 확인하고 싶다. 그러나 장이는 그것을 허락지 않았다. 그러므로 나는 암막에 손을 댈 수가 없다. 불안이 나를 칭칭 휘어 감는다. 나는 잠시 홀로 길을 잃는다. 몇 번이고 검은 천에 손을 가져다댄다. 그러나 끝내 그것을 열지는 못한다.

나무 둥치에 기대앉은 형사는 잠시 그 밑을 물끄러미 응시한다. 그러다 팔짱을 낀 채 눈을 감는다. 하늘에 붉은 기가 어린다. 조금 있으면 날이 밝을 것이다. 여름이라지만 해가 뜨기 전은 춥다. 늘 그러하듯 춥다. 시간을 잘못 안 벌레들이 잠시 떼창을 하다 그것을 뚝, 하고 그친다.

그때였다. 그 일은, 슬픔에 젖은 우리가 각자 얼굴을 감싸 쥘 때 일어난다. 이제는 돌이킬 수 없는 건가, 하는 절망에 빠져 내가 모든 생각의 말미를 '사라지고 싶다'는 말로 장식하기 시작할 때 그 일이 일어난다.

구덩이, 깊은 어둠으로부터 흐느낌이 새어 나온다. 끊어질 듯 가늘게 흘러나오던 울음은 멈추지 않고 크고 거칠게 자란다. 그것은 짐승의 울음이다. 누군가가 찢어발겨지는 소리 같기도 하고 누군가를 찢어발기는 소리 같기도 하다. 그것이 숲을 울린다. 나는 양팔로 온몸을 감싸 안은 채 그 소리를 듣는다.

울음은 좀처럼 멈출 줄 모른다. 그것이 한 시간가량 계속된다.

비명 같던 울음이 조용히 사그라든다. 잠시 후 완전히 쉬어버린 목소리가 구덩이 안에서 새어 나온다. 나는 그것을 놓칠까 봐 귀를 기울인다.

"……줘."

"뭐?"

"도와줘."

뒤이어 웅얼거리듯 미안하다는 말이 따라 나오는 듯도 하다. 이상한 말이다. 도와달라는 말을 사과와 함께하는 것은 정말로 이상하다. 대체 무엇에 대한 사과인 건가. 해순과 나는 천막을 치운다. 그 안에 여자아이가 고개를 숙인 채 웅크리고 있다. 우리는 그곳에 사다리를 내린다. 장이가 얼굴을 가린 채 고개를 든다. 그녀는 눈이 부신 듯 그것을 뜨지 못한다. 여름 해가 다시 그녀의 붉은 민머리를 쪼기 시작한다.

장이는 이번에는 사다리를 제대로 탄다. 그녀가 지친 얼굴로 한 발 한 발 사다리를 딛고 올라온다. 해순과 나는 그녀를 향해 손을 뻗는다. 그리고 각각 장이의 한 팔을 잡는다. 장이는 뿌리치지 않는다.

물끄러미 동생을 바라보던 해순이 그녀에게 묻는다.

"윤재가 너를 훔쳐봐온 사실을 알고 있었니?"

"아니요."

해순의 목소리가 떨린다.

"그럼 왜 윤재를 죽였니?"

장이는 대답하지 않는다. 해순은 기다린다. 장이는 천천히 입을 연다.

"걔가 저를 좋아한대요."

"그게 싫었니?"

"아니요."

"그럼?"

"……무서웠어요."

해순은 뭐에 맞은 듯 뒷걸음질을 친다. '무서웠던 거구나' 하고 중얼거리면서 말이다. 그 중얼거림은 꼭 본인에게 하는 말처럼 들린다. 그가 양손으로 얼굴을 감싼다. 그것을 감싸 쥔 채로 움직이지 않는다. 그 모습이 꼭 오열을 하고 있는 것처럼 보인다.

나는 그의 부드러운 머리카락을 쓸어내리고 싶지만 눌러 참는다. 미안하다고 말하고 싶지만 그 역시 눌러 참는다. 그저 주머니 속에서 박혀 있던 구겨진 휴지를 그에게 건넬 뿐이다. 그가 의아한 얼굴로 그것을 받는다. 울고 있는 것은 나이기 때문이다. 해순이 나를 슬픈 눈으로 바라본다. 그는 내게 무언가를 말하려다 입을 다문다. 나도 말하고 싶은 게 있지만 말하지 않는다. 우리에게는 시간이 필요하다.

상황을 지켜보고 있던 김경희 형사가 자리에서 일어난다.

"갑시다."

장이는 고개를 젓는다. 가져가야 할 게 있다고 말이다. 잠시 숲 뒤편으로 사라졌던 그녀는 무언가를 들고 나온다. 말벌주가 담겨 있는 유리병이다. 나는 그게 무엇이냐고 묻는다. 그럼 동생은 고개를 숙인 채 내기에서 졌다는 말을 우물거린다.

그것을 보자 나에게도 할 일이 있다는 사실이 떠오른다. 나는 버려져 있던 휘발유를 수구에 붓는다. 구덩이 전체에 모두 뿌린다. 해순은 내가 뭘 하려는지 알고 있다는 듯 성냥을 꺼내 내게 건넨다. 내가 성냥불을 켠다. 나는 불을 던지려다 장이에게 준다. 장이가 불을 받아든다. 그녀가 그것을 수구에 던진다.

수구에 확, 하고 불이 일어난다. 구덩이가 불타기 시작한다. 그것을 보고 있자니 마치 땅이 열려 있는 것만 같은, 세상의 비밀을 훔쳐보고 있는 것만 같은 느낌에 사로잡힌다. 우리는 구덩이를 물끄러미 응시한다.

팔짱을 낀 채 묵묵히 바라보던 김경희 형사가 삽을 집어 든다. 그녀가 자신이 앉아 있던 나무둥치로 간다. 형사는 삽으로 그 아래 무언가를 푼다. 흙과 뒤섞여 형체가 분명치 않다. 김경희 형사가 그것을 들고 와 불구덩이에 던진다. 내가 무엇이냐고 묻는다. 형사가 고개를 저으며 대답한다.

"아무것도 아니야."

나는 붉은 장이의 옆얼굴을 바라본다. 내가 자신의 얼굴을 볼 때면 동생은 무표정한 얼굴을 한다. 거기에는 도저히 들어갈 틈이 없다. 그럼 나는 겁에 질린 짐승에게 하듯 그녀에 대한 관심을 꺼버린다. 그러면 동생은 조용히 나를 바라본다. 나를 관찰하고, 내가 안심해도 될 만한 상대인가를 가늠하려는 것 같다.

그러나 그녀는 알 수 없을 것이다. 내가 안심해도 될 만한 상대인지 아닌지. 대체 어떤 사람이 온전하게 그것을 알 수 있단 말인가. 아마도 그녀는 그 사실을 배워야 한다고 생각한다. 마주한 상대가 어떤 사람인지, 사람과 관계 맺을 때는 어떤 내적 기준을 세워야 하는지, 어떤 식으로 거리를 설정해야 하는지 말이다. 그리고 그것을배워야 하는 건 나 역시 마찬가지다.

나는 얼굴 근육에 어떤 인위적인 힘도 가하지 않은 채 동생을 바라본다. 거기에 혐오가 있는지 공포가 있는지, 슬픔이 있는지 연민이 있는지 나는 잘 모르겠다. 다만 내보인다. 그러면 동생은 잠시 자신이 나의 시선에 노출되어 있다는 사실을 잊고 골몰하듯 나를 바라본다.

동생을 마주 보던 나는 그녀의 귀에 입술을 가져다댄다. 장이가 움찔 몸을 떤다. 나는 동생에게 귓속말을 속삭인다. 그러자 그녀는 그 말을 음미하듯 잠시 눈을 감는다.